Um Acordo de Cavalheiros

Da autora:

Um acordo de cavalheiros
A perdição do barão
A desilusão do espião
Um enlace entre inimigos

Lucy Vargas

Um Acordo de Cavalheiros

3ª edição

Rio de Janeiro | 2021

Editoração: Futura

Texto revisado segundo o novo
Acordo Ortográfico da Língua Portuguesa

Imagem de capa © Lee Avison/Trevillion Images

2021
Impresso no Brasil
Printed in Brazil

Cip-Brasil. Catalogação na publicação.
Sindicato Nacional dos Editores de Livros, RJ.

V426a

Vargas, Lucy
Um acordo de cavalheiros / Lucy Vargas. — 3ª ed. — Rio de Janeiro: Bertrand Brasil, 2021.

ISBN: 978-85-286-2178-5

1. Ficção brasileira. I. Título.

17-39471
CDD: 869.3
CDU: 821.134.3(81)-3

EDITORA BERTRAND BRASIL LTDA.
Rua Argentina, 171 – 2º andar – São Cristóvão
20921-380 – Rio de Janeiro – RJ
Tel.: (21) 2585-2000

Atendimento e venda direta ao leitor:
sac@record.com.br

Para você, mãe. Eu sei que se orgulha de mim.
Para os meus leitores, por acreditarem.
E para todas as mulheres, ainda lutando pelo controle de suas vidas e o direito de serem as únicas a decidirem sobre seus destinos.

Capítulo 1

Inglaterra, 1818

O evento de pré-temporada, que Lady Russ organizava havia quatro anos, estava sendo um sucesso pelo segundo ano consecutivo. Logo que se casou, ela decidiu que ia deixar de ser uma senhora qualquer e passaria a ser uma dama "mencionada e lembrada" entre seus pares. E assim teve a grande ideia de usar os contatos da família de seu marido para garantir bons convidados.

E esse foi o melhor ano, todos os convidados compareceram. Os passeios em seu jardim de contos de fada eram o ponto alto dos dias. À noite, havia o jantar, sempre com um menu impecável, e até ousado, regado a muito vinho de qualidade. No último dia, acontecia o baile de encerramento. Lady Russ fez e refez as contas inúmeras vezes e concluiu que era mais vantajoso preparar algo para a pré-temporada do que um evento em Londres. Além de ter outra vantagem: ser palco do início das fofocas e das primeiras investidas, tanto por parte das damas solteiras e de suas mães, quanto dos homens à procura de um par e dos casos clandestinos que se desenrolariam pela temporada.

Lady Russ anotava inclusive quais casamentos começaram ali, quais escândalos tiveram seu primeiro ato em sua casa, quais casais se formaram, fossem eles de amantes ou não. Em quatro anos de pré-temporada, ela viu amizades que duravam até hoje se iniciarem ali. Havia os momentos inexplicáveis também. Assim como os escândalos.

E quando seus convidados finalmente chegavam a Londres para a temporada, os outros já estavam por fora dos acontecimentos envolvendo aquele grupo de pessoas que esteve na casa de Lady Russ.

Para seus convidados especiais e familiares, tudo começava dois dias antes. E esta fora a noite do último jantar. Na noite seguinte, no grande baile de despedida, para o qual os vizinhos e visitantes de apenas uma noite também eram recebidos, ninguém realmente se sentava à mesa.

Não deveria haver mais ninguém de pé a essa hora; era tarde e todos se poupavam para os exageros da última noite. Porém, algumas regras de bom comportamento costumavam ser ignoradas. Nesse caso, toda e qualquer regra de decoro estava em perigo.

O quarto estava bagunçado, assim como seus ocupantes desalinhados. Havia longas luvas de seda caídas, uma perto da cama e outra sobre o braço da cadeira. Um lenço estava estirado sobre o tapete como uma criatura pisoteada. Perto dele, uma pulseira estava jogada e ainda aberta. Delicadas sapatilhas de cetim estavam perdidas, uma delas ao lado do criado-mudo. Seria impossível explicar como fora parar ali. A outra sapatilha tinha dado cambalhotas no ar e acabara ao lado da poltrona do cômodo contíguo. Não seria elegante indagar onde estavam as meias que as acompanhavam.

Havia uma boa e bem-cortada casaca escura perigosamente pendurada em um dos postes decorados do pé da cama. Havia grampos e um belo enfeite de pedras caídos ao lado dos travesseiros. O tapete precisaria ser retirado, um copo virado derramara uma bebida âmbar sobre o caro material importado. As abotoaduras eram personalizadas, encomendadas num joalheiro londrino. Uma delas estava perto do copo, mas só Deus sabia onde estava a outra, talvez perto da casaca. Seria impossível encontrar naquela luz amarelada e baixa que criava sombras demais nos cantos.

No entanto, era luz suficiente para enxergar o resto do quarto e o que estava acontecendo. Mesmo assim, Dorothy levou um susto ao acordar subitamente e por um momento não conseguiu ver nada. Até que o teto claro, repleto de traçados, entrou em foco. Ela se moveu na cama e seu cabelo castanho cobriu seu rosto, caindo por cima de seus ombros. Dorothy sentiu os fios tocando seu seio. Foi quando se deu conta de que o corpete de seu vestido não estava onde deveria. Ela o agarrou e o puxou, mas o som do seu sobressalto deve ter chamado atenção, pois logo depois escutou passos.

Enquanto ainda segurava o corpete, seus olhos registraram quando seu acompanhante, provavelmente o dono da casaca ali jogada, apareceu ao lado da cama, bloqueando um pouco da luz que vinha da lareira do ambiente adjacente. O mesmo lugar onde a sapatilha dela havia ido parar.

Dorothy ficou paralisada. *Minha nossa senhora*, ela estava mesmo olhando para quem pensava ser. Era aquele maldito lorde demoníaco. O terror das mocinhas de bem. Em nenhum mundo alguém poderia confundi--lo com outra pessoa, ainda mais quando aparecia ao lado da cama, alto, moreno e poderoso. Porque ele gostava de parecer assim, com seu porte ereto e olhar sarcástico. Quanto mais acreditassem em seu poder, mais fácil era conseguir o que queria. Infelizmente, ele não precisava convencer ninguém.

— Como eu posso estar no mesmo lugar que o senhor e com meu corpete caído? — perguntou ela antes que ele se aproximasse ainda mais.

Ela o conhecia como Lorde Wintry. Ou melhor, ela o conhecera assim dois dias antes. Agora ela devia conhecê-lo como Tristan Thorne, conde de Wintry. E o dono da casaca aos seus pés. Na situação em que estava, era melhor ela começar a pensar em apelidos para ele. Pois, assim como seu corpete esteve no lugar errado, a camisa dele estava com os botões abertos, deixando seu peito aparecer. Sorte a dela que a parte de baixo estava presa por dentro da calça.

— Você gozou e desmaiou — explicou ele, sem sequer pensar antes de responder.

— Perdão? — exclamou ela.

— Creio que o efeito do álcool faz isso, madame. — Ele parou ao lado da cama e acendeu a luminária sobre o criado-mudo.

— Eu não...

Dorothy não sabia nem o que responder, estava paralisada pelo choque.

Ele a encarava de um jeito zombeteiro enquanto ainda segurava o castiçal. Ela apenas o olhava, mas acabou se movendo na cama e se sentando. Em seguida, tentou novamente ajeitar seu vestido.

— Você estava disposta a pecar, mas creio que tenha sobrado um pingo de dignidade em mim e, como eu disse, a senhorita apagou logo depois. E eu tenho uma distinta preferência por mulheres que permanecem lúcidas quando estou dentro delas, então...

Dorothy queria morrer.

— Nós não...

— Devo repetir que a senhorita apagou depois de gozar?

— Mas se eu... então como...

Ele só levantou a sobrancelha direita para ela.

— Pelo amor de...

Ela se moveu rapidamente na cama, juntando suas saias e tentando se levantar com alguma dignidade, mas pelo jeito não lhe sobrava nenhuma, pois pulou da cama sem qualquer graciosidade.

Tristan apenas se afastou, deixou o castiçal sobre a pequena mesa ao lado da poltrona e foi para perto da lareira. Dorothy tentou ajeitar seu vestido novamente e checou para ver se havia algo à mostra, como se isso a essa altura importasse. Ao menos, o mistério das meias foi solucionado, afinal ela ainda estava usando as duas, de seda, presas pouco acima dos joelhos — ele nem se preocupara em tirá-las. Por baixo, não havia nada, suas partes íntimas estavam estranhamente úmidas e sem a cobertura apropriada.

Dorothy ainda podia sentir os resquícios de algo muito diferente, algo que tinha acontecido com seu corpo. E, naquele momento, gostaria que sua memória não lhe fornecesse os detalhes, pois temia jamais esquecê-los.

— Este quarto é seu? — perguntou, ainda se ajeitando.

— Não creio que seria inteligente invadirmos algum outro quarto, considerando que a casa está lotada.

Dorothy finalmente desistiu. Qualquer que tenha sido o jeito que eles deram, o vestido não queria voltar a ficar perfeitamente ajeitado em seu corpo, mas ao menos a estava cobrindo. Ela se afastou da cama e finalmente o olhou bem. Pelo que se lembrava, quando estavam jantando, o cabelo dele, uma massa escura e abundante que na verdade tinha um curioso e profundo tom de bronze-escuro, estava penteado. Agora, estava desfeito e jogado para o lado despreocupadamente, como se ele tivesse apenas passado a mão ao sair da cama.

Tristan se virou. Estava ocupado servindo bebida em seu copo e só a olhou depois de terminar. Pelo modo como a observou, ele logo percebeu que o vestido não estava como antes.

— Eu sei que não lhe ensinaram essa regra entre as milhares de coisas que lhe enfiaram na mente sobre ser uma dama. Porém, vou lhe ensinar uma nova. Uma dama não deixa um cavalheiro na mão, e vice-versa — comentou ele, e bebeu um gole do líquido alaranjado.

— O senhor não é um cavalheiro — respondeu ela, de imediato.

Claro que ele não era, e mesmo assim não havia animosidade da parte dela ao declarar isso. Porém, em que mundo alguém poderia chamar Lorde Wintry de cavalheiro? A maneira como tinham acabado ali; eles estavam apenas conversando, passaram boas horas falando sobre vários assuntos, fugindo de toda a comoção do grupo de visitantes e escapulindo para dividir uma garrafa do melhor vinho da adega. E bastou ela ficar um pouco mais à vontade para agora não fazer a menor ideia de onde estava sua roupa íntima enquanto ele continuava seminu.

— É agora que eu respondo que a senhorita não é uma dama ou espero até o próximo insulto? Porque — ele apontou para ela com o copo — vai vir outro, não é?

Dorothy se ajeitou e deu de ombros, virando o rosto e vendo sua sapatilha ao lado da poltrona.

— Não — assegurou ela. — Perdoe a minha falta de tato.

Tristan apenas ergueu as sobrancelhas e bebeu mais um gole.

— É a sua primeira vez, não é? — indagou.

— Eu... o que exatamente eu lhe disse?

— Tudo, minha querida, absolutamente tudo.

Ele tinha como característica aquele tom de voz irritante, como se todo assunto fosse realmente simples.

— Ah, Deus.

O rosto dela estava queimando, era vergonha demais para sua delicada pele aguentar.

— Eu quis dizer que esta é a sua primeira vez acordando no quarto de um homem — explicou, observando-a tentar se ajeitar outra vez.

— Se eu lhe disse tudo, você sabe que é.

Ele ficou sério por um breve momento e mudou seu apoio, recostando-se ao lado da lareira.

— Na verdade, depois que você me contou sobre sua péssima escolha de candidato para a perda de sua sagrada virgindade, você me beijou. E então disse que aquele dia com o tal Sr. Fulano, de quem jamais lembrarei o nome, foi horrível. Eu lamentei profundamente que esse Sr. Fulano não soubesse bem como enfiar as coisas no lugar certo. Então creio que fui eu que a beijei e lhe fiz uma proposta indecente sobre mostrar como podia ser melhor. Depois disso, acabamos ocupados e eu não sei mais detalhes sobre sua vida sexual. Imagino que tenha sido um tanto parada.

Enquanto ele falava, Dorothy pensou em correr de volta para cama e se enforcar com o lençol.

— Isso não lhe diz respeito — disse ela prontamente, tentando demonstrar mais ultraje do que sentia.

— Tem razão, foi só um palpite. Considerando que mora com sua prima e seu tio e a tal acompanhante muito atenta, além de viver ocupada com a temporada, passando essa imagem de dama solteira e decente. Sem contar sua declaração de que nunca mais ia se sujeitar àquela coisa terrível com o Sr. Fulano. Apenas concluí — respondeu ele de lá, ainda confortavelmente recostado na lareira.

— Eu não acredito que lhe contei tudo isso.

Não era que não se lembrasse; Dorothy não sabia como tinha deixado escapar tanta coisa.

— Temos muito em comum. Essa história de perder os pais, ser deixado à mercê da boa vontade de familiares e tudo mais. Foi uma identificação muito rápida. — Ele estava explicando, com uma pitada de sarcasmo.

Dorothy pegou sua sapatilha e a calçou rapidamente, olhou em volta e procurou a outra. Demorou até encontrá-la e calçá-la também.

— Você não tinha sido deixado com uma tia sem filhos? — perguntou ela do quarto, enquanto recolocava suas luvas.

Tristan apareceu sob o arco que separava os dois ambientes.

— Vejo que sua memória está retornando.

Ele pôs o copo sobre a mesma mesinha onde tinha deixado o castiçal e foi até perto da cama, para recuperar a pulseira dela do chão.

Dorothy podia sentir o calor irradiando de sua face. É claro que ela se lembrava. Foi por isso que parou de fazer perguntas, pois conforme sua mente clareava, a situação piorava para ela.

— Posso manter nosso tratamento informal e chamá-la pelo nome? — Ele segurou a mão dela, colocou a pulseira em seu pulso e depois se afastou, pegando o copo. — Afinal eu já estive com a boca em... — Tristan pausou e viu que ela estava com as bochechas coradas — ... suas partes secretas. É assim que vocês damas de bom nascimento chamam, não é? Vamos manter o tom informal.

— Íntimas. Partes íntimas já está bom. — Ela se virou e resmungou. — Tanto faz como você chama.

— Devo ter dito algo quando ainda estava com a boca lá. — Ele lembrou e virou o copo, terminando sua bebida. — Sei que consumimos uma certa quantidade de vinho essa noite, mas eu já estive em situações parecidas. Já presenciei uma dama depois de algumas doses a mais de licor. Conheço algumas que bebem mais do que eu e já estive com conhecidas que apreciaram bastante vinho durante o jantar. Porém, a senhorita foi a primeira que conseguiu desmaiar depois de gozar. Foi fantástico. Não sei se fico lisonjeado ou frustrado.

Ela chegou a tremer.

— Eu não desmaiei! Eu só... relaxei e dormi. Não tenho tido boas noites de sono.

— Sei... Sua prima não para de falar, não é?

Dorothy sentiu que ia desmanchar de embaraço a qualquer momento, então avançou pelo quarto e parou em frente a um espelho, onde conseguiu reunir a bagunça que havia se tornado o seu volumoso e ondulado cabelo, prendendo-o em um coque desleixado demais para uma dama.

— Ajude-me a sair daqui. Ninguém pode me ver, nem mesmo um criado — pediu ela.

— São quatro da manhã, nem os fantasmas vão vê-la.

Ela se adiantou para a porta, mas estava trancada, o que a obrigou a se virar e encará-lo. Tristan se aproximou e olhou ao redor, encontrando a chave caída ali perto. Mais um item que sofreu quando eles passaram por ali.

— Isso não aconteceu — disse ela, antes que ele destrancasse a porta.

— Não bebo o suficiente para ter alucinações assim tão fortes, madame. Lembro-me de cada segundo que passamos na cama. Minha memória é ótima. Lembro-me também de cada palavra que me disse.

Dorothy colocou a mão na maçaneta e não deixou a porta abrir. Ela levantou bem o rosto e o encarou seriamente, tentando ler sua expressão, e Tristan a encarou de volta. Infelizmente, eles não se odiavam — seria engraçado se fossem inimigos e houvessem acabado nessa situação. No entanto, eles estavam mais para quase amigos que só se conheciam pessoalmente havia dois dias. Foi identificação instantânea, como ele tinha dito. Ela lhe contou algumas coisas, e ele também lhe contou outras.

Ambos ficaram surpresos ao descobrir um ao outro e ver que não eram tão ruins quanto pensavam. Dorothy percebeu que Lorde Wintry, o suposto terror de qualquer dama respeitável, apelidado de demoníaco pelos medrosos, não era assim tão terrível. Tristan descobriu que ela não era uma daquelas damas respeitáveis, criaturas aterrorizantes das quais ele corria mais do que de assombrações.

— Você não diria, não é? — perguntou.

— Além de não ser um bêbado, eu não sou um maldito cretino desleal. — Agora sim ele parecia irritado.

— Eu sei... — Ela balançou a cabeça e soltou a maçaneta. — Eu confio em você.

— Espero que só confie na minha discrição, porque o fato de estar saindo daqui nua por baixo desse seu vestido prova que não deve confiar em mim quanto a sua pureza.

— Claro que é só na sua discrição! Sei também que não dirá nada sobre tudo que eu lhe disse.

— Você fala como se não fôssemos mais nos encontrar...

Boas amizades podiam começar entre taças, com uma boa garrafa de vinho sendo dividida. Só que eles tinham planejado terminar a garrafa com as roupas no lugar. O fato de ele ter ficado atraído por ela não atrapalhara em nada, e nem ter gostado demais de sua voz e sua natureza prática. Dorothy era uma mulher encantadora, de olhos sensuais esverdeados e sinceros, com uma pele deliciosa ao toque, como ele descobriu um pouco depois.

É claro que ninguém pretendia fingir que Lorde Wintry não era um maldito, atraente e sedutor. O pobre homem não conseguia fingir ser um bom exemplo nem para se salvar, não dava sequer para dizer que havia sido bem-criado, pois a tal tia que o educou era uma festeira, com mais amantes do que seu mordomo podia dar conta. Era, no entanto, uma mulher carinhosa que o criou como um filho. Criou para o pecado, claro. Bom exemplo ele teve.

E é óbvio que Lorde Wintry não era um devasso. Quem em sã consciência diria uma coisa dessas? Ele era tão dissimulado que disfarçava bem. Sim, isso foi uma mentira, mas até agora tinha sido fácil de acreditar. O importante é que ele era um conde, saudável e rico. Isso significava que servia como alvo de casamentos durante a temporada. Mesmo com a sua terrível fama.

— Não vou lhe contar mais nada — avisou Dorothy.

— Claro que vai. Com quem mais conversaria? Sua prima, quantos anos ela tem mesmo? Quinze?

— Dezoito! — Ela colocou a cabeça para fora, e viu que o corredor não só estava escuro como completamente deserto. — Como vou chegar ao meu quarto assim?

— Você está a três portas daqui, para a direita. Tem medo do escuro?

Dorothy não respondeu. Ia apenas sair do quarto, mas Tristan colocou a mão em sua cintura e a impediu.

— Não vai se despedir, Dot? Você disse que eu podia chamá-la assim quando eu ainda estava com os lábios no seu pescoço.

Ela só conseguiu engolir em seco enquanto o olhava, mas se livrou de sua mão.

— Adeus, Lorde Wintry.

Ele deixou a porta aberta, o que iluminava suficientemente o corredor, e só a fechou quando escutou o som da porta do quarto dela batendo.

Capítulo 2

A noite do baile de encerramento foi um tormento. Dorothy não conseguia parar de enxergar Lorde Wintry por todos os lados. Ela começava a achar que ele era uma aparição. Todo aquele episódio tinha que ter sido a imaginação dela. Um minuto depois de saber onde estava, ela se lembrou de tudo. Achou que sairia melhor da situação se fingisse que havia esquecido a maior parte da noite, e assim poderia negar eternamente que esteve com as pernas sobre os ombros dele.

Em um momento ela não sabia o que estava a ponto de acontecer, e no outro já não se importava com o que acontecia. Foi a sensação mais estranha de toda a sua vida. No entanto, ela sabia que havia esquecido algo muito importante: o seu juízo. Não sobrara nem um farelo dele; jamais poderia explicar a alguém como foi que acabou em tal situação.

Para alguém neutro na história, seria facílimo explicar. Duas palavras resumiam perfeitamente o que acontecera na noite passada: Lorde Wintry. Ou poderia ser explicado de forma mais pessoal: Tristan Thorne. Pronto, estava tudo claro feito água cristalina. Essas palavras deviam servir como explicação para a perda de juízo de toda boa moça no raio de alcance do tal lorde.

A culpa não era toda dele, afinal Dorothy podia ser inexperiente em certas coisas da vida. Depois da noite passada, boa parte dessa inexperiência estava maculada, mas ela ainda podia se agarrar a um pouco dela. E sabia que ninguém beijava sozinho. Ele foi quase um cavalheiro ao não lembrar que ela colaborou bastante para abrir sua camisa, mas esse resquício de cavalheirismo desaparecia ao recordar que ele não hesitou em dizer onde exatamente esteve com a boca.

Aquele lordezinho sujo e devasso. Devia ter a boca mais imunda de Londres e provavelmente a mais bem-treinada também. Porque outra coisa que Dorothy não saberia explicar foi o que a arremeteu. Alguma coisa se apossou dela. Se fosse dada a acreditar em espíritos, culparia um deles. O que quer que a tenha tirado do prumo fez seu corpo suar e deixou que ela acreditasse que morreria de prazer e que não aguentaria nem mais um minuto de vida se não lhe curassem daquela agonia. E o maldito Lorde Wintry a curou muito bem. Foi a melhor sensação que já passou por seu corpo. Seja lá o que foi, ela apagou em seguida.

Dormir pouco, beber ponche boa parte da noite, vinho no jantar e ainda dividir uma garrafa da bebida com Lorde Wintry podia ajudar a explicar. Só que nada jamais explicaria ela estar sozinha com ele em uma escada mal-iluminada, cada um segurando uma taça, externando suas frustrações e um pouco de suas histórias.

Ela não era mais virgem por causa de um infeliz episódio em sua vida, a última péssima decisão que tomou. E essa decisão tinha sido havia pelo menos sete anos. Até acabar na cama de Tristan e com os joelhos no ar, não fazia ideia do que era sexo oral. Agora, que Deus a protegesse, como poderia manter sua máscara de dama imaculada se a cada vez que levantava o olhar dava de cara com ele? E com aquela boca dele? Não havia palavras no vocabulário para descrever o que ele era capaz de fazer com aquela boca sensual e ousada.

Tristan podia jurar de pés juntos, dessa vez sem mentir, que não estava perseguindo a Srta. Miller. Nenhuma das duas. Bem, ele também não a estava evitando. A cada vez que se virava e dava de cara com Dorothy, era imediatamente lembrado do que acontecera.

Ah, que pena... Eles podiam ter sido amigos inocentes que ajudariam um ao outro em bailes entediantes. Ele poderia até ajudá-la em seus esquemas para casar a prima naquela temporada. Ele era bom em todo tipo de esquema, principalmente se envolvesse enganar alguém. Tristan até dançaria com a tal mocinha, pelo bem da inocente e da pura amizade que ele e a Srta. Miller poderiam ter tido. Com exceção de sua falecida tia e de sua prima, era a primeira dama com quem ele sentia prazer em conversar. Quem sabe um dia até lhe fizesse confissões mais profundas?

Na situação em que estavam, a única confissão que ele faria a ela seria aquelas de travesseiros, porque ele não conseguia parar de imaginar quando ficariam sozinhos de novo, e da próxima vez ele ia lhe arrancar as meias também. O mundo era mesmo muito injusto. *Ah, aquelas pernas.* Ele queria apertar suas coxas macias e acabar outra vez com a boca sobre ela. Da próxima vez queria tempo para acariciá-la e beijá-la da cabeça aos pés. Pretendia mordiscar também. E muito mais. Desde que ela estivesse gostando, o jogo estava aberto para tudo.

— Wintry, onde esteve desde ontem? Desapareceu logo após o jantar e me deixou sozinha com todas essas pessoas.

Sua prima não parecia nada contente ao abordá-lo e fazê-lo perder o rastro de Dorothy.

A propósito, Lady Russ, a dona da casa, era prima de Tristan. E para ele, a prima era conhecida apenas como Nancy. Era a única parente com quem ele mantinha relações, provavelmente porque era a única que não o desprezava ou desejava vê-lo morto.

— E seu marido, onde estava?

— Na mesa de jogos e depois bêbado e apagado, claro.

— Fui dormir cedo — resumiu ele.

Ela se inclinou e gargalhou.

— Você? Duvido! Com quem estava?

— Não arrumo amantes nas suas festas, já lhe disse isso. A chance de ser forçado a encontrá-las novamente é alta demais.

— Até onde sei, você não arruma amante nenhuma dentro da sociedade. Morro de vontade de contar que o maior medo do famoso lorde Wintry é se envolver com uma dama correta.

— Não se eu quiser ter paz na minha vida.

— Ótimo. — Ela olhou para os lados e disse mais baixo: — Não deixe de me contar quando estiver com alguém novo, quero poder desfilar pelos bailes e escutar os outros conjecturando enquanto eu sei de tudo.

— Nada disso ocorrerá aqui — assegurou Tristan.

— Tudo bem, mas o baile vai ser longo. Amanhã podemos ir cavalgar...

— Vou partir amanhã cedo — avisou.

— E por que você vai sair daqui cedo após um baile?

— Compromissos.

— Mas que diabos, Wintry!

— Alguém pode escutá-la e descobrir sua real faceta, Nancy. Morda essa língua suja.

— Eu aprendi todos os palavrões e impropérios com você.

— E sua vida não ficou muito mais divertida depois disso? — Ele sorriu e deu uma piscada lenta para ela.

Nancy não era apenas a única parente que não o desprezava; aquele danado a havia conquistado e ela o adorava. Desde bem nova lamentava que não fossem irmãos. Uma vez até passou um mês dizendo que eles na verdade eram filhos do mesmo pai, o que seria uma confusão tremenda. E gerou um mal-estar bem grande, porque na época Tristan ainda não era o herdeiro; e a família desprezava sua existência.

***

O tempo de folga que Dorothy conseguiu foi muito curto. Um minuto depois a Sra. Clarke a encontrou e praticamente jogou sua prima Cecilia em seus braços.

— Eu não posso sequer piscar! Essa menina não tem a mínima noção do que é um pretendente adequado. Ela sequer sabe se o cavalheiro é casado ou não — reclamava a acompanhante delas.

— Para quem andou piscando esses olhos agora, Cecilia? — perguntou Dorothy, olhando em volta. Talvez avistasse algum homem interessado demais nos movimentos de sua tola e jovem prima.

— Ela estava mandando mensagens inadequadas com o leque. — A acompanhante mostrou o leque confiscado.

— Acho que aquele é o Lorde Pyke, mas eu não sabia que ele havia se casado. Ele tinha uma péssima reputação. E ele é tão alto e bem-apessoado, como eu poderia não olhar?

— Valha-me, Deus!

— Até os devassos se casam, meu bem. Só não vão se casar com você, especialmente quando são seu alvo de admiração. Não sei onde errei... — lamentou-se Dorothy. — Eu jurava que havia lhe dito o que é um pretendente seguro. Homens como Lorde Pyke não são nada seguros.

Cecilia tinha um péssimo gosto, mas essa era a primeira vez que ia a campo para encontrar um marido. Seria sua primeira temporada oficial, mesmo que estivessem em Londres havia algum tempo, pois Lorde Felton, o pai dela, tinha negócios na capital e precisava ficar por lá. Como já não podia se locomover como antes e sua saúde vinha decaindo, ele não fazia muitas viagens.

Com apenas 26 anos, às vezes Dorothy se sentia responsável demais pela prima de 18. Não chegava a se sentir mãe dela, mas era como uma irmã mais velha que vinha cuidando da irmãzinha havia tempo demais. Não deixava de ser verdade, pois ela morava com o tio desde os 10 anos; naquela época Cecilia era só um bebê e sua mãe ainda era viva. Oito anos depois, as coisas mudaram. Lady Felton faleceu e sobraram as duas e a Sra. Clarke para olhá-las.

O pior era que Dorothy havia contado tudo isso a Tristan, junto com algumas de suas mágoas e problemas de ter vivido em uma casa "emprestada", onde era e sempre seria uma hóspede que nunca partia. Mesmo que tivesse sido bem-tratada e que seu tio lhe dissesse que ela era bem-vinda.

Quando Lady Felton era viva, esse sentimento de não pertencer, de estar devendo um favor e até atrapalhando era maior. Foi difícil por um tempo, enquanto a dama permanecia frustrada por não conseguir ter outro filho. Ela sempre dizia que se pelo menos Dorothy ou Deborah tivessem nascido meninos, ela não teria essa pressão para ter um herdeiro e impedir que tudo fosse parar nas mãos do filho de Lady Jane. Por fim, quando a viscondessa morreu, Dorothy herdou as tarefas dela.

Agora, ela achava sua história bem mais aceitável, se comparada ao que aconteceu a Tristan quando seus pais morreram. Ao contrário dele, seus parentes não a desprezavam; era uma relação normal.

— Esqueça Lorde Pyke — disse Cecilia de repente. — Ah, Deus. Aquele é o homem mais desejável de todo o mundo. Eu sei, ele não é belo, é algo mais. Não deve haver espécime masculino e disponível mais bem-feito. E perigoso. Pelo que dizem, ele é um mau caráter. E certamente um devasso. Já reparou aquelas proporções? São incríveis. Pelo que ouvi, ele também é bom em jogos e sabe beber sem passar vergonha.

— Está recitando a receita de um pretendente estragado? — perguntou a Sra. Clarke, esperançosamente.

— É o Lorde Wintry, óbvio. Ele é bom de se olhar, não é? Porque convenhamos, Lorde Pyke podia ser um tanto perigoso e um completo devasso, mas não era tão bonito. Assim como Lorde Davis, que quer ser como eles mas parece forçado demais. E tem rostinho de bebê. Ora essa, um cavalheiro que se preze precisa parecer um homem para ostentar tal fama e garbo. Davis precisava envelhecer mais uns dez anos. Lorde Wintry, no entanto, está no ponto.

— Lorde Davis ainda é um pretendente aceitável, é apenas jovem e bobo. E não tem talento para esse tipo de vida — disse a Sra. Clarke.

Ninguém podia acusar a acompanhante de não tentar.

— Dorothy, você está muito quieta. Está tudo bem?

Ela havia descansado a mão sobre os olhos, porque era tudo que lhe faltava: sua prima e seu péssimo gosto para homens aliados ao problema que Lorde Wintry se tornara em sua vida enquanto ela estivesse na casa de Lady Russ.

Não precisava de sua prima assanhada recitando bem ao seu lado tudo que pensava sobre os dotes físicos daquele maldito. Claro que ele não era belo. Nenhum homem como aquele podia ser "belo". Ficaria parecendo que alguma coisa estava errada. E era por isso que era fácil para uma mulher achá-lo bonito, do tipo sexualmente irresistível. Masculino demais para ser retratado em pinturas celestiais. Para que uma beleza angelical se ele podia ser irresistivelmente demoníaco?

E Dorothy estava condenada ao inferno.

— Ai, acho que ele está vindo para cá! — exclamou Cecilia em um sussurro.

— Por favor, não. Eu lhe imploro, Senhor. Não faça isso comigo — pedia Dorothy, olhando para cima.

— Acalme-se, menina — disse a Sra. Clarke, tocando o cotovelo de Cecilia.

— Ele não vai mordê-la, Dorothy. Pare de ser esnobe, por isso que você espanta todos os seus pretendentes. Tudo bem que eles são chatos, mas mesmo que não fossem, tenho certeza de que os espantaria — disse Cecilia.

Dorothy olhou em volta e Tristan estava perto dali, conversando com outros três homens, e dessa vez seus olhares não se encontraram.

— Vamos sair daqui — decidiu, agarrando o cotovelo da prima e a levando dali com dificuldade.

Talvez houvesse mais algum cavalheiro de má reputação na casa para Cecilia poder se ocupar.

Uma dama que não tem paz, não tem nada, diria Dorothy depois de ter aguentado Cecilia a noite toda, falando de todos os lugares que iriam na temporada, além de todos os devassos famosos que ela encontraria, sempre com atenção para os seus preferidos. Sua prima achava que o duque de

Hayward, apesar de não ser famoso por amantes e sim por seu alto grau de periculosidade, era um Deus na Terra. Graças aos céus que ele já estava casado, apesar de não ter perdido o apelido de Duque Negro.

Seu outro Deus na Terra, para o terror de Dorothy, era Lorde Wintry. Segundo Cecilia, ele era o Rei dos Devassos. E era notável como sua fama tinha aumentado de uma forma assustadora nos últimos dois anos. Alguns diziam que em décadas não viam um lorde tão fora de controle. E ele tinha a quem puxar, afinal, sua tia... Bem, não era de bom tom dizer certas coisas de uma dama já falecida. Não que os fofoqueiros tivessem essa sensibilidade.

Curioso que, durante o tempo que passaram conversando, ele não pareceu nada disso, pelo menos não até terminarem seminus no quarto. Porém, de qualquer forma, se Cecilia não tivesse passado a última hora lhe contando tudo que descobrira, ela não saberia o quanto ele era um "cavalheiro perigoso e devasso", a síntese do tipo preferido de sua prima. As histórias sobre ele eram tão absurdas e escandalosas que antes ela pensava serem apenas boatos.

No final da noite, depois que finalmente colocou Cecilia no caminho certo para dançar com um bom rapaz, Dorothy virou o rosto e Lorde Wintry estava parado bem ao seu lado, observando a dança como faria qualquer outra pessoa. Ele percebeu quando ela finalmente o viu, então colocou a mão no bolso e tirou um grampo enfeitado, que ofereceu a ela.

— Acho que esqueceu isso — disse, baixo.

Quando viu o que era, ela arregalou os olhos e o tomou dele tão rápido que poderiam achar que foi um golpe.

— Só encontrou esse? — perguntou, aflita.

— Não procurei, ele me espetou.

— Saia discretamente. Minha prima não pode me ver perto do senhor de jeito nenhum.

— A senhorita é uma péssima ex-amante. Quando tudo termina é bom pelo menos manter uma relação cordial.

A cabeça de Dorothy podia muito bem ter explodido e batido no teto. O olhar dela passeou em volta: não havia ninguém perto o suficiente para escutá-los.

— Não fui sua amante, saia daqui.

— Quer dizer que a senhorita tem colocado as pernas por cima dos ombros dos seus amigos também?

— Eu nunca fiz uma coisa dessas! — Dessa vez ela não estava fingindo o ultraje, não podia nem imaginar algo assim.

— Fez, ontem — lembrou Tristan, cinicamente.

— Antes!

— Teve algum amante antes? — perguntou ele, agora seriamente.

— Claro que não. Quer parar de me fazer perguntas íntimas? — sussurrou ela, voltando a olhar ao redor.

— Está apaixonada ou vai aceitar algum compromisso assim que chegar a Londres?

— Só se me ameaçassem com algum tipo de arma letal.

— Sabia que a sua aversão a casamentos e compromissos não é uma característica comum entre mocinhas bem-nascidas e muito bem-criadas? E nem sequer combina com uma moça tão casta. — Ele colocou as mãos para trás e as segurou, fingindo que a dança estava interessante.

— Eu nunca disse que tinha aversão. Apenas não tenho interesse.

— Eu sei ler as entrelinhas. Espero que isso não seja um trauma por causa do Sr. Fulano que não sabe como enfiar as coisas nos lugares certos.

— Eu não posso conversar com o senhor. Tem razão, não fui criada para isso, faltou algum tópico na minha educação, não é possível... — Ela estava pronta para partir.

Tristan a olhou de canto de olho e se manteve na mesma posição.

— Tenho mais grampos de onde veio este — informou.

Ela havia se afastado um passo, mas voltou imediatamente.

— O senhor é um mentiroso!

— Claro que sou. Como acha que cheguei vivo e rico até este estágio da minha vida? Não é fácil como parece, mas juro que só minto em situações de extrema necessidade.

Vivo, rico e arrogante, esse último deveria ser pré-requisito para sobreviver.

— E desde quando um grampo é extrema necessidade?

— Desde que a senhorita o esqueceu em minha cama. O motivo está extremo o suficiente para o seu gosto?

— E eu cheguei a pensar que sua fama fosse exagero. — Ela balançava a cabeça, claramente o recriminando.

— Tenho certeza de que é.

— Pois eu duvido!

Dessa vez ela saiu dali quase fugida, pois a dança havia terminado e Dorothy não saberia o que inventar para Cecilia se ela a visse sozinha com Lorde Wintry.

***

— Não sei por que precisamos partir tão cedo. Estou faminta e exausta por ter dormido pouco e ficado horas na estrada — reclamou Cecilia quando pararam numa hospedaria a caminho de Londres.

A Sra. Clarke também entrou junto com a protegida, e Dorothy as seguiu lentamente porque precisava esticar as pernas. Ambas foram direto para um salão privativo que milagrosamente estava vago. Não demorou muito para Cecilia, que era uma dorminhoca assumida, dizer que ia cochilar no quarto que dividiria com a acompanhante por aquela noite. Ainda faltavam algumas horas para anoitecer, mas como haviam saído cedo demais, estavam cansadas e tanto os cavalos quanto o cocheiro precisavam de descanso.

— Eu sei que já é grandinha, minha querida, mas não é de bom tom que uma moça seja vista sozinha por aí. Tome um pouco de ar fresco e volte — recomendou a Sra. Clarke. — Vou olhá-la da janela.

Dorothy duvidava disso. A acompanhante e sua prima deviam se dar bem porque combinavam em seus hábitos. Ambas dormiam rápido e fácil. Assim que sua protegida caía no sono, a Sra. Clarke arranjava um canto e apagava. Já Dorothy, se fizesse isso, rolaria na cama a noite toda.

No entanto, assim que passou pela porta, Dorothy não foi a lugar algum. Lorde Wintry tinha acabado de descer do cavalo e estava retirando suas luvas de montaria. Uma carruagem robusta estacionara bem em frente, e um homem pulou de lá e veio pegar o cavalo dele.

Aquele veículo enorme estava parado ali antes e ela não vira? Impossível! Ele se aproximou e cravou os olhos nela. À luz do dia era fácil perceber que, apesar de aqueles olhos serem claros, não eram nem verdes e nem azuis, mas sim uma combinação de fatores, como seu dono. Eram castanho-esverdeados. E eram olhos de predador, não havia nada de adorável ou amável neles. Eram astutos e diretos, desconfiados e sacanas. Os cílios eram escuros e o aspecto final era bonito e enganador, mais sombrio do que parecia.

— Por isso que eu nunca gostei de surpresas — disse Dorothy. — Elas nunca estão a meu favor. E que surpresa encontrar o senhor por aqui. Achei que ficaria mais uns dias com sua prima.

— Você sabe que tomei esse caminho nesse horário de propósito.

Tristan se aproximou até estar bem na frente dela.

— Não sei, não. Sequer consigo imaginar um motivo plausível para o senhor ter se dado ao trabalho de se levantar tão cedo para conseguir chegar aqui.

— Persigo meus objetivos, madame. Corro atrás de tudo que desejo. E eu a quero demais — esclareceu.

Aquilo a deixou sem saber onde se esconder; ele não tinha um pingo de vergonha.

— Não podemos ser vistos juntos — rebateu Dorothy, antes que aquilo ficasse pior.

— Ora essa, e por que não? — Agora ele estava sério.

Era uma boa pergunta. Afinal, todos ali eram inocentes, não é?

— Porque...

— Se vai dizer que é pela minha má fama, tenho uma objeção. Ela não inclui perversão e nem dez amantes de uma vez.

— Dez!

— Não foi esse o escândalo da temporada passada? Particularmente, acho que Lorde Harris não tem força para manter essa quantidade de moças, mas enfim...

— Eu preciso voltar.

Ela olhou para a hospedaria e deu dois passos para trás, como se tirar os olhos de cima dele fosse muito arriscado.

Tristan assentiu, mas juntou as mãos e perguntou:

— Vamos ter que resolver isso em Londres?

Assim que o escutou, ela parou e respirou fundo. Tinha que conseguir lidar com ele sem começar a ofegar. Pelo que lembrava, não havia tido nenhum desses problemas quando estavam lá naquele quarto, então por que agora parecia tão difícil?

— Eu sei o que você quer — declarou ela.

Dessa vez ele inclinou a cabeça e soltou aquela gostosa risada masculina de pura diversão.

— Você não faz a menor ideia. — Ele balançou a cabeça.

Dorothy não queria ser vista com ele, tinha receio que sua prima delirante saísse da hospedaria e os visse ali. Mais uma vez, não teria o que lhe dizer, seria difícil fingir que haviam acabado de se encontrar. Tristan andou lentamente atrás dela enquanto se distanciavam alguns passos.

— Claro que sei. Você me quer de volta na cama, para matar sua curiosidade por uma noite, não é?

— Não. — Ele ficou sério novamente.

— Impossível. Está mentindo de novo.

— Não minto o tempo todo, não é um esporte. Eu quero ter um caso com você.

— O quê?

Ela se virou para ele, parecia que havia acabado de ouvi-lo dizer que estava planejando matar o rei.

— Um caso. Sexo consensual e prazeroso por mais do que uma noite. Eu espero que seja por muitas noites, mas não quero que apague outra vez. Temos que chegar até o final. Gostei muito de lhe proporcionar prazer, Dot, mas um bom sexo é feito de reciprocidade e muito prazer compartilhado.

— Pare de me chamar de Dot! Alguém pode escutar!

— Esse é o único problema? Todo o resto está de bom tom?

— Não! Eu não vou para a cama com você.

— De novo?

— Eu não... — Ela parou e respirou fundo. — Eu nunca escutei tanta indecência em toda a minha vida.

Dorothy estava mais vermelha do que um morango e não podia nem fingir que não estava escandalizada, mas ainda assim queria começar a rir. Era tão indecente, mas tão indecente dizer algo assim para uma moça como ela que chegava até a diverti-la.

— Eu sei, o Sr. Fulano também deve ter sido péssimo nisso.

— Ele chamava o seu membro de pinto — murmurou ela.

— Imaginei. — Ele andou, parando ao lado dela. — Pois bem...

— Pois bem coisa nenhuma, senhor. Não vamos ter um caso só porque eu... bem... eu devo lhe agradecer pelo...

— Não, nunca agradeça por isso. O prazer foi todo meu.

— Não vamos ter um caso. O senhor não tem a menor noção do absurdo que é uma moça como eu, solteira, ter um caso.

— Um acordo, vamos acordar em procurar um ao outro e apenas um ao outro, para aplacar nossas necessidades carnais.

— Não tenho necessidades carnais.

— A senhorita quer mesmo que eu conteste essa alegação? Vai ser em detalhes.

— Não! E isso é errado, absolutamente inapropriado. Só por ter essa conversa com o senhor eu já estou completamente comprometida, minha reputação sequer teria conserto se descobrissem apenas um pedaço do que falamos e fizemos.

Tristan concordava com ela, por isso assentiu. Claro que ela estava certa. Aliás, ambos estariam encrencados. Ele podia ser um bando de coisas, mas desonrado não era uma delas. Tinha sua consciência para manter. Se soubessem o que ele esteve aprontando com a Srta. Miller debaixo dos lençóis, ele iria pedi-la em casamento. E ambos seriam infelizes, porque nenhum dos dois queria se casar agora. E ela seria obrigada a aceitar, porque seria isso ou a ruína. Seria ainda mais manchada, porque aos 26 anos, já estava "passada" entre as moças solteiras da sociedade. Não pegariam leve com ela.

E nada disso era capaz de aplacar a intensidade do desejo que sentia por ela. Naquele momento, podia levantá-la no colo e deitá-la na relva, onde a beijaria até ela começar a murmurar e não fazer sentido algum, tão dominada pela luxúria quanto ele. E então iriam até o fim, sobre um maldito gramado. Nem ele podia ir tão longe. E em sua mente, a imaginava em quartos luxuosos, com sua pele macia tocada por lençóis delicados como ela.

Não importava que não houvesse um pingo de delicadeza nele. Não iria machucá-la, podia jurar. Ia lhe dar prazer e obter muito mais de seu corpo. Ia vê-la enlouquecer entre os malditos lençóis macios e ouvi-la gritar em desespero, gozando tão intensamente que seria capaz de rasgar a roupa de cama cara e digna. E depois disso, ele não se importava onde ia acontecer, na relva, no chão ou embaixo de uma mesa.

— Tem razão, é errado de todas as formas. E nunca vão nos descobrir.

Dorothy piscou várias vezes, como ele podia dizer isso com tanta certeza? Era nesses odiosos momentos que sentia como se ele soubesse de algo que ela nem imaginava. Era ruim, porque podia ser verdade. Ele era só uns três anos mais velho do que ela, mas suas experiências de vida não podiam ser mais distintas. E quando ele a olhava daquela forma tão direta e alegava algo com absoluta certeza, Dorothy sentia que havia perdido alguma informação na história.

Ao olhá-la, Tristan podia ver o retrato da dúvida e do desejo na mesma bela e formosa mulher. Ele gostava dela; foi uma identificação rápida. Ela era interessante e instigante, e era bom se importar com a mulher com quem pretendia ter tanta intimidade. Ele não era nenhum desalmado... Ou melhor, isso seria um ponto a ser discutido bem mais tarde.

Tristan odiava ver como ela também o queria e não ia se permitir sequer tentar, mesmo que já houvesse experimentado em um momento de loucura. Porque para ela era errado. Uma dama bem-criada não podia se envolver nesse tipo de coisa. Ela sequer teria uma palavra para descrever tanta indecência. E se não fosse aquela péssima decisão que Dorothy havia tomado quando tinha a idade de sua prima, até hoje seria uma mulher intocada.

— Então...

Ela o olhou com desconfiança, não faria o menor sentido que o assunto terminasse com ele concordando e deixando de lado. Até ela ficaria decepcionada, mesmo que houvesse vencido.

— Você gostou de se envolver comigo, eu sei, não negue. Só que é sexualmente reprimida demais para admitir. Mesmo que fôssemos casados, você negaria, porque lhe ensinaram que não é certo. Não é culpa sua, também sei disso. Criam as damas assim.

Ele balançou a cabeça, realmente não gostava daquilo, porque ele não tinha sido criado dessa forma, sua tia não o havia ensinado assim. Compreendia, mas não concordava com a forma como submetiam as mulheres a uma educação tão conservadora.

Na cabeça de Dorothy, se fossem casados, ela não saberia o que fazer se ele fosse... *ele*. Ia mentir, fingir ou acabaria falando e reagindo porque já estariam presos um ao outro?

— E você se sente culpada porque cedeu sua castidade ao homem que achava que amava. Lamento que ele tenha sido um tolo e um péssimo parceiro e que tudo tenha sido um desastre. E mesmo que ele fosse ótimo, nada disso é culpa sua. Não é obrigada a se apaixonar por ele e aturá-lo pelo resto da vida. Seu corpo e seus desejos são seus e de mais ninguém. Por isso preciso saber se ainda me quer, porque caso não queira, acabamos aqui. E eu jamais direi uma palavra do que aconteceu entre nós. Ninguém vai repreendê-la ou obrigá-la. Também quero que mesmo que nos separemos aqui, guarde o que eu lhe disse, mas vai ter que me permitir guardar minhas lembranças de nosso tempo juntos. Eu adorei cada segundo. — Ele juntou as mãos e ficou bem em frente a ela. — Pode me estapear agora, mas não pode dizer que menti.

Ela nem sequer se moveu para bater nele. Não se sentia profundamente insultada, mas estava intrigada por tudo que acabara de ouvir. De todos os homens do mundo, não imaginou escutar isso de Lorde Wintry. Não que ele passasse perto da imagem de um conservador, mas é que simplesmente não conseguia imaginar uma situação em que ele lhe diria isso logo depois de dizer que queria ter um caso com ela. Dorothy decidiu ali que ele era um homem muito estranho. Interessante também, muito mais do que se fosse apenas mais um libertino.

— Passe um tempo comigo — propôs ele, quando notou que ela não ia estapeá-lo, sair correndo apavorada ou discutir sobre seus pontos de vista liberais demais.

— Estou indo para Londres, tenho uma temporada para comparecer — lembrou a ele.

— Eu também. Isso seria um impedimento?

— O senhor está louco? Não dá tempo, esqueceu que também sou acompanhante de uma debutante?

— Sim, só um pouco. Claro que dá tempo. Quando realmente se quer algo, o tempo aparece. Não é para fugir comigo e desaparecer, mas sim para me encontrar em certos dias.

— Não posso fazer uma coisa dessas.

— Você tem que se decidir entre não poder e não querer.

— Apenas não posso, mas sinto muito. — Agora foi ela que pausou enquanto o olhava, por um momento só o admirando. Era fácil se perder por causa dele. Atraente e perigoso, com aquele olhar desejoso e o ar eternamente travesso de alguém cheio de coisas para mostrar e imprudências para cometer. — O senhor é muito... divertido.

Sim, ele era, mas ela usou essa palavra por pura dissimulação. Tristan era muito mais. Havia o que descobrir nele. Uma mulher não se perderia só em sua aparência convidativa ao pecado. Ela ficaria presa a ele, abrindo e fechando gavetas atrás dos grandes segredos. E quando pensasse que o tinha descoberto, ele já a teria arrebatado e a prendido com ele em uma das intermináveis gavetas. E então não haveria volta. Ele era perigoso assim. Num piscar de olhos, a teria pela chave dos seus segredos.

— Claro que eu sou divertido, eu lhe dei o primeiro orgasmo da sua vida. Tedioso é que eu não seria — afirmou, com tanta falta de vergonha que sobraria para o resto da nação.

— E sem-vergonha! Claro que é! Cavalheiros com um pingo de vergonha não colocam as pernas de damas castas sobre seus ombros e fazem o que o senhor fez. — Dorothy tornou a se afastar dele.

Tristan não a deixou ir dessa vez, porque ele sabia que estava quase lá. Ela estava pensando no caso deles, e a forma como olhava para ele não podia ser fingimento.

— Quando eu a tiver de novo, não vai sobrar resquício de castidade em nenhuma parte do seu corpo. E você vai adorar cada segundo e sentir-se livre como nunca foi.

Chegaram mais hóspedes na hospedaria e, se olhassem para onde eles estavam, seria uma visão estranha. Os dois se encaravam e ele a segurava tão perto. Se alguém os reconhecesse, seria um problema. Dorothy entrou pelo caminho entre o gramado e as árvores que provavelmente era muito usado pelas pessoas dali, pois estava bem gasto. Quando parou e se virou, encontrou Tristan caminhando para perto dela.

— Não posso ter um amante agora — declarou, como se algum dia já tivesse tido um.

— Sinto informá-la que não estamos ficando mais jovens, Dot. Se formos esperar até os 60 anos, devo lembrar que já não entregarei o prometido com a mesma vitalidade. Isso se ele ainda subir. Espero ter sido abençoado com a longa duração. Meu pai conseguiu me conceber com 55 anos, então temos uma chance, mas prefiro não arriscar.

Ela balançou a cabeça, mas foi mais forte do que ela. Acabou rindo e cobriu a boca com a mão, mas mesmo assim não deu para disfarçar. Tristan sorriu e aguardou.

— Propor um acordo de troca de intimidades é simples assim? — perguntou ela, curiosa e imaginando se era mais ou menos assim que os amantes dos escândalos que estouravam na sociedade faziam.

— O que achou que eu faria? Chantageá-la em troca dos seus grampos? Acho que está lendo mistérios demais. Alternar entre os gêneros seria mais saudável.

— E eu quero os meus grampos de volta — exigiu ela.

— Tudo bem, decida e eu lhe devolvo mais um. Essa chantagem está de bom tamanho? São bons grampos.

Levou cerca de um minuto para Dorothy pensar e voltar a olhá-lo subitamente, como se houvesse acabado de ter uma ideia. Tristan nem se moveu, apenas continuou olhando para ela. Em sua mente ele já estava montando o esquema que seria preciso para encontrá-la durante a temporada.

— Vou lhe enviar uma mensagem assim que me decidir — informou.

Isso conseguiu chamar atenção, e ele negou.

— Sabe, eu faço isso quando quero terminar meus casos. Digo: vou lhe escrever ou lhe mandar um bilhete para marcamos um encontro. E então nunca mais entro em contato e desapareço. É muito útil com moças que se conhece em viagens, mas é uma péssima tática para uma amante que irá reencontrar pessoalmente e em mais de uma ocasião. Nosso caso é o segundo, vamos nos rever várias vezes.

Dessa vez Dorothy colocou as mãos na cintura e o olhou feio.

— Eu não ia enrolar!

— Tão inocente e tão canalha... — Ele balançou a cabeça para ela, claramente sem acreditar, então estendeu a mão. — Temos um acordo de cavalheiros ou não?

— O senhor sabe que damas também têm honra, não é?

— É apenas um termo — continuou ele, com a mão estendida. — Eu honro meus acordos.

— Eu também — respondeu, erguendo o queixo.

— Aperte a minha mão — instruiu Tristan.

— Isso seria o maior erro da minha vida.

— Eu posso ser sua maior aventura e o melhor prazer da sua vida, mas não um erro. Não se arrependa de nada, Dot. Vai ser muito mais prazeroso.

O olhar dela era incerto, e Tristan franziu a testa, observando suas reações. Então olhou a hora e repensou o que teria de fazer.

— Tudo bem — disse ele. — Eu aguardo.

Assim que Tristan se afastou em direção à hospedaria, Dorothy se apressou e o alcançou, segurando em sua manga para detê-lo.

— Onde o senhor está indo?

— Apesar do que os outros dizem, sou um cavalheiro. Vou dar-lhe tempo para pensar em nosso acordo.

— Vai ficar aqui? — exclamou ela, arregalando os olhos.

— Onde mais eu aguardaria? Podemos nos falar amanhã cedo.

— Não! Nem pensar! — rebateu.

Não o queria no mesmo lugar que Cecilia e a Sra. Clarke, isso seria um problema.

Assentindo, Tristan ficou novamente de frente para ela e lhe estendeu a mão.

Dorothy fechou as mãos enluvadas enquanto olhava para aquela mão nua e masculina esperando a sua para levá-la à perdição da qual não devia se arrepender, e o pior é que ainda podia lembrar-se daquelas mãos grandes e fortes a acariciando. Tristan viu quando ela apertou as próprias mãos, contendo o nervosismo, e acompanhou atentamente quando sua mão direita se soltou e se afastou da proteção da esquerda e ele teve que se manter imóvel para não agarrá-la e apertá-la antes que o receio e a vergonha a fizessem desistir.

A verdade era que ela queria saber como era. Desejava a sua maior aventura, provavelmente a única de sua vida. E olhava para ele e o desejava, algo que era estranho para ela, mas exatamente por isso que Dorothy queria tanto descobrir. O que acontecia quando se desejava outra pessoa assim? E como lidaria com aquela sensação? Como seria não se arrepender? E o que ele faria com ela? Havia muito mais do que todo o absurdo que tinha acontecido pelo pouco tempo que esteve com ele na outra noite?

Demorou uma eternidade, mas a mão dela foi se afastando do seu corpo, ainda fechada, até que ela a deu a ele, encostando levemente, como se a mão dele fosse queimá-la. Tristan a apertou assim que ela o tocou e abriu um sorriso. Dorothy levantou o olhar do aperto de suas mãos e, quando viu aquele sorriso, soube que estava perdida.

Capítulo 3

— Você não vai me beijar nem nada do tipo, não é? — perguntou ela, em voz baixa, pronta para se afastar.

Tristan lembrava perfeitamente como era beijar aqueles lábios e qual era a sensação, assim como se lembrava de que fora ela quem o beijou primeiro, dizendo inclusive que já tinha experiência naquilo. Agora, depois daquela noite, Dorothy realmente tinha — antes, ela apenas achava que tinha. Como todos já sabem, o Sr. Fulano era um completo desastre; isso incluía beijos.

Ele ainda tentava descobrir como homens como esse tal pretendente dela conseguiam fazer mocinhas se apaixonarem a ponto de ceder. Esses tais fulanos simplesmente não tinham as ferramentas necessárias para tratá-las como mereciam.

Em vez de responder, ele desceu o olhar por ela e era óbvio que havia algo em sua mente, dava para notar em sua expressão.

— Não, estou ocupado pensando no que farei quando soltar o seu vestido outra vez. Talvez...

Ela cobriu os lábios dele com as pontas dos dedos enluvados, impedindo-o de completar a frase, mas os olhos dele estavam iluminados por diversão como se esperasse que ela fizesse isso. Tristan segurou a mão dela e beijou mesmo sobre a luva.

— O prazer foi todo meu, senhorita. Até breve.

Ela o acompanhou de volta até a frente da hospedaria e achou estranho porque a carruagem continuava lá, e o belo cavalo castanho no qual ele viera agora estava atrelado ao veículo. Tristan acenou com a cabeça para ela e entrou na carruagem, que partiu logo em seguida, deixando-a aliviada por ele não ter ficado.

***

De volta a Londres, Lorde Wintry tinha outros assuntos além de comemorar o fato de ter uma nova amante. Primeiro porque teria de comemorar sozinho, o que era chato demais. Segundo, não ia adiantar nada, pois ele havia enlouquecido. Era uma péssima escolha. Ele nunca tivera um caso com uma dessas damas bem-nascidas da sociedade. Aquelas mocinhas delicadas e ingênuas, completamente reprimidas por sua criação e pela sociedade na qual eram treinadas para viver. Isso quando não eram histéricas.

Para falar a verdade, ele fugia do contato com elas porque parecia que tudo que dizia era errado, um insulto; elas não entendiam ou era inadequado. Como Tristan já passava tempo demais tendo de fingir ser o que não era, odiava ter de fazê-lo na companhia da mulher com quem estivesse no momento. O que tornava difícil a possibilidade de passar muito tempo com a mesma moça.

Claro que damas da nobreza não eram as únicas moças de Londres — havia toda uma gama de conhecidas para ele. Artistas eram divertidas; as atrizes tinham um ótimo senso de humor. Ele já tivera amizade com várias delas. E conheceu algumas belas moças burguesas que apareciam buscando aventuras, tudo por culpa da péssima fama que ele ostentava. Só que essas também procuravam maridos, várias delas eram preparadas para se casar com algum nobre empobrecido. E isso o desviava do assunto e o fazia lembrar-se de sua mãe.

Só que sua adorada mãe, com quem ele passara pouco tempo em sua vida, não tinha dinheiro. Daí viera o apelido de "pobretona" dado pela família do conde. Ela vinha da aristocracia rural, mas isso não a tornava mais do que a filha de um proprietário de terras local. O pai de Lorde Wintry, no entanto, se apaixonara por ela.

— É bom tê-lo de volta, milorde — disse o Sr. Giles, pegando o casaco e as luvas de Tristan. — Apesar de mais cedo do que eu esperava.

— Tive de voltar antes para alcançar uma dama. — Ele avançou pela sala.

— Alcançar? O senhor estava atrás da jovem acompanhante de alguma lady? — O mordomo franzia o cenho.

— Não exatamente. — Ele se jogou no sofá e deixou a cabeça pender para trás.

— A prima pobre? — arriscou o Sr. Giles.

— Não banque o curioso, Giles.

— Ah, por favor. Vivo através da sua vida, conte-me logo.

— Eu prometi à dama que seria nosso segredo.

— Bem, então vai precisar de mim para cuidar desse tal segredo de qualquer maneira. Não sou eu que arranjo os seus detalhes sórdidos? Vai trazê-la aqui?

— Jamais, ela não viria nem sob a mira de uma arma.

— Minha nossa, não levaram a preceptora, não é?

— Não, eu prefiro não me envolver com moças em serviço, da última vez foi um problema e eu tive de lhe conseguir outro emprego.

— E ela lhe é grata por isso até hoje. Eu estou com medo de perguntar, quando falou que era uma dama... Não estava sendo delicado, não é? Está falando de uma dama de verdade? Uma dessas ladies bem-nascidas? — O Sr. Giles disse a última frase como se fosse algo absurdo, só faltou ter um calafrio.

— Sim, ela é um modelo de virtude.

— Quem é o marido dela? — perguntou logo, agora seriamente. — Preciso dos pormenores, para descobrir também quem são seus amigos e parentes e ter certeza de que não descobrirão seu caso. Mas, sinceramente, Wintry, em todos esses anos que estou a seu serviço, nunca me causou tamanho problema. Uma lady... Mas que ideia mais descabida. Sabe que terá de encontrá-la nos bailes e jantares da sociedade pelo resto de seus dias, não é?

— Ela não é casada, Giles.

— Mas o resto do discurso ainda... — Ele quase pulou no lugar quando se deu conta. — Como assim não é casada? O senhor enlouqueceu? Vamos ser presos de novo!

— Eu nunca fui preso, fui detido quando era jovem e tolo — defendeu--se Tristan.

— Eu não tenho experiência em organizar casamentos — avisou logo o mordomo.

— Não tenho nenhuma pretensão de me casar, assim como a dama em questão.

O Sr. Giles andou pela sala e revirou os olhos, e então parou em frente ao seu lorde e cruzou os braços. Para os outros, ele era um modelo de mordomo, fazia seu papel de esnobe e empertigado como ninguém. No entanto, no particular, ele estava mais para capanga de Wintry.

— Diga logo o nome dessa dama. Sabe muito bem que o sucesso dos seus segredos aqui em Londres se deve a mim.

— Srta. Miller, a mais velha. Ela tem uma prima de uns 15 anos... Digo, a garota já deve ter uns 18, está debutando. Ela a acompanha e também manda na casa, pois é a mais velha e a única que restou. Mora com o tio, que é um viúvo e a acolheu desde nova. Não tem familiares circulando pela cidade para preocupá-lo.

— E essa moça tem pelo menos 18 anos ou além de damas de bom nascimento o senhor também mudou seu gosto para garotinhas recém--saídas das fraldas?

— Ela tem 26 anos.

— É uma solteirona.

— Como dizem as matronas, está na linha tênue entre passada e solteirona. Para mim está no ponto — brincou ele, dando de ombros. — E como diriam os mais sutis, ela está em Londres há temporadas demais. Além disso, sempre gostei das moças que não se encaixam, são as mais interessantes. — Ele sorriu, sem levar a sério essa história de solteironas.

— Não me importo nem um pouco com a idade delas, desde que sejam adultas. Mas uma dama será um problema. Onde irão se encontrar?

Tristan ficou de pé e se alongou, estava ávido para dormir um pouco em sua cama e fora daquela maldita carruagem.

— É aí que você entra. Preciso de uma casa, algo discreto que não seja nas ruas mais frequentadas pelos abutres da sociedade, mas respeitável e decente. E cuide da decoração, não a quero preocupada com isso. Arranje algo que uma dama de boa reputação visitaria. Mande alguns empregados até lá, preciso do lugar impecável.

O Sr. Giles saiu resmungando que damas de boa reputação eram um grande inconveniente. Fazia um tempo que Wintry não tinha uma namorada nova. O Sr. Giles sabia que seu lorde tinha seus casos por aí, mas seu último relacionamento fixo, desses que duravam mais de uns dias, foi com uma dançarina que estava de passagem e ficou em Londres apenas por uma temporada. E isso fora no ano anterior. Desde então, foram só casos passageiros.

***

Depois de umas horas de descanso, Tristan estava de volta ao seu escritório, analisando sua correspondência e escrevendo alguns bilhetes. Ele não estava em Londres à toa; aquela seria a temporada em que seus planos se concluiriam.

— Milorde, sua visita chegou — avisou o Sr. Giles, abrindo a porta.

Logo depois surgiu uma figura que não se esperaria encontrar no escritório de um conde, mas esse tipo de convenção não se aplicava a Wintry. Um homem magro, bem calvo e por isso com o cabelo cortado bem baixo, grandes orelhas e rosto fino, fez um cumprimento e entrou. Ele segurava um chapéu um tanto gasto, mas sua roupa estava em bom estado, era de tecido grosso, num tom prático de azul que não sujava fácil.

— É bom tê-lo de volta, milorde. — Ele fez uma mesura e se sentou quando Tristan indicou a cadeira acolchoada à frente de sua mesa.

O Sr. Giles fechou a porta e deixou-os a sós.

— E então, Scrat, o que tem para mim? — Tristan foi direto ao ponto.

— Eu fiz tudo que pediu, milorde. Segui o homem desde que chegou a Londres. No começo foi tudo bem parado, mas há dois dias ele saiu bem tarde e passou no clube de cavalheiros de sempre, na rua King. E saiu de lá com aquele outro cavalheiro.

— Lorde Nott?

— Sim, o mais baixinho, com andar engraçado. E eles foram para outro clube, desceram na rua de trás, entraram pelo beco e depois na casa. Fiquei lá por perto, mas tem um leão de chácara na entrada. Notei que outro fica disfarçando na esquina. Os dois idiotas não passariam despercebidos nem se precisassem salvar os próprios rabos.

— E os dois saíram de lá juntos?

— Só muito mais tarde. Lorde Hughes já tinha bebido, como sempre.

— E mulheres, viu movimentação por lá? — Tristan se recostou e o observou.

Scrat passava seu relatório sem esquecer nada. Não com a formalidade de um militar, mas com os detalhes que ele sabia que Wintry gostava.

— Não, nada. Mais tarde, o homem que toma conta da porta entrou. Eu subi na casa ao lado e pulei para lá para dar uma olhada. Não tinha nenhuma mulher ali.

— Então é ali que os idiotas jogam.

— Creio que pode ser o local de apostas que está procurando.

— Limpei os dois da última vez que jogamos. Não sei como conseguem ganhar lá.

— Os outros devem cair no blefe deles.

Tristan abriu sua gaveta e encontrou ali uma caixa. Tirou duas coroas e as passou sobre a mesa na direção de Scrat.

— Continue. Nott não consegue parar de apostar, e Hughes não consegue parar de beber. Eu preciso dos outros, são pelo menos quatro deles. Só temos dois.

Scrat esperou Tristan voltar a se recostar, então se inclinou e pegou as duas moedas que eram seu pagamento pelo período de trabalho. Tristan pagava bem porque pedia exclusividade, discrição e comprometimento. E trabalhar para ele era o melhor emprego que Scrat poderia arranjar, numa época difícil do pós-guerra, com o país crescendo sem limites; com os pagamentos de fome em troca de trabalhos nas fábricas, receber duas coroas era o paraíso. Ele não tinha experiência ou referências para arranjar trabalho doméstico, que pagava bem mais do que as fábricas. E não era apresentável o suficiente para ser contratado como vendedor de roupas, tecidos e outros itens. Com o que Tristan pagava, ele podia alimentar e vestir sua família.

— Sim, milorde. Continuarei.

Ele sabia a hora de partir, portanto se levantou, fez uma mesura e partiu. Tristan ficou segurando o abridor de cartas, batendo a ponta afiada distraidamente sobre o tampo de madeira da mesa. Seu olhar estava perdido, mas seu semblante era fechado. Aqueles malditos homens estavam por aí, vivendo como se nada tivesse acontecido.

Quando contou um pouco de sua vida a Dorothy, ele deixou as partes mais suculentas de fora, mesmo que tenha contado algumas histórias engraçadas. Claro, apenas aquelas que terminaram bem.

A vida da sua tia era uma longa história sobre uma mulher mais livre do que o permitido para sua época. Uma mulher que se quebraria e se levantaria a qualquer tempo e sempre seria julgada. Joan Thorne tinha uma das piores doenças — a necessidade de se apaixonar. E nenhuma vergonha de sentir prazer e desejo. Não era algo permitido a uma mulher daquela época, e Tristan achava que talvez nunca fosse.

Ele testemunhou a passagem de vários amantes pela vida dela. Quando era novo, não entendia, mas conforme foi crescendo, passou a odiar todos. Achava que cada um deles seria mais um a machucá-la, até entender que era ela quem os deixava. E todos partiam.

Lorde Hose, o único com quem ela aceitou se casar, morreu em 1809, depois de ser ferido na guerra, deixando-a viúva depois de apenas três anos de casamento. E ela o honrou e amou, mas depois amou muitos outros também. Alguns com seu coração, outros apenas com seu corpo. Nenhum deles a amou de volta como ela merecia. Porém, ela nunca deixou que suas desilusões a derrubassem de vez.

Havia dias de muito choro, semanas de tristeza em que Tristan fazia tudo que podia para animá-la. Joan ficava triste até quando ela mesma dava fim ao caso. Quando cresceu, ele se envolveu em seus próprios problemas e alguns deles para protegê-la. Foi um garoto malcriado, com ideias esquisitas para um rapaz que era o filho mais novo de um conde. Foi por causa dela que ele se tornou o homem que era, por causa da vida dela. Acreditava que mulheres deveriam ser livres para fazer suas próprias escolhas e comandarem seus corpos e desejos.

E, por causa dela, também acreditava que ninguém deveria ter a necessidade de paixão que ela sentia. Era incontrolável, ela amava demais. Precisava demais. Liberdade e dependência não combinavam. Ele preferia evitar, mas era inteligente o suficiente para entender que nem tudo na vida era controlável.

E ainda assim não foi nada disso que derrubou sua tia. Nem seus casos clandestinos, os dias que bebia além da conta, as aventuras sexuais que ele só entendeu depois de adulto, nem mesmo as dívidas que ela pagava com atraso. Foram quatro homens que ela não amou de forma alguma, mas que a desejaram. E de alguma forma a tiveram. E a mataram.

Apesar de saber que não poderia ter evitado, a culpa ainda o corroía. Assim que se tornou adulto, ele adquiriu suas próprias responsabilidades. Antes, era um homem completamente livre. Sua única amarra era a tia, que era leve demais para prender alguém. Ela o havia o criado para vida, desde sempre. Tristan tinha um trabalho; ele servia à Inglaterra sob o comando do duque de Hayward. Era um segredo, pois o duque só comandava espiões, mas ele o fez. Foi um bom trabalho e uma ótima fonte de renda, afinal, na época, ele era só o filho mais novo e ignorado, precisava de dinheiro próprio. Para Tristan, a guerra demoraria um pouco mais para acabar.

E desde que voltou, sua vida mudou. Sua tia foi assassinada e ele se tornou conde após a morte de seu meio-irmão.

***

— Estou tão feliz que finalmente estamos em Londres para a temporada! — dizia Cecilia, sem conseguir se conter. — Todos os bailes e festas! E posso participar de todos.

— Você teria que ser mais de uma para ir a todos — disse a Sra. Clarke.

— Já temos tantos convites! Dorothy foi tão boa em sua participação nesses anos que agora vamos ter entrada garantida nos melhores eventos. — Ela estava a ponto de pôr a cabeça para fora e gritar de felicidade. Seria algo aventureiro e escandaloso para se fazer numa carruagem em alta velocidade, porém, no momento, seria cômico se não fosse ridículo, pois estavam paradas numa fila de veículos.

— Pode não parecer, mas nossa querida Dorothy é uma verdadeira festeira, só que das mais comportadas — disse a Sra. Clarke, sorrindo para ela.

Ambas olhavam Dorothy com expectativa, esperando alguma resposta, ou que ela, como sempre, recusasse a alcunha de festeira. Era uma moça decente, bem-comportada, conhecida por sua boa postura e não caía bem ser chamada de festeira. No entanto, ela apenas olhava pela janelinha.

— É a nossa vez — avisou Dorothy, e abriu a porta, aceitando a mão do pajem uniformizado que estava ali exatamente para isso.

Normalmente, ela lembrava tudo que precisava. Os nomes dos seus anfitriões, seus parentes mais próximos que estariam presentes, seus amigos, seus contatos e quem estaria ali que valeria a pena. Havia feito uma boa pesquisa, afinal sua missão no momento era arrumar um marido para Cecilia. E precisava fazer isso logo, antes que o visconde morresse. A saúde dele tinha seus breves momentos de recuperação, mas não sairia daquilo e ele não ficaria mais jovem.

Quando ele falecesse, elas estariam encrencadas. Dorothy não queria depender da boa vontade de parentes outra vez, mas tinha certeza de que seria mais fácil se estivesse sozinha. Cecilia entraria em pânico assim que se visse sem o padrão de vida com o qual fora criada. A verdade era que elas nem conseguiam se lembrar do parente que deveria herdar tudo.

Dorothy não tinha direito a nada. A propriedade do pai dela era espólio da família e, com sua morte, voltou para as mãos do seu tio, o Visconde de Felton. Os Miller tinham uma péssima divisão de bens familiares, e praticamente tudo pertencia a quem fosse o visconde. E mesmo que seu tio lhe deixasse algum bem de valor como agradecimento, seria apenas um agrado, não a manteria pelo resto da vida.

Cecilia teria uma renda que não chegaria perto de mantê-la como estava acostumada. Se ficassem juntas, teriam que viver contando os centavos e talvez não pudessem custear a Sra. Clarke. Ela era acompanhante e camareira, e não o tipo de criada de que elas precisariam.

Já Dorothy tinha uma renda anual que não servia para muito. O máximo que fazia era bancar as próprias luvas, chapéus, roupas íntimas e guardar um pouco para o futuro. E só podia se dar a esse luxo de economizar porque vivia sob o teto do tio e ele era generoso com os fundos que fornecia.

Se estivesse por conta própria, teria de arranjar algum trabalho condizente com sua posição. Mesmo assim, nunca se sentia confortável em gastar demais. Mantinha seu guarda-roupa e acessórios restritos ao que precisaria usar para a temporada e se sentia no dever de retribuir de alguma forma. Foi assim que acabou se tornando a organizadora da casa e passou esses anos como uma boa presença na sociedade. Agora podia colher os frutos e arranjar um casamento para a prima.

O problema era a sua prima. Ela certamente lhe causaria dor de cabeça. Ela e sua preferência...

— Oh, céus! — exclamou Cecilia, baixinho, apertando a mão de Dorothy. — Aquele é o Lorde Baxter?

— A menos que ele tenha um irmão gêmeo — respondeu Dorothy, no mesmo tom.

Elas se moveram pelo salão, passando por trás de alguns vasos exagerados com plantas estranhas, secas e pontudas. Provavelmente mais alguma amostra exótica das viagens que Lorde Curtis gostava de ostentar. Todo mundo sabia que na verdade ele estava envolvido com contrabando por baixo das saias das taxas inglesas, mas quem ousaria dizer?

— Vamos, Dorothy, apresente-me a ele — pediu Cecilia, se ajeitando.

— Se for para chegar lá com esse jeito de cachorro esperando o osso da mesa, jamais farei isso — avisou.

— Esse rapaz não está na lista dos apropriados, ele gosta demais de jogo e das cortesãs — cochichou a Sra. Clarke.

— E qual deles não gosta? — perguntou Cecilia, bancando a espertinha.

— Toda a outra metade do baile. Não seja apressada — ralhou a acompanhante.

Dorothy não as escutava mais. Na verdade, ela seguira em frente. Havia quase uma semana que as duas vinham dizendo que ela estava desligada. A verdade era que aquele "acordo de cavalheiros" no qual tinha se envolvido a tirara do prumo. Ela já havia passado uma noite em claro, pensando naquilo. No primeiro evento de que participara naquela temporada, a cada passo que dava, quase pulava de susto. No entanto, Lorde Wintry não aparecera.

Ele também não estava no segundo baile, não foi visto em outros locais e ela não era a única procurando. Afinal, o histórico de escândalos dele tinha toda chance de aumentar, e todos queriam alguma fofoca suculenta para começar a temporada.

— Vamos para lá, precisamos ser vistas para Cecilia começar a dançar. — A Sra. Clarke indicou o caminho e as esperou.

Ser vista era tudo que Dorothy não queria. Agora que começava a roer as cordas do tal acordo, já estava pensando que, se ficasse longe da vista de Lorde Wintry, ele a esqueceria. O homem tinha tantas opções à disposição que não seria nada difícil que uma daquelas belas, dispostas e experientes mulheres o seduzissem.

— Olhem, Lorde Wintry finalmente deu o ar de sua graça no salão. Ele parece ótimo, logo vi que aquele boato de que ele estava caído por aí de tanto beber era mentira — disse Cecilia, espiando por cima dos ombros de outras pessoas.

— Santo Deus! — exclamou Dorothy, que se inclinou um pouco para o lado e espiou por trás dos ombros largos de uma dama rechonchuda.

E o homem parecia que tinha escondido um ímã nela. Assim que se inclinou para olhar, ele se virou naquela direção e foi por muito pouco que ela conseguiu voltar a se esconder por trás da figura bem-trajada e volumosa da dama.

Belo vestido, minha senhora, pensava Dorothy, tentando parecer menor, pois a mulher era baixa. *Mas fique bem paradinha aí.*

— Sim, santo Deus! — concordou Cecilia, entendendo tudo errado. — Ele é mesmo o melhor espécime de garanhão perigoso que há em Londres.

— Quem foi que lhe ensinou esse linguajar tão vulgar, mocinha? Independentemente de suas atividades, ele é um cavalheiro, não um cavalo. Imagine se alguém a escuta usando esses termos chulos — ralhava a Sra. Clarke, já com as mãos na cintura.

— Não é culpa minha — Cecilia estreitou os olhos — se dizem por todo canto do reino que ele tem mesmo o vigor de um bom garanhão de raça pura. Não sei exatamente o que isso quer dizer, mas posso imaginar. Não sou mais criança — alegou, sem saber exatamente o que essa referência poderia significar.

— Eu acho que vou desmaiar — murmurou Dorothy, curvando-se mais ainda, tentando sair dali. Ela, infelizmente, não tinha esse tipo de sorte, nunca havia desmaiado na vida. Em compensação, recentemente havia "apagado" em circunstâncias suspeitas.

— Corrija já essa postura, Dorothy. Nem você pode aparecer tão desleixada — instruiu a Sra. Clarke.

Como se essa fosse uma de suas preocupações. Ainda curvada e tentando passar despercebida, Dorothy foi se afastando. Estavam perto demais do seu grande problema. E por que ele tinha que aparecer logo naquele dia? Ela nem sequer usava um dos seus melhores vestidos. Havia se arrumado toda nos dois primeiros bailes, achando que precisava estar no seu melhor para enfrentá-lo. E justamente quando ela usava aquele vestido um tanto simples, mas perfeito para a ocasião, ele aparecia. O decote estava dois dedos abaixo do que ela gostaria, mas o modelo tinha as costas reforçadas, o que ajudava por um lado, mas piorava por outro; ela achava que estava começando a suar de nervosismo.

Como ia se esconder ali?

— Para onde você está indo? — perguntou a Sra. Clarke, notando que Dorothy se afastava cada vez mais.

Pouco depois, Cecilia conseguiu um par aceitável para o minueto. Ela não teria dificuldade no quesito atração, era uma moça graciosa. O tom do seu cabelo, um castanho-dourado, similar a ouro envelhecido, era muito bonito. Ela estava em forma, e Dorothy, aliás, dizia que a prima estava mais em forma do que ela, mas essa era sua deixa para alegar: *Sou uma solteirona, estou na fase do "um pouco passada", não podem mais me obrigar a parecer um passarinho faminto. Foram temporadas demais para ainda aturar essa tolice.*

Cecilia achava a maior graça quando a prima dizia essas coisas, embora Dorothy estivesse sempre tomando cuidado para não deixar de caber nos vestidos velhos. Ao menos era o que ela dizia, mas a prima pensava que ela apenas gostava de ficar sozinha e aproveitar a liberdade que tinha, pois a Sra. Clarke era a única que regulava seus horários. Lorde Felton nem sabia o que se passava na casa.

— Volte já aqui, Dorothy. Não pense que poderá fugir da dança outra vez. Há cavalheiros interessados em passar um tempo com você, não seja tão arredia — dizia a Sra. Clarke, abanando a mão para ela.

Enquanto a acompanhante mantinha um olho em Cecilia, que estava a ponto de começar a dança, e outro nela, Dorothy estava paralisada. Para falar a verdade, ela não conseguia parar de piscar e virar o rosto, tentando disfarçar. Um pequeno grupo de homens havia se movido, mas Tristan não. Ele apenas deixou que saíssem e ficou ali parado, exatamente em frente a ela, apenas a alguns metros de distância. Assim que bateu o olhar nele, Dorothy teve aquela mesma sensação de quando acordou e ele apareceu. Era como estar de volta naquele quarto onde ele era a única outra pessoa, tomando conta do ambiente e obrigando-a a prestar atenção.

Ela sentia como se estivesse despida outra vez. Até abaixou o olhar, checando se os seios estavam devidamente cobertos. Um olhar dele fazia com que ela achasse ter saído de casa usando só as meias.

— Vou procurar algo para beber — disse Dorothy de repente, e foi se afastando. Quando a Sra. Clarke tornou a virar o rosto, ela já lhe havia deixado.

Assim que a viu se afastando da acompanhante, Tristan estreitou os olhos. Ele duvidava que ela estivesse arranjando uma desculpa para ficar sozinha e poder falar com ele. Na verdade, pelo choque registrado em seu rosto quando o olhar deles se encontrou, ela provavelmente estava procurando uma janela por onde sair.

Uma pena que essa fosse uma dessas belas casas construídas sobre fortes e altas fundações, obrigando a pessoa a subir escadas para entrar e depois para chegar ao salão. O primeiro andar ficava consideravelmente longe do térreo, especialmente para uma dama num vestido tão leve e claro. Tristan adorava esse tipo de traje que não dificultava o avanço de mãos ávidas em busca das formas macias do corpo feminino.

Ele a seguiu com o olhar e foi andando lentamente entre as pessoas. Viu quando ela tentou despistá-lo ao dar uma volta pelo salão escondendo-se por trás das pessoas, andando sorrateiramente e entrando no vão sob o arco que daria no corredor ou na sala de jogos.

Ratinha salafrária, ela não devia provocar seus instintos. A caça às moças espertas era seu hobby preferido.

— Dorothy! Lorde Peyton é muito chato. Não quero mais dançar com ele. O homem não faz nada. Até eu sou mais ativa do que ele, e olha que sou uma preguiçosa — disse Cecilia, encontrando a prima perto do ponche.

— Então não dance. — Dorothy se virou e acompanhou algo que passava por trás de Cecilia, mas a prima não era alta o suficiente para lhe proporcionar uma base segura de observação.

— Obrigada! Vou ignorá-lo pelo resto da temporada — decidiu ela, e começou a tossir por beber o ponche mais rápido do que devia.

A tosse dela podia ser o mesmo que um apito, pois a Sra. Clarke apareceu ao seu lado imediatamente e Dorothy perdeu Tristan de vista. Estranhamente, ela ficou mais preocupada por ele ter sumido do que quando o tinha sob vigilância.

— Lorde Rutley estava à sua procura — avisou a Sra. Clarke a Dorothy. — E devo dizer que pareceu desolado quando eu disse não saber de seu paradeiro. Acho que ele pensa que você está passeando com outro pretendente.

Ela teve vontade de rir, mas conseguiu reprimir e fingiu que foi um soluço.

— Ele não é meu pretendente — lembrou.

— Diga isso ao pobre homem esperançoso. — A Sra. Clarke fazia um drama desnecessário. Nada daquilo faria com que ela se interessasse por ele.

Cecilia queria dar mais uma volta para encontrar alguma conhecida, e a Sra. Clarke não podia deixá-la sozinha. Dorothy não queria dar volta nenhuma, mas também não podia ficar ali vigiando o ponche. Ela disse que ia conversar com Lady Bridington, de quem gostava muito, pois a vira de longe junto com o marquês. Era difícil encontrá-los em Londres e Dorothy queria se encontrar com ela, mas não naquele momento.

— Fiquei pensando na carta que a senhorita disse que me enviaria — disse Tristan, recostando-se na grossa pilastra de mármore perto dela.

Ela se sobressaltou e juntou as mãos imediatamente, depois correu os olhos ao redor, e viu que até o momento não eram um ponto de atenção.

— Seria uma carta um tanto boba — continuou ele, fazendo direitinho sua pose de pouco-caso, de longe sequer parecia que estava falando com ela. — Tenho certeza de que me escreveria como a boa moça que é. O que diria? *Milorde, creio que nosso acordo de fornicação inapropriada é de meu agrado e acredito que devemos segui-lo.* — Ele sorriu levemente quando ela ficou tensa e fez um enorme esforço para continuar disfarçando.

Tristan não precisou avisar que estava se aproximando, ela sentiu quando ele foi chegando mais perto, era como uma onda de expectativa tomando conta do seu corpo. Dorothy tentou manter a respiração regular enquanto seus olhos atentos acompanhavam o salão. Ele parou ao seu lado, a distância entre seus braços era de centímetros, a parte levemente bufante de sua manga o tocava, e ela não conseguia sentir.

— Eu nem dormi com você e já o odeio — sussurrou, apenas o suficiente para ele ouvir acima do som das conversas e da pequena orquestra.

— Mas ainda quer dormir comigo. — Tristan parou de falar e virou o rosto, observando algum outro ponto. — Na verdade, você dormiu, eu que não fui convidado para dormir junto.

— Vamos esquecer esse incidente.

— Não nessa vida.

Ela tentou não bufar e engoliu em seco.

— Não posso ficar muito tempo perto de você, supostamente não nos conhecemos bem.

— Todos que foram ao evento na casa da minha prima sabem que fomos parceiros de mesa e de conversa.

— E só — lembrou ela.

— Não adianta fugir de mim, Dot. Eu a vi se escondendo por trás daquela planta enorme e ridícula. Eu estava bem atrás de você.

Ela levou a mão enluvada aos lábios para tentar disfarçar o riso, pois enquanto ela espiava por cima das enormes folhas, ele estava atrás dela, observando-a.

— Tenho algo para você — disse ele de repente. Colocou os dedos no pequeno bolso do colete e tirou um grampo de lá.

— Dê-me isso aqui! — Ela tentou pegar sem fazer movimentos bruscos. Se a vissem arrancando alguma coisa da mão de Lorde Wintry, no dia seguinte estariam dizendo que ela tinha pegado seu dinheiro, seu relógio ou que estavam trocando bilhetes.

Tristan continuou segurando o grampo, mas não perto o suficiente para ela pegar disfarçadamente.

— Eu proporia um acordo, mas lembrei que já temos um. Pensei em uma troca, mas como temos um acordo, qual seria o sentido, não é? — dizia, com puro sarcasmo.

— Você é baixo, muito baixo.

— Na verdade, sou um homem alto, bem acima da média.

Ela tinha certeza de que ele havia entendido, mas esse era Tristan. Não adiantava gastar insultos com ele.

— Eu quero meus grampos. Eles são especiais, não posso ficar comprando grampos como esses.

— Eu lhe daria uma caixa cheia deles, mas sei perfeitamente onde diria mentalmente para eu enfiá-los enquanto de sua boca sairia apenas uma negativa educada.

— Vou embora — avisou Dorothy, chegando àquele ponto em que sentia que a conversa estava indo para além dos seus conhecimentos.

— Se continuar fugindo de mim, vai ser pior — avisou Tristan. — Eu gosto muito de caçar, mais do que seria apropriado para a minha saúde.

Como se não fosse óbvio, naquele momento Dorothy teve certeza de que o tal acordo não tinha sido um sonho e que ele não brincava em serviço. E tampouco esquecia. Eles estavam comprometidos com o caso ilegal que haviam começado, porém ainda não se tornara oficial porque não honraram o acordo.

— Sabe, eu acho que você está com os meus grampos, meu broche e o enfeite do meu penteado. Eu quero tudo de volta. — Ela queria mesmo, mas aquilo era só uma distração.

— Sim, mas eu gosto mesmo é do calção de cetim que deixou para trás. Quem diria que uma dama como a senhorita seria tão ousada no que usa por baixo das saias? — Ele se inclinou para trás e olhou o caminho por trás da pilastra. — Vamos nos encontrar no vão depois da sala de jogos, em cinco minutos.

— Nem que eu estivesse louca.

— Você é louca, Dot. Se não fosse não teria acordado na minha cama. Cinco minutos.

— Meu grampo — exigiu, abrindo a mão.

Ele se virou para ela, que ao perceber, deu um passo para o lado. Tristan a acompanhou, encarando-a e andando para cima dela. Se Dorothy não fizesse alguma coisa, ele ia encurralá-la contra a primeira viga.

— Eu estou no limite do meu comportamento apropriado desde que entrei aqui e coloquei meus olhos em você. Eu vou encostá-la contra essa pilastra e beijá-la aqui. E esse enfeite preso na sua cintura vai parar nas suas costas. — Ele prendeu o olhar no dela. — Cinco minutos. — Determinou, colocando o grampo em sua mão.

Dorothy sentia a garganta seca e respirava devagar quando ele seguiu pelo caminho por trás da pilastra de mármore. Ela sabia que estava encrencada, mas ainda teve a ilusão de que seria fácil manejar o problema. Agora estava pronta para se desgraçar junto com Lorde Wintry. Aquele sujeito maldito, perigoso e másculo demais, exatamente o tipo que ela usaria uma vareta para manter longe de sua prima. Imagine se soubessem que ela estava colocando as mãos nele.

Capítulo 4

Tristan seguiu pelo corredor. O cheiro de fumaça de charutos vinha da sala de jogos que estava aberta ao público e era refúgio dos mesmos cavalheiros de sempre — especialmente daqueles que estavam ali como acompanhantes. Até eles tinham seus momentos de paz e nem sempre gostavam de ver os rapazes solteiros entrando em seu meio. Sobretudo quando eram aqueles cavalheiros bons e cotados para o casamento, perseguidos por mocinhas solteiras.

Não era o caso de cavalheiros como Tristan, simplesmente porque não ia pegar bem correr atrás dele longe da circulação de outras pessoas, que tornariam o encontro apropriado. Ir sozinha atrás dele era um caminho para a perdição — ao menos era o que acreditavam as mocinhas e especialmente suas vigilantes.

E não é que dessa vez elas estavam certas?

Ele tinha trabalho a fazer naquela noite, assim como teve nas noites anteriores. E na verdade tinha passado ali com o intuito de encontrar Lorde Hughes, mas soube que isso não aconteceria quando seus olhos pousaram sobre a Srta. Miller. Ele não planejara demorar tanto a por em prática seu acordo com ela, até porque o acordo era para saciar suas necessidades carnais, em termos bem apropriados. E tais necessidades o vinham consumindo havia dias.

Ele decidiu que não a veria enquanto trabalhava nessa parte do plano, mas agora que já havia lhe encontrado, faria um desvio na rota. Tinha assuntos para resolver com ela.

Demorou pelo menos dez minutos para Dorothy aparecer no corredor. Seu olhar era atento e ela mantinha um semblante calmo de puro fingimento, mas era óbvio que estava ali para pecar. Tristan se perguntava se ela sabia que tinha aquele olhar de quem estava prestes a roubar um doce e sair correndo. Ele sabia, já havia roubado doces em sua infância, mas seus roubos haviam subido muito de nível. Agora, por exemplo, estava a ponto de roubar um beijo.

— E se eu não viesse, o que você faria? — desafiou ela assim que o viu.

A resposta dele não foi o que ela esperava. Tristan puxou-a para o vão, agarrou seu rosto e a beijou. Pela surpresa, os lábios dela foram para ele entreabertos e despreparados para o ataque. E lhe deram toda a abertura que desejava antes que o bom senso a dominasse. Tristan se apossou de sua boca. Ele segurou seu rosto, pressionou os lábios nos dela e a impeliu ao beijo até ficar úmido. Então ela sentiu a língua dele acariciando a sua, aproveitando o espaço que ela abrira.

Dorothy se apoiou nele, buscando equilíbrio, porém com aquele beijo era mais fácil ela acabar ficando tonta. Ele não tinha pressa; beijava lentamente, saboreando cada momento do beijo e do gosto dela. Foi fácil excitá-la apenas com um beijo muito bem-dado. Quando sentiu que ela estava dócil e entregue contra seu corpo e ele já estava mais do que quente, Tristan afastou seus lábios lentamente e a observou. Ela suspirou de prazer enquanto ele aguardava os segundos que ela levou para conseguir abrir os olhos e encará-lo.

— Bom, não é? — A pergunta era retórica, ele havia sentido como aquele beijo tinha sido gostoso e a resposta estava estampada no rosto dela.

Por causa do piso, o som dos sapatos masculinos não era totalmente abafado. Dali eles podiam ouvir os homens na porta da sala de jogos. O som fez com que um pouco de sanidade retornasse à mente de Dorothy e ela voltou a si, apoiando-se nele e afastando seus corpos.

— Vamos, temos uma conversa inapropriada nos esperando. — Ele enlaçou a cintura dela e a levou pelo corredor.

Assim que saíram de vista, ela se afastou dele e seguiu ao seu lado. Poderia até inventar uma história mirabolante sobre ser vista junto com Lorde Wintry sem uma acompanhante enquanto andava por locais solitários da casa. Porém, explicar o que ele fazia envolvendo sua cintura era outro departamento.

— Não tenho nada para conversar com você — sussurrou.

— Você é uma dama muito moderna para mim, acho que sou um pobre romântico à moda antiga. Gosto de conversar com minhas namoradas.

— Nós não somos namorados. E românticos tradicionais não fazem esse tipo de acordo de cavalheiros.

— Estamos nos beijando, discordando e a ponto de ir para a cama. É melhor chamar assim, pois amantes não criam tanto caso. — Ele abriu uma porta e a puxou para dentro, depois seguiu falando enquanto atravessavam o espaço. — Tem razão. Imagine só, eu deveria estar lá no salão colocando meu nome no seu cartão, fazendo várias reverências que me deixariam com dor nas costas no final da noite e segurando sua mão enluvada enquanto estivéssemos dançando sob olhares atentos. Depois a levaria de volta para sua acompanhante e então iria visitá-la amanhã, declararia versinhos em sua sala, levaria flores e doces no outro dia. E que belezura, estaríamos nos casando em breve e nos odiaríamos em um mês, assim que eu descobrisse que você é frígida e você soubesse que eu sou um bêbado rude. Não é assim que funciona?

— Você é jovem demais para ser cínico assim — ela balançava a cabeça —, e eu não vou me casar com alguém que declame versinhos na minha sala.

— Bom saber, fico extremamente aliviado. Seria uma grande decepção. — Ele a pegou pela mão e contornaram uma pequena sala.

— Como sabe para onde ir?

— Está brincando? Eu cresci por aqui. Minha tia foi amante fixa de Lorde Curtis. Ele fingia que ela estava instruindo sua filha. No fim, quem mais instruiu a menina fui eu.

Eles estacaram ao ouvir vozes, e ele a puxou de repente, entrando num cômodo auxiliar. Pela decoração poderia servir como espaço de trabalho para uma dama escrever suas cartas e fazer as contas da casa. Do lado de fora as vozes ficavam mais fortes. Dorothy respirava devagar, imprensada contra a grossa porta de madeira e com Tristan encostado nela, sem fazer nenhum barulho. Ele abaixou o rosto e a encarou. Seu olhar não estava nada apreensivo, pelo contrário, estava se divertindo.

— O que você fez com a pobre garota? — Ela mais moveu os lábios do que emitiu som.

— Não se preocupe. — Ele desceu as mãos pela porta até segurar a cintura dela, grudando-a ainda mais ao seu corpo, conectando seus quadris da forma mais indecente que ela já vira. — Ela foi como a irmã mais nova que nunca tive, foi divertido enquanto durou. Tenho certeza de que conhece a Srta. Sands, e ela não é boba como parece. Exatamente como seria a minha irmã. Se eu tivesse uma.

Era um grupo de pessoas, dava para perceber pelas vozes se misturando, mas pelos sons que faziam não pareciam ser convidados. Tinha algo pior do que serem pegos no flagra pelos criados da casa?

— Ela não esteve envolvida num escândalo? — sussurrou Dorothy.

Tristan deslizou as mãos pelo seu quadril e as deixou subir para as costas, repuxando seu vestido. Ela podia senti-lo como uma leve chama percorrendo seu corpo. A qualquer momento aquela suave proteção do tecido de sua roupa cederia ao calor dele.

— E as melhores damas não estão? — Ele a pressionou mais contra a porta e encostou os lábios em seu pescoço.

O barulho das pessoas se afastou e o único som era a música distante do baile e a respiração dela, aumentando de ritmo conforme os lábios dele tocavam sua pele.

— Já se passou muito tempo, minha acompanhante deve ter colocado metade do salão atrás de mim — disse ela, tentando não ceder à vontade.

— Está fugindo de mim outra vez, Dot.

— Pode apostar que sim.

— Se continuar assim, vou possuí-la em cima daquela mesa e depois na namoradeira só para ostentar minha disposição. E, quando acabarmos, você vai ter que sair daqui pela porta dos fundos.

— Você também. Nem você conseguiria sair arrumado e composto de algo assim.

— Eu estou acostumado a usar as saídas mais inesperadas.

Deu para ouvir o leve som da porta quando ele se encostou nela. Dorothy podia senti-lo perfeitamente, cada parte do seu corpo rijo e forte imprensava alguma parte dela. E Tristan adorava a sensação de tê-la entre seus braços, de sua maciez se moldando a ele, seu cheiro suave invadindo e marcando seus sentidos. Era muito desejo para ele. Agora ele queria possuir cada parte dela e vê-la se entregar. A melhor parte seria a entrega.

— Vamos nos encontrar amanhã — determinou ele, sabendo muito bem que, se a mantivesse ali, estragaria tudo e não conseguiriam seguir com o caso.

Acompanhantes eram uma raça maldita, a dela já devia estar dando voltas no salão.

— Não posso — murmurou Dorothy, e apertou o braço dele, movendo-se entre a superfície dura da porta de madeira e o corpo dele, que era rígido, mas acolhedor, fácil de se encaixar e de sentir o calor.

— Vou lhe enviar uma carta com o endereço. — Ele apoiou as mãos na madeira, uma de cada lado da cabeça dela, o contato era feito apenas pela pressão entre seus corpos.

— Não posso ir até a sua casa. — Ela tirou as mãos de cima dele, sem saber o que esperava que acontecesse; a crescente excitação que sentia não ia parar.

— Sei bem disso, é outro lugar.

— E muito menos posso ser vista entrando em lugares duvidosos.

— Não se preocupe, é perfeitamente respeitável.

— Duvido. Nada que vem de você é respeitável.

As mãos dele desceram rapidamente e Dorothy sentiu quando ele agarrou seu traseiro e a pegou por baixo dele, levantando-a subitamente contra a porta e correndo suas mãos por baixo de suas coxas, afastando-as e permanecendo bem entre elas.

— Ah, Deus! — exclamou, assim que foi levantada e se segurou nos ombros de Tristan. Seu leve vestido de baile pendia de suas coxas, facilmente levantado só pelo movimento dele.

— Pare de fugir de mim. Vou lhe enviar o bilhete logo pela manhã. Encontre-me no início da tarde. — As mãos dele apertavam suas coxas, mantendo-a suspensa, e ele podia ouvir a respiração dela se alterando.

Seria um tormento sair dali, ele estava exatamente onde queria, entre as pernas dela. E ela estava corando, respirando em turnos curtos, tentando conter sua excitação enquanto ele se pressionava contra o seu sexo. A temperatura entre eles aumentava e a atração que exerciam um no outro era óbvia. E agora ele estava duro e louco para tê-la pelo resto da noite. E Dorothy estava úmida, quente e desejosa. Algo que não era familiar para ela, não além da única vez que havia estado com ele. E sentia novamente aquele desespero lascivo se avolumando em seu corpo.

— Vou tentar. — Ela soltou o ar lentamente, sem conseguir mais prender a respiração. E então deu breves baforadas, como se isso fosse conter seu desejo. — Acho melhor terminarmos logo com isso.

— Tentar não me satisfaz — declarou Tristan, antes de abaixar a cabeça e beijar seu pescoço. Ele apertou suas coxas e a puxou ainda mais contra ele, escondeu o rosto em sua pele e respirou fundo, aproveitando seu cheiro, uma deliciosa mistura de perfume e mulher.

As luvas dela estavam dançando em seus dedos, o cetim era quente, e ela suava, aprisionada até o cotovelo naquele acessório. Mesmo quando apertava os ombros dele, sentia como se estivesse escorregando do seu aperto. Quando ele começou a se mover, um gemido escapou de seus lábios, Dorothy não conseguiu conter os pequenos sons que seguiram. Aquele maldito homem tentador movia o quadril entre suas pernas, mantendo-a no ar, pressionando-a contra porta. E movia-se como se a estivesse possuindo lentamente, sem pressa, só pelo bem do prazer deles, como se ninguém ali estivesse perseguindo um orgasmo. Não ainda, apenas sentindo.

— Eu queria muito lhe mandar para cama com outro orgasmo em seu histórico, Dot. Porém, não confio em você. — Ele a manteve presa em seu quadril e a beijou.

Então ela o segurou pelo pescoço e devolveu o beijo, e não era mais a única presa ali, estavam ambos se segurando.

— Eu também não confio em você. — Ela afastou os lábios, mas ainda o segurava pelo pescoço.

— Se eu lhe der o que quer agora, amanhã não irá me ver. Você é uma bela de uma vigarista. Deve ser por isso que a quero tanto. — Ele deixou as coxas dela deslizarem do seu aperto. — Claro que seu belo traseiro também conta. Assim como essa boca deliciosa. — Ele se inclinou e deixou um beijo nos seus lábios. — E outros pontos que já sabemos bem. Mas por vigaristas dissimuladas... Eu perco o juízo.

Ainda com aquele irritante sorriso travesso, ele deu um passo para trás e desceu o olhar por ela, avaliando se estava tudo no lugar. Dorothy arrumou o vestido rapidamente e ajeitou o enfeite na cintura alta que ficava abaixo dos seios. O acessório tinha ido parar em suas costas, como ele dissera.

— Seu canalha descarado e imoral, eu não deveria deixá-lo me tocar nem com uma vareta. — Ela abriu a porta e saiu rapidamente, seguindo de volta pelo corredor. Não sabia cortar caminho como ele, então teve que seguir o som do baile para se encontrar.

Como não olhou para trás, Dorothy não viu se ele também retornou, mas assim que chegou ao salão, percebeu que o local não estava tão cheio quanto antes. Algumas pessoas já deviam ter partido para comparecer a outros eventos. Não demorou nem dois minutos para a Sra. Clarke aparecer e capturá-la.

— Onde você estava? Está sumida há tempo demais. Minhas desculpas para o seu desaparecimento acabaram há vinte minutos — sussurrava ela num tom urgente, deixando claro o quanto estava aborrecida.

— Vamos embora — ordenou Dorothy.

— Está cedo, é nosso único compromisso da noite. Cecilia ainda está dançando, ela parece que não se cansa nunca.

— Então leve-a para a carruagem assim que terminar.

— Onde você estava? Ainda estou esperando uma explicação.

— Na sala de jogos — mentiu.

A Sra. Clarke exclamou, quase perdendo o ar, mas não emitiu som.

— Alguém a viu lá?

— E desde quando eu sou proibida de ir à sala de jogos? Não seja tola, Sra. Clarke. Já estou crescida o bastante para esse tipo de bobagem. Por favor, vá buscar Cecilia, ela é que não pode ficar sem supervisão nem por um momento. Sabe bem do gosto duvidoso que ela tem.

Assim que terminou sua mentira, Dorothy se encaminhou à chapelaria para recuperar seu xale. Um dia, apenas um dia do seu acordo, e ela já estava mentindo como se não houvesse amanhã.

***

— Ora essa, você é novo demais para ter gostos tão refinados — brincou Lorde Hughes, recostando-se em seguida no sofá com seu copo de conhaque.

— Aprecio as coisas boas. — Tristan virou um longo gole da bebida. — Assim como o senhor. Afinal, quem me apresentou ao melhor clube de Londres?

— Eu sei das coisas, rapaz. E agora vai entender bem como precisamos de um alívio de toda essa perturbação sobre renda, propriedade, a câmara, o maldito rei doido!

— Agradeço muito o convite, eu estava precisando de alguns amigos nesse meio — disse Tristan, observando-o por cima da borda do copo de cristal que ele tinha em mãos e do qual bebia lentamente.

Lorde Nott tirou o rosto do decote da prostituta que o entretinha e se virou para eles.

— Vá me buscar mais uma dose, querida. Depois vá se preparar — avisou, antes de dirigir a palavra a eles. — Você sabe mesmo como entreter, Wintry. Bem que me disseram que não seria tempo perdido.

— Depois da meia-noite, quando todas as daminhas já estão seguras em suas camisolas, eu comando a festa — brincou, erguendo seu copo em um brinde.

A prostituta voltou com o copo cheio para Lorde Nott e depois lhe deu uma piscada antes de sair. Aquela noite de puro prazer era por conta de Tristan. Ele não se importava em gastar um pouco, estava conquistando seu lugar na turma, aqueles lordes mais velhos estavam entrando na dele. E estavam gostando da atenção. Eles já haviam entrado na casa dos cinquenta e tantos anos. Seus tempos de glória na sociedade já haviam passado, mas isso não significava que seu talento para a sem-vergonhice tivesse validade.

Fora alguns outros poucos, Wintry era o nome do momento para farra pelas noites de Londres. Ele vinha rondando-os havia algum tempo, mas dera o bote fazia poucos meses. Os homens estavam se achando muito na moda agora que ele queria a companhia deles. Porque, segundo Tristan, em uma de suas melhores mentiras, os rapazes de sua idade o entediavam. Ele gostava da boa e velha farra que só os mais experientes sabiam fazer.

Na verdade, não gostava nem de um e nem do outro. Não era um homem de muitas amizades, seu trabalho tampouco permitia. Ele confraternizava com quem lhe convinha e mantinha os menos irritantes para novos encontros, porque um homem precisa ter sócios dentro da sociedade londrina.

— Eu tenho ouvido sobre você, Wintry. Mas confesso que de uns dois anos para cá, você tem feito o inferno por toda Londres. Não há homem em nosso meio que não fale de você ou queira sua companhia para descobrir como se sai ileso de tudo isso — divertia-se Lorde Nott.

— E se é tudo verdade — lembrou Lorde Hughes.

— Os senhores têm visto que a maior parte não passa de boatos. As pessoas aumentam tudo. Veja só o pobre Lorde Harris: tinha uma amante e a trocou por outra que era quase uma enfermeira e disseram que o pobre homem tinha dez amantes.

Os outros gargalharam; essa história de Lorde Harris sempre funcionava. Quem conhecia o senhor jamais acreditaria numa coisa dessas, mas eram esses boatos escandalosos que se espalhavam pelos bailes. Ele mal podia se deitar com a amante, que já o traía havia muito tempo; imagine o que dez moças fariam com o coração dele.

— Não posso com três moças e devo ter uns dez anos a menos do que ele, quem dirá Harris com dez. — Hughes riu.

Tristan deu um leve sorriso. Ele havia preparado sua fama e sua entrada para o clube privado daqueles homens de uma forma tão boa que havia inúmeras festas que atribuíam a ele. Todas regadas a álcool. Diziam que houvera uma festa numa casa de campo com vinte das prostitutas mais caras do reino. Comentavam que gastava uma fortuna com elas.

Em boa parte dessas tais "festas", ele sequer tinha comparecido, pois era impossível estar em dois lugares ao mesmo tempo. Mas perguntavam: *Alguém viu Lorde Wintry?* E outro qualquer respondia: *Deve estar no quarto com umas cinco mulheres! Tem cinco moças desaparecidas!* E assim a história se espalhava.

E havia aqueles eventos em que ele saía e entrava. Em certa noite chegou a oferecer duas festas ao mesmo tempo. Saiu de uma, apareceu em outra, sumiu com três cortesãs de cada lugar e lhes pagou para espalharem o boato. Até hoje as seis diziam que ele era inigualável. Não que ele não houvesse dormido com algumas delas, mas tudo tinha limite.

Também havia um leve suborno para os lacaios passarem informações erradas sobre seu paradeiro. Eles sempre diziam qual tarefa escandalosa ele estava executando no momento. Em geral, relatavam que ele estava em alguma noite de jogos em local desconhecido e ficaria por lá.

Todas essas histórias eram feitas para circularem entre os homens, com os boatos chegando às damas, com ajuda dos fofoqueiros. Porque nenhum deles ficava pelos bailes declarando seus pecados pessoais. E tudo que Tristan aprontava era declarado como assunto pessoal. Se os cavalheiros envolvidos falassem muito por aí, teriam que confessar que estiveram lá. Todo mundo sabia, mas não queria se comprometer.

— Eu só não sei como você se mantém longe do escândalo. É de conhecimento geral que você não presta, mas ninguém viu nada — disse Lorde Nott. — Sinceramente, até o ano retrasado, se só o conhecesse dos salões, eu teria casado minha filha com você. Ainda bem que ela já se casou e sumiu da minha vida.

— Eu teria ficado honrado. Se um dia me casar, juro que serei o mais fiel dos homens — zombou Tristan.

Os outros voltaram a gargalhar.

— Como não pretendo me casar nessa vida — completou —, vai ser fácil.

Eles continuaram rindo e virando suas bebidas.

— Vai ter que enfiar a corda no pescoço, Wintry. Se quiser herdeiros — advertiu Nott.

— Ora essa, faça como eu. Escolha a garota mais bonita e mais tonta de um dia qualquer do baile. Desde que não seja muito burra e consiga manter sua casa em ordem, está perfeita. Case-se com ela, engravide-a algumas vezes e deixe-a para resolver seus assuntos. — Lorde Hughes dizia isso como se fosse o melhor dos conselhos para dar a um rapaz solteiro, e Tristan fez de tudo para não entortar os lábios, em sua melhor atuação.

— Juro para os senhores. Podem espalhar que, quando eu me casar, serei um homem reformado. Desde que a minha esposa não seja uma pedra de gelo, serei um modelo de marido. — Tristan sorriu e bebeu.

— E quando será isso? — perguntou Nott, entrando na brincadeira.

— Pode esperar sentado, milorde. Aliás, espere sentado lá na cama daquela jovem que está o aguardando, pois será uma longa espera.

Assim que os dois saíram para ficarem com as prostitutas, Wintry fingiu que também atenderia seus assuntos com a bela loira de maravilhosos seios que o aguardava no quarto. Uma velha conhecida sua.

— Eu pensei que nunca os faria parar de beber — disse ela, assim que ele entrou.

— Quem disse que eles pararam? Vão dormir em cima delas. — Ele retirou o colete e puxou a gravata, que já estava quase caindo.

A loira, que se chamava Penélope, apesar de ele não saber se esse era seu verdadeiro nome, cruzou as pernas e ficou o observando. Não era porque ela estava no trabalho que não apreciava quando um homem como aquele começava a se despir.

— Hoje você vai me pagar por mais do que o meu tempo? — perguntou, mas nem se moveu para tirar a própria roupa.

Desde que começara com seu plano, Penélope era sua preferida. Sempre que ela estava livre para os dias em que ele precisava. Ela tinha como talento vestir-se e portar-se como uma dama. Ele já havia dormido com ela, afinal foi assim que a conhecera, mas isso foi antes do caso que teve com a dançarina. Agora Penélope estava numa casa nova; era bonita demais para o lugar onde foi apresentada a ele. E sua beleza a assegurou o título de cortesã cara, reservada para eventos como aquele.

— Não, querida. Nessa temporada vamos continuar com nosso plano restrito aos negócios. Como vai a leitura, tem praticado? Já leu aqueles livros que lhe dei de presente?

— Claro que li. O que acha que estive fazendo em todas as noites que me chamou? — Ela levantou e foi se sentar encostada na cabeceira da cama. — Por acaso não está interessado demais naquela outra garota, está? A morena novata.

Ele olhou por uma brecha na porta e se virou para ela.

— Não a trocaria por ela, eu estava no campo. Mas tenho uma namorada agora, estou comprometido com ela.

— Ora essa, finalmente arranjou alguém fixo. Achei que ainda estava desolado pela partida da dançarina — comentou. — Mas desde quando elas são namoradas? Isso é limpo demais até para você, Wintry.

Ela estava se divertindo com a novidade. Como era curiosa, agora queria saber se ele estava com uma atriz, uma cantora, quem sabe outra artista de passagem. Talvez alguma viúva liberal que ele tenha encontrado em sua estadia no campo.

— Então, desde agora. — Ele abriu a porta e a morena que estava com lorde Nott entrou.

— Está tudo aí, ele apagou como você previu — disse a mulher, ainda nua da cintura para cima. — Quanto tempo dura o efeito?

— Cerca de meia hora. — Tristan recebeu tudo que Lorde Nott tinha nos bolsos. — Olhou o bolso interno e o secreto?

— Ah, milorde. Sei fazer meu trabalho. — A garota lhe deu um sorriso.

Ele assentiu e olhou o que queria, as promissórias do dia. Precisava de nomes, endereços e datas para incluir no seu mapa. Já era a terceira vez que pegava Nott no flagra pelas coisas que ele tinha mania de carregar nos bolsos, como se tivesse receio de deixar em casa ou não tivesse tido tempo de guardar tudo em seu cofre.

Pouco depois, a mulher que estava com Lorde Hughes também veio. Para ele, a dose não havia sido a mesma. Deu tempo de ao menos fazer sua péssima performance e só então pedir mais uma dose e apagar. E ela tinha uma novidade, um bilhete. Sem assinatura ou qualquer identificação, escrito em uma letra feia e trêmula. E era claramente uma resposta sobre o conteúdo do cofre de outro homem e como a pessoa que escreveu o bilhete teve que mandar cuidar de qualquer resquício que ainda houvesse no porão. Porque o "falecido" era descuidado.

***

Ainda era muito cedo, e Dorothy estava na saleta dos fundos da casa, local que ela adotou como um escritório. Era ali que resolvia as contas do que precisariam, onde respondia suas cartas, criava o menu e emitia lembretes para os pagamentos que seu tio efetuaria.

— Milady, isto chegou logo cedo — avisou o mordomo, trazendo o bilhete dobrado como um envelope e selado com cera, mas o carimbo não era um brasão conhecido, era apenas um pássaro com as asas abertas.

— Obrigada. — Ela o pegou e franziu a testa ao ver o remetente. — Cecilia já acordou?

O mordomo, Sr. Terell, fez aquela cara óbvia, pois ainda ia dar nove horas da manhã. Claro que Cecilia não estaria de pé.

— Creio que ainda vai levar umas duas horas — lembrou ele.

— Ainda são nove horas? Parece uma eternidade.

— A senhorita se levantou mais cedo hoje. — Ele se afastou. — Devo mandar servir o café da manhã? A Sra. Clarke acabou de descer.

— Sim, por favor, vou em um minuto.

Assim que ficou sozinha, Dorothy abriu o bilhete, já esperando o pior. Devia ter cometido um pecado muito grande para Lady Holmwood ter-lhe enviado um bilhete e ainda tão cedo. Ela ficou até nervosa. Será que alguém havia dito para aquela velha senhora que ela fora vista beijando Lorde Wintry? Minha nossa, ela estaria perdida para sempre. Todo mundo sabia que Lady Holmwood era uma mulher enxerida e moralista. Uma grande defensora das regras de comportamento e a língua mais afiada contra as situações inadequadas. É claro que ela era odiada, especialmente pelos jovens da sociedade. Para ela, tudo que eles faziam era exagerar e se portar da pior forma possível.

A última da mulher foi quase desmaiar quando a valsa começou a tocar em um dos bailes de sua família. Ela quase morreu. Era capaz de andar pelos salões repreendendo as mães e acompanhantes por não prestarem atenção nas jovens que deviam proteger. Também falava mal do comportamento leviano e indecente de tais mocinhas, e ficava vermelha de indignação com cada rapaz que se comportava como um libertino e imoral.

A mulher reclamava até das roupas deles, dizia que suas calças estavam cada dia mais escandalosas. E tinha verdadeiro terror dos decotes ousados das moças. Se visse uma transparência, era capaz de começar a tremer. Ela tinha inúmeros adjetivos para incluir em seus rompantes. E não era conhecida por enviar correspondências sociais. Muito menos as do tipo agradáveis.

Querida Srta. Miller,

Quero que me encontre no começo da tarde para um chá completo. Se não tiver um cocheiro confiável, posso lhe dispor de um.

Henrietta Cavendish será nossa anfitriã. Número 12, esquina da rua Old Cavendish com a rua Henrietta. Encontre-me lá.

Estarei lhe aguardando para o chá à uma da tarde, não se atrase nem por um minuto. Quero usar cada segundo que teremos para discutir nosso acordo.

Atenciosamente,
Norberta Holmwood.

Dorothy abaixou a carta e chegava a estar vermelha de revolta. Ela não conseguia acreditar naquilo. Aquele detestável sem-vergonha. Como ele teve a coragem de enviar uma carta se passando pela odiosa Lady Holmwood? Era muita cara de pau. Uma pessoa precisava ter um humor especialmente torpe para pensar naquela senhora como disfarce para bilhetes de amantes. E Dorothy havia ficado nervosa, pensando que estava arruinada ou que levaria algum tipo de repreensão sem saber o motivo. E agora a raiva corria por suas veias. Ela queria espancá-lo com um taco de críquete.

Querida Lady Holmwood,

A senhora é uma maldita trapaceira. Não quero tomar chá em sua companhia. E não tenho disponibilidade à uma da tarde. Duas horas é o meu mínimo.

E saiba que, se entendi bem, é uma péssima escolha.

Atenciosamente,
Dorothy Miller.

Cecilia já havia acordado e estava ocupada com sua edição do jornal, ou melhor, o jornal de fofoca da sociedade, algo que Lady Holmwood proibiria em sua casa. Já passava das onze e meia da manhã quando o Sr. Terell entregou outro bilhete.

— Ai, que horror! Por que você está se comunicando com essa velha pavorosa? — perguntou Cecilia, tão horrorizada que abaixou o jornaleco.

— Olhe os modos, mocinha. Se porta-se assim dentro de casa, vai acabar se comportando dessa forma abominável na rua — disse a Sra. Clarke, que estava lendo uma revista de moda para damas com as últimas novidades da temporada. Como se fosse dar tempo de encomendar itens para os próximos dias.

— Mas aquela senhora é horrorosa. Ela é infernal. Não se pode nem respirar perto dela. Tenho certeza de que, se der um suspiro, ela vai dizer que foi apenas para evidenciar o decote do vestido escandaloso — alegou Cecilia, e então se virou para a prima. — Dorothy, pare de falar com essa senhora. Nem você a aguentaria.

— Ela está tentando ser simpática. — Dorothy não levantou o olhar do bilhete.

Minha bela Srta. Miller,

Eu também não quero tomar chá em sua companhia. Vou oferecer por educação e pela consideração que tenho por você. Afinal, quero que esteja com todas as suas forças. Porém, se estiver bem-alimentada, vamos direto para a parte em que tiramos nossas roupas e você coloca suas pernas em meus ombros. Outra vez.

Se você chegar um minuto depois das duas horas, vou buscá-la. Sou trapaceiro o suficiente para isso.

Atenciosamente,

Creio que se eu assinar o nome daquela senhora depois do que disse acima, nem eu poderei escapar dos pesadelos.

TT.

— Mas é claro que estarei bem-alimentada! — Ela falava com o bilhete, furiosa.

Cecilia abaixou o jornal apenas o suficiente para olhar por cima, e a Sra. Clarke franziu as sobrancelhas para ela.

— Sabe, querida, nem eu, em toda a minha pose de dama de companhia, consigo aprovar que inicie uma amizade com essa senhora. Ela é intragável e dirá que todos os seus vestidos são indecentes. Todo mundo já deve ter ouvido pelo menos uma vez como ela abomina essa "nova moda" de mocinhas nuas, andando com anáguas pela rua. — Até a Sra. Clarke revirou os olhos.

— Eu não sei o que ela usava em seu tempo, será que ela é tão velha assim? A moda vem mudando para algo leve há um bom tempo, há uns anos estava até pior — opinou Cecilia, largando o jornal. — Deixe-me ver o que essa bruxa lhe escreveu.

— Não! — Dorothy ficou de pé imediatamente e apertou o bilhete na mão. — Ela me convidou para um lanche.

— E você vai? — Cecilia mal conseguia fechar a boca.

— Haverá outras damas lá, não será tão terrível — mentiu Dorothy.

— Precisa de companhia? — Era um oferecimento, mas a Sra. Clarke não estava animada.

— De forma alguma. Pelo que ela disse, será um tanto demorado. Vou escolher o que vestir — avisou tão rápido quanto saiu.

Capítulo 5

Henrietta Cavendish era o número 12, uma linda casa do século anterior com frente para as duas ruas, ocupando a esquina inteira. Tinha três andares, era grande demais e, consequentemente, cara. E esse deve ter sido o meio do Sr. Giles castigá-lo por ter recusado as outras seis casas que ele encontrou. Houve uma sétima que Tristan sequer considerou, pois a localização era péssima e ele duvidava que sua respeitável dama fosse até lá. Henrietta era a oitava casa. E não, ela não tinha um nome, mas seu lado norte dava para a rua Henrietta e seu lado oeste para a rua Old Cavendish. Não precisava de muita imaginação para lhe criar uma identidade. Além de Lady Holmwood, ela seria a outra "pessoa" envolvida na relação deles.

O som de carruagens ali era constante e Tristan não soube quando ela chegou, mas tinha acabado de olhar o relógio quando ouviu a sineta da porta. Ele foi até lá rapidamente e abriu, ela entrou ainda mais rápido e ele só falou depois de fechá-los lá dentro.

— Os dois minutos de atraso foram apenas para mostrar sua rebeldia, não é? — Ele deu alguns passos, indicando o caminho.

— Eu achei melhor olhar antes para ver se não havia alguém por perto.

Tristan parou sob o arco da porta que levava do hall direto para a sala de visitas. A casa era grande, mas ele a achou prática. Dorothy ainda não havia saído do lugar onde parara assim que entrou. Ela apenas olhava em volta e apertava as alças de sua bolsa. Ele voltou até ela; havia um sorriso muito leve franzindo o canto de sua boca quando parou à sua frente.

— Vai me bater com essa bolsa, madame?

— Não...

— Então, permita-me. — Ele tocou as mãos dela e soltou seu aperto das alças da bolsa, depois a colocou sobre o aparador perto do armário de chapéus e capas.

Pensando em não ser reconhecida, Dorothy saíra de casa com um chapéu de aba grande, enterrado até o fundo em sua cabeça, o que cobria completamente seu cabelo. O laço por baixo de seu queixo estava apertado, para mantê-lo no lugar, mas ela se esquecera completamente dele. Até que Tristan puxou os laços e o tirou de sua cabeça cuidadosamente, como se não quisesse desfazer seu penteado. Ele o pendurou no armário e depois pegou o xale que ela trouxera. Não estava frio àquela hora, mas imaginava que estaria quando voltasse. E era mais um item para disfarçá-la na rua.

— As mãos. — Ele abriu as dele com as palmas para cima e ficou esperando ela lhe dar as suas.

Dorothy colocou as mãos sobre as dele. Tristan retirou as luvas dela e deixou-as ao lado da bolsa. Em seguida, ele pegou sua mão nua e a levou adiante, para dentro da sala, e só a largou no meio do cômodo.

— Bem-vinda, madame. Esta é Henrietta Cavendish, nossa nova anfitriã. — Ele indicou todo o espaço, apresentando as duas.

— Se você me oferecer o chá, vou agredi-lo — avisou, antes que ele continuasse. — Estou muito bem-alimentada.

— Sequer passou pela minha cabeça, mas não faça desfeita a Henrietta, ela quer saber se é aceitável.

— Ela é muito grande.

— Não é algo que se diga a uma dama, especialmente uma já idosa, porém conservada. — Ele se sentou numa das duas cadeiras acolchoadas com encosto e almofada trabalhada em seda e pegou sua taça na mesinha ao lado.

Dorothy franziu a testa para o espaço completamente decorado e mobiliado. Ela andou até a janela e olhou a vista. De lá podia ver a Praça Cavendish no canto direito. Era lá que moravam alguns personagens famosos da sociedade, pessoas com quem ela encontrava vez ou outra.

— Henrietta é bonita e composta demais para os seus intuitos — disse ela lá de perto da janela.

Tristan riu e continuou bem jogado na cadeira, onde bebeu um longo gole de vinho.

— Vai me oferecer um pouco disso? — indagou Dorothy.

— Não é assim que você vai relaxar. Dessa vez vai ficar bem acordada. Eu quis lhe receber como um cavalheiro decente, com chá e biscoitos, mas você pensa que não sou bom o suficiente para isso. — Tristan terminou o vinho e repousou a taça.

Ela voltou imediatamente para o meio da sala e o olhou.

— Eu jamais disse uma coisa dessas! Posso ter dito que você é um sem--vergonha, um descarado e coisa do gênero. Porém, isso eu não disse. É claro que pode me receber como preferir.

Para surpresa dela, Tristan deixou a cabeça cair para trás e gargalhou, depois se ajeitou na cadeira e cruzou as pernas, apoiando o tornozelo sobre o joelho esquerdo.

— Eu sabia que macular sua decência e consideração iria tirá-la do sério.

Decidindo não cair mais na provocação dele, ela foi direto ao assunto:

— Então, como vai ser nosso acordo? Não entramos em detalhes.

Ele assentiu e se virou, servindo mais um pouco de vinho.

— Quais são os seus termos? Conte-os para mim e podemos seguir desse ponto. — Ele bebeu um gole do vinho e aguardou.

Dorothy não esperava que fosse ela a ditar as regras, afinal nunca tivera um caso na vida. Não sabia nem por onde começar, mas estar ali já havia sido o seu primeiro passo.

— Será um segredo — disse de repente.

— Concordo.

Ele a observou deixar o centro do cômodo e ir andando a esmo, reparando nos detalhes da decoração.

— E mesmo quando nos encontrarmos em público, vamos fingir que nos conhecemos pouco. Afinal, fomos apresentados brevemente na casa de sua prima. — Ela o olhou de canto de olho e o viu assentir. — E como você mesmo disse, vamos manter isso apenas entre nós. Quero dizer, se estou tendo um caso apenas com você, espero que tenha um caso apenas comigo.

— Devo escrever isso? Quero lembrá-la dessa condição quando quiser me deixar por algum pretendente.

— Isso é diferente.

— É mesmo? — Ele caprichou naquele seu tom sarcástico.

Parando perto da mesa, já no cômodo adjacente que parecia ser uma sala de refeições diurnas, Dorothy se virou e moveu as mãos no ar como se estivesse elaborando.

— Eu sei que você não tem descendentes. Por tudo que me contou na casa de Lady Russ, sei que não vai querer deixar um centavo para aquelas pessoas da sua família. Então imagino que vai ter que se casar com alguma mocinha desmiolada, engravidá-la e deixá-la no campo com seus herdeiros. Não é isso que vocês aristocratas independentes e donos do mundo fazem?

— Eu gosto do seu senso de humor, Dot, mas não sabia que ele era tão afiado.

— Estou mentindo?

— Não, mas está me subestimando. Vou simplesmente torrar minha fortuna e deixar um bando de nada para quem quer que seja o meu herdeiro no momento. Algum primo que reza pela minha morte todos os dias. Não preciso arruinar a vida de mulher alguma para isso.

— Eu gosto do seu humor negro, Wintry, mas não sabia que seu cinismo era tão enraizado — declarou Dorothy, do outro cômodo.

Ah, disso ele gostou. Ela estava à vontade, dava para sentir. Tristan se levantou e foi para perto dela.

— Esses são seus únicos termos, madame?

— Eu deveria ter mais? E os seus, não terá nem mesmo um?

Ele lhe ofereceu a taça e, antes de aceitar, ela deu uma olhada para o líquido escarlate dentro do copo. Não sabia identificar vinhos só pelo olhar ou cheiro, mas duvidava que ele fosse consumir algo de má qualidade. A garrafa que dividiram da última vez era um delicioso clarete de quase 100 anos.

No entanto, logo após ficar sóbria daquela noite, Dorothy achou que o vinho devia estar estragado porque deu no que deu.

— Exclusividade, gosto disso. Anote. — Ele pegou a taça de volta depois que ela bebeu um pouco, não queria arriscar que ela apagasse novamente.

— Anotado — respondeu ela.

— Vamos nos encontrar três vezes na semana.

— Eu não consigo imaginar quais desculpas inventaria para me ausentar de casa três dias na semana.

— Daremos um jeito. Sou bom em inventar histórias — declarou Tristan.

— Duas vezes — negociou ela.

Se ele aceitasse, iam acabar se encontrando apenas uma vez.

— Quando eu terminar com você, vai me enviar bilhetes perguntando se tenho disponibilidade para os finais de semana também — alertou ele, com aquele tom de quem estava avisando para o seu bem.

— Você vai ter que controlar esse seu ego. — Dorothy ergueu a sobrancelha para ele.

— Sempre prefira homens que sabem do que são capazes. Sei o que posso fazer com você, Dot.

— Uma vez! — rebateu ela.

Tristan riu e deixou a taça sobre a mesa, empurrando-a com as pontas dos dedos para ter certeza de que não iria ao chão.

— Uma vez não me satisfaz.

— Então o senhor vai ter que trabalhar essa sua falta de saciedade. Tome banhos frios.

— É isso que você faz? Funciona?

— Eu tenho certeza de que essa questão carnal não me preocupa tanto quanto a você. — Ela desceu um olhar de desaprovação, como se os problemas carnais dele estivessem estampados por todo o seu corpo.

— Tem razão, ainda não trabalhamos isso. — Ele estreitou os olhos e, pela sua expressão, era óbvio que um plano malévolo estava se formando em sua mente. — Duas vezes. Aceito a terceira quando você pedir por ela.

Dorothy balançou a cabeça em uma divertida risada de escárnio e superioridade, pois ele ia esperar sentado, ela não ia pedir nada daquilo.

— Vamos continuar de onde paramos — continuou.

Ela ficou séria, aquilo parecia uma demanda estranha.

— Isso foi uma regra?

Ele segurou-a pela cintura e ela se desestabilizou, realmente não esperava que ele fosse levantá-la e colocá-la sentada em cima da mesa. Ela nunca havia estado com o seu traseiro em cima de uma mesa em toda a vida. Não podia conceber uma situação para isso acontecer. Era absolutamente inadequado para uma dama. Pelo menos até aquele momento.

— Para hoje — esclareceu Tristan, e se aproximou ainda mais, tocando os joelhos dela para que lhe dessem espaço. — Onde paramos exatamente?

— No seu quarto na casa de Lady Russ. — Ela reparou que ele havia afastado seus joelhos e ocupava o espaço entre eles, mas levantou o rosto e o encarou.

Se estava ali para ter um caso, então iam ter um caso. E Dorothy ia acabar logo com aquilo e descobrir como seria. Até o momento, o chão não havia aberto abaixo de seus pés e nem o fogo do inferno a consumira.

— Seja mais específica. Como paramos exatamente? Certamente não com essas roupas. — Ele começou a desabotoar os pequenos botões nas costas do vestido dela.

Ela ficou ereta e sentiu um leve arrepio quando os dedos dele tocaram suas costas e respirou fundo quando chegou à base de sua coluna e abriu a mão ali, procurando contato com sua pele.

— Até hoje eu não sei onde está minha roupa íntima — lembrou Dorothy.

Tristan sorriu, apesar de ela ainda estar fugindo da pergunta, mas isso o divertia. Ele segurou sua nuca e a beijou, conectando suas bocas em um beijo diretamente íntimo, quente e úmido. Ele não lhe dava beijinhos, parecia que o homem nem sabia o que era isso. Quando a beijava, era logo um ataque aos seus sentidos. Os lábios quentes dele pressionavam os dela, o contato ficava molhado rápido demais e ele sempre encontrava o melhor ângulo para aprofundar o beijo.

— Eu devia tê-la beijado logo de início — disse ele, no segundo em que se afastou, deixando-a momentaneamente atordoada, ainda sentindo o beijo com realidade demais para ter terminado. — Acontece algo muito intenso quando nos beijamos.

Ela sabia. Afinal, estava ali e sua mente tinha acabado de levar pelo menos dois segundos para voltar a funcionar.

— Você não usava mais isso. — Ele segurou suas pernas e desamarrou as sapatilhas, deixando-as cair ali no chão.

— Nem você — comentou ela.

Ele a encarou e Dorothy quase soltou um gemido de apreciação quando ele começou a tirar a roupa. Tristan empurrou a casaca pelos ombros e a retirou, pendurando-a na cadeira bem ao lado. Havia um ar zombeteiro em sua face, enquanto ele se livrava de suas peças de roupa e a encarava. Logo depois, o colete teve o mesmo destino, e ele já não estava usando nada no pescoço quando ela entrou ali.

— Eu me lembro de ter tirado essas peças por conta própria, apesar de ter recebido certa ajuda, mas o resto foi em completa colaboração.

— Não mesmo — teimou ela.

Divertindo-se, Tristan se inclinou e pegou a saia leve e fluida do vestido dela, mas não para admirar. Ele colocou as mãos por baixo, segurou as coxas dela e foi subindo. Dorothy foi ficando mais inquieta a cada centímetro que as mãos dele subiam, até tocarem a pele de suas coxas, procurando o que ela estivesse usando para o bem de sua modéstia. Ele havia descoberto que ela era uma dama ousada e costumava ter algo interessante cobrindo-a ali embaixo.

— Não foi aí!

— Comece a falar, Dorothy, ou vai ser bem pior do que o nosso último encontro. Eu estava a um centímetro de colocá-la naquela mesa. Posso não resistir dessa vez.

— Não tenho o menor medo de você, Wintry. No próximo baile não vai chegar perto de mim. Está avisado.

Os dedos dele já estavam tocando o que achava serem calções de algodão, algo leve que ficava por baixo do chemise que ela estava usando. Mas ao ouvir o aviso dela, misturado a um inconfundível tom de ameaça, ele parou e seus dedos se apertaram em sua pele, suas mãos agarraram a carne macia de suas coxas e ele a puxou da mesa, deixando apenas um pedacinho do traseiro dela apoiado no móvel. Então ele tirou as mãos, e ela teve que se segurar nele. Tristan sentia as pernas dela pressionando as suas, as meias a faziam escorregar contra suas botas.

Deixando o vestido dela desarrumado em suas coxas, ele subiu as mãos pelo seu corpo até os seus seios. Com o vestido já solto, as mangas caíram dos ombros e ele as ajudou a encontrarem o caminho para fora do corpo dela. Depois o corset curto foi solto. Dorothy murmurou o título dele quando sentiu suas mãos em seus seios. Ela lembrava perfeitamente como o corpete de seu vestido acabara fora do lugar naquela noite e estava a ponto de acontecer de novo. Bem ali, na sala da casa e com ela em cima de uma mesa.

— Você já me chamou pelo meu título três vezes — disse, baixo, após escutá-la murmurando. — Não me venha com formalidades enquanto estou com as mãos nos seus seios, Dot. É Tristan para você. Esse título não me excita. Quando for gemer meu nome, diga Tristan. Se sentir necessidade de mais, é Tristan Thorne. Deixe-o rolar em sua língua, vai aprender a gostar dele.

Dorothy assentiu, levantando o olhar para ele e soltando o ar quente contra sua boca. Ainda podia sentir as mãos dele cobrindo seus seios e acariciando-os lentamente.

— Beije-me novamente e começo a usar o nome certo — prometeu ela.

Ele não acreditava, mas teria prazer em atender. Tristan a beijou, mas se livrou do corpete. Ele nem viu o que havia por baixo, mas o tecido esgarçou, inútil como barreira para impedi-lo de tocá-la.

— Abra. — Ele colocou as mãos dela sobre o seu peito, mas era óbvio que indicava os botões da camisa. — Foi você que fez isso naquela noite.

Dessa vez Dorothy não estava desinibida pela ajuda do vinho e tampouco se encontrava em uma cama sob a parca luz das velas. Porém, começava a achar que não poderia continuar culpando tanto assim as circunstâncias. Agora só havia um gole de vinho em seu corpo e a luz do dia clareava o cômodo. E ela devia estar tão excitada quanto estivera naquela noite, ao menos em relação ao momento em que abriu a camisa dele. Porque não podia descrever a intensidade do que aconteceu depois.

Os botões da camisa se soltaram facilmente e ela puxou o tecido de dentro da calça dele. Tristan tirou-a da mesa e a carregou para a escada, subindo com ela e seguindo pelo corredor até o quarto principal da casa. Ali não estava tão claro quanto na sala, as cortinas estavam parcialmente fechadas, mas era dia; podiam enxergar bem. Ele a deixou de pé na frente da cama.

— Estamos quase onde paramos, mas acho melhor dessa vez tirarmos esse vestido se quiser voltar para casa com ele — avisou Tristan, vendo a roupa dela já amarrotada.

Ela concordou, não podia voltar para casa como se houvesse saído do meio dos lençóis, mesmo que isso fosse verdade. Ele deixou o vestido no braço da poltrona, tornou a levantá-la e a pousou na cama. Dorothy o observou com expectativa, algo que não acontecera na outra noite. Foi tudo atabalhoado e as peças de roupas foram jogadas para fora da cama, sem a menor preocupação.

Atos de pessoas alteradas, ela pensava agora, mas quase havia ido parar na cama usando o vestido e estava perfeitamente lúcida.

Tristan arrancou a roupa na frente dela. Ele não tinha um pingo de pudor. Se restava a ela alguma dúvida disso, agora tinha certeza. E ele estava em missão para levá-la pelo mesmo caminho. Dorothy só não sabia disso ainda. Ele se livrou de botas, calça e meias e já estava apoiando o joelho na cama quando puxou a camisa pela cabeça e a jogou na direção da mesma poltrona em que o vestido dela repousava.

— Dessa vez eu vou tirar essas suas meias. — Ele se divertiu, vendo o que sobrou sobre o corpo dela. — E deixá-la sem nada no corpo.

— Sabe, eu acho que pessoas decentes sequer ficam nuas para isso — disse ela, sentada sobre a cama, bem à frente dele e olhando para o seu corpo despido.

Era verdade, a primeira e última vez que ela viu um peitoral masculino despido foi no quarto dele, pelo espaço que a camisa deixava ver. Agora ele estava só com as ceroulas, expondo toda a sua gloriosa constituição física, bem definida, rígida e atlética. E ela o olhava com indisfarçada curiosidade e apreciação. Se estavam tendo um caso, tinha que aproveitar todos os aspectos, afinal de contas.

— Sexo decente é muito chato. Quanto mais indecente, melhor — declarou, inclinando-se sobre ela.

— Sempre?

— Pessoas decentes devem ser muito chatas na cama, Dot. Pense nisso.

— Eu sou decente...

— Não é mesmo. — Ele lhe deu aquele seu sorriso malicioso, e assim tão de perto sentiu vontade de beijá-lo outra vez.

— Está me dizendo que sou indecente?

— Pecadora — sussurrou para ela, segurando sua perna e soltando o laço que prendia a meia bem acima do seu joelho esquerdo.

Ele a divertia ao mesmo tempo em que a excitava. Era uma combinação perigosa. Em outra situação ela pensaria que era mesmo uma indecente, pois uma dama com um pingo de modéstia que fosse jamais estaria na cama, e justamente com Lorde Wintry bem no meio do dia. No entanto, ele fazia parecer que ser pecadora era muito mais divertido do que ser decente.

Decência para quê?

— Estou doido para arrancar as suas meias desde a primeira vez que as vi. — Ele a puxou pelo quadril, deixando-a deitada na cama, e subiu as mãos pelas suas pernas, acariciando-a por cima das meias de seda. Era um par fino, cor de pêssego e preso por fitas azuis acima de seus joelhos.

Em sua vida adulta — considerando que ser vestida como uma criança não contava —, poucas mulheres haviam visto suas meias em toda a sua glória. Isso incluía sua prima, a Sra. Clarke, a camareira e as costureiras. Dorothy sabia que deveria estar bem mais envergonhada, mas apresentava apenas um leve rubor.

— Nunca tiro minhas meias em público, milorde. — Ela ficou mais vermelha porque ele dobrou suas pernas, deixando-as no ar.

Tristan deixou as pernas dela dobradas, ladeando o seu corpo, e se inclinou sobre ela.

— E esses seios lindos, alguma vez já foram apreciados sob a gloriosa luz do dia? — Ele escondeu o rosto na dobra do seu pescoço e a beijou até seus ombros, puxando a chemise e deixando-a completamente livre.

Os mamilos dela já estavam entumescidos, mas Tristan queria mais, precisava do corpo dela completamente dominado pelo desejo. Sentiu quando ela prendeu a respiração enquanto seus lábios passeavam pelo seu colo. Até que ele tomou um mamilo na boca e o chupou, soltando-o depois e deixando o som dos seus lábios contra a pele dela falar por eles.

— Nunca, nunca... — Ela fechou os olhos, e dessa vez deixou o som do seu gemido sair.

Agora ela estava com as bochechas bem mais coradas e suspirando de necessidade, e ele gostava disso, de observar o desejo crescendo no corpo feminino, liberando-a de todas as regras apropriadas, deixando-a livre para apenas sentir e se entregar ao que desejava. Só olhá-la o deixava fervendo de vontade. Tristan precisava continuar tocando-a, tinha necessidade de sentir seu gosto, ouvir seus sons, de banquetear-se nela até tê-la explodindo em êxtase só para ele. Dorothy evocava essa vontade incontrolável nele e agora sabia que a teria até o fim.

Ele puxou a fita de sua perna direita, soltando a meia, e subiu as mãos, que capturaram o tecido fino e o retiraram de seu corpo. Depois a apalpou dos pés aos quadris, soltou o ousado calção e arrancou do corpo dela, deixando-a sem nada.

— Coloque as pernas nos meus ombros — disse ele, inclinando-se para ela e beijando seu ventre, esperando que ela o obedecesse.

— Eu acho que não bebi vinho suficiente para isso. — Ela moveu a cabeça contra o colchão e retesou os músculos do abdômen, sentindo seus beijos cada vez mais para baixo.

Na outra noite, ela não estava completamente despida. Tinha perdido todo o seu bom senso, e o vinho era uma ótima ferramenta para desinibir damas sem experiência. Naquele dia, o único culpado era seu desejo, e sua atração pelo maldito e delicioso Wintry. E nada mais, porque a mente dela não conseguia ir tão longe, tinha descoberto que o prazer e a coerência não eram amigos.

— Vamos, Dot. Coloque essas lindas pernas por cima dos meus ombros. — Ele segurou suas coxas, levantando-as.

Na verdade, as pernas dela acabavam apoiadas nas costas dele, e suas coxas sobre seus ombros largos, mas havia variações — ele lhe mostraria em breve.

Dessa vez, sem as meias, os pés dela não escorregavam quando seus calcanhares o tocavam. Ela tentou se manter firme, mas seu quadril se moveu em resposta ao toque dele. Tristan não a avisou; abaixou a cabeça e lambeu pela extensão do seu sexo, sem modéstia alguma. Ele a queria e ia usar bem sua boca, sem perder nenhum pedacinho.

Dorothy rodou o quadril na cama e ele a segurou, apertando suas coxas e deixando-a ainda mais úmida com sua língua, como se a preparasse para sua boca. Ela sentia os toques leves e reagia como se estivessem encostando algo quente demais em sua pele. Tentava fugir, antes que ficasse mais forte, mas ele nunca ia deixar. Fechou os lábios em volta do seu clitóris e o chupou lentamente, como um ótimo beijo. Ela não ia aguentar muito, menos do que da primeira vez.

Podia ouvi-la gemer, adorava o fato de que não precisou lhe pedir para não se conter. Ela não conseguia, saíam baixos e excitantes, cada vez mais rápidos, assim como sua respiração. Dorothy moveu as pernas, esticando os pés, e se abriu para ele como se estivesse mostrando onde continuar e pedindo para ele ir bem ali, mesmo que ela não tivesse ideia do que fazia. Tristan colocou um dedo dentro dela e manteve sua boca completamente conectada; ela lhe dava todas as pistas de que faltava pouco. Ele colocou outro dedo, e ela pulsava, mas, assim como ele não avisou que ia começar, ela não avisou que havia chegado lá e gozou, tremendo contra seus lábios e deixando um belo e alto gemido de prazer preencher o quarto.

— Agora — ele subiu as mãos por suas coxas, elevando-as, em vez de deixá-las descansar na cama — estamos exatamente onde paramos.

Tristan se apoiou sobre os braços e a olhou. Dessa vez ela estava acordada, ofegava baixinho e só abriu os olhos quando sentiu que ele estava olhando-a de perto.

— Creio que sim.

— Quer continuar?

Ele ia entrar em combustão instantânea se ela dissesse que não, mas sabia que por enquanto sua missão era dar-lhe tanto prazer que nem depois de uma garrafa inteira de vinho ela se lembraria de sequer ter estado com outro antes de conhecê-lo.

— Quero. — Ela assentiu para ele e o beijou.

O beijo era bom. Ele se deixou levar e descansou o corpo contra o dela, movendo o quadril entre suas pernas, sentindo-a tão molhada contra seu membro que sabia o quanto deslizaria fácil. Tristan colocou a mão entre eles e provocou a entrada do seu sexo com a ponta do seu membro, esperando que ela não tensionasse. Ele continuou tocando-a e ficou dentro dela de uma vez. Dorothy soltou um gritinho de surpresa e se segurou aos seus braços.

Ele parou bem dentro dela e a beijou, movendo muito pouco o quadril, sentindo-a apertada demais em volta dele e subitamente tensa pela invasão. Isso era o esperado para uma dama que só estivera com um péssimo parceiro uma vez.

— Mantenha os joelhos no alto para mim, Dot. — Ele se apoiou nos cotovelos e manteve os movimentos bem curtos. — Você vai me sentir perfeitamente por cada centímetro.

Os joelhos dela ficaram onde ele queria, e ela se agarrou a ele, sentindo-o muito mais do que ele podia pedir. E não se parecia nem de perto com aquele dia horroroso, não era possível que fosse o mesmo ato. O corpo dele, quente e moldado ao seu, era muito mais íntimo do que esperou. E ele não parava, a cada vez que movia o quadril, ela imaginava se ia perder os sentidos. Não sentira dor alguma em sua primeira vez. Entretanto, naquele momento, uma pontada dolorosa anunciara a invasão.

Seu corpo não queria se acalmar. Dorothy pensava que depois do choque inicial, o desejo cedia como as amarras de uma corda que se afrouxavam, mas ela sentia como se o aperto quisesse levá-la, não havia como suportar as duas coisas.

Tristan se apoiou nas mãos, elevando o tronco. Entrava e saía do corpo dela em longos movimentos de vaivém, num ritmo ainda lento, instigando-a a acompanhar. Ele murmurou para ela e começou a tocar seu clitóris, e ela quase choramingou de prazer, distraída do incômodo da penetração pelos toques dele.

A voz dele, densa e tomada por desejo, dizendo-lhe o quanto estava perto, excitava e embaraçava ao mesmo tempo, afinal ela nunca ouvira nada parecido e muito menos nesse tom tão íntimo e cru. Ele mudou para estocadas mais rápidas e curtas, causando choque entre seus quadris. Dorothy o sentia deslizando fácil demais, encontrando mais pontos de prazer a cada vez que preenchia seu interior apertado. Seus gemidos aumentaram, acompanhando o suave som da cama sob o colchão macio.

— Eu quero sentir cada pulsar do seu clímax. Ceda-o para mim novamente, Dot — pedia ele, apertando o lençol do lado do seu corpo, esfregando os dedos úmidos de sua excitação contra seu clitóris, trincando os dentes e sentindo que agora era o seu corpo que estremecia.

Apesar de ainda sentir o desconforto da penetração, foram os toques dele naquele seu botão excitado que a desconstruíram. Dorothy chegou ao êxtase outra vez, e ele a sentiu pulsar em volta de seu membro até não resistir mais e precisar deixar seu corpo. Ela o ouviu rugir de prazer. Não viu o sêmen sobre os lençóis, mas sentiu o líquido quente em sua coxa. Ela não sabia muito sobre essa parte, mas também não era tão boba. Sabia bem que era um jeito de tentar evitar que o caso deles acabasse mais rápido do que o planejado. Ou seja, com um bebê inesperado.

Ela o ouvia ofegar, no ritmo de sua própria respiração, mas não abriu os olhos. Apenas mordeu o lábio e se deixou aproveitar a sensação. Até ele terminar o que fazia, descansar o peso sobre ela e a beijar. Agora que estava descendo da nuvem explosiva na qual Tristan a prendera, Dorothy sentiu que seu corpo estava tomado por uma sensação estranha. Sentia vontade de rir, porém suas partes íntimas não estavam exatamente no seu momento mais confortável. Não saberia explicar, mas ainda podia sentir as consequências de tê-lo dentro dela.

— E você ainda está acordada — brincou ele, apoiando-se no cotovelo para olhá-la. — É um avanço e tanto.

— Não vou perder os sentidos outra vez. — Dorothy finalmente abriu os olhos e o encarou.

— Bem, se a senhorita estiver plenamente satisfeita, então vamos manter o nosso acordo?

Dessa vez ela assentiu, exibindo um leve sorriso. Tristan deixou o corpo cair e deitou ao lado dela. Seria fácil ficar ali e aproveitar mais um momento, mas naquele dia, seu primeiro tendo um caso, Dorothy não inventou uma desculpa para ficar tanto tempo fora. Tinha saído de casa havia horas. Precisava voltar. Assim que tivesse certeza de que não cairia de cara no chão quando ficasse de pé.

— É normal ficar tão relaxada e não sentir vontade alguma de se mexer, especialmente nas pernas?

— Continue me contando sempre que isso acontecer. Ganho meu dia com isso. — Ele abriu um sorriso convencido.

Apesar de seu corpo não querer, ela se sentou e puxou a colcha da cama desfeita para cobrir sua escandalosa nudez. Agora que não estava mais dominada por puro tesão pelo seu amante, era difícil esconder toda a sua criação. E esta lhe dizia que estar nua numa cama, com um homem, fosse quem fosse, bem no meio do dia, não era apropriado. Nua... imagine só. Dorothy Miller, uma dama exemplar, sem uma mácula em sua reputação, estava nua com aquele lorde demoníaco e deliciosamente nu.

— Eu preciso ir, minha desculpa não cobria tantas horas. Levo no mínimo vinte minutos até aqui. — Ela se levantou lentamente, tentando manter alguma dignidade com a colcha pesada, vermelho e dourada. Tão escandalosa quanto sua situação.

Tristan tinha apoiado as mãos atrás da cabeça, mas a acompanhou com o olhar quando ela vestiu a chemise curta e procurou seu corset. Ele se levantou e recolocou a ceroula.

— Você deu uma desculpa para uma hora fora de casa, tirando o trajeto?

— Sim... algo assim. Posso estendê-la para três horas — explicou ela.

Ele procurou o relógio em seu colete e olhou a hora.

— Já gastamos esse tempo.

— Terei de dizer que lady Holmwood não me deixou partir.

Ela atravessou o quarto e pegou seu vestido. Precisou de ajuda com os botões nas costas, mas colocou e prendeu suas meias por conta própria. Tristan a abotoou e voltou até cama, onde recolocou suas calças. Ele já tinha vestido a camisa e ela estava em frente ao espelho tentando consertar o cabelo, quando ele olhou para a cama e viu as pequenas manchas de sangue.

— Ah, Dot — lamentou ele baixinho, pegando a colcha e deixando-a sobre a cama. — Você não devia ter passado dez minutos me contando o quanto aquele maldito Sr. Fulano era terrível na cama e o quanto odiou cada segundo do dia em que perdeu sua virgindade e teve certeza que não o amava. É muita coisa para uma moça descobrir ao mesmo tempo.

Ela se virou de costas para o espelho e franziu as sobrancelhas para ele, e só então olhou para a cama, custando a entender o que era.

— Nada do que aconteceu naquele dia se parece com o que se passou aqui. Não tenho experiência para comparar nada, é só que não pode ser tão diferente.

— Tem toda razão. — Ele foi abotoando a camisa e se aproximou dela. — E ele realmente não acertaria o buraco nem que tivesse iluminação dentro.

— Pare de caçoar, Tristan. Ele era tolo e jovem, foi algo estranho e não sei o que se passou para ser tão deprimente.

Ele não estava caçoando, estava possesso. Queria encontrar aquele rapaz e arrancar suas entranhas. As manchas de sangue na cama ainda chamavam sua atenção. Como é que adivinharia que ela havia entendido errado o que fez com o tal Sr. Fulano? Ele não estava lá. Se Tristan não chegava perto de damas bem-criadas, um dos motivos era porque elas eram virgens. Ele nunca havia tocado numa virgem antes. Ele fugiria voando se tivesse tal habilidade, mas não tocaria numa dama virginal, dessas com as quais você tem que casar se tocar.

E, no entanto, havia acabado de fazê-lo. Mas que diabos. Ele achava que não havia como ter uma novidade em seus casos amorosos, mas eis que uma explodia em sua face.

— Você não mentiu para ele. — Tristan parecia estar lamentando, e ela não entendia por quê. — Espero que eu tenha sido capaz de lhe proporcionar as memórias que merece. Você ainda era intocada até estar comigo nessa cama. Não o sentiu como me sentiu hoje, não é?

Com certeza não. Agora que estava com a mente no lugar, ela sabia que não.

— Impossível. — Ela balançou a cabeça e se virou, desviando o olhar das manchas na cama.

Ele soltou o ar e nem se moveu.

— Creio que o Sr. Fulano era pior do que pensávamos...

Dorothy apertou as mãos e respirou fundo, então se afastou, pegou seu calção de seda e foi procurar privacidade atrás do pequeno biombo no canto do quarto. Só então viu que havia resquícios de sangue em volta do seu sexo. Ela soltou o ar lentamente e viu se havia água no jarro de porcelana, para poder se limpar.

Ela havia se culpado por anos. E se sentia uma hipócrita a cada vez que tinha de falar do assunto, como quando tentou explicar o valor de sua virgindade a Cecilia. Explicou a importância de não se deixar enganar por cavalheiros galantes e sedutores que só queriam saber daquilo. E como teve que rir nervosamente quando a prima a acusou de não saber nada, afinal também era uma boba que nunca havia estado com um homem. Também teve que se segurar e não ser amarga e estragar os sonhos da prima sobre estar com seu primeiro amor.

Ela nunca ia contar que havia estado com o Sr. Brooks quando tinha a idade de Cecilia e que tinha odiado. Dorothy lembrava, e ele havia sim se colocado dentro dela. Fora horrível, ele errara o alvo, pois escapara como um balão murcho. E estavam sobre a toalha de piquenique, embaixo da árvore onde sempre se encontravam. Era óbvio que sequer tiraram as roupas, só o necessário.

Na época, Dorothy tinha certeza que se casaria com o Sr. Brooks. Porém, foi ali, olhando para ele e pensando de forma coerente enquanto não apreciava os toques dele, que ela percebeu que não o amava. Era uma tola, levada por alguns beijos, inexperiente e sonhadora. O Sr. Brooks continuou vermelho o tempo todo e reclamou que o seu irmão havia lhe dito que mulheres ficavam "escorregadias", e ela não ficara de jeito nenhum e assim ele tinha tido "dificuldade" em penetrar. E ela teve certeza de uma verdade: perder a virgindade não era um conto de fadas.

A Sra. Clarke havia dito "não é tudo isso, depende de muitos fatores. Quem sabe se o seu marido for um bom parceiro". Então Dorothy foi e se entregou para o Sr. Brooks, seu futuro marido. Ao menos achou que se entregara após aquele episódio decepcionante no qual não sentiu nada, apenas constrangimento e certo asco.

Assim que chegou em casa, Dorothy anunciou que não queria mais se casar. Nem ela podia explicar sua decepção. Simplesmente ficou observando-o e tentando senti-lo e nada aconteceu. Ela não queria passar o resto de seus dias admirando-o sobre ela. Ele não a deixava desejosa, não virava sua mente do avesso e na época ela nem sequer saberia dizer o que era estar em êxtase.

E agora mais essa. Ela tinha sido criada para se achar uma mercadoria defeituosa depois de perder a virgindade e não se casar. Era muito difícil superar isso. Se era assim, que mal tinha ter um caso? Já estava mesmo com defeito e já perdera o interesse em belos matrimônios. O único casamento em sua vida seria o que ela arranjaria para Cecilia.

Então, antes que Lorde Wintry fosse tomado por algum arroubo de honra que o levasse a propor algo que ambos odiariam, ela resolveu agir. Saiu de trás do biombo, já limpa e recomposta e lhe disse:

— Você foi ótimo. Obrigada por apagar aquela terrível memória — disse ela, numa voz firme, mas não procurou encará-lo.

Então era assim que ela preferia?

Tristan parou diante dela e tocou seu queixo, levantando seu rosto para ele. Porém, antes que ele dissesse qualquer coisa, ela o encarou e continuou:

— Só posso vê-lo daqui a dois dias, estarei ocupada com minha prima.

Ele assentiu e deixou que ela ditasse o fim do assunto. Apesar de ainda estar incomodado pelo que fizera e em séria dúvida sobre a questão. Isso era um choque para ele. Estar em dúvida depois de dormir com sua amante era algo que nunca havia lhe acontecido. Tristan não conseguia se arrepender de estar com ela, mas era certo como o cair da noite que ele não teria tocado nela se soubesse que o Sr. Fulano não havia conseguido "ir até o fim".

— Eu entendo — respondeu ele, ainda deixando que ela resolvesse o que aconteceria.

— Ótimo.

Dorothy se afastou dele e saiu do quarto, pois o resto de suas roupas estava lá embaixo. Tristan não gostou de pensar que, se ela soubesse disso, jamais teria aceitado chegar perto dele. Ele gostou de estar com ela, mas odiava a forma como ela se sentia e como enxergava o mundo à sua frente. Ela não estava "defeituosa".

Ao contrário, ela estava gloriosa e esteve fantástica em seus braços. E agora sua primeira vez juntos, a primeira de verdade para ela, não acabaria mais do jeito que planejara. Sua amante fora lembrada das estritas e tolas regras que a classificavam como um problema por ter ousado compartilhar o corpo que era apenas dela para comandar.

Ele podia entendê-la, por mais que não aceitasse. Ela achou ter cometido seu maior erro aos 18 anos. Dava para imaginar como a garota que ela era na época se culpou e se desesperou, sem saber o que fazer e ainda tendo que debutar e sair em busca de um marido. E agora, aos 26 anos, bem mais madura, depois de anos aceitando e superando, ela descobria que foram anos de culpa desperdiçada.

E no fundo ele era mesmo um cretino desalmado, porque por um lado não lamentava. Se nada daquilo tivesse acontecido, ele não a teria conhecido, porque o péssimo marido com quem estaria casada não a deixaria chegar perto dele. E ela provavelmente teria se casado com o tal Sr. Fulano e, depois de casada, talvez na noite de núpcias, descobriria que não suportaria passar o resto de sua vida ao lado dele. E seria completamente infeliz e insatisfeita de todas as maneiras.

Ele só não queria vê-la triste. Não era desalmado para muitas coisas. E isso incluía a mulher com quem estava tendo um caso. Ele sempre sentia empatia por elas. E sentiu por Dorothy desde a primeira confissão trocada.

— Pedirei a Henrietta que lhe convide para o chá daqui a dois dias. — Ele abotoou o colete e se virou, vendo que ela estava quase composta.

— Será difícil explicar a relação entre Henrietta, Lady Holmwood e eu.

— Já pensou se ela descobrir que tem mandado cartas para combinar encontros? — Ele sorriu.

— Ela teria um mal súbito, disso não tenho dúvida.

Dorothy foi até o armário e recuperou seu chapéu, recolocou suas luvas e estava pronta para partir. Ela se virou para olhar para dentro da sala e viu que ele já vinha em sua direção.

— Wintry... — Ela estava se despedindo.

Ele chegou até ela, pegou seu rosto com ambas as mãos e a beijou. O traseiro dela empurrou a mesinha, mas eles não se importaram. Dorothy segurou os antebraços dele e se entregou ao beijo, relaxando contra seu corpo quando ele a abraçou e se recusou a soltá-la até que tivesse terminado de se despedir com um beijo tão bom que ou clarearia sua mente ou a bagunçaria de vez.

— Lembre-se de mim, Dot. Vou pensar em você. — Ele havia afastado os lábios apenas por uns centímetros.

— Não vou pensar em você nem por um minuto. Isso me desconcentraria.

— Claro que vai, todas as noites. E em alguns momentos do dia também. — A declaração era absoluta, resguardada por muita arrogância masculina.

Ele olhou antes e só depois ela saiu, com o chapéu bem enfiado na cabeça e o xale sobre os ombros. Dorothy entrou na carruagem tão rápido que nem mesmo uma pessoa sentada em frente à casa teria tempo de dar uma boa olhada nela. Tristan era cuidadoso, havia outra saída, e foi por lá que ele deixou a Henrietta Cavendish alguns minutos depois e entrou em sua carruagem.

Capítulo 6

Já passava das oito horas da noite quando a carruagem parou em frente à casa de dois andares no norte de Londres, bem longe de Mayfair e das famílias dos cavalheiros que frequentavam o local. Scrat entrou pelo lado da porta que dava para a rua e olhou para o outro ocupante pela pouca luz que entrava no veículo.

— Eles estão aí e já beberam o suficiente. Nott está pendurado pelo valor equivalente a uma pequena propriedade. Como não entrei, é tudo que sei — disse Scrat, dando uma olhada discreta pelo vão da janela. — Meu garoto está lá dentro, servindo as bebidas.

— Continue pagando ao garoto — respondeu Tristan, antes de deixar a carruagem.

Hughes e Nott finalmente o convidaram para a sua roda de jogos e apostas. Depois de tudo que investiu nisso, era chegada a hora. Porém, por trás desse convite para o jogo, havia muito mais.

Tristan não tinha dificuldade em representar papéis, o que não era novidade na sua vida antes de ser conde. Como filho mais novo, tinha uma parte da herança, afinal seu pai gostava dele. E foi uma pena que seu velho tenha tido um filho com a idade muito avançada e partido cedo demais. Mas era só isso. De resto, era melhor se virar. E ele acabou em um trabalho que lhe pedia para entrar no palco sempre que o chamavam.

Naquela noite, o trabalho era pessoal, mas ele vinha representando havia meses e estava a caráter. Só odiava ter que bancar o sádico, com gostos duvidosos. Fingia bem como lorde tolo e entediado mau caráter por natureza. Alguém que vivia atrás de diversões novas e mais chocantes. Era esse o papel que Tristan representava dentro daquele grupo de homens. Alguns podiam dizer "é uma fase" quando se é um homem jovem. Só que ele era o mais jovem do clube. O que aqueles homens podiam dizer sobre essa *fase*?

— Já não era sem tempo, rapaz. Vamos abrir um lote novo só para recebê-lo — disse Hughes, assim que Tristan entrou no clube que tinha mandado Scrat vigiar.

A partir daí, foi cerca de uma hora de coisas inúteis. Porque eles não iriam lhe mostrar o ouro assim. Apesar de Tristan já ter fingido comportamentos e ideias chocantes até para aqueles homens, eles eram velhos de guerra. Queriam alguém novo no grupo e jovem também, com energia para criar as diversões e deixá-los apenas participar. Porém, isso não os tornava assim tão descuidados. E eles sem dúvida se achavam mais espertos do que eram. Então iam enrolar, se regozijando em sua ótima ideia de testar o rapaz.

— Bem, rapazes, acho melhor parar — disse Tristan, abrindo a mão e mostrando sua trinca de reis sobre a mesa.

Levou mais uma hora para ele limpar Nott no jogo de reis. Agora o homem, que era um apostador inveterado, passível de provocações, estava lhe devendo uma quantia alta o suficiente para ser caçado por ela. E Lorde Hughes, a essa altura meio bêbado e rindo da desgraça alheia, já abrira a boca sobre vários detalhes que não deveriam estar dentro do plano de "testar o rapaz".

— Sabe, o Beasley não cairia nos seus truques — disse Hughes, saudoso. — Ele veria todos os seus blefes. Você é um bom vigarista, rapaz. Mas de todos nós, nesse quesito, ele era mais.

— Mais ainda que o Bert — disse Nott, assentindo para Hughes.

Tristan já havia notado que eles só tocavam no nome dos amigos quando bebiam além da conta.

— E os outros, onde estão? — perguntou Tristan, brincando com a ponta da carta.

— Em alguns dias, o clube é só dos fundadores. E dos convidados especiais — riu Hughes. — Mas as coisas mudaram muito desde que Beasley se foi.

Para Tristan era fácil fingir que lamentava. Ele tinha uma ótima expressão para isso — franzia a testa, o que juntava suas sobrancelhas castanhas e tornava sua face profunda e séria. Mas não podia exagerar para não parecer zangado. E adicionava um franzir dos lábios, como um homem se forçando a não sentir demais, porque era feio ser um cavalheiro cheio de sentimentos. Era a expressão perfeita, e ele a manteve.

No entanto, sua mente estava completando algumas lacunas. Então Beasley era o dono do cofre e do porão. Lugares que uma terceira pessoa mandou limpar. Mas se o tal homem tinha sido um membro por tantos anos e agora que Tristan sabia da longa amizade desses lordes, ele seria descuidado ao ponto de largar tudo pra trás, jogado em algum porão? E no cofre principal da sua casa?

— Estamos desfalcados no nosso clube. É a idade, perdemos outros dois. Você é o primeiro rapaz que entra aqui com possibilidade de nos ajudar a continuar nossa história. Ninguém aqui está ficando mais jovem — disse Hughes, que não parecia mais estar tão bêbado.

Se ele estava fingindo estar bêbado para ver se Tristan se traía, estava fazendo um péssimo trabalho. Já o vira bêbado de verdade e até levemente dopado; não ia dar certo.

— Sabem, cavalheiros, nunca me interessei em clubinhos. Todos que conheci ou me ofereceram eram tediosos ou tolos demais. No entanto, vocês conseguiram a minha atenção. Parece bom, algo para se distrair na temporada. — Agora ele parecia considerar.

Era bom deixar bem claro ali que era ele quem estaria fazendo o favor de entrar para o clubinho deles, o que certamente incluiria pagar pela anuidade. E agora os tempos de glória eram seus, ao menos era o que eles pensavam. Então eles tinham que convencê-lo de que era um bom investimento.

— Há lucro. Como acha que Nott ainda consegue estar vivo apesar de dever tanto? — Hughes deu um sorrisinho para o amigo.

— Eu ganho mais dinheiro do que consigo gastar, senhores. Não sou muito extravagante nos meus gostos. Essas festas não são tão caras quanto parecem. Esse não seria meu principal interesse.

— Mas dinheiro nunca é demais. E ele roda muito rápido por aqui nas mesas — disse Nott.

— Você quem o diga, não é? — disse Tristan, apontando para ele. — Depois vamos conversar sobre como melhorar os seus blefes.

Lorde Nott tentou não ficar amuado, mas estava mesmo perdendo demais e ele sabia que Wintry era abusado e não lhe pouparia de nada.

— Gosto de artes. Estou precisando de alguns itens para decorar minha casa. Quero mudar os quadros dos cômodos, não combinam com minha personalidade.

— Tristan os encarou. — Soube de fonte segura que poderia encontrar meios de conseguir, sem leilões e documentos chatos.

Por *fonte segura*, ele queria dizer que prendeu um suspensório no pescoço do Lorde Curtis, antigo amante da sua tia, o pendurou por cima de uma mesa e o sufocou a curtos intervalos até ele lhe dizer tudo que sabia. Porque foi através dele que Joan Thorne conheceu aqueles homens e também havia alguns itens de arte muito suspeitos em sua casa.

Depois da guerra, o mercado negro de obras roubadas de vários locais e de vítimas, conquistas e espólio era enorme. Tristan não tinha o menor interesse nesse tipo de mercadoria, mas fingiria ser um aficionado por arte roubada.

— Sim, isso pode acontecer. — Hughes abriu um sorriso. — Mas não foi nisso em que pareceu estar interessado, Wintry. Você gostou das garotas, não gostou? Eu vi que tentou disfarçar.

Ah, sim. No dia que ele viu as duas moças de etnia desconhecida e em roupas estranhas, em vez de estragar tudo e matar todo mundo na sala, fingiu que estava morrendo de tesão. Era mais fácil ter vomitado.

— Eu gosto delas naquelas roupas — disse Nott. — E presas nelas. Essas meninas desses países selvagens gostam da experiência.

Tristan não conseguia decidir qual dos dois era pior.

— Tenho dinheiro para bancar as prostitutas mais caras do país, senhores. Posso mandar que vistam o que eu quiser — avisou Tristan.

— Elas não são a mesma coisa — disse Nott. — Você não é dono delas. Não dependem de você para viver.

Sim, Nott definitivamente era o mais doente, mas era páreo duro.

— Eu gosto muito de itens que não posso ter, algo diferente. Fora do cardápio, aprecio menus bem variados — comentou Tristan, forçando o assunto.

— Não gosta de rapazes, não é? — perguntou Hughes. — Só temos um membro com esses gostos e atualmente ele fica mais tempo fora.

— Os senhores já me viram com um rapaz? Acham mesmo que se eu gostasse de comer rapazes, eu esconderia isso nas reuniões particulares que tivemos? Se um de vocês aprecia tal iguaria, posso pagar para que os mais bonitos lhes sirvam. Eu gosto é de mulheres de todos os tipos, mas tenho gostos e fantasias que são o único motivo para vocês, bando de velhos num clube, me interessarem.

Os dois ficaram olhando para ele, desconcertados. Tristan sabia que agora eles iriam desistir ou ceder. Foi Hughes quem deu um sorrisinho sujo e soltou o ar como numa risada muda.

— Você deve ser como o Bert. Ele que gosta dessas coisas. Beasley também apreciava um pouco menos, acho que morreu disso, o maldito.

— Ótimo — disse Tristan. — Se Bert está desaparecido e Beasley bateu as botas, fico com o que era deles.

Agora ele havia conseguido. Entrou em algo que imaginava, mas não conhecia. Apesar de tudo que já havia visto na vida, sempre podia se surpreender. E aqueles senhores também não faziam ideia de onde haviam entrado. Para Tristan, a via sempre tinha duas mãos.

***

— Olhe só, Dorothy. É o Sr. Brooks, acho que está acenando para nós — disse Cecilia, acenando de volta.

Dorothy nem se deu ao trabalho, só deu um leve sorriso em cumprimento.

— Até hoje eu não sei por que você o descartou e depois o desprezou tanto — dizia Cecilia. — Ele era tão fofo.

— Não gosto de coisas fofas, muito menos em homens. — Ela se virou e continuou pelo caminho de flores.

— Acho que na época ele ficou sentido, foi até lá várias vezes e você sequer o recebeu. Na verdade, agora que vocês são apenas amigos, acho que ele ainda mantém sentimentos por você.

— Para o bem dele, eu espero que não — cortou Dorothy.

— Ele também não é meu tipo, sabe. E veja só que rostinho mais belo ele tem, mas gosto de homens mais másculos e ousados — dizia Cecilia, como se tivesse muita experiência. — Ele é tão correto. As roupas dele estão sempre parecendo que estão em um desses manequins de costureira. Aqueles estufados de pano. Foi por isso que você o descartou?

Aquele assunto não era o preferido de Dorothy. Ainda mais agora.

— Eu não o descartei. Apenas descobri que não tínhamos nada em comum.

Para ser sutil.

— Mas você o aceitou como amigo. — Ela franziu o cenho.

— Nada em comum para sermos casados. Não há atração da minha parte. Então o casamento seria um tormento.

— Bem, nisso eu concordo. Lembre-se disso para mim; não me obrigue a casar com alguém por quem não sinto interesse.

Cecilia era muito jovem na época para ter notado que a prima podia não parecer atraída num sentido carnal, mas havia sonhado com passarinhos verdes voando junto ao seu vestido de noiva. E que aos 18 anos, Dorothy havia achado a fofura do Sr. Brooks um encanto e não reparou em mais nada. Nem mesmo no tal problema de não haver atração física e que provavelmente o mataria se tivesse de passar um dia inteiro com ele.

Na época, ele era ainda mais tolo do que ela. A verdade era que Dorothy não acreditava que um dia ele mudaria. Seria um adorável par para alguém, ela tinha certeza. O problema era que não servia para ela. E apesar de nunca mais terem tocado no assunto, ele fez bem em acreditar no que ela achou ser uma mentira.

Ele havia falhado na missão. Nesse momento, depois de dois dias da missão completa, ela já não se arrependia. Era uma mulher, não uma garota. Era uma memória muito mais agradável ter perdido sua desconhecida virgindade com Lorde Wintry. Por mais indecente que ele fosse, era muito bom no que fazia. Só isso podia explicar tanto prazer. Antes, bem... ficou óbvio como era a memória anterior.

Ah, querido e tolo Brooks, pensava Dorothy, olhando-o de longe.

Ele era um bobo. Amável. E não havia se casado ainda. Será que ela tinha condições de se ocupar em fazer o cupido para mais alguém? Já tinha Cecilia para cuidar. Talvez não fosse tão difícil encontrar uma moça adorável, discreta e amável para ele. Não podia ser alguém como ela, atrevida e dona do próprio nariz. Uma megera, como diria boa parte dos homens. Senão a mulher iria pisar na cabeça dele e fazê-lo de cachorro. Dorothy queria alguém com quem ele pudesse compartilhar a vida, sem um anular o outro.

Sim!, ela decidiu. Ia encontrar a moça mais adorável para ele. Era provável que ela estivesse sim com dor na consciência, mesmo sem saber o motivo.

A Sra. Clarke, que hoje disse estar com os pés inchados e tinha conseguido um bom lugar para se sentar, apareceu bem perto delas e as separou, ficando no meio.

— Cecilia, eu vi o Sr. Rice chegar. Ele foi para o salão, está anoitecendo e acho que é melhor as duas entrarem. As danças começaram.

— Ah, ele veio. — Cecilia tentou não parecer muito animada. — Pensei que não compareceria a este evento. — Ela olhou para baixo, checando se estava bem.

O Sr. Rice era um pretendente "na média", a corda à qual a Sra. Clarke estava agarrada. Era o primeiro homem que beirava o aceitável por quem Cecilia se interessara. Ele tinha lá seus pecados, algumas pequenas histórias sobre o que fazia no tempo livre e com quem dormia. Mas quem não tinha? Até aí era perfeitamente normal. E elas já estavam encarando o fato de que não conseguiriam que Cecilia se interessasse por um rapaz perfeitamente correto.

Talvez, se ela amadurecesse um pouco mais, perdesse essa fascinação por cavalheiros másculos, perigosos e geralmente canalhas. E passasse a focar tipos que exerciam interesse além dessas características. Só que o tempo delas era curto, Dorothy precisava encaminhar Cecilia antes que o tio morresse. E na circunstância atual, temia que o fim estivesse próximo. Tinham apenas aquele ano para resolver isso. Queria que Cecilia se apaixonasse por um bom partido, mas alguém próximo de bom, como o Sr. Rice, já era um começo.

Elas entraram e vagaram pelo salão, que estava com todas as janelas e portas abertas para o jardim. Cecilia ficou amuada e mal-humorada porque o Sr. Rice não a viu e, para piorar, estava dançando com a Srta. Sparks. De novo. Ele já havia dançado com ela na noite anterior.

— Venha — disse Dorothy, pegando a mão de Cecilia. — Esse lugar não é bom.

Ela então posicionou sua bela prima bem no lugar por onde tinha certeza que o Sr. Rice passaria depois de devolver aquela insípida da Srta. Sparks.

— Ah, Srtas. Miller — disse ele, fazendo uma mesura. — É um prazer vê-las, não sabia se estariam por aqui.

— Posso dizer que pensei a mesma coisa sobre o senhor — respondeu Dorothy.

Cecilia tinha um pequeno problema que ainda estava em correção. Ela vivia falando e falando no ouvido da prima. E falava ainda mais quando avistava um daqueles cavalheiros depravados que ela apreciava. Porém, quando finalmente parava à frente deles, demorava a engatar. Era como se precisasse rodar uma manivela nas suas costas para pegar no tranco.

— A senhorita pensou em mim, fico lisonjeado. — Ele já abriu logo o seu sorriso de pré-sedução.

— Não, na verdade só me lembrei de sua pessoa porque minha prima, com quem o senhor dançou no baile de Lady Russ, tocou no seu nome. — Ela lhe lançava um olhar gélido, mais um pouco e serviria para fazer sorvete. Não era ela que o tolo tinha que tentar seduzir.

— Claro, Lady Cecilia — agora ele sorriu para a Miller certa —, foi uma dança e tanto. A senhorita é muito enérgica.

— Eu adoro dançar — disse Cecilia, timidamente. — É uma de minhas atividades favoritas.

— Então quero participar novamente, se a senhorita me der a honra da próxima dança. Estou livre.

— Bem, eu também, acabei de voltar do jardim e ainda não havia encontrado um bom parceiro de dança — provocou ela.

Enfim, pegou no tranco, pensou Dorothy.

— Não se prendam por mim, estarei bem aqui — avisou, afastando-se um passo. — Divirtam-se. Acho que não vai demorar muito a começar.

Eles partiram para esperar o início da próxima dança, e Dorothy ficou sozinha. A Sra. Clarke provavelmente não levantaria outra vez da cadeira, ainda mais por estar em um daqueles dias de pés inchados e doloridos. O melhor que ela podia fazer era esperar, mas não precisava ser de garganta seca. Será que numa festa em uma casa tão grande e bonita, a que inclusive levava tempo demais para chegar, não conseguiria uma bebida?

— Srta. Miller, mas que imenso prazer finalmente encontrá-la nessa temporada.

Ah, não. Se não for o lacaio com uma bandeja de champanhe, eu não quero, pensou ela, imaginando um meio de sair dali.

— Lorde Rutley, mas que surpresa — disse Dorothy, virando-se lentamente e percebendo que não tinha sorte e ele não estava com uma bebida na mão.

— E que milagre, acho que é meu dia de sorte. Creio que nunca a vi sozinha. — Ele abriu um enorme sorriso.

— Não imagino por que o senhor iria querer me encontrar sozinha.

— Talvez para me declarar sem embaraço. — Ele balançou a cabeça, flertando descaradamente.

— Ah, mas o senhor vai ficar embaraçado. De qualquer forma, não nos divertimos o suficiente para que comece a se declarar antes do meio da temporada.

— A senhorita sabe que estamos conversando há pelo menos duas temporadas.

— Não notei, milorde.

— Imagino que não, ou eu teria de imaginar por que estaria ignorando minhas intenções.

Dorothy sorriu para ele e pensou numa forma de escapar de suas intenções. Ela havia notado, sim, e, mesmo que não houvesse, a Sra. Clarke não perdia a oportunidade de lembrá-la.

— Acho que não dançamos o suficiente para eu notar. O senhor chegou a me convidar nesta temporada? — Ela usou um estudado tom de dúvida.

Rutley ia dizer que não, eles não haviam dançado o suficiente, pois ela era difícil de encontrar e sempre estava junto com a Sra. Clarke, que tentava ser simpática, mas o olhava criticamente. Ela era a típica dama difícil, e ele não conseguia seguir seu calendário social. Um exemplo disso é que só soube que ela compareceria ao evento de Lady Russ depois que ele aconteceu. Com tantos eventos, achá-la por Londres não era assim tão fácil. Além disso, Rutley era péssimo para escolher seus próprios eventos e terrível na dedução de contatos de uma dama para saber onde encontrá-la.

— Poucas vezes. — Ele franziu o cenho, incomodado pela possibilidade de ela não lembrar que dançaram algumas vezes na temporada anterior, enquanto ainda estava ocupada preparando o terreno para a apresentação oficial de sua prima. — Será que me daria a honra? Se formos rápidos, ainda conseguiremos nos alinhar com os outros casais.

Dorothy foi então dançar com Lorde Rutley. Ela não diria que tinha vários pretendentes caindo aos seus pés, mas aceitava que tinha seu charme. A Sra. Clarke dizia que ela precisaria se esforçar um pouco e esconder sua falta de paciência com os galanteios masculinos. Também tinha que diminuir o uso do sarcasmo, porque boa parte das vítimas não o entendia. As observações cortantes precisavam perder a lâmina. E a ironia insistente não combinava com uma dama, só em certos flertes. Se ela se esforçasse só um pouquinho e maneirasse nesses traços, teria vários pretendentes perseguindo-a, porque aparência não era um problema.

Na opinião da Sra. Clarke, Dorothy não era uma desmiolada e nem estava desesperada. Era só distribuir um pouco de charme e escolher alguém. Já Cecilia, que não entenderia uma visão como essa e era uma desmiolada imatura, dizia que a prima era uma esnobe e que por isso os homens corriam dela.

Para descontentamento de ambas, Dorothy não queria aqueles cavalheiros perseguindo-a. Seria inconveniente, ela não tinha paciência e estava ocupada com muitos planos. Ela sequer saberia explicar como iniciou um caso amoroso, mas nada que envolvesse Tristan Thorne tinha explicações fáceis.

O Sr. Brooks, que ainda não havia percebido exatamente por que Dorothy não servia para ele, ficou admirando a dança e sorriu ao ver Cecilia se divertindo, mas não ficou tão feliz ao ver sua antiga namorada com Lorde Rutley. Ele também não tinha moças caindo aos seus pés, apesar de seu rosto angelical, mas não era nenhum excluído. Era só que... ele não sabia explicar. Talvez lhe faltasse carisma. Certamente não tinha aquela atração latente que fazia mocinhas suspirarem e cometerem atos inadequados. E ainda estava buscando alguém.

Devido ao passado, ele ainda preservava uma leve e reprimida esperança de Dorothy "voltar a enxergá-lo", mesmo que ela fosse um tanto, como ele diria, mandona. Ela ficou assim depois que decidiu dispensá-lo e sempre conseguia colocá-lo em "missões". E também se livrava dele de formas que ele sequer percebia. O Sr. Brooks nem sempre entendia suas tiradas, mas ficava sorrindo e fingindo que estava no controle. Brooks era um bobo, mas também era adorável, como um bonequinho de estante.

***

— Ora essa, Wintry. Até parece que você se daria ao trabalho de vir até aqui para experimentar os maravilhosos canapés do novo chef da casa. — Nancy olhava em volta e conversava ao mesmo tempo, acenando com a cabeça algumas vezes para conhecidos.

— Tem um novo chef? — Ele olhou para o canapé que comia, tentando notar algo de diferente nele.

— Era uma das atrações para este evento — disse Nancy, revirando os olhos.

— Eu nem sei que tipo de evento é este. — Tristan não podia ter prestado menos atenção ao convite. Se estivesse escrito que o traje era fantasia de pirata, ele seria o único inglês da festa e sequer estaria trajado como um corsário deveria.

— Uma espécie de lanche de fim de tarde com baile logo após, alguns convidados chegam apenas para o baile, o que é o seu caso — completou ela, como se fosse uma leve reprimenda, mesmo sabendo que era inútil. — Parece que esse tipo de recepção está em alta nesta temporada. Muitas pessoas com jardins renovados.

Ele não podia se importar menos com os jardins alheios. Ao inferno com seus arbustos perfeitamente cortados.

— Para mim o gosto é o mesmo. — Ele bebeu um gole do vinho mediano que estava sendo servido.

— Para mim também, mas não direi isso até amanhã quando estiver tomando sorvete com minhas conhecidas.

— Você não vale nada, Nancy — comentou ele, como se ainda estivessem falando do pãozinho decorado.

— Por isso que nos damos bem. — Ela colocou o braço no dele. — Ande, leve-me para dançar.

Eles avançaram pelo salão, ainda iam demorar a dançar, os pares da vez estavam no meio de seus passos. Tristan sabia bem disso porque enquanto comia o pãozinho esnobe e deixava Nancy capturá-lo para dançar, ele também assistia à Srta. Miller junto com Rutley. E pelo jeito, o homem estava apaixonado. Parecia até que estava com um tique nervoso no pescoço, mas por suas reações ela não estava lhe dizendo que iam se casar em breve.

Era bom mesmo que ela não estivesse animada com o nervosismo do Lorde Rutley, senão Tristan pretendia ajeitar aquele pescoço dele num aperto só.

— Onde está seu marido? — Ele viu que a pirralha, a outra Srta. Miller, estava dançando com o Sr. Rice.

Se Dorothy queria alguém limpo e correto para a prima, Rice já estava fincado na lama até os joelhos. Tristan duvidava que elas soubessem de metade dos seus "assuntos pessoais de cavalheiros" que ficavam apenas entre os tais cavalheiros.

— Engordando em algum lugar por aqui. — Nancy balançou a mão, sem se importar. — Agora, conte-me logo. Não caio mais nas enrolações do Sr. Giles. Com quem está saindo?

— Com um bando de homens que ficam bêbados rápido demais. Seria decepcionante para você.

— Ah, mas que... — Ela mordeu a língua, estava muito perto de outras pessoas para arriscar uma imprecaução. — Diga logo quem é. Eu a conheço? Não é outra dançarina, não é? Seria repetitivo. E só me falta você também estar envolvido com uma cantora. Parece que virou mania nacional.

— Não sei se ela sabe cantar. Boa ideia, vou perguntar. Se ela tiver uma bela voz, vou desafiá-la a manter a afinação durante um encontro particularmente intenso.

— Que horrível, Tristan. Ela não vai querer desafinar na sua frente.

— Eu não sei quem foi que lhe disse que ela estará de frente.

— Meu Deus, eu o odeio! — Ela riu. — Se George souber que ainda temos conversas indecentes, vai ficar extremamente incomodado por não ser convidado a participar — disse ela, falando do marido.

— George ainda é iniciante.

— Releve, você sabe como me custou desprendê-lo dessa vida chata. — Ela pausou quando pararam bem junto à pista de dança. — Você não vai mesmo me dizer quem é a dama, não é?

Tristan nem se dignou a responder, mas estava olhando exatamente para a dama em questão enquanto ela dançava com o pescoçudo. Porém, nem Nancy poderia imaginar que ele se envolveria em algo assim. Um caso com uma bela e adorável lady que dançava em bailes e era perfeitamente adequada. Ah, como a vida dava voltas. Mesmo se ele virasse para ela agora e dissesse isso, sem revelar a identidade da mulher, Nancy riria e não acreditaria.

Quando acabou a dança, Cecilia estava animadíssima e pronta para engatar em uma conversa com o Sr. Rice. Dorothy, por outro lado, não estava no seu melhor dia para evitar dizer qualquer coisa que magoasse o coraçãozinho de Lorde Rutley. Para ganhar tempo, ela alegou estar morta de sede, e ele, cavalheiro como era, foi em busca do ponche que ela queria. Na mesa do outro lado do salão.

— É bom vê-la animada, está até dançando — disse o Sr. Brooks, parando perto dela.

— Eu estava procurando o senhor — respondeu ela, agora sim se animando.

— Estava? — Ele estranhou, isso seria uma novidade e tanto.

— Sim, tenho alguém para lhe apresentar.

Agora ele estava achando mais do que estranho. Era inédito.

— Está vendo a Srta. Sparks, aquela beleza loira, quase um anjo caído na Terra?

Nigel Brooks se virou para observar a moça e viu que sim, ela era adorável, mas talvez não um anjo caído, de qualquer forma, era adorável até demais.

— Eu acho que já fomos apresentados... — disse ele, baixo.

— Não devidamente. Quando Cecilia comentou, ela se lembrou de você — contou ela, mentindo, mas era parte de sua trama.

— Tem certeza? — Ele lançou um olhar desconfiado na direção da moça e o alternou entre Dorothy e ela.

— Absoluta. — Dorothy viu que a moça em questão estava procurando seu objeto de admiração, que era o mesmo de Cecilia. E precisava unir Brooks a Srta. Sparks: eram duas missões em uma. — Mas ela não pôde lhe dizer, sabe como é embaraçoso para uma dama ser flagrada falando de um cavalheiro em particular.

— Eu sei. — Brooks ainda seguia aquela conversa com cautela.

— Então, vá até lá convidá-la para dançar — instigou, quase como uma ordem.

— Mas... era você que eu ia convidar.

— Não precisa fazer o enorme favor de dançar com uma amiga. — Ela se segurou para não revirar os olhos. — Tem que aproveitar quando uma dama adorável como aquela está disponível e falando de você.

— Sim... Mas, ela vai aceitar?

— Com esse seu rosto de anjo, ela ficará apoplética. Apresse-se, enquanto há tempo.

O Sr. Brooks assentiu e foi até lá, sem nem um pingo de confiança e certeza, mas com o seu melhor sorriso doce. Pelo que Dorothy sabia, a Srta. Sparks seria uma boa aposta para pretendente. E sua mãe estava ávida na missão para casá-la. Nigel era um partido aceitável. Os dois podiam aprender juntos. À distância, Dorothy viu quando ambos foram dançar e sorriu, pensando se seria convidada para o enlace.

Logo depois, Lorde Rutley retornou com o ponche e com fôlego renovado para galanteios. Dorothy tinha certeza de que aquele ponche não continha álcool suficiente para ajudá-la a suportar isso. No entanto, ela havia prometido diminuir o vinho e o motivo para ela ter feito tal promessa não era nenhum segredo. Sua motivação tinha olhos castanho-esverdeados e atentos, um físico com proporções formidáveis e um metro e noventa de pura depravação, mas que permitia que ele visse muito bem acima das cabeças dos convidados e enxergasse os olhares de desejo e adoração que o pescoçudo estava lançando para ela.

A salvação de Dorothy foi a Sra. Clarke, que resolveu fazer sua ronda para ver se estava tudo sob controle. Ela podia não chegar perto de ter um metro e noventa, mas, do alto de seus um metro e meio, seus olhos de águia estavam vendo muito bem o que se passava ali. Como ela via tudo? Ninguém sabe, é uma arte milenar que só as acompanhantes de jovens damas conhecem.

Dispensado, Lorde Rutley deixou o ponche de lado e foi à procura de vinho de verdade. Foi onde encontrou com Wintry, que ele conhecia desde os tempos de Cambridge, mesmo que seus caminhos não fossem muito próximos. Ele terminara a faculdade dois anos antes, intervalo que também era a diferença entre suas idades.

— Ainda é uma surpresa vê-lo por aqui, mas com certeza é mais aceitável encontrá-lo em um simples evento como esse do que no Almack's — comentou Rutley, depois dos cumprimentos e da habitual conversa-fiada.

— Até você está acreditando nesses boatos? Sou apenas um homem tentando se entrosar, até pouco tempo eu destinava pouca importância a esse tipo de evento. — Ele o olhou mais atentamente. — Você, por outro lado, é um rato de bailes. E pode ser facilmente encontrado no Almack's às quartas-feiras.

— Sabe como é para um homem como eu. — Rutley sorria, como se isso denotasse seu charme. — Além disso, sou um romântico. Acredito em dançar e cortejar um pouco as damas até fazer uma escolha.

Tristan o olhou com a expressão mais cínica do mundo.

— Ora essa, e eu aqui pensando que havia se casado e esquecido de me enviar um convite. — Ele fingiu até um leve tom de decepção por não ter sido convidado.

— Agora que sei que compareceria, não deixarei de enviar.

— Ótimo, ótimo. Quando será o casamento?

— Tenho admiração por algumas damas. E estou em conversa com uma em particular que conheço há algumas temporadas.

— Em conversa? — incitou Tristan, pronto para escutar sua história.

— Se está demorando tanto tempo, deve estar apaixonado ou a dama é um primor.

— Não creio que conheça a Srta. Miller, mas ela é perfeita para o papel de uma esposa boa e competente. É charmosa, virtuosa, casta e um modelo de dama para o casamento. Daria uma ótima mãe para meus filhos. Acho que é esperta e as crianças com certeza não sairão feias, espero que, se meninas, herdem sua beleza.

— É mesmo? — perguntou Tristan, parecendo curioso demais. — E a dama sabe que vocês estão "em conversa"?

Rutley estufou o peito e levantou o queixo, pronto para parecer importante.

— Claro que sabe, Wintry. Eu sou um cavalheiro experiente. Acha que eu não saberia demonstrar para uma dama o meu claro interesse?

— Tenho certeza de que ela está seduzida por esse seu garbo — disse Tristan, olhando-o seriamente. — Afinal, um pretendente com sua qualidade não deixaria de ser notado. Deve haver matronas correndo atrás de você por todos os bailes. Tenho pavor delas.

Dessa vez foi Rutley que o olhou de forma mais simpática e aberta.

— Estou surpreso com o seu comprometimento em ter parte ativa em nossa sociedade, Wintry. Acho horrível que inventem aqueles rumores escandalosos sobre você.

— Não nego que tenho minhas diversões, afinal um homem precisa de seus momentos de lazer. — Tristan usava um ótimo tom conspiratório enquanto o outro concordava. — Mas com aquelas histórias horrorosas fico até envergonhado.

E por sua expressão naquele momento, qualquer um acreditaria que havia um pingo de vergonha naquele homem depravado.

— Não tema, homem. No final da temporada já estarão inventando rumores sobre outro cavalheiro. É sempre assim. Até eu, que mantenho minhas diversões absolutamente sob controle, já fui alvo de maledicências — lamentou-se Rutley, que, comparado ao que diziam de Tristan, mais parecia um coroinha.

— Imagino que sim... — Tristan bebeu um bom gole de vinho. — Espero ser convidado para seu enlace com a jovem Srta. Miller. Na verdade, eu a conheço sim. Antes de debutar, ela foi ao evento da minha prima, Lady Russ.

— Acho que está confundindo. Estou falando da Srta. Dorothy Miller. Elas são primas, mas têm o mesmo sobrenome.

— Ah, claro! A outra... Creio que a vi na casa da minha prima também. — Ele franziu o cenho, fingindo não ter certeza. — De qualquer forma, espero encontrá-lo em outra ocasião.

Ele se despediu com um aceno de cabeça e se afastou, pensando se Dorothy sabia que era um modelo de dama que daria uma esposa boa e competente e que provavelmente conceberia filhos espertos e bonitos. Ele duvidava de que Rutley estivesse dizendo essas coisas para ela. E agora já tinha mais um ponto marcado com o outro lado, afinal, precisava de pessoas falando bem dele para contradizer todos que falavam mal.

Depois de uma conversa tão esclarecedora, Tristan seguiu pelo interior do salão. Agora o lugar estava mais cheio, porque todos haviam deixado os jardins. E ele, coincidentemente, encontrou com as Srtas. Miller. Supostamente, era a primeira vez que as via desde o evento na casa de Nancy.

— Srta. Miller. — Ele a encarou e balançou a cabeça em um cumprimento.

— Lorde Wintry. — Dorothy devolveu o olhar e seu cumprimento foi gracioso.

A Sra. Clarke estava ocupada falando para Cecilia que ela não ia passar o resto da noite na companhia do Sr. Rice, pois havia outros cavalheiros no recinto. Isso enquanto ambas o observavam levar alguma outra moça para a próxima dança. Porém, Cecilia se virou imediatamente quando escutou a prima cumprimentar um dos seus modelos da vida desregrada e perigosa. E Dorothy havia falado baixo, de propósito, com esperança que ele partisse antes que a prima o visse.

— Lorde Wintry! — exclamou Cecilia, tão alegre que seu cumprimento foi pavoroso. — Mas que surpresa!

— Ele estava de passagem e nos reconheceu da casa de Lady Russ — informou Dorothy, e não foi interrompida, porque aquelas duas frases foram tudo que Cecilia conseguiu dizer antes de travar sob o olhar de Tristan. — Foi muito gentil de sua parte, milorde. — Agora ela se voltou para ele com um sorriso simpático e falso. — Também fico feliz em saber que está participando da temporada. Até uma próxima oportunidade.

Cecilia ficou confusa. Não se lembrava de ele ter se despedido, e a Sra. Clarke ainda estava sem saber o que fazer para conter sua protegida caso ela perdesse a pose e se agarrasse à gravata dele. Dorothy, no entanto, enviava mensagens silenciosas a Wintry, mas ele estava mesmo de passagem, não pretendia ficar ali. Não tinha a menor graça encontrá-la junto com a prima e a acompanhante.

Ele já ia bem longe quando Cecilia finalmente saiu de seu choque.

— Dorothy! — Ela agarrou os pulsos da prima. — O que foi que você fez? Você o mandou embora? Você lhe disse alguma dessas coisas esnobes e antipáticas que diz aos homens e que os faz desaparecer? — Ela virou a cabeça para os dois lados. — Onde ele está?

No inferno, tenho certeza, pensou Dorothy, prensando os lábios.

— Recomponha-se, mocinha — disse a Sra. Clarke.

— Lorde Wintry é muito requisitado. Foi gentil da parte dele parar por um breve momento para nos cumprimentar. Ele já estava partindo. — Dorothy soltou os pulsos e apertou as mãos da prima, para ela ficar calma.

— Meu Deus! O que farei com todas essas atrações pelos bailes? Estão todos aqui! Lorde Wintry! Lorde Pyke! Lorde Wood!

— Fiz armações demais para que o Sr. Rice percebesse o quanto você é a moça mais interessante daqui. Ou pensa que ele está dançando com aquela garota chata por coincidência? — disse Dorothy. — Concentre-se no que importa.

— Dorothy, querida. O que foi que andou fazendo dessa vez? — perguntou a Sra. Clarke, preocupada. — Espero que não esteja envolvida em chantagens. Isso não fica bem para uma dama.

— Não fiz chantagem alguma, mas montei um verdadeiro quebra--cabeças. E inclusive terei de ir para a próxima dança, algo que eu não desejava, mas foi apenas para que desse tudo certo.

— Foi por isso que me arranjou uma dança com Lorde Davis? — perguntou Cecilia.

— Como se você não tivesse gostado, resolvi que ele ainda é aceitável — disse Dorothy, estreitando o olhar e enxergando tanto o seu alvo para dançar com a prima quanto o seu maior problema, aquele de um metro e noventa de depravação.

— Sabe, considerando que você é ótima em engendrar pares, por que não me consegue uma dança com Lorde Wintry? Vocês se sentaram próximos no jantar da Lady Russ. E se ele a reconheceu e parou, você deve ao menos ter sido simpática. — Cecilia já estava fazendo aquela cara de cachorrinho faminto que pedia comida.

Nem morta!

— Não — disse Dorothy, sem nem sequer olhar para ela.

— Ah, por favor! Ele é devasso, perigoso e másculo. Eu preciso sentir como é dançar com um homem assim. — Cecilia ao menos teve a decência de sussurrar isso.

E a Sra. Clarke não sabia nem o que repreender, era tanta coisa que ela ficou confusa e sua língua se enrolou.

— Não se anime, eu soube que ele tem um interesse romântico, mas é discreto em relação à dama por causa de sua reputação — disse Dorothy, no seu tom de fofoca.

— O quê? — Cecilia ficou até vermelha. — Como você pode saber de uma coisa dessas e só me contar agora?

— Soube lá na casa de Lady Russ. De fontes confiáveis e próximas à família. A dama é uma graça, mas bem desconhecida. Dizem que ele prefere esses tipos. Acho que ela é do campo. Ele passou um tempo considerável por lá.

— Quem é? Quem é? — Cecilia não conseguia nem se conter.

— Se não me engano, ela é conhecida como Lady Henrietta Cavendish, é filha de um aristocrata do campo.

— Não pode ser! Ele é um devasso perigoso! Tal tipo jamais iria simplesmente cair de amores por uma Henrietta desconhecida do campo e manter seu afeto em segredo como se estivesse apaixonado. — Cecilia até levou a mão ao peito, a notícia era forte demais para seu jovem e impressionável coração.

— Acredite, eu ouvi. Se não estiver confundindo os nomes... — Dorothy revirou os olhos.

Mal sabia ela que Cecilia, apesar de preferir escutar as fofocas a contá-las, ficou tão abismada que resolveu deixar escapar para uma "pessoa de sua confiança". Essa pessoa também era bem informada e poderia saber algo a respeito da Srta. Cavendish e sobre como ela conseguiu chamar atenção de Lorde Wintry. E assim a fofoca se espalhou, lentamente, como migalhas de pão.

Capítulo 7

Querida Srta. Miller,

Se chegar um minuto que seja além das duas da tarde, vou prendê-la na cama com o seu belo traseiro para cima e farei as coisas mais inimagináveis com o seu corpo. Tudo perfeitamente indecente. Será tão inaceitável para uma dama da sua estirpe que passará o resto da tarde gritando de prazer.

Porém, se não se atrasar, descobrirá que apesar do que dizem, ainda resta um pouco de bondade em mim.

Henrietta está muito animada com a chance de revê-la, podemos lhe oferecer o chá dessa vez?

TT.

— Aquela velha horrorosa está lhe mandando cartas de novo? — perguntou Cecilia, porque o bilhete vinha numa espécie de envelope dobrado à mão e do lado de fora ainda era assinado pela odiosa e moralista Lady Holmwood.

— Eu tenho pena dela, é uma senhora muito solitária. Ela não é má o tempo todo — mentiu Dorothy, tentando não rir do que havia acabado de ler. Afinal, uma coisa era receber bilhetes daquela senhora terrível, outra era fingir que ela podia ser engraçada.

— Todas as bruxas dos contos de fadas devem ter sido inspiradas nela — respondeu Cecilia, deixando o cômodo para ir tomar o desjejum.

Querida Lady Holmwood,

Gosto do meu chá bem quente e consistente. Em vez de leite, adicione creme bem batido e concentrado. Coloque dois cubos de açúcar no chá antes do creme; gosto de tudo bem doce.

Dorothy Miller.

Assim que abriu a porta e ela entrou tão rápido quanto da primeira vez, Tristan disse:

— Quente e doce. Quem diria, madame.

Dorothy avançou pelo hall e, dessa vez, tirou as luvas e as colocou no aparador, ao lado de sua retícula.

— E como gosta do seu? — perguntou ela, curiosa.

— Quente e forte. De que outra forma seria? — Ele abriu um sorriso que denunciava que essa preferência não era só sobre o chá.

— Sem nada?

— É chá, não tortura. Uma pitada de mel torna a mistura perfeita.

— Imagino que seu café também seja quente e forte. — Ela desamarrou o chapéu e o pendurou, mas voltou a olhá-lo.

— Correto, mas sem leite.

— E nada para adoçar um pouco? É café, não tortura. — Agora ela quem abriu o sorriso indulgente.

— Se gosta tanto de doces, posso suprir sua vontade.

— Você não tem um grama sequer de doçura em seu ser, milorde.

— Verdade, mas tenho doces, tempo e o melhor mel da região.

Ela cruzou os braços e lhe lançou um olhar divertido.

— O senhor pretende jogar mel em mim? Não é assim que se trata uma dama.

— Derramar. E lambê-lo da curva do seu umbigo até a ponta do seu mamilo.

— Pensei que não gostasse de doces... — Dorothy levantou a sobrancelha, percebendo que não daria para manter uma conversa dessas sem consequências.

— Depende unicamente de onde irei consumi-los. — O olhar de Tristan para ela dizia exatamente qual local ele achava adequado.

Dorothy descruzou os braços e o observou. Tristan deu três passos, abraçou-a pela cintura e a beijou. Ela o envolveu pelo pescoço e o retribuiu. Eles entraram na sala sem vê-la e Tristan foi até o sofá, onde se se sentou com ela no colo. Foi quando ela terminou o beijo e deu uma olhada para baixo. Ele achou a perturbação dela engraçada, afinal a Srta. Miller nunca havia chegado perto de se instalar no colo de um homem.

— Quente e doce? — Ele sugeriu, indicando a chaleira que mantinha o chá quente.

— Vai mesmo me receber com chá, como uma pessoa decente e adequada?

— Não trabalho com decente e adequado, só com quente e forte. Gosto do meu assim.

Ela riu dele e esqueceu onde estava sentada, mas se apoiou e sentou ao seu lado para servir o chá. Na bandeja sobre a mesa, havia biscoitos e pãezinhos, servidos como se houvesse criados andando pela casa o tempo todo.

Fingindo ser bem-comportado, Tristan aceitou sua xícara e bebeu lentamente. Às vezes olhava para ela por cima da borda e só dava para ver que aquilo era uma encenação pela forma como seus olhos brilhavam e se retraíam com diversão.

— Está do seu agrado, milorde?

— A senhorita inventou uma desculpa melhor e hoje terá mais tempo para mim?

— Eu estou com a tarde cheia. Depois de um breve lanche na companhia da adorável Lady Holmwood, participarei de uma leitura entre damas, então tomaremos o chá. E depois haverá entretenimento musical, pelo que sei. Eu me dispus a tocar. E o senhor, qual a sua desculpa?

— Fui passar a tarde com minha namorada, meu mordomo deve guardar todos os recados.

Dorothy franziu a testa e terminou de beber seu chá.

— E o chá, está do seu agrado?

— Sim, bastante — confirmou ela.

Tristan descansou a xícara na mesa de centro e se recostou, como se fossem iniciar uma daquelas conversas de sala de estar, apesar de ainda estarem próximos demais para a situação ser adequada.

— Eu não sabia que a senhorita era tão famosa nos salões de baile — comentou.

— Eu não sou famosa, o senhor que é. Todos sabem sobre sua vida, imaginam o que fará em seguida, fazem até apostas sobre você.

— Verdade, essa fama me persegue. No seu caso, enquanto eu andava pelo baile, ouvi histórias maravilhosas a seu respeito — contou ele.

Dessa vez ela levantou a sobrancelha, mas o olhou curiosamente. Tristan tirou a xícara vazia de sua mão e a descansou perto da sua.

— "A Srta. Miller é um primor" — recitou ele, e colocou o braço em volta dela, trazendo-a para bem perto novamente. — É a opinião de muitas senhoras.

— Até de Lady Holmwood?

— Ela não estava lá. E, se estivesse, não teria me dirigido a palavra.

— Acho que ela passaria mal.

— Ela não tem mais salvação. Nós dois, por outro lado... — Ele se inclinou e mostrou a colherzinha que tirou do mel.

— Está tentando se salvar? Não parece.

Tristan passou as costas da colher sobre o dorso da mão dela, sobre o intervalo entre seu polegar e o indicador, abaixou a cabeça e sugou. Quando ele tornou a levantar a cabeça, a pele estava limpa e quente.

— Você já tomou seu chá — sussurrou ela, e seu olhar desceu para sua mão.

— Não estava doce.

— Você não...

Ele a surpreendeu ao pegá-la no colo e dessa vez ficou de pé.

— Temos uns assuntos para tratar, madame. Sobre você, eu e seus pretendentes.

— Meus pretendentes? — Ela colocou o braço em volta do pescoço dele; estava começando a não se chocar mais. Tinha que se acostumar ao fato de que enquanto estivesse junto de Tristan, milhares de pequenas coisas que ela nunca vivenciou aconteceriam uma atrás da outra.

— Pegue o mel — instruiu ele, abaixando-se o suficiente para ela fazê-lo.

— Você pretende me torturar com esse mel para me fazer confessar alguma coisa?

Tristan não respondeu imediatamente como ela esperava. Até deu uma breve pausa em suas passadas em direção à escada. Foi só por um segundo, quando ela falou em torturar. Ele não era o homem da tortura, ele era o homem da eliminação. Não significava, porém, que não soubesse torturar.

— Eu ainda quero fazer aquele caminho da curva do seu umbigo ao seu mamilo — continuou ele, seguindo para a escada, aliviado por poder dizer essa verdade.

Ele a levou para o mesmo quarto da primeira tarde que passaram ali e a colocou sobre o tapete.

— Eu quero saber sobre como a Srta. Miller é uma moça casta e correta. Viu o que eles fazem com as palavras em dupla? Até combinam — divertiu-se Tristan.

Dorothy ainda estava segurando o potinho de porcelana com mel, mas foi ela que levantou o rosto para beijá-lo. Para encorajá-la, Tristan a segurou e demonstrou que apreciava muito quando era ela quem se aproximava. Ele pegou o pote da mão dela e o colocou sobre a namoradeira. Foi difícil interromper o beijo por um momento, mas ele voltou ao lugar e quase esqueceu sobre o que estavam conversando.

— É um talento nato — replicou ela. — Porque é a mais pura verdade.

— Você não me disse que estava sendo perseguida por homens desesperados para casar. — Tristan deu uns passos para trás e deixou o paletó e o lenço na poltrona.

— Estou?

Ele foi até a janela e afastou completamente as cortinas.

— Está. — Ele a olhou brevemente, só para reforçar seu ponto, e ela notou que, apesar de estar brincando com a questão, ele não gostava daquilo. — Aquele pescoçudo pegajoso não para de falar sobre como a Srta. Miller é perfeita, virtuosa e um modelo para casar. Ele acha até que é esperta.

Ele foi para a outra janela e abriu as cortinas também, deixando toda a iluminação da tarde entrar no quarto, tornando-o claro demais.

— Esperta? Devo tomar isso como um elogio?

Ao ouvi-la, Tristan parou em frente à janela e abriu um sorriso cheio de más intenções, do tipo que justificaria o apelido de demoníaco.

— Tire esse vestido. Quero ver o que sobrou de casto para eu tirar.

Apesar de ter acabado de decidir que nada mais sobre seus encontros com ele a surpreenderia, assim que ele falou, o olhar dela voou para as janelas e de volta para o seu amante. Ele abriu a camisa e se aproximou, tirando-a pela cabeça e largando a peça no caminho.

— Tristan...

— Eu não vou fechá-las — avisou ele, colocando as mãos nas costas dela, abrindo os botões do vestido mesmo sem vê-los.

Ela ficou apenas olhando para ele com vulnerabilidade. De um jeito que Tristan tinha vontade de abraçá-la e acariciá-la bem devagar, sussurrando em seu ouvido que estava tudo bem e que ele queria vê-la porque a achava linda e a desejava por inteiro. Seus planos eram afetados o tempo inteiro, agora ele sabia que a abraçaria assim.

— É um raro dia claro em Londres, Dot. O céu está lindo e o sol está quente. Eu preciso enxergar cada centímetro dessa pele macia para não sobrar nenhum ponto casto.

Ele ajudou, descendo as mangas do seu vestido de passeio, e Dorothy seguiu dali, descendo-o até estar caído sobre seus pés. Porém, por baixo havia a chemise sem mangas, com o corset curto e as meias. Hoje, era tudo que havia. E Tristan gostou da descoberta, a visão era sedutora.

— Eu já acho que não sobrou nada disso em mim desde aquele dia na casa de Lady Russ.

— Tem certeza?

— Não.

Foi a vez de ele continuar tirando a roupa, parado em frente à luz da primeira janela e jogando as peças para cima da poltrona. E só parou quando não havia quase nada cobrindo seu corpo, despreocupado em se expor daquela forma. Dorothy invejava profundamente essa liberdade, o desprendimento e, especialmente, a autoconfiança dele.

Ela queria que ele a tragasse, que a consumisse com tanta dedicação que ela seria infectada. Não haveria como sair daquela relação sem levar uma parte dele. Mesmo que ela achasse que ele não levaria o que ela deixasse para trás. Porque pedaços seus certamente ficariam. Ninguém podia envolver-se tão intensamente sem entregar uma parte sua.

— Não poderia enxergar pontos tão sutis — lembrou ele.

Tristan estendeu a mão para ela, que se aproximou e a pegou.

— E você pode?

— Não. Apenas quando você estiver suando de prazer, estremecendo contra o meu corpo, com seus dedos enterrando-se em minha pele. Então eu vou ver. — Ele a trouxe para perto dele e sussurrou como um segredo. — E ninguém mais vai saber, só nós dois.

Dava para ver em seus olhos que ela apreciava que eles tivessem mais esse segredo, algo apenas deles, mesmo que figurativo.

— E depois? — perguntou ela, baixo.

— Não existe depois nesse momento. — Ele a puxou pelas mãos até estarem diretamente sob a luz que entrava pela janela mais próxima.

Dorothy se virou e sentiu a mão dele em suas costas, tocando sua pele acima do corset e da chemise. O toque dele desceu, e ela levantou a cabeça. Seu olhar se fixou além do vidro e no imóvel do outro lado da rua. O coração de Dorothy se acelerou, seu pulso parecendo seguir os dedos dele, e a respiração dela falhou assim que sentiu os laços do corset afrouxando. Ela havia escolhido uma das poucas peças enfeitadas, os desenhos sobre o tecido firme eram delicados e femininos. Tristan retirou a peça com o cuidado que ela merecia.

Em sua vida, Dorothy jamais pensou que estaria escolhendo peças íntimas para que um amante apreciasse. Nem quando imaginava um casamento, era isso que passava pela sua cabeça, mas o que ela sabia? Sua imaginação não chegava perto da realidade.

Ele não levantou seus braços, deixou que o corset fosse ao chão e se aproximou dela, impelindo-a para mais perto da janela. Tão perto que podia tocar o vidro bem à sua frente. A chemise fina parecia ter se tornado outra mera camada de tecido, pois sua pele se sensibilizava conforme sua excitação crescia. Dorothy podia senti-lo, sua respiração quente acima de sua cabeça, suas mãos a percorrendo e seu corpo o atraindo.

Então a peça translúcida desceu por seus ombros, fez cócegas em seus braços e ela deixou que fosse embora. O tecido ainda estava em seu torso, livre para cair, mas as mãos dele o substituíram, passaram por sua cintura, cobriram seu abdômen e tomaram seus seios. Ela exultou e seu olhar voltou a se fixar na janela; nem conseguia olhar para baixo.

— Eu quero que você perca o medo da luz, Dorothy — disse Tristan, baixo, e ela estremeceu quando ele beijou seu ombro. — A luz do sol sobre sua pele me seduz. Não sei se quero apertá-la e beijá-la ou sentá-la contra essa janela e experimentar cada pedaço do seu corpo que a luz pode tocar.

Ela apoiou as mãos no parapeito interno porque temia cambalear. Os lábios dele desceram pelas suas costas quando ele se abaixou, empurrando a chemise que se prendera em seus quadris arredondados. Ele a acariciou bem ali, apertando-a, afagando sua carne, vendo-a tão bem que nem ela havia se explorado assim. Atrevido, ele apertou seu traseiro volumoso e suas mãos desceram pelas laterais das coxas de Dorothy até as fitas que prendiam suas meias.

— Tristan. — A respiração dela estava irregular; o momento a havia dominado. Assim que aquelas meias descessem, não sobraria mais nada sobre o seu corpo.

E ela temia que nem sua vulnerabilidade pudesse continuar com ela. E então não sobraria nada entre eles. Isso a assustava. Assim que nada o mantivesse afastado, ela seria dele para reinar, mesmo que apenas pelo tempo que estivessem ali. Dorothy não sabia como contê-lo, e no fundo não desejava saber.

— Dorothy — murmurou ele em resposta, e soltou os laços, desceu a seda das meias pelas suas pernas, depois levantou uma de cada vez, empurrando para longe as peças que despiu. — Dot. — Tristan completou baixinho, ao dizer o apelido que lhe deu, sua voz soando mais como um afago.

— Eu estou nua em frente a uma janela — sussurrou ela como um numa confidência.

Ele subiu pelo corpo dela até virar seu rosto e beijá-la. Dorothy deitou a cabeça contra ele, cerrando seus olhos e procurando o casulo da penumbra que o impediria de tocá-la tão fundo, ao menos em sua mente. Porém as mãos dele a trouxeram de volta às sensações que ele evocava em seu corpo traidor, que correspondia a cada toque, resultando na umidade crescente que sentia em seu sexo.

O corpo dele era quente e rígido contra o dela. Dorothy se moveu, sentindo seu membro duro. Ele afagava seus seios, rolando os mamilos entre os dedos, e ela suspirava em resposta, pendendo a cabeça, movendo-se, e até tocando o vidro frio como se isso pudesse aliviar seu desejo.

Tristan a inclinou para frente e ela manteve as mãos apoiadas no vidro. Era surreal ver pessoas e carruagens passando lá embaixo enquanto ela embaçava a vidraça com sua respiração.

— Peça-me para tocá-la. Bem aqui, em frente à janela — instruiu ele. Sua voz saiu áspera, rude, com as frases terminando com sua respiração alterada pela fome que sentia por ela.

— Sob a luz... — Ela reprimiu um gemido quando a mão dele, quente e grande, desceu pelo seu ventre e cobriu o V do seu sexo, mas sem ir além.

— Peça-me quando estiver pronta.

Dessa vez ela gemeu e moveu o quadril, procurando o toque dele, ansiando senti-lo, mas receando nunca estar pronta. Seu olhar subiu para o céu, azul e límpido. Era muita ironia o sol estar brilhando tão forte logo aquele dia.

— Por Deus, Dorothy. Eu preciso tocá-la, quero senti-la estremecer dessa forma quando estiver dentro de você. — Ele abaixou a cabeça e sugou a pele dela porque precisava de mais; a vontade de se conectar a ela era mais forte.

— Toque-me. — Ela fechou os olhos e pressionou as pontas dos dedos no vidro. — Toque-me bem aqui.

— Abra os olhos.

— Não, Tristan...

— Abra-os, Dot. É um dia glorioso demais para se esconder.

Ela abriu os olhos, agora fixados na Praça Cavendish ao lado direito da visão. A mão dele cobria o seu sexo, e ela moveu o quadril, deixando os dedos dele deslizarem entre os grandes lábios, já úmidos pela sua excitação. Quando ele começou a tocá-la, ela fechou os olhos por um momento e deixou um gemido escapar. Seu corpo se arqueou, e ela embaçou ainda mais o vidro com sua respiração. Tristan era audacioso e, no momento, não procurava delicadeza.

Ele mordeu seu ombro e mergulhou os dedos nela, quase fora de seu juízo pela força com que a queria. E pela umidade que sentia, ela também o queria demais. Tristan a incitou a mover o quadril contra os toques dele em seu clitóris. Ela gemeu mais alto, perdendo o controle dos movimentos, perseguindo aquele orgasmo que estava tentando o seu corpo desde o primeiro toque.

— Minhas pernas... — murmurou ela, pois iam ceder. Suas mãos desceram, tentando aguentar seu peso.

Dorothy gemeu mais alto, incapaz de parar agora. Ele a envolveu com o outro braço, mantendo-a no lugar. As pernas dela pareciam ter vontade própria e faltava só um pouquinho, mais um momento, mais um toque e ela ia ceder, ia desabar como temeu, ia deixá-lo ter tudo sob aquela linda luz do dia. Dorothy só fechou os olhos por um momento e a sensação a liberou, um alívio completo. Ela voltou a olhar o céu, incapaz de se mover enquanto seu sexo se contraía repetidas vezes, espalhando prazer pelo seu corpo.

— Minha nova fantasia sexual é sentir exatamente esse momento, mas estando dentro de você e olhando bem para os seus olhos, em um dia claro como esse — murmurou ele, antes de levantá-la e dar poucos passos até colocá-la de joelhos na cama.

— Agora?

— Outro dia, sob o ar do campo.

Ele a inclinou e ela ficou de quatro, sentindo a mão dele em sua coluna e depois segurando seu quadril. Seus joelhos estavam afastados e apoiados no colchão, e ela tinha ideia do quanto estava exposta. Como nunca havia estado ou sonhou estar em toda a sua vida, e isso depois do que havia acabado de acontecer na janela.

— Não foi assim que me disseram que acontece. — Ela não virou o rosto, pois sabia que ele a estava admirando.

Tristan riu, divertindo-se com o que poderiam ter-lhe dito.

— Não foi assim... — Ele segurou o quadril dela e o deixou ainda mais empinado no ar. — Nada aqui vai ser como lhe disseram.

Ela soltou o ar ao sentir a cabeça do membro dele em seu sexo um segundo antes de ele preenchê-la tão facilmente a ponto de deixá-la abismada. Ela estava úmida demais, relaxada do orgasmo e ainda desejosa. E quando ele bateu no fundo, daquela forma, ela gemeu, dividida entre prazer e surpresa. Agarrando a colcha e gemendo de novo, quando ele tirou e voltou a penetrá-la profundamente.

Estava abismada, sobrecarregada por desejo e sensações novas, surpresa pelo que queria dele e tentando descobrir onde fora parar o seu pudor. Era demais para Dorothy. Não sobrava espaço para se salvaguardar.

E ele era tão bom...

Até os sons dele eram como uísque jogado numa fogueira, a chama só explodia.

Dorothy queria que ele tirasse dela o seu prazer e que também perdesse a razão sob a mesma luz em que ela se perdeu. O problema é que ele a levaria junto; Tristan não sabia brincar de forma justa. Ela acabou apoiada nos cotovelos, seus braços cederam, ele a tomava com mais força do que na primeira vez. Ela sentia o impacto, como se não fosse mais ser poupada. E o som da linda cama georgiana espancando a parede era a coisa mais indecente que ela já ouvira na vida.

Tristan movia aquele quadril como o maldito que era. Um depravado que sabia o que queria e como conseguir. Apertando-a e enterrando os dedos na carne macia, soltando impropérios que eram novidade para ela até ouvi-la gritar e sentir só um pouco de como era estar dentro dela naquele momento espetacular em que ela gozava só para ele. Era forte demais para aguentar. Ele deixou seu corpo, e ela sentiu a quentura do seu sêmen em suas coxas, longe o suficiente do seu sexo pulsante.

Os ofegos dele, enquanto apoiava a mão no seu traseiro a fizeram sorrir, porém Dorothy não conseguia abrir os olhos ainda. Mesmo assim, ele a virou na cama e descansou seu corpo sobre o dela, beijando-a gulosamente. Ela o retribuiu, deixando suas coxas penderem abertas, abrigando-o no meio.

— Eu faria amor com você sobre a relva, cobertos apenas pela luz do sol, para vê-la exultar sob o calor dourado que nos banharia. — Ele falava baixo, com os olhos cerrados, a boca contra o rosto dela e seu corpo quente ainda sobre o dela.

Ele tombou para o lado, puxando-a junto, e a abraçou como decidiu que faria e precisava ainda lá no início, antes de as roupas caírem.

— Você é bela demais para esconder-se da luz. Só as velas não lhe fazem jus, Dot. Precisa do calor do sol sobre sua pele.

Dorothy finalmente abriu os olhos, passou o rosto pelo ombro dele e se apoiou para olhá-lo.

— Eu gostei do sol — disse ela. — Gostei de ser tocada sob ele.

Ele ficou olhando-a por entre olhos cerrados em um semblante satisfeito.

— Vou fantasiar com você em um belo dia de verão. No campo, com um vestido simples e com botões frontais. Sob um sol mais quente do que este.

Como resposta, ela lhe deu um leve sorriso, mesmo sabendo que tal cenário jamais aconteceria para eles, pois seu caso estava confinado a Londres e à temporada. E fantasias eram exatamente para isso.

Tristan deixou o corpo deitar, descansando as costas contra o colchão. Eles sequer se deram ao trabalho de retirar a colcha. Ele a puxou para mais perto e a beijou, foi Dorothy quem deitou o corpo sobre o dele agora.

— Sabe que você também fica glorioso sob a luz dourada? — Ela se apoiou nos cotovelos para olhar para ele.

— É mesmo? — Tristan desviou o olhar para a janela por um momento. — E quanto tempo ainda tem para mim?

— Não sei em qual compromisso eu deveria estar agora.

— E que tal permanecer aqui até toda aquela luz lá fora perder a força?

— Talvez seja possível.

Tristan levantou o braço e puxou o travesseiro, colocando-o embaixo da cabeça, depois descansou as mãos no quadril dela.

— Talvez? — Agora ele segurou bem ali e sorriu para ela. — Você sabe o que vai acontecer se continuarmos aqui.

— Devo sair de onde estou para não representar mais uma tentação?

— Você pode tentar...

Dorothy se apoiou no peito dele e se ergueu, mas não saiu do lugar. Seu olhar curioso ficou sobre ele, observando suas mãos tocando o seu peito nu.

— Vamos ter uma longa conversa inapropriada sobre você ficar por cima até o entardecer. Depois vamos tomar mais chá, com mel dessa vez. — Ele a ajeitou no lugar, colocando-a sentada sobre o seu quadril. — A senhorita está de acordo?

— Você sabe como gosto do meu chá.

— Também serei quente e doce com você, Dot.

***

Dorothy entrou em casa e já era a segunda vez que voltava de um encontro com Tristan. Ao olhar para o lugar onde passara boa parte de sua vida, tinha vontade de rir numa mistura de embaraço e diversão. Passou anos ali, sendo totalmente adequada e casta. E agora tinha um caso. Não dava para acreditar, até se sentia estranha por pisar ali depois de tudo que tinha feito. Quando entrou ali depois do primeiro encontro, foi correndo para o quarto, como se alguém pudesse ler em seu rosto o que estivera fazendo.

Dessa vez ela estava mais calma, mas ainda preferia ir para o seu quarto se recompor e se lavar para as atividades noturnas. E como ela costumava dizer que sorte não era sua principal arma, não conseguiu passar pela sala sem ser vista.

— Dorothy, olhe quem está aqui — disse a Sra. Clarke. — Você demorou, estamos esperando você há pelo menos uma hora.

E lá estava sua irmã mais velha e seus filhos. Na pior hora possível.

Ela gostava dos sobrinhos, achava as três crianças uma fofura, mas as havia encontrado poucas vezes. E quanto a sua irmã, desde que foram separadas, nunca mais ficaram juntas por mais tempo do que ocasionais visitas. Quando seus pais morreram, cada uma foi para um tio. Lorde Felton chegou primeiro e disse que levaria a menina mais nova, para fazer companhia a sua filha. E a irmã dele, Lady Jean, levou a garota mais velha para viver com ela em sua casa de campo.

Lady Jean também tratou Deborah, a irmã mais velha, como se fosse sua, mas ela já tinha 14 anos e não gostou da mudança. Com o tempo, as coisas se acertaram e Deborah até fez um bom casamento com o segundo filho de um visconde. Agora viviam num chalé espaçoso perto da propriedade do pai dele — o que também a mantinha perto da casa de Lady Jean.

— E você está grávida de novo! — disse Dorothy, depois de olhar a barriga já arredondada da irmã.

— Pelos meus cálculos, devo estar com uns quatro meses. — Deborah sorriu e acariciou a barriga. — Queria vê-la enquanto a barriga está pequena e não é tão incômodo viajar. Estaremos na cidade por um tempo, mas como sempre não ficaremos para a temporada toda. Agora por um bom motivo. — Ela olhou para baixo.

Dorothy só conseguia pensar que, se a irmã apenas sonhasse com o que ela andava fazendo com seu amante, teria um ataque tão grande que aquele bebê nasceria antes do tempo. Deborah era uma ótima mãe. Ela era feliz em seu grande chalé e não parava de ter filhos. Apesar de ter se casado cedo, os filhos demoraram a vir e Dorothy sabia que isso havia preocupado a irmã. Porém, desde que o primeiro nasceu, teve um por ano. Esse era o quarto. E ela não achava que a irmã pararia por aí.

Ainda bem que Deborah nunca saberia. Ela era conservadora. Afinal, fora criada com tia Jean, que era dessas senhoras que se casou bem cedo e era parte ativa de sua comunidade e grande amiga do clérigo local. Ela com certeza nunca aprovaria que uma moça tivesse um romance. Em sua opinião, moças tinham que se casar logo, com um bom partido que fosse correto e sem escândalos no histórico. E depois seriam uma perfeita esposa que traria ao mundo muitos herdeiros. Deborah fizera isso e descobrira a felicidade assim.

Só que as pessoas não precisavam ser iguais. Não tinham que desejar e almejar os mesmos objetivos e meios de vida. Elas deviam ter liberdade para seguir o que quisessem. Supostamente tal escolha não existia em seu mundo, mas não havia ninguém para obrigá-la. Seu tio não estava interessado em casá-la. E tia Jean sempre ralhava com Dorothy quando a encontrava, por já estar com 26 anos e nem sequer ter um noivo. Tia Jean a importunava sobre isso desde que Dorothy entrara em idade para se casar.

E não adiantava dizer que não era contra nada disso e que apenas não tinha motivos para almejar tal destino. Se Dorothy dissesse aquela tolice de não ter encontrado alguém que a interessasse, ficava tudo ainda mais ridículo. Como, dentre todos aqueles cavalheiros bem-nascidos, nenhum a havia interessado? Isso era inaceitável.

Para elas, Dorothy estava com algum problema e precisava dar um jeito nisso. Tinha que dançar com alguns bons rapazes e depois correr para o altar. Mesmo que não o conhecesse direito. Tia Jean jamais permitiria um romance; isso era algo para depois do casamento talvez.

E elas falavam como se apenas por Dorothy viver em Londres, aquele antro, um poço de festas e bailes, seu comprometimento em casar rápido fosse maior. Afinal, ela estava na cidade só para isso, vivia no meio de homens demais, tinha que se casar para ser respeitável. Deborah se interessava pela cidade e suas atividades, mas quando tia Jean estava perto, ela fingia que não se importava. Ao menos nisso ela pensava de outra forma, mas não no resto.

Pois bem, agora Dorothy tinha um caso. Era uma espécie de romance passageiro. E ela estava se divertindo ao fazer isso. E não ia se casar com ninguém antes de ter um "romance" com essa pessoa e descobrir se a queria. Como não podia ter vários romances pela sociedade, provavelmente nunca se casaria. E elas que se conformassem. Porque ela não ia arranjar algum filho de visconde, conde, ou o que fosse e se comprometer com alguém por quem não se sentia atraída nem ao menos para ter um romance inadequado. Isso era o mínimo.

— Espero poder ver esse aqui mais vezes. — Dorothy tocou levemente na barriga da irmã.

— Eu também, espero muito. Tenho até planos para isso! — disse Deborah, sorrindo e depois olhando para Cecilia, que tentava engatar uma conversa com a prima de 2 anos.

***

O duque de Hayward tinha uma bela residência na cidade, mas era afastada do burburinho dos bairros mais frequentados pela alta sociedade. Ficava a leste de Mayfair, onde havia espaço para casas com mais do que um simples quintal. E tinha sido construída ali havia muitas décadas, alguns duques atrás.

— Lorde Wintry — anunciou o mordomo.

O anúncio era desnecessário; o duque sabia quem o visitaria naquele dia. Não se podia simplesmente ir atrás do duque sem marcar um horário e esperar ser recebido. E, no caso de Tristan, sua permissão para ter qualquer relação pública com Hayward era recente. Agora, que ele estava sob um novo "disfarce", era até desejável.

A biblioteca da casa tinha dois ambientes, mas assim que entrou, Tristan viu a mulher que vinha em sua direção e lhe fez apenas um aceno, dos mais graciosos que ele já havia visto. Era difícil de acreditar. Quando contavam a pessoas que não voltavam à Inglaterra havia muito tempo, achavam que era piada, mas o duque de Hayward havia se casado.

Infelizmente, Tristan não pôde acompanhar um acontecimento tão importante. Ele foi enviado em missão pouco antes do casamento, mas chegou a conhecer a dama antes do enlace. Todo mundo sabia quem era a duquesa. Antes, ela era a Srta. Bradford e causou uma revolução pelos salões quando debutou, mas, por incrível que pareça, ela escolheu o último homem que alguém na Inglaterra esperaria.

E essa era uma das histórias mais antigas da nobreza inglesa — os Mowbray, a família do duque, e os Bradford, de onde vinha sua esposa; odiavam-se desde que a Inglaterra era conhecida como tal. Por causa dos nomes dos títulos das duas famílias começarem com H, a rixa também era conhecida como a briga entre os Hayward e os Hitton.

Ainda havia outra particularidade sobre a Srta. Bradford: ela era uma das mulheres mais belas de sua época. Tristan não podia discordar. Olhar para ela chegava a doer, mas a duquesa não era feita só de beleza. Havia algo sobre ela, como uma aura — talvez fosse carisma. Mas o que ela tinha de bela, tinha de vigarista. Era esperta e provavelmente perigosa, e isso podia explicar por que o duque caíra por ela. Nenhuma mulher correta e decente se casaria com o duque negro. E tampouco prenderia sua atenção, não importava quão bela ela fosse.

Tristan adoraria saber. Ela devia ser uma ladra. Ou uma assassina. Com certeza era dissimulada. Mentirosa, sem dúvida. Fingida, isso tinha que ser. Será que era chantagista também? Devia ser uma sedutora implacável.

De qualquer forma, bela ou não, Tristan fez uma mesura e não levantou o olhar de novo. Poucos homens no mundo o fariam nem sequer piscar perto de suas esposas, e lá estava um deles, o duque de Hayward. Seu receptor. Seu contato. Seja lá como quiser chamá-lo.

— Pensei que não me visitaria enquanto estou na cidade — disse o duque, indicando a poltrona à sua frente.

— Deve ter sentido a minha falta. — Tristan se sentou e cruzou a perna sobre o joelho.

— Ao menos não está me criando problemas. Quando ficam desocupados, alguns sempre saem da linha.

— Não, estou bem na minha nova vida.

O duque balançou sua cabeça loira e apoiou o cotovelo sobre o braço da poltrona, observando-o.

— Você se designou uma missão pessoal, Thorne. — Ele o chamava pelo nome que sempre usou, antes de Tristan receber o título. E ambos preferiam assim.

— Estou livre, mas não parado.

— Sinto muito pela sua perda — disse o duque, observando-o com aqueles olhos prateados que chegavam a dar calafrios.

— Espero que esteja falando da minha tia — respondeu Tristan, afinal ele perdera o irmão e a tia em um curto intervalo de tempo. Ambas as perdas tinham cerca de três anos, porém era a primeira vez que o duque tinha a oportunidade de lhe dar os pêsames.

O duque moveu a cabeça como se aquilo fosse óbvio e ignorou a questão, partindo para a próxima.

— Eu sei o que você quer.

— Não havia outra pessoa a quem recorrer. Acho que entrei de sola em algo maior do que esperava — explicou Tristan.

— E não é isso que você faz sempre? — Hayward levantou a sobrancelha.

Dessa vez, Tristan deu um leve sorriso. Eram muitas histórias sobre o seu tempo a serviço da coroa. Para efeitos práticos, ele estava a serviço do duque, que delegava as missões dos agentes que supervisionava. Como seu contato, era a ele que se reportava. Era um agente dele desde que entrou e continuou, mesmo quando o duque saiu do trabalho externo e se mudou para recepção interna. E trouxe junto só alguns agentes.

Agora, sem guerra e com o título, Tristan estava retirado do serviço. E isso, antes dos 30, era um feito. Naquela profissão, chegar aos 30 já era uma grande conquista. E o duque agora devia estar com uns 38.

Para surpresa dele, a duquesa retornou, e não o mordomo ou o lacaio. Era provável que eles nunca entrassem dependendo da visita que o duque estivesse recebendo. Ela trouxe duas bebidas, entregou-as ambas ao mesmo tempo e disse ao marido:

— Vou sair, levarei as crianças.

— Thorne é um amigo, pode deixá-las se preferir — brincou, abrindo um sorriso.

— É uma visita familiar, vou ver mais crianças. Não quebre nada — avisou ela, e os deixou.

A mulher era muito silenciosa. E Tristan tinha certeza de que o duque estava acostumado que homens ficassem tensos perto dela, mas ele não tinha vergonha suficiente para isso, então ficou perfeitamente relaxado. Além disso, tinha sua própria beldade na mente.

— Ela não era uma das suas, era? — Ele teve que perguntar. Afinal, como o duque de Hayward acabou casado e com dois filhos?

— Claro que não. Ela já teria me matado a essa altura, mas não posso dizer que nunca tentou, mesmo sem trabalhar para mim.

Tristan decidiu que a duquesa devia ser uma criminosa silenciosa.

— Eu sabia que tinha sangue envolvido nisso.

Nathan, o duque, deu um sorriso discreto, como se algo viesse a sua mente, mas então bebeu um gole do uísque e se levantou, indo para trás de sua mesa.

— Você não sabe aproveitar uma oportunidade de ficar vivo quando ela aparece, Thorne. Depois que herdou tudo, pensei que ia conhecer alguém, ter uma penca de filhos e viver calmamente na reserva. Alguns de nós até conseguem. — Ele tirou uma pasta de couro da gaveta e voltou até perto dele.

Tristan bebeu um gole do uísque e olhou atentamente para o que ele trazia.

— Talvez eu pense no caso depois que terminar isso.

O duque apenas lhe deu a pasta, tornou a se sentar e voltou a beber.

— Obrigado. Estou em dívida mais uma vez. — Ele nem sabia o que havia ali dentro, mas tinha certeza de que lhe serviria de alguma forma. Hayward nunca dava informações supérfluas ou inúteis. Ia direto ao ponto, sempre.

— Eu sei. Posso ter mais de onde veio isso. Visite Nott primeiro, ele guarda tudo. — Encarou-o, cravando nele aqueles olhos gélidos. — Absolutamente tudo. De preferência, bem longe do sol.

Aquela era a forma de Hayward lhe dar uma informação. A missão era de Tristan e era pessoal, mas soava como se tivesse acabado de receber uma ordem. E ele sabia que o levaria a alguma coisa. Ele terminou sua bebida em um gole, que desceu ardendo como só os melhores uísques conseguiam, e se pôs de pé.

— Às suas ordens, Vossa Graça.

— É bom que termine isso, Thorne. Não gostei de nada do que descobri aí. — Ele apontou para a pasta com a mão que estava segurando o copo.

Capítulo 8

No jantar do dia seguinte, Tristan estava pronto para se empanturrar com as três entradas, os seis pratos principais e a sobremesa que escolheria dentre as inúmeras que seriam servidas. Depois levaria Lorde Nott dali para embebedá-lo e deixá-lo apagado em algum canto. Ele seria seu primeiro passo para chegar aos outros. Havia pelo menos mais dois homens que ele queria encurralar.

Ainda não havia sequer chegado a hora dos aperitivos e seu novo amigo já estava contando histórias de sua juventude, e isso só com um pouco a mais de vinho no sangue para deixá-lo achar que era engraçado.

— Você não ia gostar daquela época, Wintry. Ainda era o século passado, dá para acreditar? Sou mesmo um velho lobo do mar... que nunca navegou! — Ele riu.

— Pelo amor de Deus, homem. Vou jogá-lo num barco e deixá-lo navegar em volta dessa maldita ilha. — Ele não precisava mencionar que seria uma viagem só de ida.

— Bem, eu já fui à França. Isso conta? — perguntou Nott, sorrindo. — Mas sabe como é, havia uma pequena guerra no caminho das minhas viagens.

Brincadeiras com a guerra não eram engraçadas. Especialmente se feitas com pessoas que realmente lutaram nela. Porém ninguém disse nada. Tristan se afastou e foi olhar para o grupo que estava no andar inferior. A casa de Lady Powell tinha galerias construídas sobre o salão e ela as estendia aos seus convidados. Podiam se sentar, beber e conversar. Só não podiam se atrasar para a chamada do jantar.

***

— Eu não vou até lá novamente — murmurou o Sr. Brooks. — A mãe dela já está pensando que estou interessado. Ela quer me incluir em programas familiares.

Dorothy queria enfiar a cabeça dele num balde de uísque da pior qualidade para ver se a ardência o acordava. Como é que ela podia trabalhar dessa maneira?

— E você não está? Ela é adorável. — Ela se virou para olhar a Srta. Sparks, que até corava nos momentos certos.

— Adorável demais, mas... mas... — Ele começou a gaguejar e ficou olhando para ela. — Eu prefiro dançar com você.

— Já dançamos o suficiente para uma vida inteira. — Ela nem olhou para ele enquanto planejava os movimentos da noite.

— Você não me deixa nervoso — insistiu ele, naquele seu tom encabulado que saía fino demais para sua voz masculina.

— Como não? Eu sequer o deixo falar, corto suas frases, termino suas propostas, mudando-as totalmente ao meu bel-prazer. E ainda lhe faço perguntas que o deixam vermelho como um leitãozinho. Viu? Agora o estou comparando a um porquinho bebê.

— Dorothy — sussurrou ele, segurando seu pulso coberto pela luva longa. — Sabe muito bem que desde sempre só considerei ter você em minha vida. Fico nervoso com mudanças bruscas. Nós nos conhecemos desde jovens, fico menos nervoso mesmo com as barbaridades que me diz.

Ela franziu o cenho e tornou a olhá-lo.

— Não é para usar meu nome quando estivermos em locais públicos, já lhe disse. E você vai ter que se acostumar a mudanças. Pessoas fortes se adaptam. Está nervoso só porque está se interessando em outra pessoa e está acostumado demais com a ideia de que um dia ainda vamos nos casar.

— Você poderia ser menos teimosa. Estamos caminhando para os 30 anos. Já passou da hora de darmos um jeito em nossa vida. — Falando assim ele até parecia sensato.

— Só se for na sua vida. Eu estou muito bem assim, nunca me senti mais jovem. Acho inclusive que estou na flor da idade, minha pele está ótima, meu cabelo está brilhoso, estou radiante. Se você quer envelhecer antes do tempo, pare de dificultar e deixe-me lhe arranjar uma boa companhia para isso.

Ela terminou em tom de decisão, moveu o pulso, soltando-o dele e indicou o caminho para a Srta. Sparks. E partiu para lá com o Sr. Brooks em seu encalço. Pelo jeito, teria que se envolver de forma mais agressiva do que pensava. Ao menos era uma diferença em sua rotina, pois era o contrário de Cecilia, que não precisava de sua ajuda para encontrar seus próprios problemas. E agora o Sr. Rice estava mais interessado do que ela gostaria; felizmente ele não era um dos convidados daquela noite. Ao mesmo tempo em que queria que a prima encontrasse seu par, não queria que ela se afobasse.

Foi apenas quando todos se reuniram para o jantar que Dorothy viu Lorde Wintry. Ele se mantivera na galeria, observando-a em suas maquinações. Nott ficou falando sozinho a maior parte do tempo. Para pesadelo dela, Lady Powell tinha uma péssima forma de balancear os lugares à mesa e frequentemente desobedecia a forma tradicional, cuidando para não magoar alguns egos. Cecilia acabou sentada do lado esquerdo de Wintry e ficou dividida entre um estado de apoplexia e tremeliques. De onde estava, Dorothy podia ver a mão dela tremendo ao pegar a taça.

A questão em um jantar tão longo era que seu estado de choque iria passar. E Dorothy temia que a prima alternasse para o modo tagarela a qualquer momento e começasse a dar risinhos incontroláveis.

No entanto, em vez do desastre da prima perdendo a compostura à mesa, os problemas começaram mais tarde. Bem na hora em que as pessoas estavam tomando licor, fumando e pensando se já era a hora educada de ir embora. Aproveitando que Lorde Nott já estava bêbado e contando piadas, Tristan moveu a cabeça indicando o corredor paralelo à saída. Dorothy nem sequer havia bebido mais ratafia do que devia, mas foi deslizando pela parede e deixou a sala.

— Eu não posso conversar com você em público. Eu já lhe disse isso — sussurrou ela.

— Não posso passar uma noite inteira jantando com você sem dizer nada — respondeu ele, calmamente.

— Não jantamos juntos, havia várias pessoas. E como foi que você veio parar aqui?

— Acho que fui convidado, havia até um lugar para mim à mesa. Aliás, sua prima é encantadora. Ela é sempre assim ou foi o excesso de vinho?

— Eu quis dizer que me esforcei muito nas temporadas passadas para conseguir cair nas graças de Lady Powell e chegar ao ponto de receber convites dela. Preciso introduzir Cecilia em locais como esse. Enquanto você, seu maldito, recebe os melhores convites apenas pelo fato de existir.

— E eu pensando que você vinha apenas pela ótima comida.

Ela se virou e olhou, vigiando se estava vindo alguém, mas ao longe ainda dava para escutar as risadas e galhofas na sala de visitas.

— Não precisa suar tanto por isso, Dot. Se começar a me dirigir a palavra em público, fica mais fácil. Juro, sou muito popular. Você já conhece minha prima Nancy, agora me conhece. Podemos ser amigos.

— Nem pensar. Seria muito arriscado — disse ela entre os dentes.

— Esconda seus segredos exatamente onde todos olhariam primeiro, e exatamente por isso não olharão. Além do mais, você não faz o meu tipo. É respeitável demais. Não durmo com damas bem-nascidas.

Ela estreitou os olhos para ele e nem sequer respondeu.

— Não pode nem trocar amenidades comigo no meio de um baile, mas pode ficar de mãos dadas com aquela coisinha cor-de-rosa. — Agora ele demonstrou que não estava satisfeito e toda aquela conversa era enrolação.

— Qual coisinha cor-de-rosa?

— Seu amigo, aquele que não para de corar. Ele nasceu rosado?

Ela continuou olhando para ele por um momento, ligando o nome àquela descrição horrorosa, até que ficou óbvio.

— Está falando do Sr. Brooks?

— Eu não sei o nome dele. Sei que o arrastou pelo salão enquanto ele a olhava com tanta adoração que eu não sabia se ele pensava que era a mãe dele ou um pedaço de carne.

— Não fale assim dele. Ele é um amor de pessoa.

— Quem é um amor, Dorothy?

— O Sr. Brooks.

— Ele está é cheio de amor para lhe dar. Eu não posso deixá-la por duas noites e você aparece com outro pretendente. Quando ia me contar que é perseguida por homens desesperados por casamento?

— Eu não sou perseguida, não seja ridículo.

— Ele já a pediu em casamento ou está esperando o rosa voltar à moda?

— Ele é meu amigo de juventude.

Tristan revirou os olhos, não tinha como parecer mais entediado por aquela alegação. Ele não queria saber se o homem era seu amigo de berço. O sujeito estava tocando em Dorothy. Não importava se ele era rosa, azul ou verde. Estava tocando nela, no pulso, no braço, na mão. Inclinando-se, falando baixo... Era pior do que Rutley, o pescoçudo.

— Acho que ele não cresceu, é como se houvesse parado no tempo — opinou ela, preocupada.

— Eu vou fazer crescer um galo na cabeça dele muito em breve — avisou Tristan.

Ela começou a rir e teve que cobrir a boca, mas não conseguia parar, então se inclinou, apertando a barriga com a outra mão. Precisou até secar o canto dos olhos com os dedos enluvados.

— Você não está ligando o nome à pessoa — comentou Dorothy, divertindo-se demais.

Tristan continuou olhando para ela. Geralmente se divertia quando ela ria, ainda mais agora, que estavam ali escondidos e ela rindo totalmente despreocupada. Logo ela que tinha pavor de ser encontrada na companhia dele.

— Pelo que sei, você o chama de Sr. Fulano. — Agora o olhar dela era provocador.

— O quê? — Ele definitivamente não estava se divertindo. — Você está de brincadeira. Quanto vinho bebeu?

— O Sr. Brooks é o Sr. Fulano! — Ela cobriu a boca novamente, contendo o riso, mas os ruídos da risada eram audíveis para ele.

— Você não vai mais chegar perto dele.

— Até parece! — Ela se divertiu mais ainda.

— Esse tolo que não acha um alvo nem com iluminação externa e interna ainda é apaixonado por você — alegou ele, pronto para criar o galo na cabeça do Sr. Brooks naquele exato momento.

— Ele pensa que é.

— Já viu o jeito que ele olha para você?

— Vindo dele, não me constrange mais.

— Eu juro, Dorothy. É difícil até para eu acreditar que você continua atrelada a esse homem. Depois do histórico, não devia querer vê-lo nem coberto de ouro.

— Somos amigos.

— Dessa forma, também sou amigo de muitas mulheres.

— Não dessa forma.

— Vai acabar se casando com ele?

Pelo olhar dele, Dorothy finalmente percebeu que ele não estava mais brincando.

— O que foi que aconteceu com você? Claro que não! Ele é meu amigo.

— Não, não é. Só está esperando que você se canse ou baixe a guarda para quem sabe dessa vez, se você lhe emprestar uma lanterna, ele consiga acertar. Mas use duas velas.

— Eu quero arranjar uma esposa para ele.

Tristan só disse um palavrão, algo completamente inadequado para os ouvidos de uma dama.

— Assim ele largará do meu pé — continuou ela, ignorando seus maus modos.

— Arranje uma esposa a distância, mande cartas em seu nome.

— Não sei o que aconteceu com você, mas não vai me dizer com quem posso ter uma amizade. Mesmo que seja o Sr. Fulano.

— Acabei de descobrir da pior maneira que tenho um sério problema com outros homens encostando em você. Sou tomado por uma fúria assassina que não me deixa pensar direito. — Ele tocou a testa, parecendo perdido em suas próprias ações.

— Eu danço com outros, você sabe... — Provocar foi mais forte do que ela, ainda mais ao vê-lo irritado.

— Eu já lhe disse que você é uma provocadora vigarista? — Ele cravou os olhos nela, perdendo qualquer resquício de confusão.

— Como você ousa? Seu lordezinho sujo!

Dorothy estava a ponto de colocar as mãos na cintura para continuarem a discussão quando foram interrompidos.

— Dorothy, o que... — Então Cecilia estacou ao ver Lorde Wintry e arregalou tanto os olhos que eles podiam ter saltado e os acertado na cabeça.

Ao escutar a voz da prima, ela quase pulou. Suas mãos se fecharam e balançaram com o susto, e Dorothy foi se virando lentamente.

— Ah, Cecilia, querida. Eu ia mesmo chamá-la para partirmos.

— Ia? — A prima ainda não estava recuperada. Agora franzia as sobrancelhas como se estivesse vendo dois fantasmas.

Dorothy abriu um sorriso enorme, do tipo que até causava vincos nas laterais do rosto.

— E veja só como Lorde Wintry é gentil. Ele me viu pegando o caminho errado e parou para me chamar. Acho que eu acabaria na sala de jogos. É por aqui, não é? — Ela o olhou, ainda com aquele enorme sorriso fingido.

— Não, senhorita, creio que depois daquela porta fica apenas um cômodo auxiliar. — Ele já havia encarnado sua pose polida e distante.

— Ah, Deus. Então eu ia mesmo me perder.

— Imagino que sim — continuou Tristan, fingindo bem.

Cecilia ainda estava em choque, ela havia encontrado sua prima esnobe junto de seu ídolo devasso, perigoso e másculo. Podia jurar que havia ouvido um tom ríspido, mas pela expressão deles, não parecia que Dorothy estava sendo indelicada outra vez. Devia ter sido uma coincidência, porque sua prima não falaria com Lorde Wintry, ela não tinha a menor consideração por tipos como ele.

— É melhor irmos, querida. Temos que ir para casa. Amanhã temos muitos compromissos. — Dorothy se adiantou e deu o braço à prima.

Elas voltaram, pois ainda precisavam se despedir. Enquanto seguiam, Dorothy olhou por cima do ombro e estreitou o olhar para Wintry, que seguia para o mesmo lugar. Elas foram para casa, mas ele carregou Lorde Nott dali e o homem acabou sumido por um dia, perdido entre bebida, ópio e prostitutas.

— Ele está mesmo interessado na tal Henrietta desconhecida? — perguntou Cecilia, assim que entraram na carruagem.

— Eu não sei por que acha que ele me diria algo tão pessoal. Eu não iria querer saber. — Ela empinou o nariz e virou o rosto para a janelinha da porta.

— Mas foi você que disse — insistiu Cecilia.

— Porque escutei de Lady Russ, prima dele. E não diretamente dele. Não falo com Lorde Wintry, só nos cumprimentamos por cordialidade.

Cecilia cruzou os braços e virou o rosto para sua janelinha.

— Você é tão mal-agradecida. Ele evitou que você se perdesse.

— Só prova que, apesar de tudo, ele é um cavalheiro prestativo — desdenhou Dorothy, fingindo como a melhor das atrizes.

***

— Ela tem uma amizade com uma velhinha que todo mundo odeia — disse Cecilia antes de sair.

Dorothy dobrou a carta e guardou no bolso do avental que estava usando por cima do vestido simples que trajava para tarefas matinais. Já devia ter se trocado, mas com os sobrinhos lá, ainda não tivera tempo. Deborah estava visitando a casa e ficaria para passar o dia. Porém, Cecilia já tinha marcado um passeio com o Sr. Rice e não ia desmarcá-lo por nada. A Sra. Clarke bem que tentou, mas dessa vez, não teve apoio.

— Ela está saindo demais com esse rapaz. Agora inventou passeios em que vai sem mim! — disse a Sra. Clarke. — Eu não o acho completamente confiável. Sei que estarão sob olhares por todas os lados na carruagem aberta, mas não é certo.

— Bem, eu só comecei a passar tanto tempo com meu marido depois que já estávamos noivos — opinou Deborah. — Mas não sei o que é esse estilo de vida que vocês levam aqui. Tudo tão liberado, tantas festas e tantos locais para arrumar problemas.

— E desde quando o campo não tem lugares suficientes para cometer pecados? — perguntou Dorothy. Afinal, ela havia passado por isso.

— Não é a mesma coisa que essa vida que vocês levam aqui. Vocês nunca estão em casa. E estão sempre envolvidas com homens; eles estão por todos os lados.

— Eu não sei mais o que fazer — disse a Sra. Clarke. — E você, Dorothy, ainda apoia isso.

— Deixe-a em paz. Ela não vai se casar com alguém que não conhece. Ao menos assim ela pode decidir se o quer de verdade. Não vou obrigá-la — decidiu Dorothy.

Depois do lanche da tarde, quando as crianças finalmente se deitaram para uma soneca, Deborah aproveitou que Cecilia também devia estar cochilando em seu quarto depois de passear e se sentou perto da irmã. Por causa dos acontecimentos do dia, não seria difícil tocar no assunto.

— Lamento que nunca tenhamos muito tempo juntas. — Ela esticou o braço e apertou a mão da irmã mais nova.

— Eu também, você deveria nos visitar mais. — Dorothy apertou a mão dela de volta.

Era um pouco triste que não fossem mais próximas, mas viviam separadas havia muitos anos e cresceram para terem interesses, propósitos e estilos de vida diferentes.

— Ou você devia deixar toda essa agitação e ir passar um tempo comigo.

— Eu não fico aqui o ano todo, você sabe. Só que ultimamente temos ficado aqui por mais tempo, mas ainda vamos para o campo, especialmente no verão.

— Mas até quando estão no campo vocês têm tantas atividades, visitas e lugares para se hospedar que parecem só ter mudado o cenário.

— Bem, é ótimo para se distrair.

Deborah assentiu, mas mudou de assunto e disse em tom de lembrete:

— Cecilia vai se casar logo, meu bem.

— Eu sei, estou trabalhando para isso.

— E será mais cedo do que espera.

— Será? Tomara que ela tome uma boa decisão.

— Dorothy, seu estilo de vida terminará.

Agora ela franziu o cenho e olhou a irmã atentamente.

— Está falando de minha vida aqui? Mesmo que ela se prepare para casar nessa temporada, não preciso sair daqui correndo.

— Claro que precisa. Você olhou para o Lorde Felton? Eu não sei quem partirá primeiro. Ele, para o cemitério, ou ela, para a igreja. De qualquer forma, vai perder ambos. E logo.

— Deixe de ser agourenta. Ele tem estado assim há muito tempo. Está até melhor, você que não o vê há anos.

— Você precisa ajeitar sua vida — definiu a irmã.

— Para quê?

— A renda que receberá não será suficiente para manter nem um terço de seu estilo de vida. Mesmo que viva em um chalezinho no campo, ainda não terá dinheiro para criados, carne e outros luxos. E provavelmente não será uma casa muito boa.

— Eu darei um jeito.

— Como? Vai implorar ao herdeiro dele que lhe dê algum emprego?

— Mesmo que chegue a esse ponto, arrumarei algo em outro lugar.

— Não seja ridícula, Dorothy.

Ela soltou a mão da irmã e as apertou as próprias mãos sobre a saia do vestido.

— Acho melhor parar de ser tão exigente e geniosa e aceitar uma proposta. A Sra. Clarke me disse que há dois cavalheiros em especial que são os mais interessados — continuou Deborah, adquirindo aquele tom de tomada de decisão.

Dorothy lançou um olhar assassino para a acompanhante, mas ela estava cochilando com a costura na mão.

— Não vou repetir o que você fez. Não vou me casar com o primeiro palerma que aparecer pedindo minha mão — cortou Dorothy, irritada por ter seus assuntos pessoais jogados na conversa.

Só que agora foi ela quem pisou no calo da irmã.

— Por que você tem que ser tão agressiva? Não estou mentindo, estou pensando em você! — Deborah se afastou e foi se sentar no outro sofá. — Estará em uma situação desfavorável, não terá a quem recorrer. Duvido que vá pedir asilo a Cecilia. E mesmo depois de tudo que fez por ela, nenhuma mulher recém-casada vai querer a prima disponível e atraente em sua casa!

— Você pensa como tia Jean, isso é ridículo!

— E você, minha irmã, será uma coitada sem dinheiro e sem a sua vida de luxos e bailes. E não poderá ficar aqui e nem com sua adorada Cecilia. — Deborah desceu o olhar por ela, indicando o vestido diurno que ela havia posto para a tarde. — Quero ver como vai manter seus vestidos e meias finas depois disso — disse, com desdém.

Dorothy não podia acreditar, ela havia acabado de falar exatamente como sua tia.

— Você parece uma camponesa amarga e invejosa, igualzinha à tia Jean. Só não lhe digo uns desaforos porque não quero que tenha essa criança antes do tempo.

— É verdade, não frequentei festas intermináveis ou dancei em belos bailes com mais cavalheiros do que poderia memorizar, mas serei a sua única parente, minha querida. Então pense antes de me dizer tantos desaforos. Moro numa casa grande e temos renda suficiente para boa comida. E há espaço para quartos no último andar. Meu marido já disse que a aceitaria. Você é minha irmã, eu não sou nenhuma mocinha insegura, não tenho problemas em recebê-la. Você, é claro, teria que se habituar ao nosso modo de vida. E mudar de atitude. Não estaremos mais em Londres e nem sob o teto protegido de Lorde Felton. E você encontrará um bom marido por lá. Há alguns partidos decentes na área, sabia? Meu marido ainda tem dois irmãos solteiros. E você já está com 26 anos. Já passou do tempo de se ajeitar.

Então era esse o motivo? Dorothy ficou de pé e a encarou, fechando as mãos pela raiva que chegou a deixar suas bochechas coradas. A Sra. Clarke tinha até acordado no meio do discurso preocupado e um tanto agressivo de Deborah.

— Pois você pode enfiar tudo isso bem no meio...

— Dorothy! — gritou a Sra. Clarke, que podia estar perdida no assunto, mas nenhuma frase que começasse assim, independentemente de seu rumo, podia terminar bem.

Deborah também estava escandalizadíssima, mas não recuou e continuou:

— Eu estou lhe fazendo um favor, sua garotinha mimada! Eu sabia que ser criada com Lorde Felton ia lhe estragar. Vocês não tiveram um bom exemplo de limites. Ele não vê nada do que você e a filha dele fazem e vocês ficam apenas sob a vigilância de uma ama condescendente!

— Eu quero que você e o palerma do seu marido, a chata da tia Jean e suas regras de decoro se...

— Pelo amor de Deus, Dorothy! Não lhe ensinei nada disso! — tornou a gritar a Sra. Clarke, tão desesperada que não teve tempo nem de se ofender por ter sido chamada de "ama condescendente".

Cecilia desceu correndo e parecendo assustada; seus sapatos fizeram um enorme barulho nos degraus.

— O que está acontecendo aqui? — perguntou, ainda pulando os degraus.

— Você é uma ingrata. Eu vou ter outro bebê, você podia ficar comigo. Seria muito mais fácil se começasse a passar temporadas conosco para ir se acostumando. Talvez nem dê tempo disso. Quando for posta para fora com sua bagagem, vai ter de pedir uma carruagem para a minha casa!

— Eu quero que a sua casa se exploda! — disse Dorothy.

Dessa vez a Sra. Clarke não teve tempo de interromper, mas quando ouviu a última palavra, até suspirou de alívio. Dos males o menor.

— É a minha casa, Dorothy. Onde vivo com meus filhos e o meu marido, como pode... — Deborah balançava a cabeça, entendendo a frase ao pé da letra.

— Você pouco se importa com a minha felicidade e o meu bem-estar. Você me quer morando com você para finalmente me colocar sob as garras da tia Jean. E sob as suas também, sua moralista de uma figa. Só me quer para ajudar a cuidar do seu próximo bebê e depois do próximo. Eu adoraria ficar com você durante o verão, passaria um tempo com meus sobrinhos, mas não sob esses termos! Agora eu não vou nem morta. Você quer me podar como uma planta estragada. Eu não estou defeituosa para precisar dos seus reparos. Eu não sou como você e nunca serei. E espero que você vá para o inferno!

— Senhor, onde foi que eu errei? — perguntou a Sra. Clarke, olhando para cima.

— Você vai se arrepender disso, Dorothy. E eu não vou recebê-la. Quando ficar sem nada, eu não vou hospedá-la! Vai ter que se humilhar e implorar para tia Jean! E ela já pensa que você é uma mulher à toa na situação em que está!

— Eu prefiro ficar sozinha e pobre, mas ter o controle da minha própria vida. E quer saber? — Ela olhou bem para a irmã, já sabendo bem o que causaria com sua próxima alegação. E essa seria escandalosa. — Abrigo não vai me faltar. Diga à titia que nunca falta um teto amigo e uma cama quente para "mulheres à toa" como eu.

Cecilia estava chocada. Ela sabia que a prima era impossível, mas usava sua energia para outras questões. E nunca disse tanta barbaridade em voz alta. No momento, ela preferiu abanar a Sra. Clarke, pois Deborah parecia bem, apenas revoltada com o comportamento da irmã e agora escandalizada pela insinuação de Dorothy.

Dorothy saiu da sala de visitas e foi decididamente pelo corredor. O mordomo estava ali, perto da porta, fingindo que não havia nada acontecendo, mas pronto para cumprir a primeira tarefa que lhe dessem.

— Preciso mandar um bilhete — disse ela.

E ele praticamente fez tudo aparecer no ar.

— Minha Dorothy não é nenhuma mulher à toa — disse a Sra. Clarke, sensibilizada. — Tomei conta dela desde que chegou aqui. Por causa de sua amargura que Lady Jean nunca foi bem-vinda nesta casa, desde que Lady Felton era viva. E você, Deborah, também vi pequena. Trate de se policiar, pois está ficando amarga e seca como sua tia. Até eu, uma velha acompanhante, sei como tratar de assuntos delicados.

A acompanhante se levantou e foi se refrescar em seu quarto. As crianças ainda estavam dormindo, e Deborah ficou ali sentada, pensando mais no que a Sra. Clarke lhe dissera do que nos desaforos da irmã. Ela era uma mistura, concordava e defendia muito do que tia Jean acreditava, no entanto não era radical como ela. E sim, era verdade, ela gostaria que a irmã ficasse com ela e a ajudasse com as crianças. E que adotasse um estilo de vida mais humilde e comportado.

Porém, a seu ver, era o que podia oferecer à irmã solteirona e malcriada, com um péssimo futuro à sua frente, e acreditava que Dorothy poderia ajeitar sua vida e se casar com algum conhecido da família. Ela até tinha alguns nomes em mente.

Capítulo 9

A carruagem já havia dado a volta no Hyde Park e agora seguia para o leste enquanto Dorothy apenas olhava a paisagem passar. Depois de sair do parque, porém, a vista já não era tão interessante. Ela saiu de casa querendo dar um soco em alguém. Uma rasteira também. Como não podia estapear sua irmã grávida, para ver se ela parava de ser tão intrometida, sua reação era bater o pé nervosamente.

Haviam entrado na rua Sackville quando a velocidade foi diminuindo, mas o veículo não chegou a parar. A porta foi aberta e Tristan entrou rapidamente e se sentou de forma brusca e rápida devido ao movimento. Dorothy estava no banco em frente e ficou apenas olhando para ele. Ela havia enviado o bilhete, mas não tinha certeza se ele iria e nem que entraria sem nem sequer parar a carruagem devidamente. Era um encontro perigoso, à luz do dia, mas quem saberia que ela estava ali? Por isso, fechou a cortina ao seu lado; não havia mais o que admirar do lado de fora.

A casa dele ficava ali perto, na esquina da praça Golden, e ele desceu a rua para se afastar o suficiente. Ela nunca o havia chamado e, mesmo que tivesse planos para mais tarde, se trocou e saiu para vê-la. Pelo bilhete, não deu para perceber sua irritação.

— O que lhe fizeram? — Ele franziu o cenho, observando-a.

Apesar de ter fechado a janelinha, Dorothy ainda olhava para lá, e então virou o rosto para ele.

— Meus poucos familiares pensam que sou um caso perdido. Estou passada, já uma solteirona sem futuro e que ainda por cima é à toa. Só que esse termo não tem o mesmo significado. Para eles não quer dizer que sou desocupada, e sim perdida.

— Isso é magnífico, Dorothy. É mais um dos nossos dolorosos pontos em comum. Sabe que minha família pensa a mesma coisa de mim, só que eles usam termos menos educados. A honra da sutileza já não é mais estendida à minha pessoa.

Ela balançou a cabeça e olhou para as mãos. Suas luvas nem estavam combinando; pegou as únicas que estavam disponíveis na chapelaria perto da porta.

— Eu acho que devia desprezá-los — opinou ela.

— Pois eu tenho certeza disso.

Dorothy ficou olhando para Tristan enquanto ele a encarava calmamente, mas os dois estavam pensando na mesma coisa. Até que ela jogou o chapéu para o lado e foi para cima dele. Tristan a segurou e levantou o rosto, ela descansou uma perna de cada lado e o beijou quando ele ainda a ajeitava sobre ele. A carruagem permanecia em baixa velocidade.

Ela apertou o rosto dele entre as mãos e o beijou com sofreguidão. Depois suas mãos foram para o seu paletó e abriram os botões. Empurrou a peça pelos ombros, e ele a afastou para o lado. Os lábios deles continuavam em contato, entre beijos ou apenas se tocando sem olhar. Ela demorou mais abrindo os botões apertados do colete dele. Depois também abriu e puxou sua camisa, soltando-a.

A carruagem fez uma curva lenta e ela se segurou nas abas do colete dele, puxando-o para ela e o beijando. Tristan subiu as mãos pelas costas dela; Dorothy sequer se trocara. Estava com seu vestido diurno de ficar em casa. Ele soltou os cordões, puxando-os além do que deveria, e desceu o vestido pelos seus ombros, passando as mangas curtas e simples. Elas a restringiriam, então ele puxou um braço de cada vez e desceu o vestido com chemise e tudo. Dorothy segurou em sua nuca e plantou um beijo sobre seus lábios, mas os afastou e pendeu a cabeça, sentindo-o acariciar seus seios, com a mesma voracidade que ela apresentava, esfregando seus pequenos mamilos rijos e lhe arrancando gemidos.

Ela finalmente o encarou e Tristan manteve o olhar preso ao dela. Enfiou uma das mãos pelo seu cabelo, puxou os grampos e soltou as mechas castanhas em volta do rosto dela. As mãos de Dorothy escorregaram em sua braguilha e, depois da demora no colete, ele agarrou suas mãos, arrancou as luvas e jogou-as no banco atrás deles. Dorothy colocou a mão nua entre eles e apertou sua ereção, o balançar da carruagem e a forma como ela se movia sobre ele agravavam sua situação.

Tristan segurou seu rosto e a trouxe de volta para beijá-lo. Dorothy voltou a se agarrar aos ombros dele. A saia do vestido dela foi levantada, a chemise era curta, mas tudo se embolou em sua cintura. Ele colocou as mãos entre suas coxas e a encontrou levemente úmida. Dorothy se moveu sobre seus dedos, indo e voltando, amaldiçoando a falta de contato. Ajeitou-se melhor, empurrando o quadril contra o dele, e o sentiu pressionar seu clitóris entre os dedos. Ela gemeu e continuou, rodando o quadril, movendo os joelhos sobre o banco e ficando mais excitada pelo toque dele.

A maldita carruagem fez outra curva e eles seguraram um ao outro. Ela o liberou de suas calças e Tristan a agarrou pelas coxas, levantando-a o suficiente para ficar dentro dela. Dorothy apertou seus ombros e gemeu de prazer quando foi empalada em seu membro duro. Deixou-o preenchê-la e moveu o quadril, lhe arrancando um gemido gutural e um apertão nas coxas. Ela se moveu sobre ele, apertando sua nuca, pressionando as pernas dos lados, usando os joelhos para impulsioná-la na cavalgada. Tristan apoiou as pontas da bota no banco em frente e jogou a cabeça para trás, seu gemido saiu ardido pela sua garganta. Ela o estava matando de prazer.

Eles encontraram o ritmo para o balançar da carruagem, muito mais rápido do que os movimentos do veículo. Dorothy segurava atrás do pescoço dele com as duas mãos, seus sons de prazer mais altos do que o habitual — ainda bem que era um local tão barulhento. Se houvesse uma freada brusca eles estariam em apuros, tão fora do mundo que estavam, presos no que compartilhavam, cegos pela proximidade do orgasmo.

Dorothy se abraçou a ele quando sentiu que estava à beira do êxtase, seus dedos repuxaram o linho branco de sua camisa, e ele a ouviu gemer baixinho perto do seu ouvido, como um suspiro surpreso e incontrolável. Ela soltou a respiração em baforadas rápidas enquanto seu corpo estremecia de prazer. Tristan a abraçou forte, sentindo-a tremer entre seus braços, incapaz de conter o que esse momento lhe causava. Ele não a levantou o suficiente e foi o seu corpo que se arrepiou com o jorrar do sêmen e o orgasmo nas coxas dela, sob a saia clara do vestido. Ele queria tanto ter permanecido dentro dela, aquela tarde merecia, mas eles não podiam.

Tristan a abraçou ainda mais apertado e descansou a boca contra a curva do seu pescoço, soltando o ar quente, recuperando a respiração. Dorothy se moveu, sentando sobre as coxas dele e descansando a cabeça em seu ombro. Não faziam a menor ideia de onde estavam, nem quanto tempo se passara, mas a carruagem continuava o percurso, provavelmente estava dando voltas para não levá-los longe demais de sua área de residência.

Quando ela finalmente o olhou, ele beijou seus lábios levemente e ela retribuiu. Não precisavam falar nada sobre o que tinha acontecido, sabiam o que fizeram e por quê.

— Conte para mim, por que a incomodou tanto?

— Não sei... — Ela balançou a cabeça e desviou o olhar. — Acho que todo mundo tem um ponto em que não quer mais ser pressionado.

— E por que isso está incomodando você agora?

— Acho que eu não deveria ter me irritado tanto, já estou acostumada. Não sei por que perdi o controle e disse tantos desaforos. Esqueça esse assunto.

Assim que ela parou de falar, ele a beijou brevemente, acariciando-a para mimá-la e melhorar seu aborrecimento.

— Pode conversar comigo, Dorothy. Foi assim que acabamos juntos, lembra-se? Finja que estamos sentados na escada, na penumbra, com uma garrafa de vinho que parece ser interminável, que só continua enchendo as taças.

Ela se moveu como se fosse sair de cima dele, mas Tristan não a soltou.

— Eu estou muito confortável aqui. Você não está? — perguntou.

Ao menos suas partes mais íntimas estavam cobertas, a saia do vestido dela caía sobre eles.

— Minha irmã está na cidade — informou.

— Você falou dela naquele dia, disse que acabaria mais chata do que sua tia cafona.

— Eu a chamei de cafona? — Ela franziu as sobrancelhas.

— Já estávamos no meio da garrafa, depois de uma noite de ponche forte e um jantar particularmente generoso no vinho. A sinceridade era natural.

— Ela está ficando como a tia, mas pensando bem, há um fundo de verdade. E no futuro talvez aquelas duas acabem certas.

Agora foi ele que negou com a cabeça. Estavam tão perto que só precisava se aproximar um pouco para beijá-la, e isso era uma tentação.

— Essa conversa está um pouco complicada, não consigo me afastar dos seus lábios — sussurrou ele.

Dorothy tocou o rosto dele e o beijou lentamente, como se tivessem todo o tempo do mundo para passear de carruagem, com suas roupas caídas e sem alguém os esperando.

— O que ela quer obrigá-la a fazer? — Ele retomou o assunto.

— Querem que eu seja como elas. Dizem que eu estou envelhecendo e ficando para trás. E não dou sinal algum de que vou me casar. E sabe como estou me esforçando para que Cecilia encontre alguém. Então ela vai embora. E eu vou sobrar. Depois, meu tio vai morrer. E vou sobrar novamente.

— Está mudando de ideia?

— Não... — murmurou, mas olhou para baixo. — É apenas a verdade. Eu odiei que a minha irmã tenha saído lá de onde ela mora, bem longe daqui, para vir jogar na minha cara que vou precisar dela. E que por ela ter feito tudo certo e conforme as regras, eu, que não fiz, vou ter que ir me abrigar lá e depender da bondade dela. E do palerma do marido dela. Na verdade, ele não é um palerma. Ele é até bom. Eu só estou com raiva porque não quero terminar lá. Não quero nem chegar perto da tia Jean. Se eu escutá-la me condenando por todos os motivos do mundo, vou ter outro ataque de raiva.

— E o que você quer fazer?

— Não quero nada, só quero ser deixada em paz. Eu sei como vai ser, eu posso me virar sozinha. Se todos nós já sabemos o que vai acontecer, para que piorar tudo? Eu não devia ter dito tudo aquilo, só fiquei irritada de ela ter vindo aqui fingir que realmente se importa. Ela me quer para cuidar da casa dela, ajudar com seus filhos pequenos e depois me casar com algum bobo entediante que more próximo ao fim de mundo onde ela mora. — Dorothy fez uma pausa. — Conte-me alguma coisa, qualquer coisa.

— Minha família é delirante e pensa que realmente sou insano. Eles não só acreditam como ajudam a criar as histórias mais absurdas sobre mim. Meus tios me odeiam. Eles deviam adorar o único sobrinho por parte de seu irmão mais velho que lhes sobrou, não acha?

— Acho. Eles são uns tolos. — Ela abaixou o rosto novamente, mas manteve as mãos apoiadas no peito dele. — Toda vez que minha irmã aparece e tenta consertar minha vida, eu me sinto do mesmo jeito. Como uma órfã que depende da vida de outros familiares para saber o que vai acontecer. Uma eterna hóspede. — As lágrimas começaram a descer pelas bochechas dela, mas Dorothy não emitia sons de choro, só um ocasional fungar. — Eu sei que lhe dizer isso é ridículo porque foi pior para você, com uma família inteira o desprezando e seus pais mortos, mas é como me sinto.

Tristan secou suas lágrimas com beijos ternos. Sentia o gosto salgado, mas continuou beijando, alternando os lados até que elas cessaram.

— Não é ridículo, Dot. É a sua história, cada um tem a sua e a vive de um jeito.

— Foi tolo, eu sei. Apenas perdi o controle. Eu já sou tachada e criticada por outros. Não preciso da minha única irmã vindo até aqui para isso. E pode dizer que é orgulho, mas quando tudo que ela descreveu acontecer, eu não vou atrás dela. Eu sou hábil e útil, viverei por conta própria.

— Dorothy...

— Não. — Ela tapou a boca dele com os dedos. — Não me diga nada do que se arrependeria, apenas me dê apoio. Só vamos ficar juntos por essa temporada, Tristan. Não nos resta muito tempo. Depois, como sempre fiz, vou voltar a lidar com meus descontroles emocionais.

Ele ficou olhando-a seriamente e virou a cabeça, libertando sua boca.

— Por quê?

— Você sabe que será assim. É o que planejamos desde o início. E eu prefiro que acabe antes que enjoe de mim. Ou que eu não o suporte mais. Não negue que é assim que funciona sua vida. Uma paixão a cada temporada, ultimamente, só por alguns dias, mas em geral é por uma noite ou duas. Você me disse, já estávamos no fim da garrafa, mas eu lembro.

Como era verdade, ele só assentiu.

— Mas estamos longe de acabar, não quero pensar nisso agora. — Ele a beijou nos lábios e continuou. — Porém, independentemente do que acontecer, não vou desaparecer, Dorothy. Ainda será Londres para nós dois.

Dorothy lhe deu um sorriso e o soltou, puxou suas mangas e enfiou os braços por dentro.

— Eu também não vou procurá-lo, Tristan. Sinto muito.

— Não sinta, apenas me escreva.

Isso jamais aconteceria, ela não precisava lhe dizer. Quando estivesse sozinha, Dorothy não fazia ideia de como estaria sua vida. Porém, tinha certeza de que ele teria outra breve paixão e ela não queria aparecer no meio.

E isso era tudo de que ele precisava saber, mas eles tinham que acabar ao final da temporada. Ela estava começando a nutrir sentimentos por ele e havia preferido não reconhecer o problema.

No entanto, quando saiu da sala e a única pessoa em quem pensou foi ele, deu-se conta de que estava se complicando. E seu alívio ao vê-lo entrar na carruagem foi grande demais, isso demandava sentimentos. Ela já sentia a dor de pensar no futuro em que ele estaria com outra — só de imaginar lhe escrever e receber sua ajuda por consideração a um passado que tiveram, doía ainda mais. Não podia ter sentimentos por ele, de forma alguma. Para cortar o mal pela raiz, tinham que se separar quando o período daquele acordo terminasse. E a validade era até o fim da temporada.

Por mais que ele estivesse lhe oferecendo auxílio, quando parou naquela estalagem e lhe propôs o acordo, estava óbvio que também tinha um período de duração em mente.

Dorothy não respondeu. Ela se levantou e se sentou no banco em frente, e ambos se ocuparam em se recompor. Ele precisou fechar o vestido nas costas dela, mas não voltaram ao assunto.

— Minha irmã ainda está lá na casa do meu tio, não é tarde o suficiente para ter partido. — Ela abriu a janelinha do seu lado.

— Por que não vai fazer uma visita a Henrietta? Toque a sinetinha, peça o chá e espere. Fique por um tempo.

A ideia a fez pensar por um momento, mas assentiu. Pelo jeito que tinha saído, ninguém devia ser tolo de esperá-la para o chá. A carruagem diminuiu e dessa vez parou. Tristan se inclinou, deu-lhe um beijo e desceu. Assim que pisou na calçada, ele amaldiçoou o desgraçado do Nott. Preferia ficar com Dorothy e lhe fazer companhia até que tivesse de voltar para casa.

Seria problemático, porque ele acabaria lhe fazendo propostas e infernizando-a até que concordasse em procurá-lo quando precisasse de qualquer coisa, mesmo que não estivessem mais se encontrando como amantes. E ela diria que faria, só para se livrar dele, mas Tristan sabia que isso não aconteceria. O jeito era se manter informado sobre ela. Não controlava o futuro, mas, se não fosse reativado e enviado em alguma missão, estaria bem ali.

— Estamos na hora, milorde? — disse o Sr. Giles, depois de parar a carruagem sem identificação bem à frente dele.

— Sim, vamos dar umas voltas e depois seguir direto para lá — pediu, entrando no veículo.

O local era a casa de lorde Nott. A carruagem entrou numa das ruazinhas paralelas e parou. Ele não morava perto de Tristan, a casa de dois andares ficava próxima à rua Baker. Eles esperaram mais um pouco até a noite cair e as sombras encobrirem seus movimentos.

Entrar pela janela do primeiro andar foi brincadeira de criança. Depois de todos os dias que passou bebendo, jogando, fumando, fingindo que se divertia com prostitutas e paparicando Nott, Tristan sabia o que queria. E ele havia estado ali, a convite do dono da casa. Ele queria achar as velharias, os documentos, promissórias e cartas antigas. Um homem como Nott sempre deixava rastros. Ele era um jogador inveterado e um bom bebedor de vinho. Cometia muitos erros, ficava mais fácil de levá-lo na conversa quando estava separado de Lorde Hughes.

Tristan sabia que a esposa de Nott não estava ali; ela preferia ficar hospedada com a mãe quando estava em Londres. O motivo era bem óbvio, afinal ela sabia das perversões dele e preferia se manter afastada. Se pudesse não olhar para ele por um longo tempo era melhor. Eles já tinham cumprido o papel de gerar um herdeiro, mas do jeito que Nott gastava, só restaria o título e as dívidas. Ele era como um gafanhoto sobre o patrimônio da família e ninguém podia detê-lo.

Havia um cofre na biblioteca, completamente inútil. E tinha outro no escritório com alguns títulos, mas nada de interessante. No quarto, dentro do closet, havia outro cofre, esse sim tinha promissórias que valiam a pena. E documentos de venda de propriedade e doação também, para cobrir dívidas.

Acostumado a vasculhar casas antigas em busca de documentos, Tristan foi olhando todos os lugares esperados e depois os esconderijos mais comuns. Nott mantinha uma caixa com seus bens pessoais escondida num buraco dentro do armário da sala de bebidas, que pelo cheiro era o espaço para fumo. Também servia para a perversão com os amigos e prostitutas, porque tinha bancos acolchoados, algo incomum, mas perfeito para as atividades sexuais que aconteciam ali.

Havia menção a Bert e Beasley. Engraçado que Bert só era tratado pelo apelido, mas Beasley era o título do falecido visconde. E os dois eram citados juntos, como se tivesse sido sempre assim. Nott passava mais tempo com Hughes, e Bert e Beasley eram mais amigos.

Não foi exatamente o barulho que chamou sua atenção, foi o cheiro que estava fora do lugar naquele contexto. Era como se viesse numa brisa. E Tristan estava havia tempo suficiente naquela profissão para não ignorar algo assim. Não era a primeira vez que descobria um alçapão dessa forma. Para azar de Nott.

Demorou um pouco, mas Tristan encontrou outra caixa e a passagem. Ela abria como uma porta no chão, ao lado do móvel repleto de bebidas. A portinha se escorava na parede quando aberta e lá embaixo estava escuro, mas de algum lugar ao fundo, talvez uma fresta, a fraca iluminação noturna permitia a entrada de ar. E foi por isso que Tristan soube que não ia gostar do que encontraria ali.

Já havia passado pelo porão da casa; não era por ali que entrava. E alguém só se importaria com passagem de ar se quisesse manter algo vivo. Ele tirou o relógio do bolso e olhou — não tinha tanto tempo. Seu objetivo era entrar e sair. A menos que encontrasse alguma prova irrefutável que mudasse o rumo de sua investigação.

Ele desceu com o lampião a óleo na mão, iluminando principalmente os degraus onde pisava e sentindo o local, para ter certeza de que não seria atacado. Lá embaixo, no fundo do cômodo, havia uma claridade. O lugar cheirava mal, uma mistura de mofo com pouca ventilação e secreções humanas não descartadas.

Somente ao se aproximar da pequena chama, que emanava aquele horrível cheiro de banha animal das velas baratas, Tristan viu uma garota sentada perto dela, usando o que parecia um pedaço de madeira para limpar a cera. Ele chegou mais perto e viu a outra mulher, sentada sobre um colchão.

Ao olhá-las, ele só repetia mentalmente que não queria saber, não ia perguntar. Não naquele momento. Ele ia apenas pedir-lhes que levantassem e fossem com ele.

— Há mais de vocês aqui? — perguntou, partindo direto para a parte prática.

No fundo, Tristan havia pensado nessa possibilidade. Ele entrou ali com o intuito de roubar provas e tudo mais que interessasse para arruinar Nott, acabar com aquele clube e reunir provas sobre o assassinato da sua tia. Porém, quando pulou a janela, já sabendo o que Nott gostava de "comprar", ele sabia que podia ver algo assim.

O tráfico de pessoas, especialmente garotas e mulheres, era um dos males daquele tipo. Algo que atingiu níveis absurdos após a guerra. Elas não tinham valor, eram vendidas por menos do que um escravo que trabalhava nas plantações das colônias que ainda aceitavam essa abominação. Eram descartáveis, para serem usadas e desaparecerem. Por isso que Nott podia comprá-las sem comprometer seu dinheiro de apostas.

As duas mulheres ficaram olhando para ele e nem se moveram. Tristan repetiu até que a outra, que estava mais longe da vela, disse algo que definitivamente não era inglês. Ele perguntou de novo. Tentou alemão, espanhol, arranhou o russo e revirou os olhos, falando francês. A mulher da vela entendia francês, mas não era francesa, dava para ver pelo sotaque e pela dificuldade de falar.

A outra só reagiu quando ele continuou rolando qualquer idioma que tivesse similaridade. Na profissão dele, você tinha que conhecer algumas línguas. Tristan havia passado alguns meses em Portugal, e ela reagiu quando ele tentou o português.

— Levantem e venham comigo. Se houver outra de vocês, apontem — disse, em francês. Teria que se comunicar apenas com uma delas, porque seu português era precário.

A garota da vela negou com a cabeça e falou com a outra. Elas mal conseguiam se entender também, então não seria fácil. Porém ambas se levantaram e foram atrás dele.

— Não precisam tentar fugir de mim, já estamos fazendo isso. — Ele subiu na frente e olhou para ver se havia alguém.

Nenhuma das duas respondeu. Com certeza não acreditavam nele, achavam que ele era alguém como Nott que só as estava roubando para o mesmo propósito. E Tristan não tinha tempo para explicar nada naquele momento. Elas obedeciam por medo, e ele precisava tirá-las dali. Não havia planejado, mas quando desceu as escadas e iluminou a primeira garota, que parecia jovem demais, soube que ia levá-la.

Aquele maldito duque. Ele com certeza sabia no que Nott estava envolvido, por isso o chamou tão rápido assim que Tristan lhe pediu as informações. E por isso havia dito que queria a questão resolvida. Ainda lembrava-se de Hayward lhe dizendo que Nott *gostava de guardar seus pertences bem longe do sol*. Claro, naquele porão. Era uma missão pessoal, mas o duque não perderia a oportunidade de lhe dar uma tarefa extra no meio.

Ele afastou a cortina da janela por onde havia entrado.

— Vão ter que pular — avisou.

Elas não se mexeram.

— Antes que alguém apareça, pois não tenho muito tempo. Querem viver fora de um porão, não querem? Pulem.

Ele escutou sons lá no final do corredor, a porta não havia sido aberta, então eram os criados. Ele não queria ter que bater em alguém, mesmo que desconfiasse que aquelas garotas não podiam estar ali sem que pelo menos um dos criados soubesse. Alguém mais naquela casa tinha que saber.

A garota portuguesa foi para a janela e viu a carruagem lá embaixo. Dava para pular no teto dela.

— Vou segurá-la e balançá-la. Vai cair bem ali. Não saia correndo, as ruas de Londres não são mais gentis do que o porão desta casa — orientou ele.

Ela apenas o olhou, sem um pingo de segurança. Tristan não esperou. Se ia tirá-las dali, teria que deixar o desenvolvimento de relação para depois. Ele a colocou para o lado de fora da janela, disse-lhe para se esticar e a balançou, soltando-a em cima da carruagem. O Sr. Giles apareceu imediatamente e ficou confuso por um momento, mas ajudou a garota a descer.

— Agora você — ordenou Tristan, estendendo sua mão enluvada para a outra moça.

— Por que está nos roubando? — perguntou ela, considerando que ele podia entendê-la.

— Não dá para roubar pessoas, não compactuo com escravidão. Seria um rapto, mas vai vir por vontade própria, não é? — Ele continuava com a mão estendida, um olho nela e outro no corredor.

— Não sei quem você é. Pode ser dono de um bordel. Será ainda pior que o porão, ao menos ele é um só — declarou ela, infelizmente mostrando que, apesar da pouca idade, a vida não lhe era estranha.

— Duvido que saiba quem é o dono do porão, mas você tem duas opções: dar-me a mão e ir atrás de sua companheira ou dificultar minha vida. Como estamos a poucos minutos de ser pegos, vou nocauteá-la, jogá-la na carruagem e vai acordar numa cama, com comida, uma janela para olhar e homem algum para tocá-la. Tem cinco segundos para escolher. — Ele moveu os dedos, chamando-a, e desviou o olhar para o fundo do corredor.

A garota pegou sua mão, pulou pela janela e o Sr. Giles a ajudou.

Duas horas depois, Lorde Nott abriu o alçapão e desceu com uma bolsa de linho cru com pão e alguns pedaços de sobra de carne. Na mão, levava uma gorda garrafa de leite. Ele parou perto da escada e demorou por um momento, apoiou a garrafa rústica de cerâmica e equilibrou a lanterna. Deixou o leite e avançou. Quando iluminou o bastante, levou um susto ao não ver as moças dormindo ou só esperando no escuro. Ele calculava que as velas baratas já teriam acabado.

— Esse leite é para mim? Mas que bondade da sua parte, Nott.

Se o homem tivesse um coração fraco teria caído bem ali. Ele girou no lugar, iluminou Tristan e o viu cheirar a garrafa de leite.

— Está um pouco passado, mas para quem não tem nada deve ser gostoso como ambrosia. Eu prefiro o meu mais fresco. — Ele deixou a garrafa no lugar.

— Wintry! — Nott não sabia se continuava assustado ou mudava para insultado ou quem sabe irritado. — Como foi que... como achou esse lugar? E o que está fazendo em minha casa?

Tristan pegou algo que havia deixado escorado e avançou na direção dele. Sem qualquer noção do real perigo que corria, Lorde Nott permaneceu no lugar, segurando seu lampião.

— O que é isso aí, pão dormido? — perguntou Tristan, mas o surpreendeu ao levantar uma tocha e acendê-la na chama da lanterna dele.

A tocha pegou fogo com brusquidão, iluminando de uma só vez o espaço escuro e rebaixado do porão e cobrindo de luz todos os cantos. Nott ainda olhou em volta, esperando ver as duas garotas encolhidas em um canto.

— Veja só, há um banco aqui — disse Tristan, notando algo que não vira no escuro. — Se soubesse teria esperado sentado.

— Wintry, onde estão as...

— Pensei que não reuniria a coragem para perguntar — interrompeu ele.

— Que diabos você fez? — gritou o homem, agora sentindo o desespero bater.

Nott não sabia quem Wintry realmente era. Tudo havia sido uma mentira tão bem-contada que agora estava até passando pela sua mente a possibilidade de ele ter matado as suas garotas.

Como não tinha tempo para amenidades, Tristan prendeu a tocha, se virou para o homem e lhe deu um soco bem no meio do rosto. Nott foi ao chão, cego de dor, com a certeza de que seu nariz não estava mais no lugar. Enquanto isso, Tristan apagou a chama do lampião que caíra no chão, antes que pegasse fogo em alguma coisa.

— Onde estão as outras? Embaixo deste sótão? Enterradas no jardim? Mandou descartar os corpos no rio? — Ele o agarrou e o levantou, arrastando-o até o banco.

— Wintry... — Nott balbuciou, confuso.

— Estou com todas as suas cartas, suas promissórias, suas dívidas... tudo. Tem mais delas espalhadas por aí? Responda. Eram só duas?

— Duas de cada vez... — respondeu ele.

— Duas de... — Tristan teve certeza de que estava pisando sobre crânios de outras garotas que morreram ali embaixo. Ninguém procuraria um corpo embaixo das tábuas do porão.

Como estava precisando agredir alguma coisa para se livrar daquela péssima sensação, deu alguns socos em Nott até que ele ficasse no chão.

— Joan Thorne, lembra-se dela? — Ele jogou o leite em sua cabeça, acordando-o como se fosse água. — Qual de vocês a matou? Você estava lá?

— Ela não era...

— Usava outro nome. Esse era o de solteira. Lady Hose faz sua cabeça funcionar? Quem a matou?

— Não sei.

Tristan quebrou a garrafa de leite na cabeça dele.

— Tente outra vez. Quem a matou?

— Não fui eu! — Sabendo que ia apanhar de novo, ele reuniu forças para levantar a mão. — Não fui eu, você viu! Gosto de garotas novas e estrangeiras.

— Filho de uma...

Ele o virou de bruços, enrolou uma corda em volta de seu pescoço e foi ali que Nott percebeu que não ia apenas apanhar e ser deixado para os criados o encontrarem depois.

— Ela ficou com os outros — disse ele, com a rapidez que a garganta comprimida permitia. — Eu não fiquei com ela. Saí para buscar um dos meus carregamentos.

"Carregamento." O maldito as chamava de carregamento, como mulas vindo em carroças.

— Quem? — Tristan puxou a corda, fazendo-o se arquear no chão.

— Eu disse... — Ele parou, buscando ar. — Os outros ficaram. Hughes partiu depois, ele tinha negócios. Beasley a queria primeiro. — Ele tossiu, sem conseguir engolir.

— Quem ficou com ela?

— Beasley! Vai achá-la com ele.

— O maldito está morto!

— Eu sei... mas foi ele! Ele queria levá-la. Ele gostava de ganhar dos outros a qualquer custo. Ele a levou! Eu só sei isso, eu juro. Eu saí muito antes para buscar as garotas! — gritou ele, com sua voz esganiçada. — Seu traidor! Você entrou para o clube.

— Seu mentiroso. Não foi Beasley que a levou do clube. Fale-me sobre Bert.

— Nunca!

— Quem é Bert? Diga o nome completo.

— Eu morreria da mesma forma. Eu não sei dele, só sei que Beasley a queria também!

Tristan amarrou a mesma corda que prendia o pescoço dele aos seus pés.

— Seu desgraçado maldito. Você sabia o que ele ia fazer com ela. — Ele puxou a ponta da corda e o arrastou. — Ninguém vai achar o seu corpo, vai sumir do mesmo jeito que essas garotas desapareceram.

— Você não pode, Wintry! — disse ele, deitado de lado, pois nessa posição o aperto em sua garganta aliviava. — Não pode fazer isso. Vão saber. Os outros vão pegá-lo. Lá no clube, sempre pegamos nossos inimigos.

— Vou fazer uma fogueira. Ninguém vai saber. Você vai descansar em paz junto com as garotas que ninguém sabe que passaram por aqui.

A última visão de Lorde Nott antes de desmaiar por falta de ar foi a tocha presa no suporte perto da escada. Foi notável ver como ele acreditava nas ameaças de outra pessoa, pois Bert e a vingança do clube permaneceram sendo o seu maior medo.

***

No dia seguinte, Tristan tinha duas hóspedes e ninguém podia tomar conhecimento. Ainda não havia pensado no que fazer com elas, mas o Sr. Giles, que teve mais tempo com elas, pôde olhá-las sob a luz. E estavam mal, provavelmente não faltava muito tempo para Nott receber outro "carregamento" e se livrar do atual.

Apesar de ter chegado tarde, Tristan não dormiu, mas logo pela manhã enviou um recado ao duque, primeiro amaldiçoando-o, depois lhe dizendo que ia continuar em sua maldita missão. E Hayward, que era um desgraçado, lhe enviou mais informações e um simples "obrigado".

O duque tinha um castelo gigantesco, com vários prédios auxiliares e sabe-se lá quantos arrendatários. Era mais rico que um rei, com certeza teria lugar para abrigar aquelas duas moças. Algum lugar onde pudessem viver por conta própria ou quem sabe pudessem ser treinadas para uma função doméstica de onde tirariam seu sustento em segurança.

No momento, Tristan deixou-as em paz no quarto onde estavam. Achava desumano jogá-las de lá para cá quando havia acabado de tirá-las de um porão. E não sabia de onde vinham, mas pelo bem do seu sono ele não queria maiores detalhes agora. Havia andado pelo mundo e já sabia o que acontecia nessas situações. Já bastava uma noite sem dormir, não queria mais, sua consciência estava bem em dar-lhes segurança e continuar na missão que se infiltrava em sua vingança pessoal.

— Vou dormir — avisou ele, às dez e meia da manhã. — Fique de olho nelas, podem achar que precisam fugir e nunca mais as encontraremos nesta cidade.

— Não vão fugir, eu falo francês e conversei com elas. A outra garota, depois de alimentada, começou a falar uma mistura de inglês com português, bem mais fácil de entender — informou o Sr. Giles. — A Sra. Gustav, que fala um estranho dialeto de russo com inglês, está se entendendo bem com elas. Ela pediu fundos para roupas, pois aqui só conseguimos camisolas das arrumadeiras.

— Dê-lhe o dinheiro. E eu preciso de Scrat para uma nova missão.

— Vá dormir, milorde.

— Diga-lhe que pode levar o garoto.

— Claro, milorde. Tomei a liberdade de mandar esquentar a água e encher sua banheira. Depois de uma noite tão agitada, precisa se lavar.

— Se Hayward enviar mais alguma mensagem, leve-a direto para mim.

— Barbear-se também seria uma boa opção. Tem água suficiente para que lave o cabelo, o senhor está cheirando a suor, porão e cinzas — continuou o Sr. Giles.

— Do contrário, não me acorde — avisou Tristan.

— Duvido que aquela dama bem-nascida e educada que o senhor encontra iria gostar que aparecesse nessas condições — lembrou o mordomo, mesmo que Tristan já estivesse indo para a escada.

— Aliás, não para de chover. Mande alguém buscar o embrulho na costureira e entregue-o para ela. Pegue a carta no meu escritório.

— O senhor precisa que eu coloque um preparado em seu vinho ou vai adormecer por conta própria? — perguntou o Sr. Giles.

Tristan o ignorou, mas o Sr. Giles já havia batizado o vinho que estava no quarto, então tinha certeza de que ele conseguiria dormir, por bem ou por mal. Só esperava que ele o bebesse depois de sair da banheira.

Capítulo 10

— Milady, chegou essa caixa em seu nome — avisou o mordomo, parando na porta da sala dos fundos, onde Dorothy ficava pela manhã.

Ele deixou a caixa sobre a mesa que ela indicou.

— Parece que vai chover pelo resto do dia. Lady Cecilia cancelou o passeio, devo lhe reservar a carruagem?

— Não vou sair hoje, obrigada.

Dorothy estranhou, afinal quem lhe mandaria uma caixa? Não estava esperando encomendas da costureira, fora até lá com Cecilia para ver o último vestido que receberia, pois não tinha mais fundos para eles e já gastara a sua parcela da verba para a temporada. Os tecidos de beleza e qualidade estavam caros. Dorothy não simpatizava com extravagância, mas gostava de detalhes, adorava vestidos delicadamente ornados. Davam trabalho e às vezes custavam um pouco mais.

Em sua concepção, era melhor um vestido bem-feito e único do que dois vestidos similares e sem nada especial. Não se importava de ter menos vestidos ou de eventualmente repetir algum.

Ela tirou a tampa da grande caixa quadrada e separou os lados do papel. Dentro havia algum tipo de tecido com uma cor forte que ela não reconhecia bem, mas já vira em flores. Era púrpura. Só quando colocou as mãos e sentiu o tecido grosso e depois o levantou foi que ela viu que era uma capa. Tinha até um capuz e era fechada por um laço e um botão. Era feita de lã e coberta por seda.

— Maldito... — disse ela, baixo, pois só uma pessoa lhe enviaria aquilo.

Querida Srta. Miller,

Não achou estranho que se passassem tantos dias em Londres com pouca água caindo em nossas cabeças? Temos tido sorte em nossos encontros com Henrietta. Porém, naquele belo dia ensolarado em que nos encontramos, eu soube que eram momentos iluminados demais para durarem. Ao menos não nesse ar taciturno de Londres.

Aceite o meu presente, quero que esteja sempre protegida e aquecida. E essa cor me faz lembrar de você. Uma vez, enquanto andava pelo campo, senti o melhor perfume de flores da minha vida. Eram coloridas, entre azul e algo mais quente. E você cheira a flores coloridas que não sei nomear, mas residem na mais bela paisagem campestre que já vi.

Infelizmente, flores morrem. E não sei onde encontrá-las aqui. Então aceite esta capa e encontre-me mesmo em dias chuvosos como hoje.

TT.

Enquanto abraçava o tecido sedoso da capa, Dorothy ainda achava que ele era um maldito. Estava se apegando a ele. E era a última coisa que podia fazer. Não podia nutrir sentimentos por um homem como Wintry; seria a receita perfeita para o desastre. Partiria seu coração e arruinaria seus dias. E com uma perspectiva tão ruim para seu futuro, não podia aceitar que fosse arruinada pela dor que esmagaria o seu peito.

A menos que tomasse providências, ficaria mais forte. Faltavam meses para o fim da temporada. Se continuassem juntos, seria pior. E ela não podia se afastar, não conseguiria. Não adiantava nada saber que era o mais sensato a ser feito. Seu novo local preferido era a Henrietta Cavendish, onde não precisava se preocupar com o que dizia, desde que não confessasse seus sentimentos. E isso era fácil. Nunca havia estado em nenhum lugar que a deixasse ser ela mesma, livre para falar e pensar como desejasse. E lá, ela podia.

Era mais fácil atribuir o mérito a Henrietta, que era muda, mas era a companhia que lhe permitia isso.

***

Scrat se aproximou disfarçadamente do conde e parou perto de uma árvore. Ele o vira chegar ao parque e continuar andando como se estivesse apenas caminhando para aproveitar o dia. Se o tempo não estivesse tão ruim, com pingos gelados de chuva caindo sobre suas cabeças, até faria sentido. No entanto, não havia uma alma em volta da praça.

— Milorde. — Ele fez uma leve mesura. — O Sr. Giles falou que queria me ver.

— Tenho um novo trabalho: Lorde Hughes. Quero saber quando ele receber ou for buscar qualquer encomenda. Se for maior do que um boneco, quero saber.

— Algo em especial?

— Apenas mantenha-se em seu encalço. Especialmente se levar algo para o clube. — Ele lhe deu uma coroa. — Pagamento extra.

O homem aceitou a moeda rapidamente e a colocou no bolso secreto; sequer pensou em fingir que não estava precisando. Se o conde queria lhe dar um extra, ele que não reclamaria.

— Vai ter mais dessas se me trouxer algo importante. Tome cuidado. Encontre-me daqui a dois dias.

Scrat assentiu e aguardou, pois não havia sido dispensado, mas ficou na dúvida se saía silenciosamente ou não. Dava para ver que o conde estava de péssimo humor. Não era irritação, talvez fosse preocupação ou quem sabe algo o entristecera. De qualquer forma, nunca saberia. A relação deles sempre fora profissional. Wintry lhe dava ordens, pagava pelo trabalho e seguiam assim. Scrat já estava a seu serviço antes de Tristan se tornar conde.

— Onde está o garoto? — perguntou Tristan.

Com um assovio, Scrat chamou o "garoto", que na verdade era um rapazinho magricela de 14 anos. Ele saiu de trás de uma árvore e foi até ele rapidamente. Tristan tirou um pequeno envelope do bolso interno de sua casaca.

— Entregue isso ao mordomo da casa. Somente a ele — instruiu Tristan ao garoto e lhe deu alguns centavos. Depois ditou o endereço na Praça Berkeley.

— Sim, milorde. Obrigado, milorde — ele disse rápido, aceitando o pequeno envelope e depois embolsando as moedas.

Assim que o garoto saiu correndo, Scrat decidiu que aguardaria mais um minuto antes de sair de fininho.

— Não envolva o garoto nisso, é perigoso — mandou Wintry, encarando-o.

— Eu lhe consegui um trabalho lá, as moedas são bem-vindas.

— E esse é o máximo a que ele chegará.

— Sim, milorde. — Ele assentiu, fez sua mesura e também partiu.

***

Dave, o garoto, completou sua missão e entregou a mensagem ao mordomo. Depois disse que *estaria por ali* e, em troca de uma moeda, levaria a resposta imediatamente. Era um garoto empreendedor. Não tinha certeza se haveria uma resposta e sua capacidade de leitura era baixa, mas conseguia entender o "Srta. Miller" escrito do lado de fora. E sua boca era um túmulo.

Se era com uma mulher que o conde estava trocando bilhetes e ela morava num endereço elegante, tinha toda chance de receber mais uns centavos para levar uma resposta.

O Sr. Terell não podia imaginar por que Lady Holmwood estava mandando aquele rapazinho entregar seus bilhetes, mas ele não estava mal-apresentado. Talvez fosse filho de algum cavalariço dela, fazendo aquilo para aumentar a renda.

Como filho de peixe, peixinho é, Dave recebeu o bilhete do mordomo e desceu as escadas, mas viu uma moça de capa colorida sair logo depois, porém não conseguiu ver seu rosto. Ele se escondeu e ficou observando, imaginando se seria para aquela moça que o conde havia mandado o bilhete. Se tivesse sido, era melhor correr e levar logo a resposta.

Querida Lady Holmwood,

Seu pedido repentino é um problema para mim. Já tenho um chá marcado para hoje, não posso faltar e nem quero. A marquesa não costuma ficar na cidade por muito tempo, gostaria de vê-la.

Gostaria de saber se mandou que a chuva se instalasse na cidade, talvez para acompanhar o belo presente que enviou. É a peça mais bela que já ganhei em minha vida, quero usá-la mesmo quando não estiver chovendo. Sinto que deveria lhe devolver e dizer para não me dar nenhum presente, ainda mais algo impossível de esconder como uma capa. No entanto, não vou devolvê-la.

Creio que teremos de manter nosso compromisso para o dia previamente marcado.

Carinhosamente,
Dorothy Miller.

Tristan achava que o dia previamente marcado para o próximo encontro deles estava muito longe. Faltava o resto daquele dia amaldiçoado e feio. Mais o seguinte, que provavelmente seria ainda mais feio, a julgar pela cor das nuvens que se aproximavam. E depois faltaria toda a manhã do dia marcado até bater duas da tarde. Ou seja, uma eternidade. Chegaria o Natal, o novo ano, entrariam numa nova temporada, mas não chegaria o dia "previamente marcado".

Ao diabo com os dias marcados!

Além de supostamente se encontrar com Lady Holmwood, Dorothy tinha compromissos de verdade. Como a visita à Marquesa de Bridington, de quem gostava bastante. Soubera que ela esteve muito debilitada após o parto e era sua chance de vê-la e saber como estava.

A marquesa estava na cidade para acompanhar a enteada, fruto do primeiro casamento do marquês, a quem se referia, porém, como sua filha. Dorothy sempre achou o marquês divertidíssimo, e a menina era parecida com ele, só que loira. Eles tinham mais três filhos, um bebê e dois pestinhas espertos. E as crianças apareciam na sala várias vezes, tentando conseguir um convite para o lanche com os adultos.

No final, a marquesa deixou que as duas crianças, de 10 e 8 anos, ficassem para comer os bolinhos doces. Dorothy gostava de todos eles, eram a família mais divertida e sincera que já conhecera. Será que dali a cerca de um ano eles estariam precisando de uma acompanhante? Não parecia o caso, mas entre ficar com os Preston, que eram um tanto excêntricos, mas com toda certeza eram felizes, ou ficar a irmã e a tia Jean... Ela os preferia de longe.

Porém, nunca aconteceria. Ao menos os bolinhos estavam ótimos e a visita foi divertida. Tanto que ela demorou mais do que esperava.

Assim que saiu, Dorothy viu que a chuva dera uma pausa e pensou em caminhar até sua casa. Só precisava atravessar até a quadra seguinte, pois, diferentemente da carruagem, ela não precisava dar a volta.

— Você não vai enfiar esse sapatinho de pano nesse bando de poças de água, vai?

Ela se virou imediatamente e olhou para Tristan, que deu alguns passos, afastando-se do murinho onde esteve esperando.

— Eu vou querer saber como me achou — indagou.

— Dedução. Você só mantém relação estreita com uma marquesa que não passa muito tempo na cidade e com quem não gostaria de desmarcar um compromisso.

— Devo perguntar como sabe que ela é a única marquesa em minha vida?

Tristan só negou com a cabeça e se aproximou, mas, antes de chegar perto demais, olhou para os lados, checando a rua.

— Você está linda com essa capa, eu sabia que a cor acenderia os seus olhos. Temi que achasse meio fora de moda, mas foi tudo que pude imaginar.

Ele não resistiu a algum contato, mesmo que sutil, e tocou a aba da capa que ficava em volta dela. Não precisava levantar o braço para isso, ninguém veria. Valia a pena, mesmo que ele não sentisse o contato, pois também estava de luvas.

Dorothy ajeitou o capuz sobre a cabeça, puxando-o um pouco mais e sombreando sua testa. Naquele momento, a moda para o dia eram as peliças, mas ela ainda achava as capas algo mágico, como nos quadros antigos de damas no campo com suas capas ao vento.

— Ainda não sei o que inventarei sobre ela, mas não resisti e a coloquei. E eu sou uma moça com um gosto peculiar por itens que nunca deveriam sair da moda. Não deveria me dar presentes, Tristan, mas obrigada.

— Por que não? Só porque damas não podem receber presentes de homens?

— Também.

— Amantes recebem presentes o tempo inteiro, na verdade. Se não receberem, cortam sua cabeça fora.

— Eu sei...

— Ser minha amante ainda não é completamente aceitável para você. — Ele moveu a mão, ainda segurando a aba da capa.

— Bem, você também é meu amante...

A forma como ela disse a última palavra arrancou dele o primeiro sorriso do dia. Começou no tom normal e terminou baixo, como uma palavra inadequada.

— Você também não quer ser minha namorada, mesmo que estejamos juntos pela temporada. Ouvi falar de noivados que duraram menos do que isso. Porém, namoro parece sério demais e nós fugimos de compromisso mais rápido do que fugiríamos de água fervente. Não é assim?

— Ninguém no nosso círculo deixa alguém namorar sem noivar antes. Isso já termina com toda a graça.

— E se você fosse um homem e andasse livre pela vida, com suas calças e botas e nós passássemos muito tempo juntos. Talvez fôssemos melhores amigos. E amigos assim trocam presentes, fazem agrados, pagam a bebida e convidam para eventos por sua conta e risco. E ninguém acha errado. Se você fosse homem e fôssemos amigos, eu poderia até quitar suas dívidas por pura amizade e gentileza e ninguém diria nada. Porém, como você é uma mulher e eu tenho uma profunda admiração por você, não posso sequer lhe dar um presente funcional que vai mantê-la seca e aquecida. Se fosse meu amigo, você se envergonharia do presente? — Ele soltou o pedacinho da capa em que ainda segurava e ficou apenas olhando para ela.

— Não, eu adoraria ser seu amigo, tenho certeza de que nos divertiríamos muito e teríamos as melhores histórias para contar. Porém, nasci mulher.

— Graças a Deus, minhas preferências são bem restritas e eu gosto muito de beijá-la.

Dorothy abaixou um pouco a cabeça, reprimindo um sorriso, caso alguém passasse e a visse sorrindo demais para ele.

— Eu não vou lhe devolver nada. Só estou sem imaginação para a história, você foi um bocado extravagante em sua escolha e não estou falando da cor.

— Diga que escondeu suas economias num pote no fundo do armário e agora fez um bom negócio com a costureira.

— Tenho estado rebelde nos últimos dias, direi isso num tom de desafio. — Ela brincou e até levantou o queixo para mostrar como encenaria.

— Vou lhe dar algo pequeno da próxima vez.

Ela franziu as sobrancelhas para ele e balançou a cabeça.

— Pare de me dar coisas.

— Não tenho ninguém para dar nada e eu gosto de você. Por que não?

Dorothy negou muito levemente e olhou para baixo por um momento antes de dizer:

— Seja lá o que for, eu não vou poder usar. E vai ficar enterrado numa caixa no fundo do armário, no mesmo lugar onde mentirei que as minhas supostas economias estavam. E eu não quero enterrar nada que me der.

Tristan assentiu, mas lamentou silenciosamente. Ele queria lhe dar presentes, não importava o que fossem. Não era o valor, pois sequer lembrava quanto havia custado a capa. Ele só encomendou porque lembrou-se dela. E queria agradá-la de algum modo e não sabia como, além de lhe dar presentes. Demorou até conseguir pensar em algo digno, até que um dia chuvoso e o cheiro dela em suas roupas o fizeram lembrar-se das flores e depois da capa. Ela não era o tipo de companhia a quem podia dar qualquer coisa pelo simples fato de presentear, então os presentes precisavam ter significado.

— O que há com você? Algo lhe aconteceu? — perguntou ela subitamente.

— Não.

— Acho que não está no seu normal.

— O tempo chuvoso me deixou assim.

— Não teria como, se fosse o caso permaneceria em constante estado de letargia.

— Pareço letárgico?

— Ainda não, mas se a chuva for a culpada, com a quantidade de água que cai nessa cidade, vai evoluir para a letargia em pouco tempo.

— Eu também dormi mal. Isso acaba com meu humor.

Ela continuou séria, mas estava voltando a chuviscar, e ela já estava parada ali com ele havia vários minutos. Ingleses não tinham medo de chuva, não iam deixar de passar na rua e vê-los ali.

— Bem, creio que terei de cancelar a caminhada. — Ela olhou para o céu e depois limpou uma gota de água do nariz e puxou mais o capuz da capa. — Não fique na chuva, Tristan. Está gelada.

Ela se aproximou da carruagem, mas ele foi junto e parou bem ao lado da porta.

— Preciso passar um tempo com você — declarou ele. — Fique comigo — pediu.

Havia algo de errado na expressão dele. A forma como estava se comportando não era o seu normal. Se ele pensava que ela não percebia, estava muito enganado.

— Aqui? — Ela ainda estava segurando a maçaneta da portinha. Quando viu que Dorothy estava acompanhada, o cocheiro não se aproximou para ajudá-la a entrar.

— Não. Quer dar um passeio?

— Que horas são?

— Passa das quatro... Você quer voltar para casa?

— A princípio não.

— Tem outro compromisso para hoje?

— Não.

— Então fique comigo — pediu.

De tudo que ela ainda tinha para fazer naquele dia, nada era mais importante do que ficar com ele. E havia pouco estivera pensando que era mais sensato que aquele breve interlúdio entre eles terminasse. No entanto, ele aparecia e lhe pedia um pouco do seu tempo e ela não conseguia negar. Mesmo que tivesse outro compromisso, Dorothy desconfiava que seria uma irresponsável e ficaria com ele. Como podia dizer não?

E havia algo lhe acontecendo, aquele não era o seu Tristan de sempre. Quando ela estava naquele péssimo dia, ele largou o que estava fazendo e apareceu em sua carruagem para confortá-la. Agora ela ia desaparecer para passar o tempo com ele. Teria de inventar duas histórias quando chegasse em casa, porque estaria fora por muito mais tempo do que duraria um lanche na casa da marquesa.

Porém, ela estava sendo rebelde desde aquele dia da discussão com sua irmã. Naquela mesma ocasião, havia seguido o conselho dele e se refugiara na Henrietta Cavendish e chegara em casa bem tarde. Não dera explicações e ninguém perguntara nada. Naquela tarde, provavelmente teria de agir da mesma forma.

— O que o aborreceu, Tristan? Apenas me diga, seu olhar não está como de costume.

— Você vai ficar comigo?

— Sem dúvida.

Ele abriu a porta da carruagem para ela e indicou o interior.

— Então saia da chuva, está ficando forte.

Os chuviscos estavam começando a cair em gotas mais grossas e irritantes, então os dois entraram no veículo.

— Quanto tempo temos antes que saiam à sua procura? — indagou ele, assim que os fechou lá dentro.

— Algumas horas.

Ele disse para o cocheiro levá-los para o único lugar onde podiam ficar juntos.

Assim que chegaram à Henrietta Cavendish, ele acendeu a lareira. Agora que Dorothy já havia estado ali sozinha, a Sra. James, que cuidava da casa, não precisava fingir que não existia. Ela trouxe chocolate quente e biscoitos e aí sim desapareceu. Tristan, no entanto, estava bebendo vinho, porque resolveu que precisava de algo um pouco mais forte. Dorothy bebeu uma xícara bem quente do chocolate enquanto o observava.

— Sabe, pode falar comigo. Imagino que não seja algo com seus familiares, porque, dado o desprezo mútuo que sentem, não creio que eles conseguiriam aborrecê-lo. Logo, não está em crise porque alguém lhe disse para "ajeitar sua vida".

Enquanto ela falava, ele assentia ou balançava a cabeça, dependendo do momento da frase. No final terminou o que havia em sua taça e a pôs perto da bandeja.

— Terminou o seu chocolate? — perguntou Tristan, vendo que ela havia pousado a xícara.

— Sim...

Ele levantou da poltrona e se sentou ao lado dela, segurou seu rosto e a beijou, demorando no ato, explorando seus lábios, degustando o sabor misturado do vinho com o chocolate. Para ele, um beijo bem-dado era melhor do que qualquer vinho, especialmente se viesse dos lábios dela, por quem havia desenvolvido um perigoso vício.

— Esses são os únicos momentos que odeio ter um caso com uma dama como você. — Ele segurou sua mandíbula e olhou seus lábios. — Quando quero tê-la comigo e não posso. Eu quis vê-la ontem. Sinto vontade desde o momento em que sai por aquela porta.

Dorothy queria dar um tiro nele. Se tivesse uma pistola, daria ao menos uma coronhada em sua testa. Ele não podia beijá-la e lhe dizer nada disso. Eles eram amantes. Ela podia estar errada. Afinal o que entendia disso? Porém duvidava de que ele ou a maior parte daqueles homens nos salões, todos com amantes — e em geral trocando amantes a torto e a direito — fizessem tais declarações. Uma combinação tão temerária e cruel. Se assim fosse, ter um caso era mais arriscado do que parecia; havia mais perigos do que ser descoberto.

— Não pode estar chateado por isso — respondeu ela, mas abaixou o olhar para não ter de encará-lo e acabou olhando seus lábios.

— Na verdade, eu posso, mas não é isso que me perturba.

Ótimo!, pensou. Agora poderia ter uma calma noite de sono.

— Tenho desconfianças sobre a morte da minha tia — disse ele, de repente. — Acho que não foram causas naturais.

Isso definitivamente servia para distraí-la do desespero em seu coração. Ele era tão talentoso nesse jogo que parecia saber até a hora de dizer algo que quebraria completamente sua linha de pensamento e sua angústia emocional. O grande problema era que ele também sabia o que dizer para deixá-la com seus sentimentos recém-descobertos brilhando em seus olhos.

— Por quê?

— Não faz sentido. Nada na história tem sentido algum.

— De tudo que me contou em nossos momentos dividindo o vinho na casa de Lady Russ, sua tia não foi um tópico bem explorado. Depois, mais sóbria, percebi que você a mencionava, dizendo que ela o criou. No entanto, ela não entrava em discussão. Pensei que era apenas dor, por ainda ser recente, mas não era só isso. Naquele dia, você já sabia que ela não havia morrido de forma tão simples, não é?

Tristan se levantou e pegou outra taça, tornou a se sentar no mesmo sofá que ela, encheu as duas taças de vinho e empurrou a segunda para a frente dela. Havia resolvido que podia falar sobre a tia e podia até dizer o que ela precisava saber, pois aquela era a sua missão pessoal; ele não estaria quebrando nenhuma regra senão as suas. Deixaria de fora a maior parte, o assunto era só a tia. E para falar a verdade, ele estava precisando falar daquilo com alguém. Com alguém que se importasse. E foi assim que começaram o caso que tinham.

— Vamos corrigir isso então, beba comigo. — Ele levantou a taça, propôs um brinde e bebeu um gole.

Dorothy segurou a sua e, apesar de ter acabado de beber uma xícara de chocolate quente, virou um bom gole do vinho, tomando coragem para começar.

— Sua tia quis ficar com você. Mesmo que houvesse perdido o marido e não tivesse filhos, ela o quis.

— Minha tia era uma libertina. Teve mais amantes do que eu aconselharia para qualquer um, mas, que Deus a abençoe, ela me amava. Ninguém quis ficar comigo, nem pelo dinheiro que vinha junto como renda anual. Ela quis e não precisava do dinheiro. Cresci correndo por Londres e não cheguei ao colégio com as melhores recomendações. Era só mais um dos filhos mais novos e esquecidos que teriam que dar um jeito por conta própria. Até que o filho da puta, o covarde do meu meio-irmão, matou a noiva quando ela cancelou o casamento e se suicidou no mesmo dia. Minha tia morreu pouco depois.

Ele parou de falar para beber um pequeno gole e Dorothy aguardou, segurando a taça pela haste, apoiando-a na coxa.

— Eu mandei toda a minha família às favas. Eles nunca significaram nada para mim e vice-versa. E adivinha quem seria o conde agora e carregaria sua longa linhagem de nobreza? O filho da pobretona, criado pela meretriz.

Dorothy deixou a taça na mesa de centro e segurou o antebraço dele antes que se levantasse e desse o assunto por encerrado.

— E seu pai? Como foi que um viúvo já passado e esquecido no campo arranjou um filho caçula? — perguntou ela, curiosa. Ele tinha dito que o pai já não era jovem quando se casou pela segunda vez, mas ela queria saber mais.

— Minha mãe era uma beleza perdida no campo — brincou ele. — Eu me lembro dela. Perfeitamente. Não sei o que viu no meu pai, não era bonito era soturno e calado. Era melhor ter ficado sozinha.

— Mentira, você não estaria aqui. Acho que os dois precisavam de alguém.

— Romântica — acusou-a, mas sorriu e bebeu mais um gole, depois deixou a taça quase vazia na mesa.

— Tem que continuar falando, se quiser passar um tempo comigo. — Ela tocou seu ombro e o puxou para perto, encostando suas costas contra o seu peito. — Então o seu pai...

— Já estava lá pelos seus 50 e poucos anos e se encantou pela viúva de um aristocrata do campo. Ela havia voltado para viver com o pai. Eles podiam ser nobres, mas não tinham dinheiro. Ninguém deu importância ao interesse dele até ele resolver se casar com ela. Foi quando meus adoráveis familiares lhe deram o apelido de pobretona e velha, porque minha mãe já estava com 40 anos. Como se meu pai fosse algum rapaz. Mas adivinhe: ela engravidou logo no começo do casamento. Acho que ele foi com muita sede ao pote.

— Ele deve ter esperado bastante. Estava sozinho, não é?

— Estava. Mas os dois morreram em um curto intervalo de tempo e me deixaram jovem demais. Meu meio-irmão era muito mais velho e não ia ficar com o pirralho que nosso pai "louco" tinha arrumado com a pobretona que ele teve o desplante de transformar em condessa. Aquele covarde idiota. Eu nunca mais o vi desde que fui morar com a minha tia. Nem vi o seu corpo ser enterrado, mas se ele não tivesse se matado, eu ia queimar as suas bolas se não o enforcassem por assassinar a noiva.

Dava para notar o desprezo que ele sentia pelo falecido meio-irmão e por todos os outros da família. Tristan nem sequer se preocupava em chamá-los pelos nomes. Lá na escada de Lady Russ, também havia sido assim. E pelo que ele contara, a falta de consideração era mútua. Dorothy achava que ele adquirira tamanha animosidade desde criança, como ferramenta de defesa contra o jeito como era tratado. Não seria agora que isso mudaria, e ela duvidava de que a opinião do resto dos Thorne houvesse melhorado.

Conde ou não, não importava quanto dinheiro ele tivesse. Sempre seria o filho da pobretona, criado pela meretriz. E para desespero de seus familiares, Tristan se orgulhava disso.

Dorothy só não sabia que o desprezo e o descaso com a família eram uma forma de se vingar por todas as humilhações sofridas pela sua mãe. E era provável que ela jamais soubesse que ele iria até a última consequência para pegar todos os envolvidos no assassinato da sua tia, a quem eles trataram exatamente como tratavam as meretrizes por quem pagavam. Como se não fosse humana, só um casulo. E, nesse caso, sequer pagaram pelo serviço.

Duas mulheres que ousaram não ser o que se esperava delas e não recuaram quando tentaram esmagá-las. Seus dois exemplos. E ele não ia esquecê-las e não ia deixar barato. Por todos os desaforos, sua família não veria um centavo de herança e estava proibida de voltar às propriedades do conde. E podiam continuar se revirando com as atrocidades que o acusavam de cometer com o nobre nome e título dos Thorne. E aqueles homens que mataram sua tia seriam tratados como tratavam seus casulos.

— Você ficou mais tenso do que os fios de um espartilho de laço duplo. — Ela apertou a base do pescoço dele, sem saber que seus pensamentos o deixavam assim.

— Sinto vontade de matar novamente o meu meio-irmão quando penso no que ele fez à noiva. — Era verdade, mas ele usou essa desculpa porque não entraria no outro assunto.

— Bem, você só pode amaldiçoar sobre o túmulo dele.

— Não sei onde fica ou já teria ido até lá vandalizá-lo.

— Não teria nada, você não perderia tempo com isso. Mas com certeza fica junto a todos os seus sagrados ancestrais da longa linhagem de condes de Wintry. — Dorothy brincou, tentando relaxá-lo. — Definitivamente em seu berço ancestral nas terras do condado, com grandes placas de mármore marcando o local.

— Ah, Deus. Eu prefiro ser incendiado em minha morte.

— Numa pira bem alta e frondosa, no meio dos extensos campos de sua propriedade? Uma fogueira que todos diriam que chegou até os céus, tamanha era a pilha de pecados do libertino sem-vergonha que era o demoníaco Lorde Wintry. E que o diabo o guarde bem, porque Deus com certeza não o aceitará! — declarou ela, dramaticamente.

Tristan assentia, concordando e rindo.

— Sim, e coloque umas mulheres nuas dançando em volta do fogo, entoando canções profanas.

— Você está me pedindo para contratar mulheres nuas?

— Claro, pois tenho certeza de que você não aceitará a tarefa de se despir em honra à minha alma torturada.

Ela riu. Sem dúvida, o único lugar onde ficava nua era bem ali, num quarto do segundo andar. Porém, não queria a tarefa de contratar entretenimento para o enterro dele, não queria sequer pensar em receber a notícia da morte dele. Porque em sua cabeça, quando imaginava essa cena no futuro, eles estariam vivendo em mundos diferentes e alguém teria que lhe trazer essa terrível notícia. E mesmo que fosse dali a cinquenta anos, sabia que seu coração doeria por saber que ele havia partido para sempre.

— Deve estar pensando que sou um pobre canalha com o coração partido, pois, pela forma como está me abraçando, pensa que vou desmoronar em mil pedaços a qualquer momento. Infelizmente, para mim, estamos alguns anos atrasados. Porém, continuarei fingindo um profundo pesar para continuar com as costas apoiadas em seus seios macios — declarou ele, com certa diversão.

Apesar disso, Dorothy sabia que ele não estava fingindo coisa nenhuma. Aquele assunto o entristecia, deixava-o tenso e saudoso. Sua tia foi tudo que lhe sobrou, foi sua guardiã quando se tornou um órfão desprezado, não precisava que ele dissesse isso com todas as letras, estava bem claro.

— Você é um cínico — acusou ela, mas deixou-o ficar exatamente onde estava.

— Eu preferia que seus maravilhosos seios estivessem tocando outras partes do meu corpo. Partes mais sensíveis...

— Não vou tocar parte nenhuma.

— Partes sensíveis e despidas.

— Suas costas não são sensíveis?

— Se você tirar a roupa, até meus cotovelos ficarão sensíveis.

— Apenas quando tiro a roupa?

— Se eu disser que não, você vai me olhar com desconfiança todas as vezes que nos encontrarmos?

— Eu já faço isso, Tristan.

— Então dane-se a sutileza. O tempo todo.

Ela riu e sentiu o cabelo dele fazer cócegas em seu nariz, então afastou as mechas cor de bronze e deixou o rosto recostar ali. Tristan cobriu a mão que ela deixara descansada em seu peito e virou o rosto.

— Está me acariciando porque está a ponto de se despedir?

— Quanto tempo passou?

Ele tirou o relógio do bolso e olhou.

— Uma hora.

Dorothy ficou em silencio por um momento, calculou a hora que tinha de casa, o tempo a mais que mentiria ter passado com a marquesa e depois o tempo que diria ter usado num passeio de carruagem. Não, seria melhor visitar Lady Holmwood, que morava a pelo menos meia hora de sua casa. E em um dia chuvoso, com a carruagem em baixa velocidade, gastaria mais tempo.

— Eu só tenho mais uma hora antes que fique tarde para voltar das minhas supostas visitas sociais.

— Fique amiga de Nancy — sugeriu ele, de repente.

— Sua prima, Lady Russ?

— Sim, ela mentirá por você. Ela é ótima mentindo.

— Ela teria que saber sobre nós... — murmurou.

— Nancy jamais diria.

Dorothy desviou o olhar e descansou a boca contra o ombro dele, sobre o tecido grosso do seu paletó. Ela ainda não estava pronta para mais alguém saber que tinha um caso. Era adicionar mais uma camada àquela história; outra pessoa saberia que ela tinha um amante. Estava indo bem em se desprender do julgamento alheio ao pensar sobre como era dona de seu corpo, suas vontades, de sua vida. Porém, isso era apenas entre eles. E com a sua autoconfiança, uma forma de ser feliz secretamente, sem que os outros soubessem que ela não se importava. E assim não pudessem atrapalhar.

Dorothy ficava feliz quando estava com Tristan. Só que ainda sentia vergonha de outra pessoa saber sobre eles. Não podia explicar, simplesmente não estava pronta. Não era só medo de todos descobrirem, ela podia acreditar que Lady Russ nunca diria palavra alguma, só não conseguia assumir para mais alguém que havia mudado, que não era a Srta. Miller que todos pensavam.

Quando estava com Tristan, ela gostava de sua nova faceta. Podia fingir que era livre e dizer o que tivesse vontade. E tinha seus próprios desejos e necessidades e não precisava se envergonhar disso, na verdade, tinha que se orgulhar de quem era. E especialmente do que vinha descobrindo sobre a mulher que era.

— Eu gosto que só você, Henrietta e eu saibamos do nosso segredo — disse baixo.

— Não se esqueça de Lady Holmwood — lembrou ele.

Não dava para não rir sempre que lembravam que aquela senhora odiosa, moralista e desagradável era parte do disfarce do caso que mantinham. E era perfeito, porque Lady Holmwood preferiria ser dilacerada por mil cães, queimada numa fogueira e empalada pelo diabo a aceitar e ainda mais ajudar um casal a se encontrar às escondidas. Até se fossem casados ela os criticaria, pois tinham que manter seus assuntos íntimos restritos à privacidade do leito matrimonial. E apenas lá.

Tristan se virou e a olhou. Dorothy tentou sorrir e parecer despreocupada, afinal estava ali porque ele precisava de alguém para ouvi-lo. Ele se aproximou e a beijou, acariciou seu rosto e deixou beijos longos e saborosos sobre os seus lábios.

— É o nosso segredo, ninguém mais precisa saber — sussurrou ele contra seus lábios. — Só o que pensamos importa, Dot. E quero preservá-la só para mim.

Assentindo, ela tocou seu pescoço e o beijou com o mesmo carinho que ele tinha lhe dedicado. Quando se afastou o suficiente, ele manteve o olhar em seu rosto.

— Permita-me explorá-la, Dorothy — pediu, baixinho.

Ela roçou os lábios nos dele e depois o olhou.

— E como é isso?

— É como ter cada pedaço do seu corpo marcado em mim.

Aquilo soava arriscado aos ouvidos dela; esperava que dessa vez ele fosse o único a sair marcado, mas duvidava.

— Eu permito.

Tristan a carregou para o andar de cima em direção ao único cômodo com um pouco de iluminação; o quarto que reconheciam como deles. Ele a beijou e soltou os botões do vestido, despiu-a do corset e da chemise, deixando-a só com as meias. Depois ele se livrou dos grampos de seu cabelo e os largou aos pés da cama.

— Você nunca devolveu os meus grampos e vai perder estes — lembrou a ele.

Não dava para negar, e ele não tentaria. Deitou-a na cama e jogou seu paletó para longe, inclinou-se sobre ela e a beijou, descendo as mãos pelo seu corpo e começando a explorá-la com a boca. Provocou a pele do seu pescoço delicado, deslizou pelos seus ombros, sua clavícula, a curva arredondada de seus seios. Então saboreou seus mamilos excitados, deixando-os úmidos com sua boca quente e fazendo-a estremecer com as carícias de sua língua.

Tristan fechou os olhos, explorando-a com a boca e as mãos, deixando-se guiar por suas curvas, mergulhando na intimidade do toque entre eles e nos sons dos suspiros dela. Ele segurou seu quadril, afastou suas pernas e desceu pelo seu corpo, beijando seu umbigo e deslizando pela leve protuberância do seu ventre macio até o triângulo do sexo.

Dorothy afastou as coxas para ele, que não a explorava apenas com o toque, mas também a apreciava com o olhar. Ela era macia, cheirava a flores coloridas do campo que ele nunca saberia o nome. Ele enterrou o nariz em sua pele, inspirando com força o seu cheiro de mulher e guardando-o na mente. Tristan soltou e tirou as meias dela, deslizou uma de cada vez, acompanhando-as com as mãos até seus pés. Ele beijou o ossinho interno de seu tornozelo; ela se arrepiou, e ele sorriu. Parecia que havia descoberto um lugar novo para brincar.

Quando ele voltou sobre seu corpo, ela estava com as pálpebras pesadas e o corpo relaxado, corada por excitação e à vontade para o toque dele. Tristan deixou suas coxas afastadas e tocou seu sexo úmido, umedeceu os lábios e se deitou para explorá-la ainda mais. Ele conectou a boca ao seu clitóris e chupou lentamente, disposto a gastar um longo tempo em sua exploração prazerosa.

O corpo de Dorothy estremeceu em resposta. Ela sentiu as ondas de calor subindo pelas suas pernas a cada vez que estava perto do êxtase. Tristan levou-a lentamente, construindo seu orgasmo até ela deixar escapar aqueles gemidos longos. Podia senti-la tremer contra sua boca, pensando que não aguentaria a força do prazer. Ele continuou tocando-a, e ela estava sensível demais, movendo o quadril a qualquer toque.

Ele não queria perder o contato com ela, não ainda. Dorothy se sentou e o beijou, abraçando-se a ele e apertando o corpo contra o seu. Ela abriu sua camisa e acariciou seu peito. Podia perceber o seu toque o afetando, sua respiração denunciando a força do seu desejo.

— Não sei se temos tanto tempo, Dot — dizer isso era assinar um atestado de insanidade, mas precisava pensar nas consequências.

— Não me importa — murmurou, contra os lábios dele.

— Se continuar me tocando, eu não vou devolvê-la a tempo. Não posso sequer assegurar a devolução até a noite.

— Acho que você está febril. — Ela riu e ficou de joelhos.

— Dorothy. — Tristan disse seu nome como se fosse começar um aviso.

Interrompendo, ela o beijou e sorriu com os lábios junto aos seus. Teve vontade de dizer "então não me devolva", mas imaginou o quanto isso denunciaria seus sentimentos. Sugerir isso, mesmo de brincadeira, era como querer transformar o que eles tinham em algo que não era. Ela jamais confessaria que havia cometido o pecado de se apaixonar bem no meio do acordo.

— Rígido, firme, mas tenro e quente... — Ela deslizava as mãos pelos ombros dele, deixando seus dedos pressionarem os músculos e contornarem os ângulos masculinos. — Vocês homens não são todos assim, não é?

— Não. — Ele abaixou a cabeça e beijou seu pescoço. — Mas sou um tanto ciumento. Se é assim que gosta, direi que todos os outros se parecem com pudins malcozidos.

Dorothy riu e continuou sua exploração, deixando os pelos do peito dele passarem por suas palmas, descendo por seu abdômen rijo e encontrando seu membro.

— Duro e quente, mas macio. — Ela o segurou com as duas mãos e acariciou sua extensão.

— Não, Dorothy. Com certeza não são todos assim — divertiu-se Tristan.

Ela abriu um sorriso e olhou para baixo, fascinada pelo corpo dele e pela sua primeira vez o tocando daquela forma e pela oportunidade de admirá-lo, mesmo sob a pouca luminosidade. Tristan era maravilhoso, dava vontade de beijá-lo inteiro. Ela não queria tirar as mãos de cima dele. Eram proporções tão masculinas e grandes. Dorothy não sabia como alguém podia dizer que ele "nem era tão belo para causar tanto estrago". Certamente porque não parecia em nada com um anjo caído do céu, mas para ela era deslumbrante. Ela precisava de alguma explicação para o estado de excitação em que ele a deixava. Não podia ser só o sorriso charmoso.

— Você me quer — afirmou ela num sussurro, e encostou o corpo contra o dele, sentindo seu membro duro pressionar o seu ventre.

— Como um louco.

Tristan a agarrou pela cintura e a deitou na cama, deslizou as mãos por baixo de suas coxas até prendê-las na dobra dos seus joelhos e empurrou o máximo que dava. Ele a penetrou logo depois; ela estava tão úmida e o queria tanto que ambos se arrepiaram de prazer quando ele a preencheu.

Depois de tocá-la com tanta reverência e carinho, agora ia acabar deixando as marcas de seus dedos por baixo de seus joelhos. Porém, ele a queria tanto que não conseguia se conter mais do que isso. Seu desejo por ela era voraz, repleto de ganância. Tristan não achava que fosse digno dela, tão bela e delicada, confiando nele para explorar cada centímetro seu. E ele pairando sobre ela como um monstro enorme.

E mesmo assim ela estava retribuindo. Fechava os olhos e se abria para ele, deixando-o entrar em seu corpo, recebendo e dando prazer ao mesmo tempo. Era forte demais, nenhum dos dois tinha controle, não podiam parar o choque entre seus corpos. Não até que alcançassem o que necessitavam e se completassem. Quando a tinha assim e olhava para ela, não podia acreditar que era sua, mas Dorothy se entregava. E amaldiçoado ele fosse se não recebesse o que ela lhe dava.

Sua retribuição era outro orgasmo, mais prazer, mais palavras sussurradas e beijos gulosos enquanto eles vibravam juntos. Dorothy o abraçou, apertou as pernas em volta dele e o retribuiu, enfiando seus dedos por dentro do seu cabelo e o beijando com tanta cobiça quanto ele.

Depois ele a livrou do seu peso e levou-a junto. Estavam atrasados, mas ela se manteve junto a ele por uns minutos, aproveitando um pouco mais do seu calor antes de se levantar e pedir ajuda com os botões nas costas de seu vestido.

Capítulo 11

— Dorothy! — exclamou a Sra. Clarke. — Onde você estava? Eu sequer sabia onde mandar procurá-la.

O mordomo recebeu a capa e as luvas de Dorothy, enquanto ela respirava fundo e se preparava para mentir. Ela foi andando à frente enquanto a acompanhante a seguia.

— Eu estava passeando. Visitei Lady Bridington e depois fui até Lady Holmwood.

— Você ainda está visitando essa velha chata? — perguntou Cecilia, pois podia escutá-las perfeitamente de seu lugar na sala.

— E ficou lá até agora? — insistiu a Sra. Clarke.

— Sim, depois que saí da casa da marquesa, dei uma volta de carruagem e fui até Lady Holmwood. Havia outras moças lá, perdi a hora conversando com a Sra. Cavendish.

— Está falando da tal Henrietta desconhecida por quem Lorde Wintry está interessado? — perguntou Cecilia.

— Creio que seja a mesma. — Dorothy foi para a escada e disse que ia se refrescar antes de jantar sozinha.

A Sra. Clarke subiu pouco depois e entrou no quarto.

— Minha querida, eu estava preocupada. Você tem saído demais desde que começou essa sua amizade estranha com Lady Holmwood. E, desde aquele episódio com sua irmã, tem estado rebelde. Não pode desaparecer pela cidade por um dia inteiro.

— Não foi um dia inteiro, saí daqui no início da tarde.

— E num dia chuvoso, é ainda mais preocupante. Aliás, de onde tirou aquela capa com uma cor tão forte? É emprestada?

— É minha.

— Quando foi que a encomendou?

— Fui buscá-la ontem.

— É uma peça muito cara, querida. Aceitou um pouco mais de fundos do seu tio?

— Não. Economizei o que eu já tinha para a temporada. Além disso, ainda não chegou a hora de pagar.

A Sra. Clarke se aproximou para desabotoar seu vestido, mas Dorothy não a deixou ir além dos botões; queria ficar sozinha. Era tolice, mas agora sentia que a acompanhante veria brilhando sobre ela um aviso do quanto havia sido tocada. E não queria, pois tudo que desejava naquele momento era se sentar no banquinho da penteadeira e ficar lá com seu sorriso bobo. Sem se arrepender nem por um segundo e então se despir por conta própria. Lembrando-se dos toques e do carinho que havia recebido. E dos beijos em seus lábios e em seu corpo, dos sussurros contra sua pele.

Só assim não se sentiria culpada por suas mentiras bobas, pois as lembranças faziam com que valessem a pena.

***

Ele não queria deixá-la ir. Já se passara mais um dia e Tristan ainda acabava voltando ao mesmo pensamento. E sentia falta dela. Devia estar viciado. Ao menos no mundo dele, era comum acontecer de se apegar a uma amante, especialmente quando era uma nova amante. Ele queria se convencer de que era essa a questão.

Até porque Dorothy era uma completa novidade para ele. Devia ser essa a diferença, não podia tê-la quando bem entendia. Tinha que tratá-la de outra forma, todas as vezes ele ainda a cortejava e seduzia. Em suas relações normais em troca de sexo, fosse por dinheiro, favores, resultado de uma atração de uma noite ou algo similar, isso não importava.

Porém, com ela, era sempre um novo encontro. E isso estava causando um efeito estranho. Estava viciado na novidade, no diferente. E seu vício havia superado a estranheza que era ter um caso com uma dama que vinha com complicações. Tudo isso formava uma explicação lógica e que, em outras circunstâncias, o deixaria satisfeito. Entretanto, lá estava ele, pensando novamente que não queria devolvê-la. E se tivesse tempo, teria passado horas explorando-a. Tinha vontade de enterrar o rosto contra sua pele — o vale entre seus seios seria perfeito — ou na maciez do seu ventre.

Esse seu vício precisava ser vencido ou alimentado até que se esvaísse. Só não podia continuar assim.

— Milorde, eu não o encontrei — disse o Sr. Giles, parando à porta.

Scrat não dava notícias e não veio prestar contas. Ele não era disso, e agora o Sr. Giles não o havia encontrado em seu posto de trabalho. O tempo estava correndo. Precisavam agir no ínterim em que o sumiço de Nott não se tornaria estranho para os outros. Ele deixara um bilhete e um motivo para "fugir". Ninguém precisava saber que jamais voltaria.

— Eu vou até lá — decidiu Tristan.

Ele só chegou a uma pista no dia seguinte, depois de já ter passado a noite com Hughes e outros três de seu novo clube. Scrat devia ter dado algum escorregão. E sua pista foi Dave, que não estava trabalhando onde deveria. Tristan deixou os outros saírem e fingiu estar bêbado e, portanto, lento e jogado na cadeira. Saiu por último e virou para o lado errado, mas estavam todos já um tanto embriagados e cansados da noite.

O homem que estava na porta desta vez não era o grandalhão, era o outro, bem mais apresentável e educado. Algo semelhante a um lacaio que estaria na entrada de um clube de cavalheiros. Bem, não fazia diferença. Ele agarrou o homem por trás, o imobilizou e, como estava sem tempo, usou a parede para desacordá-lo. Então o arrastou para o final do beco e o deixou lá, caído no escuro. Em seguida, fez um sinal para Giles ficar atento.

Assim que entrou outra vez, Tristan não seguiu pelo caminho de sempre. Tomou o corredor para onde sabia que as mercadorias eram levadas. Não importava que tipo de contrabando fosse. Era onde ficava a adega também, numa parte separada. Ele tirou suas ferramentas do bolso e destrancou a porta. Não havia luz, e ele não tinha tempo para buscar nada, então tirou a elegante luminária do corredor e levou consigo.

Em uma missão normal, ele não voltava pelos outros. Geralmente era enviado para terminá-la. Ele só levava consigo quem caía à sua frente. Mesmo assim, não era o objetivo. Eles não eram a infantaria, não era sobre nunca deixar seu companheiro para trás e valorizar quem lutava ao seu lado. Até porque eram agentes solitários. Quando saíam de seu caminho para salvar qualquer pessoa, a missão podia ser comprometida, e quando o faziam, era por puro sentido de honra ou mesmo por compaixão.

Todos eles, sem exceção, já haviam deixado alguém para trás. Mesmo que não tivessem visto a pessoa, nem a conhecessem e só soubessem disso depois. Porque honra e compaixão não completavam missões. E os agentes eram avisados disso antes de aceitar o trabalho, pois se não conseguissem terminar porque algo ou alguém constantemente os tiraria de seu objetivo, então não serviam para esse tipo de trabalho.

Vez ou outra, eram enviados para resgatar alguém, mas essa não era a especialidade de Tristan — a menos que o único jeito fosse matar todos numa sala e desaparecer com tudo depois. Seu talento era matar. Era para isso que o enviavam.

Sempre que chegava, tinha duas opções: localizar ou simplesmente eliminar aquele que já haviam lhe designado. E ele sempre tinha que terminar, porque, se não fizesse, outras pessoas acabariam mortas. Muitas vezes tinha que pegar algo que estava em poder do alvo, mas às vezes era só matar mesmo. E desaparecer com o corpo sem deixar qualquer pista. Ele era bom nisso, ninguém jamais encontrava indício de que ele havia estado lá.

E mesmo assim lá estava ele, arriscando tudo para salvar um pobre coitado e possivelmente um garoto. Porque essa era acima de tudo uma missão pessoal. E ele não queria que vidas inocentes fossem sacrificadas no caminho.

— Milorde... — disse Scrat, baixo, assim que foi iluminado. Estava chocado pela presença do conde ali.

Tristan, por sua vez, estava chocado por Scrat estar vivo. Eles haviam batido nele e o jogado ali. Quando seguiu Lorde Hughes em suas visitas sociais, Scrat se descuidou e foi visto. Então, quando chegou perto do clube, de seu ponto de observação habitual, o brutamontes o agarrou e o jogou ali. Eles ainda pensavam que ele queria assaltá-los e que estava atrás deles pelos contrabandos. Devia ser de algum navio, podia ter obtido informações de seus carregamentos do porto e queria o que eles tinham.

— Consegue ficar de pé? — Tristan iluminou em volta e viu a corrente que o prendia.

— Talvez, com ajuda... — Ele respondia baixo, suas costelas doíam, devia estar todo quebrado.

Tristan abriu o cadeado — arrombar fechaduras era algo que ele fazia desde criança e com o tempo só aperfeiçoou sua habilidade. Ele o levantou e, apesar de Scrat conseguir ficar de pé, seu peso estava escorado. O homem devia ter um metro e meio e era magro; para ele era leve como uma criança.

Quando chegaram ao andar superior, Tristan o apoiou na parede e trancou a porta novamente. Eles estavam no corredor quando o leão de chácara, aquele brutamontes do tamanho de um bebê elefante, apareceu na saída da sala de jogos. Eles nem precisaram trocar amenidades, até insultos eram desnecessários. Ele viu que Tristan estava resgatando o prisioneiro. E Tristan revirou os olhos e pensou: *Ah, droga, agora terei que matá-lo.*

O brutamontes, de quem ele jamais soube o nome, avançou para cima deles como uma locomotiva. Ele também devia ser pesado como uma e, quando estão a toda velocidade, parar não é assim tão fácil. Scrat se colou à parede do corredor e Tristan ficou. Quando o homem estava quase em cima dele, ele se esquivou para a parede também e deu-lhe um chute na perna. O brutamontes continuou aos tropeços por mais alguns passos desgovernados.

— Milorde! — chamou Scrat. — O livro que quer está aí dentro. A bíblia do clube!

Agora ele teria realmente que se livrar daquele monstro. Ele havia assinado a bíblia do clube que tinha sido levada por Hughes, chegou a achar que estava na casa dele, porque não a viu em nenhum lugar ali.

— Esse maldito mora aqui? — Tristan agarrou Scrat pelo braço e o levou pelo pedaço do corredor.

Ele olhava para trás, a locomotiva estava voltando, porém dessa vez não cairia no mesmo truque.

— Sim, ele nunca sai! Por isso não dá para entrar — disse Scrat.

— Vá pegar a bíblia! — Ele o jogou para dentro da sala principal do clube.

— Dave! Foi Dave que viu — alertou Scrat.

— Encontre-a! — Tristan o empurrou bem a tempo de tirá-lo do alcance do homem.

O brutamontes se agarrou nele e Tristan se agarrou aos ombros do homem e os dois saíram rodando, parecia até que estavam ensaiando alguma dança agressiva do País Basco. O homem era muito largo e pesado. Tristan era ágil, atlético e grande. Pela forma como se encaravam de igual para igual, o gigante também tinha em torno de um metro e noventa. Ele desconfiava de que o homem fosse mais alto, mas sua largura dava a impressão de uma menor estatura.

— Você não devia atacar um membro do clube, homem! — disse Tristan, apertando os ligamentos do seu ombro e causando dor, para livrar-se dele.

— Você! — O homem apontou depois de ser empurrado. — Traidor!

— De onde é que tiraram você? De alguma tribo? Eu gosto de gente que forma frases completas — zombou ele.

O homem avançou para cima dele e Tristan rodou rapidamente sobre uma mesa, agarrou a bandeja de prata que estava em cima dela e bateu bem no meio da cara do brutamontes. A peça tremeu em suas mãos com tanta força que ele a soltou e o homem cambaleou para trás, os olhos se encontrando por um momento, confuso pela vibração que o acertou. Só que, no segundo seguinte, ele balançou a cabeça como um cachorro e voltou a focar seu alvo.

— Pegue essa maldita bíblia! — Tristan apontou para Scrat e tratou de se mover antes que fosse agarrado.

— Dave... — Scrat começou a dizer algo sobre o menino, mas seguiu na busca do que eles queriam. Machucado como estava, porém, seus movimentos eram lentos.

O brutamontes olhou para um e para o outro e viu que, na verdade, Tristan o distraía. Quem estava mexendo nas coisas era o homenzinho. Ele se virou e foi na direção de Scrat.

— Ah, não! Não, não, não! — disse Tristan, pulando por cima da mesa, agarrando uma cadeira e acertando-o na lateral do corpo.

Ele ficou surpreso pelo fato de a cadeira não quebrar totalmente. Tinha batido com força, mas o objeto só se partiu em duas partes. O homem era enorme, porém aquela era uma legítima peça de madeira. O golpe tirou o brutamontes de seu intuito, mas ele não chegou a cair. Tristan tinha certeza de que se fosse uma pessoa normal teria apagado com o golpe da bandeja e estaria morto após a cadeira, mas o brutamontes estava no máximo sangrando pelo nariz.

Foi então que o jogo ficou um tanto desfavorável para o seu lado. O brutamontes virou e o acertou com aquela mão que mais parecia um caldeirão. E olha que Tristan não tinha orgulho de suas próprias mãos, porque tanto a genética quanto seu trabalho o impediam de ter mãos delicadas e aristocráticas como se esperava de um conde bem-apessoado. Mas aquela mão que o acertou estava em outro nível de grosseria. Ele esquivou o rosto e continuou lutando com ele, acertando e errando, mas a cada golpe que levava do homem parecia que estavam lhe batendo com um pedregulho maior do que sua cabeça.

Scrat mal havia encontrado o cofre quando Tristan foi jogado por cima da mesa de jogos e caiu do outro lado, demorando um momento no chão. Agora fora desarmado e estava sem a única adaga que tinha. Ele podia estar batendo, mas também apanhava demais. E estava em desvantagem, pois se preocupava em desviar seu rosto dos ataques. Afinal, ficar com o rosto quebrado ia atrapalhá-lo, não poderia sair na rua e não tinha tempo para isso.

— Milorde! — chamou Scrat, tentando ver por cima da mesa. — Está vivo?

Tristan se levantou e arrancou o paletó, decidido a acabar logo com aquilo.

— Saia daí, homem! — avisou.

Só deu tempo de Scrat olhar por cima do ombro e se jogar no chão, depois sair rastejando por baixo da mesa. Se o brutamontes o pegasse, ele estaria morto, não tinha constituição física para aguentar seus golpes. Só estava vivo até agora porque quando foi capturado não apanhou a ponto de ser morto, mas dessa vez não teria essa trégua.

Antes que pudesse perseguir Scrat, Tristan agarrou o brutamontes pela camisa e o puxou, rodando e empurrando-o para o mais longe que dava. O homem voltou a se ajeitar e apontou para ele.

— Você! Está morto! — avisou. — O chefe odeia traidores.

— De onde eles o tiraram? De um ringue de lutas na França?

Todos sabiam que, com ou sem guerra, a diversão de quem ficava para trás continuava. E nos ringues de luta havia de tudo. Enquanto alguns membros da nobreza eram perturbados e gostavam de ver animais de todos os tipos brigando, outros eram mais tradicionais. E traziam homens dos mais variados tipos, de todas as partes do mundo para se enfrentar. E um brutamontes como aquele devia valer ouro.

O homem riu com a menção, mostrando aqueles dentes enormes e milagrosamente no lugar. Então levantou os punhos de um jeito bem estranho e ficou com ambos levantados na altura do seu rosto, numa posição que ao menos ele achava ser para lutar boxe.

— Depois de arrancar tufos do meu cabelo, me rasgar, arremessar, tentar esmagar meu pau e arrancar o meu nariz, você quer uma luta limpa? Faz-me rir — disse Tristan.

— Lute ou morra — disse o homem, com seus punhos levantados daquele jeito errado, mas como eram enormes, era bom não se atrever a se enganar por isso.

— Milorde! — chamou Scrat, aterrorizado. — Não é uma boa ideia. Ele vai transformá-lo em chá!

— Ache o que eu quero! — ordenou Tristan.

Ele se aproximou, correu o olhar em volta e parou em frente ao brutamontes, encarando-o seriamente. O homem estava com o rosto machucado. Tristan tinha a face limpa, mas em compensação foi seu corpo que levou a pior. Ele não se importava, as roupas cobririam isso. Só não podia levar um soco, porque perder os dentes seria um terrível problema. Como iria sorrir para Dorothy? Nunca mais teria coragem de abrir a boca na frente dela — era para isso que ele os limpava todo dia, para permanecerem no lugar.

— Você quer me matar, seu idiota, lutando ou não, eu morro — disse Tristan.

— Morra! — respondeu o homem, abrindo aquele sorriso tenebroso novamente.

Fingindo um profundo pesar pela falta de opção, Tristan levantou os punhos, mantendo-os na linha de luta, ou seja, sem cobrir sua visão. O brutamontes, que pelo jeito era experiente nisso, avançou já deixando socos no ar. O lugar não era exatamente um ringue, pois a mobília atrapalhava. Então eles seguiam empurrando-as, desviando, chutando para longe e rodando por cima das mesas. Ao menos Tristan rodava, o brutamontes não podia sair do chão com essa facilidade e só as chutava.

Tristan levou um soco no estômago e achou que devia pedir arrego ali, pois seus órgãos internos não gostaram daquilo. Então desferiu um soco bem no meio do nariz do homem. O brutamontes podia ser grande, mas nariz era nariz e os nós dos dedos foram bem no seu olho. Ele cambaleou e Tristan respirou, colocando a mão sobre a cintura, no lugar onde tinha sido acertado. O ar, no entanto, não queria vir com a velocidade que ele precisava.

O brutamontes limpou o rosto, balançou a cabeça e estava pronto para mais, com aqueles seus punhos enormes à frente da cabeça.

Aquele maldito. Tristan não poderia ver Dorothy por dias, como ia explicar aquilo? Ficaria mais roxo do que a capa que lhe dera.

O homem se aproximou, e ele se desviou e chutou seu joelho de cima para baixo, fazendo-o cair. Antes que aquela fera se levantasse, Tristan abriu os braços e acertou sua cabeça dos dois lados, sobre as duas orelhas. O brutamontes gritou e fechou os olhos, mesmo às cegas suas mãos estavam prontas para agarrá-lo. Se Tristan descuidasse, seria pego pela cintura e provavelmente partido ao meio.

— Achei! — gritou Scrat e, ao se virar, ficou mudo e pálido com a cena que via.

— Morte! — gritou o homem, abrindo os olhos.

Tristan agarrou sua cabeça e acertou uma joelhada no rosto, depois chutou seu peito com tanta força que o homem foi projetado para trás. E, pela primeira vez, conseguiu derrubá-lo. Já havia estado em um número considerável lutas, mas nunca viu nada demorar tanto para cair e depois de levar tantos golpes que matariam um humano normal.

— Vai levantar, milorde! — avisou Scrat, tremendo, do lugar onde estava, vendo que a fera estava caída, mas não estava liquidada.

Tristan sabia disso, podia vê-lo tentando balançar a cabeça daquele jeito que o fazia voltar. Ele andou até lá e lhe disse:

— Sem ressentimentos.

Com um pescoço daquela grossura, não daria para ser pelo método habitual. Ele ajoelhou na garganta do homem, que ainda teve forças para agarrar sua perna. Tristan apertou, cortando seu ar, apoiando todo o seu peso. Ele podia não ser um minielefante como seu amigo ali, mas para um homem do seu tamanho tinha que ser pesado. E isso produziu aquele som que ele já conhecia; o ar não passava, a voz não saía, estava sufocando. Ele agarrou aquela cabeça enorme e girou com tudo, batendo-a contra o chão e quebrando o pescoço que devia ser tão largo quanto sua coxa.

— Nossa mãe do céu! O que o senhor é? — gritou Scrat, mais pálido do que leite.

— Você queria sair daqui vivo, não queria? — Tristan ficou de pé. — Eu também.

Scrat ainda estava olhando para o corpo enorme, esperando que ele voltasse dos mortos, e então olhava para o conde, vendo-o de um jeito completamente novo. Agora ele não sabia de quem sentia mais medo: do morto que ele esperava balançar a cabeça a qualquer momento ou do conde que derrubara aquele dragão. Ele sempre soube que Wintry não era do tipo normal e que lhe encomendava serviços diferentes, mas nunca o tinha visto em ação. Não sabia que ele tinha outro trabalho além de ganhar dinheiro investindo no jogo através de todas as atribuições e rendas por ser um conde. Antes de herdar o título, Scrat pensava que ele era só um desses filhos mais novos da nobreza que nascia esperto e se virava como podia.

— Obrigado por voltar por mim, milorde. Eu não sairia vivo daqui. — Ele tentou lhe fazer uma reverência respeitosa, mas estava muito machucado para isso.

Tristan estava derrubando mais algumas cadeiras e jogando coisas pelos ares. Também procurava detalhes pelo chão. Olhou sua camisa, sua calça, seus sapatos e contou os botões de seu paletó rasgado. Procurou cada detalhe de suas roupas e encontrou a abotoadura que caiu, enfiou-a no bolso e checou cada milímetro de suas roupas mais uma vez. Não podia deixar nenhum indício seu para trás. Scrat só o observava.

— Vamos deixá-lo aí — avisou, e andou até onde ficavam as bebidas, abriu uma garrafa e virou um grande gole de uísque para aliviar a dor, mas sentiu tudo arder. — Tem dinheiro aqui. Pegue, é seu, um bônus pelo que teve que passar aqui.

Mesmo todo quebrado, quando falou em dinheiro, Scrat foi até lá e fez a limpa. Podia estar mancando e com dificuldade de respirar, mas seus bolsos funcionavam. Tristan também estava todo machucado, mas sabia conviver com a dor. Então pegou papel e pena, foi até a bíblia do clube e copiou. Ela não valia nada, não poderia levá-la, iria levantar suspeitas. Se ao menos tivesse as bordas de ouro, facilitaria seu trabalho.

— Pegue tudo de valor que estiver nesta sala — disse Tristan, enquanto continuava a copiar.

Scrat seguiu pegando tudo e não queria saber como Tristan conseguia escrever, seu braço devia estar ferido. Pouco depois, eles ouviram um barulho e Tristan se levantou e ficou ao lado da porta. O Sr. Giles veio lentamente e, antes de passar, sussurrou:

— Milorde, sou eu, pode fazer o favor de não abrir a minha garganta?

Tristan largou a adaga que havia recuperado, devia ter levado sua pistola, talvez um tiro tivesse lhe poupado o trabalho. No entanto, desconfiava que só uma bala não ia furar aquela couraça do brutamontes. O Sr. Giles entrou e olhou em volta.

— O homem lá de fora estava acordando, eu o apaguei novamente. O senhor demorou demais.

— Tive um contratempo. — Ele passou por cima do enorme contratempo que estava caído no chão e voltou a copiar. Em vez de pegar só os nomes atuais que lhe interessavam, ele estava copiando os antigos também, para o duque. Assim seria mais fácil fazer ligações.

— Posso notar. Vamos carregá-lo?

— Nem se quiséssemos. Leve Scrat para a carruagem, ajude-o a roubar as bebidas e qualquer coisa de ouro que estiver à vista. Se brilhar e der para carregar, leve. O homem lá fora o viu?

— Não, milorde.

— Então deixe-o vivo. Já estou indo.

O Sr. Giles não perguntou nada. Olhou em volta e começou a pegar tudo que tivesse valor e pudesse levar. Improvisou um saco de roubo com uma das toalhas de mesa.

— Perdão, milorde... — disse Scrat. — Sei que já lhe devo minha vida, mas o Dave...

Agora ele lembrou que o homem tentou lhe dizer algo sobre o garoto, mas Tristan estava ocupado demais tentando não ser esmagado pela locomotiva desgovernada.

— Sim, o que tem ele?

— Ele não conseguiu ficar quieto quando me viu sendo carregado lá para baixo. Então o enviaram para um bordel.

— Perdão? — Tristan parou a pena e levantou a cabeça. — Para servir lá? Como servia aqui?

— Bem, milorde. Eu gostaria de pensar que sim, afinal trabalho é trabalho. Talvez os clientes lá até lhe dessem uma gorjeta maior por levar o vinho. Porém, não creio que seja o caso, afinal o bordel pertence a um dos lordes daqui. E... — o homem moveu as mãos, tentando controlar seu nervosismo. — Ele disse que saberia como castigá-lo. E... e...

— Entendi. — Tristan ficou de pé.

— Milorde — disse o Sr. Giles, se apresentando. — Eu posso cuidar disso. Já resolvi questões bem mais complicadas. Vou recuperar o garoto. O senhor não pode ser visto perto de um estabelecimento com tais atividades.

Wintry o olhou em dúvida. Se havia voltado por Scrat, jamais poderia deixar Dave numa situação tão horrível.

— Vou levar o Rob, assim que o deixarmos em casa. — O Sr. Giles se referia ao cocheiro, que estava lá fora e também era mais um empregado que Tristan tinha desde a época em que não era o conde. Era um bom capanga que agora tinha o honesto trabalho de cocheiro, mas suas raízes continuavam as mesmas.

— Eu posso ir — ofereceu-se Scrat.

— Você está todo quebrado, ocupe-se em roubar. — Tristan se inclinou, copiou mais um pouco e guardou os papéis no bolso. Em seguida, deu uns solavancos no livro, puxou umas páginas, rasgando um pouco, como se ele tivesse sido danificado no meio do que houve ali e então o jogou para um canto.

Scrat e o Sr. Giles foram na frente, carregando o roubo encenado, mas que no fim seria verdadeiro pois tudo ficaria com o primeiro. Tristan sacou a adaga e teve a péssima tarefa de terminar o trabalho. A morte do brutamontes não podia parecer que foi feita por alguém que sabia exatamente o que estava fazendo, tinha que parecer que foi suja, desleixada, feita por mais de um. Para fazer sentido com o roubo e também para os outros. Afinal, quem derrubaria aquele monstro sozinho? Certamente não um ladrão qualquer.

Ele causou certo estrago com a adaga e fez parecer que o golpe mortal tinha sido no pescoço, então o virou como se houvesse caído em outra posição. Depois limpou tudo, checou novamente se nada ficara, derrubou mais algumas coisas na saída e teve o cuidado de não pisar no sangue. Ainda pegou umas garrafas de bebida que não se quebraram, porque qual vigarista iria sair dali e deixar para trás as bebidas de melhor qualidade que já viu na vida e que nunca poderia comprar? Saiu e sumiu na escuridão do beco enquanto o outro capanga do clube permanecia desacordado lá fora.

***

Dois dias depois, a sensação de ter sido atropelado havia passado, mas Tristan estava ocupado com suas novas descobertas. Ainda tinha hematomas escondidos embaixo de sua elegante vestimenta quando o duque o convocou para um encontro fora de sua casa. Quebrado ou não, era para aparecer. Enviara uma mensagem codificada, naquele código feito com as cifras que só ele e seus agentes entendiam. Isso significava que não estavam mais no terreno pessoal e Hayward pararia de lhe dar sugestões e informações e assumir o que estava fazendo.

O duque havia se aproveitado da investigação pessoal de Tristan. E agora lhe daria a missão oficial. Era como reativá-lo sem fazê-lo oficialmente. Escondendo suas ações por trás do que já estava fazendo.

Querida Srta. Miller,

Sinto muito que nosso encontro tenha sido cancelado. Eu realmente não estou em condições. Como acabará sabendo, estive envolvido numa intensa comemoração. Estou em uma das piores ressacas de minha vida, esse é o quarto bilhete que tento escrever. Dizem que bebi tanto que tropecei e rolei os degraus, mas, se escutar isso, é mentira, eu jamais desceria a tal ponto. Deixo para tropeçar apenas quando chego em minha casa.

Saudosamente,

TT.

Claro que depois de toda aquela agitação, Tristan precisou "estar em outro local" naquela mesma noite. E o local onde ele supostamente estivera — a comemoração de Lorde Wood — fora uma festa de péssimo gosto. Lorde Wood comemorava a morte do pai, pois agora o título era dele e estava livre do velho tirano. Oficialmente, a festa era de outra pessoa, mas os convidados, todos homens, sabiam a verdade. Assim como as cortesãs que entretinham a noite e riam em seus colos, bebendo o melhor vinho da adega.

E agora Dorothy achava que ele passara a noite na festa que não seria esquecida em Londres por um longo tempo. Assim como várias testemunhas diriam que o viram lá e não saberiam especificar a que horas ele chegou ou saiu. Afinal, o que ele poderia ter feito enquanto estava embriagado numa festa com duas prostitutas por convidado?

Querida Lady Holmwood,

A senhora é desprezível.

Atenciosamente,

Dorothy Miller.

Dave já estava de volta. Ele foi recuperado de um quartinho nos fundos do local — estava amarrado, lavado e "pronto para consumo". Felizmente, o Sr. Giles chegou antes de algo irreversível acontecer. Agora o garoto estava oficialmente trabalhando para Lorde Wintry; sem função específica, era um aprendiz na casa. Devido à gratidão, como não podia ficar perseguindo o conde, estava perseguindo o Sr. Giles. Porém, ainda levava seus bilhetes, e estava exclusivamente a serviço da comunicação entre o conde e alguma dama naquela casa na Praça Berkeley.

E o Sr. Terell, o mordomo, era o único que recebia e entregava os bilhetes. E não queria saber o que a Srta. Miller estava tramando com Lady Holmwood. Até ele sabia que aquela senhora era detestável.

— Milady. — O mordomo bateu à porta, que estava apenas encostada.

Dorothy estava lendo o jornal para o tio. Certos dias ele estava tão sem ânimo que pedia a ela para ler. Preferia que ela ficasse com a tarefa, pois Cecilia, sua filha, era inquieta e lia as notícias rápido demais.

— Coloque aí em cima, por favor. — Ela indicou a mesinha perto da porta.

— Nada para mim, Sr. Terell? — indagou Lorde Felton, sentado em sua cama. Segurava sua lente de aumento, apesar de ser Dorothy quem fazia toda a leitura.

— Sua resposta ainda não chegou, milorde. Deseja que eu mande um lacaio?

— Não, aguarde.

O mordomo saiu e Dorothy voltou a leitura do jornal; estava quase terminando.

— Soube que tem saído mais do que o normal. A Sra. Clarke estava em profundo estado de perturbação esses dias — comentou Lorde Felton.

— Gosto de passear, tio. A Sra. Clarke precisa entender que não sou mais uma garotinha, quero ter liberdade para fazer minhas visitas e meus passeios.

— Ainda está incomodada por aquele desentendimento que teve com a sua irmã?

— Não, isso já passou.

— Mas ela não voltou mais. Ainda está na cidade?

— Ela retornou, mas o senhor estava repousando. Eu já me desculpei pela minha alteração, mas não por minha posição.

— Entendo, melhor assim. Há alguma notícia sobre a vinda da minha irmã?

— Não até o momento.

— Ótimo. Não precisamos de Jean por aqui bem no meio da temporada, seria um aborrecimento.

— E ela com certeza se hospedará aqui.

— Por todos os santos... morrerei mais depressa.

— Não diga isso — pediu Dorothy, fechando o jornal. — Talvez até seja bom, pode ficar energizado com todas as discussões.

— Temo que isso provocaria a sua fuga, e sabe que preciso de você nesta casa. Como tudo andaria?

— Não fugirei. — Ela pegou o outro jornaleco que recebiam. — O senhor gostaria de saber mais notícias políticas ou um pouco de fofoca?

— Vai me contar quem está se casando com quem dessa vez?

— Talvez algum amigo seu apareça. — Ela passou os olhos pelas colunas sociais.

— Meus amigos só aparecerão no obituário, meu bem.

Dorothy franziu as sobrancelhas ao ler que Lorde Wintry, aquele conde endemoniado, estava mais uma vez envolvido em um dos escândalos noturnos da temporada. E que muito assustava o fato de dessa vez ele não ser o responsável. Porém, o ponto alto foi sua chegada espalhafatosa ao evento.

— Não foi vista uma dama em tal baile de escândalos — lia ela —, afinal qual dama respeitável se prestaria a participar de tal acontecimento? No entanto, moças de conduta duvidosa foram vistas na entrada.

E então seguia citando nomes e participações.

— Eu conheci os pais da maioria desses rapazes.

— O senhor não é assim tão velho... — disse ela entre os dentes, ainda lendo.

— Mas tenho idade para ser pai deles e participei de festas como essas com os seus pais.

— O senhor não era desse tipo.

— Ah, eu era, querida. Sinto desapontá-la. Eu era. Provavelmente seria o dono da festa.

— Lorde Wood não tem um pingo de vergonha na cara. Comemorar a morte do pai.

— O pai dele era rígido como ninguém — disse Lorde Felton. — Se eu tivesse tido um filho, não o teria tratado daquela forma.

— Claro que Lorde Wintry, aquele maldito, desavergonhado, indecente, canalha, patife, infame, mequetrefe, calhorda, sacripanta, aquele verme... Aquele lordezinho sujo estava lá!

— Ainda está falando da mesma pessoa? Eu me perdi no canalha, está citando sinônimos?

— Vou chamar Cecilia para lhe fazer companhia, tenho que verificar o menu do jantar — avisou Dorothy, se levantando.

Lorde Felton assentiu, precisava conversar com a filha e saber o que ela estava fazendo e quais eram seus planos para os próximos dias. Depois falaria com a Sra. Clarke para ela lhe contar a verdade sobre o que estava acontecendo na casa. No entanto, ele recebeu visitas naquela tarde, o que não era algo comum devido ao seu estado de saúde.

Querida Srta. Miller,

Por favor, apenas não diga que nunca mais pretende me ver.

Saudosamente,
TT.

Dave só não entendia por que o conde fazia questão de pôr do lado de fora do envelope que o remetente de suas cartas era uma tal de "Lady Holmwood".

Querida Lady Holmwood,

Eu nunca mais quero olhar para essa sua cara de pilantra.

Atenciosamente,
Dorothy Miller.

Capítulo 12

Dois dias após seu último bilhete, Dorothy estava usando um dos seus melhores vestidos em um dos eventos mais seletos da temporada e estava resplendorosa. O duque de Trouville estava dando uma grande recepção. E Dorothy havia trabalhado muito em seus contatos na temporada passada para ter certeza de que, quando Cecilia houvesse debutado, elas seriam convidadas para eventos importantes como esse.

Ela até havia iniciado uma amizade com a duquesa de Hayward, dava para acreditar? Antes de se casar, a duquesa era odiada, pois todos os homens — disponíveis ou não — estavam aos seus pés. E ela acabou justamente com o único que não estava. O duque de Hayward. E até ele estava presente naquela noite.

— Eu não acredito que agora você também vai ser amiga da duquesa de Hayward — cochichou Cecilia, quando Dorothy voltou, depois de alguns minutos divertindo-se numa conversa com a duquesa e sua língua afiada.

— Ela é muito inteligente — comentou Dorothy.

— Mas agora você é amiga de Lady Holmwood. E você sabe muito bem que ela odeia a duquesa com todas as suas forças. Ela a acha uma das mulheres mais indecentes do mundo.

— Pode ser, mas não sei se você percebeu que Lady Holmwood parou com sua campanha de ódio desde que ela se tornou duquesa. Só um olhar do duque e a pessoa congela e morre onde quer que esteja. E a esposa dele não é muito diferente.

— Ele é uma das criaturas mais fascinantes da face da Terra — derreteu-se Cecilia.

— Uma pena que a esposa dele tenha chegado primeiro, não é? Você seria uma das poucas moças no salão sem medo de se oferecer para ele — caçoou Dorothy. — Podia ter alguma chance. Se bem que, não... Não teria. Você é muito ingênua para lidar com ele.

Cecilia deu um beliscão nela, e quando as duas se viraram deram de cara com Lorde Wintry.

— Srta. Miller. — Ele olhava diretamente para Dorothy com aqueles olhos coloridos, com o supercílio baixo, sua marca registrada, e o que supostamente era um dos itens que o impediam de ser "bonito" no sentido clássico e insosso. O efeito era arrasador demais para caber em qualquer padrão esperado.

— Lorde Wintry. — Ela fez uma pequena reverência em resposta ao seu cumprimento, mas não quis nem olhar para ele. Era um risco muito alto.

— E Srta. Miller. — Agora ele olhou para Cecilia. — É um imenso prazer reencontrá-las.

— O prazer é todo nosso — disse Cecilia, sem se dar conta do que estava dizendo, provavelmente com o coração a mil e mais vermelha que um morango maduro.

Dorothy não disse nada, só torceu o nariz. Aquele belo nariz esnobe no qual ele queria dar um beijo.

— Minha prima, Lady Russ, estava procurando pela senhorita — disse ele a Dorothy. — Parece que ela mudou de ideia e fará algo na cidade.

— É mesmo? — perguntou ela, com total descaso. — E imagino que o senhor comparecerá.

— É difícil negar um convite da minha prima.

— Então é um bom motivo para eu não ir.

Cecilia arregalou tanto os olhos ao olhar para a prima que era melhor alguém pegar uma colher para segurá-los antes que saíssem rolando pelo salão. Tristan só moveu o canto do lábio, demonstrando diversão.

— A senhorita é muito espirituosa. Talvez, depois que eu dançar com a sua prima, possa me dar a honra de aceitar uma dança comigo.

Dorothy chegou a abrir a boca para dizer *nem morta*. Porém, dessa vez Cecilia foi mais rápida.

— Será um prazer, milorde. Veja só que coincidência, estou livre para a próxima chamada — comentou ela.

Ele ofereceu o braço e os dois saíram. Se olhassem para trás, veriam Dorothy fulminando-os com os olhos, ou melhor, apenas Tristan, aquele cínico. Sua prima impressionável não tinha culpa de ter uma péssima preferência por homens másculos e perigosos.

Sozinha por um momento, Dorothy acabou na companhia de Lorde Rutley. Nem sabia como ele fora convidado; talvez por conta de seu pai, uma figura proeminente. E ele tinha melhorado em sua dedução, porque estava aparecendo nos bailes certos e encontrando-a. Ela ficou aliviada por já ser tarde demais para entrarem na fila daquela dança, mas aturou a conversa doce de Rutley por quinze minutos até Cecilia aparecer novamente.

— Wintry? — Rutley levantou a sobrancelha quando o viu chegando com Cecilia.

— É bom vê-lo também — respondeu Tristan, mas seu olhar não combinava com o que dizia.

Lorde Rutley, entendendo tudo errado, alternou o olhar entre Wintry e Cecilia e depois achou que o homem estava doido. Seria uma péssima união, para ambos.

— Está se divertindo? — indagou Rutley, curioso.

— Estou fazendo companhia às senhoritas Miller, ambas são muito divertidas. — Ele olhou para Cecilia, que confirmou com um sorriso e uma expressão que indicava que seu coração estava prestes a pular de seu corpo. Dorothy só franziu a boca.

Agora Rutley teve certeza de que Wintry estava doido, mas não tinha nada com isso, então se virou para Dorothy.

— Meus pés estão doloridos — disse Dorothy, para fugir da dança.

— A senhorita dançou muito antes que eu chegasse? — perguntou Rutley, franzindo a testa, não gostando nem um pouco daquilo.

— É uma pena. Como a senhorita havia me prometido esta dança, sinto-me no dever de lhe proporcionar outro entretenimento. — Tristan era o cinismo em pessoa.

Quando Dorothy abriu a boca, Cecilia agarrou o braço dela e o apertou com tanta força que ela o puxou, tentando fugir.

— O senhor é mesmo muito gentil — interveio Cecilia. — Acho que minha prima está fatigada por ter me acompanhando a tantos lugares. Será que conseguiremos um lugar para sentar?

— Mudei de ideia. Eu já havia me comprometido, não seria educado recusar. — Dorothy liberou o braço do aperto da prima e apoiou a mão enluvada no antebraço que Tristan lhe ofereceu. — Vamos, milorde?

Lorde Rutley alternou o olhar entre os três e ficou com a estranha sensação de que havia perdido alguma coisa. Cecilia sorria, pensando em sua chance de "fazer amizade" com Lorde Wintry. Ela passaria a próxima semana em êxtase, e agora poderia dizer que tinha dançado com ele e sobrevivido. Aliás, ele era um cavalheiro muito encantador e perfeitamente adequado. Espalharia isso por todo canto.

— É difícil ficar sem ver a minha *cara de pilantra* quando somos convidados para os mesmos lugares — comentou ele, enquanto a levava.

— Meus pés estão doendo, ontem eu dancei durante um baile inteiro.

— Eu sei. — Tristan quase não moveu os lábios ao dizer isso. Na verdade, seus dentes estavam trincados.

Dorothy virou o rosto e o olhou, fingindo surpresa.

— É mesmo?

— Você nem imagina. — Ele passou direto em vez de esperar a fila para a dança.

— Não posso passar...

— Muito tempo comigo?

— Ficar na sua companhia chama atenção.

— Comporte-se, Dot.

— Eu? Você é um tremendo de um...

Ela quem se interrompeu, porque Tristan gostava de ver o circo pegar fogo e eles pararam exatamente em frente ao duque de Hayward, que sequer moveu o olhar entre eles — nem precisava. Dorothy e o duque já haviam sido apresentados, por causa da relação dela com a duquesa.

— Sua Graça — cumprimentou-o Tristan. — É uma surpresa encontrá-lo em um lugar que efetivamente tem pessoas dentro.

— Eu sou um mero acompanhante — respondeu ele, e seu olhar indicou.

Lá estava a duquesa, aquela mulher radiante. Claro que Tristan a vira, por isso que sabia que o duque estava a não mais do que alguns passos de distância. Era difícil ver a duquesa sem ele em eventos como aquele. Ele confiava nela, e ela sabia se livrar de problemas com uma destreza que podia beirar o crime. Porém, ele não tinha um pingo de confiança em ninguém mais que a cercava. O histórico de comportamento inadequado alheio era longo. Alguns cavalheiros já haviam perdido o juízo perto dela, mas se dependesse do duque perderiam era a vida. Importunar a duquesa não era uma boa ideia.

Tristan se despediu e Dorothy fez o mesmo, então eles contornaram o duque e seguiram por perto das janelas.

— Vamos lá fora — avisou.

— Não vou lá fora com você. Não é um acompanhante adequado para passeios no jardim.

— Dorothy. — Ele parou e colocou a mão sobre a dela, virando-se em sua direção, o que a deixou alerta. Com a intensidade que ele a encarava, porém, não conseguiu desviar o olhar e disfarçar. — Já perdemos três encontros. Estou fora de mim com a falta que sinto de tocá-la. Eu vou beijá-la em exatamente dez segundos. E ficarei tão selvagem que a imprensarei contra essa parede e a levantarei pelas coxas. Isso a lembra de alguma coisa?

— Você não ousaria.

— Dois segundos.

— Wintry! — Ela puxou o braço.

Ele a segurou pelo cotovelo.

— Eu vou matá-lo — advertiu ela.

Como resposta, ele a levou para o lado de fora e, em vez de contornarem o belo jardim iluminado, uma pura ostentação de riqueza, dobraram a direita e enveredaram pelo caminho que levaria à lateral da casa.

— Você me esnobou e não respondeu meu último bilhete. Depois saiu para bailes e foi dançar com o pescoçudo, depois com o Sr. Fulano, aquele maldito palerma rosado. E com Lorde Wood, um desgraçado sujo que nunca deveria pôr as mãos em você. E Lorde Seton, um calhorda tarado que não merece respirar o mesmo ar que você. Então voltou para aquele linguarudo pescoçudo que não consegue tirar as mãos de cima de você.

Ele narrou esses acontecimentos com tanta revolta que todos os músculos do seu rosto se retesaram.

— Você está falando alto — avisou ela, como um detalhe inoportuno.

— Esqueci alguém?

— Eu não reclamo de suas festas regadas a vinho! — Como o comedimento não seria atendido, ela ia pôr suas acusações para fora também.

— Ah, quase esqueci o pescoçudo cheio de mãos de quem a resgatei agora. De novo.

— Tinha prostitutas lá! — insistiu ela.

— Vai se casar com ele? — cortou Tristan, mantendo-se no que importava.

— O quê?

— Vai se casar com aquele maldito pescoçudo entediante?

— Eu quero saber sobre as suas companhias! — exigiu Dorothy, balançando o seu dedo enluvado no ar.

Ele a encostou contra o muro coberto de plantas e a beijou. Dorothy se agarrou a ele, segurando-o pelo rosto e pelo pescoço e retribuindo. Eles estavam raivosos, mas tentavam castigar um ao outro com beijos fortes, que os deixassem sem fôlego, até que ela o mordeu e só então se separaram.

— Você não gosta de ser trocada por outros compromissos, não é? — perguntou, achando graça da agressividade dela.

— Não. — Ela o olhava, danada da vida, chegava a estar corada.

Tristan acariciou seu queixo e deslizou os dedos até seus lábios.

— Morda de novo, gostei disso.

Ela empurrou a mão dele, mas Tristan não a soltou, abaixou a cabeça e a beijou de novo, mas dessa vez não foi raivoso. Foi carinhoso e saudoso como um amante com desejo acumulado. Dorothy o tocou e retribuiu, acariciando seu rosto enquanto se beijavam.

Até pouco tempo ela jamais sonharia em se colocar numa situação tão perigosa. Dessa vez nem sequer estavam escondidos numa salinha onde ninguém apareceria. Estavam do lado de fora, e ela tinha sido vista passeando com ele, mas tudo que pensava era em continuar desfrutando daquele beijo gostoso e saudoso.

— Vai estragar o meu vestido, afaste-se.

Ele deu um passo para trás e também consertou seu lenço do pescoço que ela havia repuxado com raiva. Enquanto isso Dorothy checava as folhas caídas ou qualquer problema em seu vestido de baile. Era uma peça delicada, da mais fina musselina com detalhes em cetim verde-claro.

— Meu cabelo está no lugar? — Ela o tocou com as pontas dos dedos, temendo que até um grampo houvesse se movido.

— Dessa vez eu não o toquei.

— Mas me encostou nesse lugar cheio de folhas. — Ela se virou e olhou para o muro, depois tornou a conferir seu vestido.

— Encontre-me mais tarde.

Dorothy girou no lugar e o encarou.

— Estou falando sério — avisou Tristan.

Ela cruzou os braços e continuou apenas olhando para ele, como se não precisasse de palavras para lhe dizer o problema daquele pedido.

— Mas que inferno, Dorothy! Não nos vemos há dias.

Nesse momento, ela apenas levantou a sobrancelha direita. Afinal, foi ele que cancelou o encontro e depois ficou ocupado nos dias em que ela podia, acabando com as chances de remarcarem. Já estavam quase completando duas semanas de desencontros. E, enquanto isso, as notícias sobre suas "peripécias" não paravam de sair. Imagina se ela só desconfiasse do que ele realmente esteve fazendo e que, por baixo daquela sua vestimenta perfeita e alinhada, ele ainda tinha alguns hematomas se curando.

— Está bem, continue fingindo que não me quer. — Ele se afastou e voltou para o caminho.

Ela soltou o ar e também voltou para o caminho.

— Eu quero. — Ela foi atrás dele, tocou sua lombar e apareceu ao seu lado.

Tristan a envolveu com o braço e a levantou, beijou-a com vontade, ignorando o estrago que isso poderia fazer em suas roupas perfeitas. Ela o abraçou e se entregou ao momento. Quando ele a devolveu ao chão, ainda a beijando, Dorothy se segurou a sua casaca formal, apertando um dos botões na mão esquerda e se escorando nele, sentindo seu corpo vacilar.

— Sabe que não posso — murmurou Dorothy.

Os braços dele permaneceram em volta dela, não queria soltar. Já haviam se passado muitos dias desde que estiveram juntos. Foram exatamente dez dias, que para ele duraram dez semanas. Tristan queria pegar uma garrafa do seu melhor vinho, duas taças e contar a ela como foi que tinha saído vivo da luta contra o brutamontes. E como ainda doía, porque afinal ele era de carne e osso. Os socos daquele brutamontes deviam tê-lo bagunçado internamente. Com certeza mexeram com sua mente, pois estava a ponto de cometer uma loucura.

— Mude de ideia. — Pareceu uma sugestão, mas foi um pedido.

— O quê? — Dorothy não havia entendido, era para mudar de ideia sobre encontrá-lo naquela noite? Ele sabia que não seria possível. Nunca se viam à noite.

— Sobre se casar com alguém.

Quando o escutou, uma onda de frio desceu por sua espinha, e ela levantou as sobrancelhas, olhando-o com surpresa.

— E se eu lhe prometer liberdade? Eu nunca irei subjugá-la. Não quero ser seu dono, não tenho a menor pretensão quanto a isso. Não quero comandar sua vida. Quero que tome suas próprias decisões. Sempre teremos discussões iguais sobre tudo que nos afetar. Eu vou ouvi-la. E vou respeitá-la. Não saberia viver de outra forma, pois não fui educado para aceitar de outro modo. Eu a admiro, Dot. Joan Thorne me criou assim. Sinto orgulho de quem ela foi, sinto de você também. A cada dia a admiro mais.

Ela deu um passo para trás e continuou encarando-o; não conseguia fazer sua garganta funcionar, estava dormente.

— Mudar de ideia também é uma decisão só sua — lembrou ele.

— E quando foi que você mudou de ideia?

— Não mudei — respondeu ele.

— Então...

— Eu não mudei. Nada apagou meu ceticismo sobre o casamento porque continuo me baseando só no que os outros esperam dele. Por isso, creio que devo descobrir a verdade por conta própria. Porque eu gosto de você. Gosto demais.

Ela balançou a cabeça.

— Você vai se arrepender — disse fracamente, com a voz falhando.

— Eu posso lhe prometer e cumprir muito mais do que qualquer outro. Eu não a vejo só como um casulo para parir herdeiros. Eu realmente gosto de você, eu me importo. Penso em você o tempo todo, sinto sua falta todos os dias. Eu nunca senti a menor necessidade de falar nada sobre a minha vida para qualquer pessoa. Porém, sinto a urgência de me sentar ao seu lado e lhe confessar tudo.

— Pode fazer isso sem se casar comigo. Eu o ouviria. E ficaria com você.

— Também pode mudar de ideia. Somos dois cínicos, daríamos certo. Não nos enganaríamos.

Dorothy fechou os olhos e negou, sua mente em turbilhão, chegava a várias conclusões. Não daria certo, não quando um deles já estava com seus sentimentos envolvidos demais. Ela não queria descobrir verdade alguma sobre o casamento, ela o temia.

— Você se arrependeria. E então me destruiria — disse ela, com sua voz voltando ao normal. — Eu definharia com o seu arrependimento. E me culparia pela nossa infelicidade. Você iria me destruir, Tristan... — Ela voltou a balançar a cabeça e sentiu que seus olhos ardiam.

— Talvez você também precise descobrir a verdade por conta própria. — Ele parou, antes de tentar alcançá-la outra vez.

— Diga que não quer apenas melhorar a minha situação no futuro. Pois eu ficarei bem, não diga nada de que se arrependerá mais tarde. Não precisa de um casamento para que eu continue uma amiga ou mesmo para me auxiliar.

— Eu não estou dizendo, estou pedindo que mude de ideia.

— Não me destrua ainda, Tristan. Não agora, falta muito para terminar a temporada

— Dorothy, eu não a machucaria. — Ele deu um passo na direção dela.

— Apenas destruiria.

Ela continuou negando e deu mais um passo para trás. Seu coração doía, mas ela não podia mudar de ideia. Ele acabaria com ela. Descobriria seus sentimentos e ficaria pesaroso por magoá-la quando não pudesse lhe dar o que ela precisava. E o arrependimento os esmagaria. Ele não estava pronto para isso, não tinham os mesmos objetivos. E com certeza não os mesmos sentimentos. Ela viveria ao lado dele com seu coração eternamente guardado, assistindo-o perceber que errara antes mesmo de chegar o dia de entrarem na igreja.

Era uma paixão, do tipo mais passageiro. Queimava incontrolavelmente por um tempo, depois ardia sobre as brasas e então passava com o vento e as chuvas de verão. Antes da próxima temporada já não haveria sinal da fogueira. E se mudasse de ideia agora, ela viveria eternamente nas cinzas. Só de olhar para ele, podia ver que não estava pronto para enfrentar o inverno, quando as portas e janelas se fechariam e viveriam ao redor da luz da lareira, sobrevivendo no calor que emanariam um para o outro. Porém, o arrependimento era tão gelado que nada os aqueceria. E então, ao final do inverno, estariam eternamente separados pelo frio da conveniência que se tornaria sua relação.

Tristan não tinha ideia da dor que lhe causava ao lhe pedir isso. No entanto, ele também não sabia de seus sentimentos. E se dissesse agora que o amava, jamais conseguiria viver só com o que ele estava tentando lhe dar, e não haveria mais nada; eles terminariam antes de o fogo apagar.

Ainda de pé no caminho, eles podiam ouvir os passos dos outros saindo para passear, provavelmente cansados da dança ou procurando ar fresco fora do salão abafado.

Temendo que os encontrassem, Dorothy voltou pelo caminho, fugindo daquele momento e do assunto. E ele a acompanhou, prestando atenção em volta, para não serem vistos saindo daquele local escondido. Quando chegaram ao salão, haviam acabado de entrar e deram de cara com sua maior cúmplice.

Lady Holmwood.

A senhora os olhou de cima a baixo e Dorothy teve certeza de que ela enxergaria algo errado em seu vestido. O olhar dela era tão acusador que Tristan ajeitou a postura, pronto para o ataque. Nem sequer poderiam se despedir.

— Srta. Miller, eu não sabia que havia mudado de companhias e havia passado a se relacionar com cavalheiros de tão baixa reputação — disse a senhora.

— Fico feliz em vê-la em boa saúde, milady — disse Tristan, executando seu melhor meneio.

Ela o olhou criticamente, com ar de asco, procurando defeitos nele. Apesar de Dorothy ter puxado o lenço do pescoço, o nó ainda estava perfeito e seu traje de baile era impecável — pagava bem ao valete e ao alfaiate para isso. Uma vez que estava acabando com sua fama propositalmente, ao menos desfilaria na frente da sociedade londrina em seus melhores e mais caros trajes.

— Fui apresentada a Lorde Wintry no evento de pré-temporada de Lady Russ — disse ela. — Nossas famílias se tornaram amigas.

— Ah, mas que péssima associação. Aquele lugar é um antro de perdição. Tudo que há de errado na temporada começa por lá. Por isso que é frequentado por certos cavalheiros — opinou Lady Holmwood, e se alguém já houvesse escutado sair de sua boca um elogio para um evento social na casa de alguém, certamente teria sido um velório.

— Eu lhe asseguro que Lady Russ é uma ótima anfitriã — continuou Dorothy, tentando manter o bom humor.

— Tem de ser, ou os libertinos e as damas de má índole jamais aceitariam o convite.

Dorothy fechou os punhos. Era muito feio, mesmo para uma senhora daquela idade, que todo mundo preferia ignorar os absurdos que dizia, distribuir tantos insultos gratuitos. E tantos julgamentos horríveis.

— Saiba que a senhora é muito mal-educada e extremamente venenosa — disse Dorothy, sabendo imediatamente que nunca mais seria convidada para nada relacionado a Lady Holmwood, mas era um favor.

Lady Holmwood levou um susto e ficou olhando para ela em choque, esperando que se retratasse imediatamente. Algo que não aconteceu. Sua sobrinha, que a acompanhava, também se assustou e a olhou em um misto de admiração e surpresa. Dorothy estava prestes a sair, deixando o insulto no ar, quando Cecilia apareceu.

— Você desapareceu! Onde foi parar? Eu pensei que estivesse dançando!

Assim que se virou, Cecilia deu de cara com a cara amarrada de Lady Holmwood, que ainda esperava uma retratação.

— Ah, Deus! — Ela se afastou um passo e se apressou a cumprimentá-la, e então olhou para a prima. — Vejo que encontrou sua amiga. Por isso que demorou?

— Tenha uma ótima noite, milady — disse Tristan, executando outra mesura, despedindo-se por elas e saindo dali em um passo apressado, com ambas o acompanhando.

— Aconteceu alguma coisa? — perguntou Cecilia. — O senhor também desenvolveu amizade com Lady Holmwood? Seria o fim do mundo.

— Não, ela continua me odiando. E parece que sua prima vai precisar visitá-la para recuperar a boa impressão.

— Dorothy! O que fez para cair na lista negra daquela senhora? Será um tormento.

— Estou pouco me importando — respondeu ela, mas olhou Tristan, que franzia o cenho. — Ou melhor, não me importo porque aquela senhora tem adoração por mim. Estava apenas preocupada com minhas companhias. Porém nos encontraremos e lhe direi que não sou amiga de Lorde Wintry.

— Não seja esnobe como ela — ralhou Cecilia. — Ele a levou para dançar.

— Ela está chateada porque Lorde Wintry magoou a Sra. Cavendish — explicou Dorothy, mentindo descaradamente.

— Aliás, vou nesse minuto me retratar. — Ele fez uma mesura para elas, encarou Dorothy por um breve momento e partiu.

Cecilia ficou observando-o de longe e suspirou.

— Então é verdade que ele está enamorado pela tal Cavendish.

— Enamorado eu não creio, mas está interessado — disse Dorothy.

***

Você me destruiria, Tristan.

Isso era tudo em que ele conseguia pensar, podia ouvir a voz dela em sua mente. Podia ver seus olhos brilhando pelas lágrimas que ela não deixou cair. Será que ele iria destruí-la? Será que destruiria os dois? Arrasaria seus espíritos e os tornaria essas figuras patéticas que eram exatamente a causa para nenhum dos dois acreditar naquele tipo de união. Se fosse isso, então era melhor ficar sozinho. Mesmo com todos os deveres que lhes eram cobrados, os julgamentos e as expectativas. Ainda preferiam outro caminho.

No entanto, não era isso que ela pensava. Dorothy achava que ele a destruiria, somente a ela. E ele não conseguia parar de pensar nisso. Não sabia explicar também como foi que cedeu ao impulso de lhe propor um novo acordo. Porque fora isso que propôs, não fora? Um acordo mais longo, com o qual comprometeriam suas vidas. Por trás de suas palavras, prometia estabilidade e uma boa vida. E ela pensava que, dali a poucos meses, a atração entre eles morreria. E se estivessem presos a um acordo sem fim, a atração terminaria junto com os momentos felizes.

Você iria me destruir...

Pensando bem, ela estava certa. Ele iria. Não servia para ela. Não era solução para ninguém. Achava-se sujo e inadequado só por tocar nela, imagine só por levá-la para a frente de um sacerdote. E depois ele começaria a errar. Dorothy descobriria seus podres, e o encanto se quebraria. E ela era e sempre seria sua primeira-dama, com quem jamais deveria ter se envolvido. Porém, era a única para quem podia dizer a verdade, ou melhor, para quem sentia vontade de dizer. Nunca havia cogitado a possibilidade de propor algo tão absurdo para alguém. Casamento era um acordo sério demais.

E saber que aquele pescoçudo dos infernos estava propondo o mesmo para ela repetidamente ajudou a mente de Tristan a sair do lugar. A surra que levou do brutamontes também deve ter desconectado o seu juízo. Ainda assim ele seria muito melhor para ela do que todos aqueles idiotas. Especialmente Rutley-pescoçudo e o Sr. Fulano, o rosado inútil.

Eles tentariam domá-la, controlá-la, comandar sua vida, mudar suas atitudes. Criticariam e julgariam, minariam sua liberdade e maltratariam o seu corpo, ignorando suas necessidades e trancando-a em um casulo para sempre. Pensar nisso dava-lhe arrepios, e ele tinha vontade de ficar de pé e voltar lá para lhe dizer que, se ela fosse mudar de ideia, era bom que escolhesse a ele, senão ele sumiria com todos os outros.

Eu não vou destruí-la.

— Wintry! — chamou um dos homens. — Wintry! Está surdo?

Ele se virou para os outros, sentados em volta de uma mesa da habitual cafeteria no Covent Garden.

— Eles não levaram tudo, foi só um assalto — respondeu. — Não fazem ideia do que tem ali. Porém não é nenhuma surpresa. Um bando de cavalheiros bem-vestidos, descendo de carruagens caras e passando horas ali dentro. Numa área que não condiz com seu status. Qualquer bom ladrão ficaria de orelha em pé.

— Não dá para acreditar que eles conseguiram matar o Brutus. — Lorde Hughes estava chocado, aquele era o seu melhor capanga, exatamente porque nunca tinham conseguido derrubá-lo. Sua lista de mortes pavorosas era longa, geralmente em prol dos interesses do patrão. Outras, por diversão.

Ah, era esse o nome ou apelido dele?, pensou Tristan. Até que condizia com a figura.

— Com certeza precisou de pelo menos três deles para isso. O outro homem disse que ele tinha algumas facadas e o pescoço cortado. Então os malditos o atacaram em bando e um deles terminou o serviço — opinou Wood.

— Bem, cavalheiros, acho que mudaremos de sede. Enquanto isso, vamos manter nossos encontros discretos. Não quero saber de bandidos atrás de mim. Se derrubaram o Brutus, imagina o que fariam conosco — disse Tristan, fingindo temor.

— Concordo... É um péssimo momento para Nott tirar férias — reclamou Morton, o próximo alvo na lista de Tristan.

— Ele não respondeu as cartas que mandei — reclamou Hughes. — Aquele maldito. Levaram todo o dinheiro que deixamos lá e tudo mais de valor da sala, mas não foram ao depósito.

— Eu acho que é pura tolice deixar tudo num lugar só. Agora, por favor, encontrem um lugar bem-localizado. Não quero voltar àquela área da cidade. — Tristan ajeitou sua casaca de grandes botões; estava vestido para montar.

— Enquanto isso, só nos resta encontrar outros lugares de diversão — sorriu Morton, um tarado assumido.

Abrindo um sorriso de predador, Tristan pensou na solução perfeita para apimentar as coisas. E em como ele pretendia pegar Morton, pela sua tara. Quando colocavam uma prostituta perto dele, o homem agia como um animal no cio. Terrível mesmo era a vida de sua esposa, vinte anos mais nova, que vivia num profundo estado de depressão. E quando era vista perto do marido, estava tensa como uma corda e fazia de tudo para evitar contato físico. Eles tinham um filho, e ela tinha pavor do marido. Era mais uma nesse carrossel. Não dava para salvar o mundo, mas...

— Vai haver uma estreia nada recomendada para damas de respeito — lembrou Tristan, falando dos teatros fora da zona de entretenimento da alta sociedade.

— Você é terrível, Wintry — comentou Hughes, sorrindo.

— Dá tempo de comparecer à estreia e ainda ir à ópera. — Tristan levantou a sobrancelha, num desafio.

Eles estavam precisando de uma distração. Desde que haviam sabido do assalto no clube, não faziam nenhuma reunião. Essa tinha sido a primeira.

***

Assim que deixou a cafeteria, Tristan tomou o caminho de casa. Ele ficou lá por uns minutos, vigiando para ter certeza de que ninguém estava desconfiando das atividades de um conde com péssima reputação. Depois saiu pela lateral da casa, montou e deixou a Praça Golden a galope. Parando apenas ao atravessar para o bairro de Marylebone. Ele não conseguia ir para aquele lado da cidade sem lembrar-se de Dot, pois era ali que ficava a Henrietta Cavendish.

No entanto, seguiu para um destino ainda mais a noroeste. Perto do Regent's Park, que seguia inacabado e fechado. Tristan atravessou para Camden e seguiu as coordenadas que recebera em um dos usuais bilhetes codificados. Mais à frente, entre o parque e os terraços ainda em construção, ele deixou o cavalo e observou uma casa por cinco minutos.

Não havia ninguém ali, nem mesmo trabalhadores. Ele passou ao lado da construção e embarcou na carruagem preta. Tirou o chapéu e passou a mão pelo cabelo escuro e abundante.

— Divertindo-se com seus amigos? — Indagou o Duque de Hayward.

— Fazia tempo que não me convocava para entregas pessoais. Tem feito isso agora?

— Não. E também não o convoquei. Essa manhã saí para passear com a minha duquesa. No entanto ela parou para fazer compras e eu fui esticar as pernas — contou o duque, reprimindo a parte em que ele disse a esposa que estava indo andar um pouco, a atendente escutou. Porém, ele atravessou para a outra quadra e entrou nessa carruagem sem identificação. — Imagino que tenha vindo até esse lado da cidade para encontrar aquela adorável jovem com quem tem discussões em bailes.

Tristan apenas pendeu a cabeça, não valia a pena perguntar ao duque como ele sabia daquilo. Tinha gente que pensava que o homem era um espírito, estava presente em todos os locais.

O duque tirou os papéis de dentro da casaca e entregou a Tristan, que não se ocupou em olhá-los ali, apenas os guardou por dentro do próprio casaco de montaria.

— Até onde devo ir? — indagou Tristan.

Hayward balançou a cabeça, apoiando o cotovelo contra a lateral da carruagem, em uma pose relaxada, mas sua mente estava concentrada.

— A essa altura, você já encontrou tudo que há lá no momento. Contrabando de artes de tipos variados, muitas vezes usando os navios da coroa através de suborno. Assim como pagamento para entrada nos portos. Das mercadorias e das mulheres e crianças. Passando pelas docas como se ninguém visse. Assassinatos em série, mais corpos empilhados. Dívidas pagas com o dinheiro dessas transações. Ameaça a outros membros da sociedade, mas já foram além disso antes.

O duque pausou e observou Tristan.

— Antes do que aconteceu a sua família, eles já haviam feito antes — toda a sutileza que se podia esperar de Hayward era ele não citar o nome da tia de Tristan ao dizer que ela não tinha sido o primeiro membro da nobreza que morreu pelas mãos dos homens daquele clube. — E há alguns anos, ainda durante a guerra, aceitavam membros estrangeiros por curtos períodos, mediante convites que eram arranjados de formas escusas. Uma dessas formas, o patrocínio e lucro sobre o tráfico de escravos, algo proibido nesse país.

— Foi quando chamaram sua atenção — Tristan procurou ignorar a parte que tocava a história da morte da sua tia. Pois esse lado era pessoal, não tinha ligação com as contravenções cometidas por eles.

Hayward olhou o relógio e o guardou.

— Acabe com a operação. E reúna provas para mim.

Tristan assentiu e andou em direção à porta. Antes de abri-la, indagou:

— Estou de volta?

— Extraoficialmente — disse o duque, encarando-o. — Considere como o primeiro passo para trazê-lo para o serviço interno.

Tristan colocou o chapéu e deixou a carruagem. Atravessou entre as construções, montou e desapareceu por um caminho diferente do que usara para chegar ali.

Capítulo 13

— Milady, isso acabou de ser entregue — disse o Sr. Terell, aparecendo com um pequeno embrulho em uma bandejinha de prata.

Dorothy agradeceu e pegou o pacote, colocou em cima de sua mesa e desembrulhou, encontrando uma pequena caixa de madeira, toda decorada e com gemas coloridas adornando a tampa. Havia um fecho e, assim que ela o soltou, a tampa pôde ser retirada. Dentro, havia duas divisões e dos dois lados havia grampos enfeitados. Era um presente dos mais atípicos.

Ela pegou um deles e ficou olhando, não eram peças simples. Eles foram encomendados ao joalheiro e ela não sabia o que faria com um presente tão caro. Todos eles eram decorados como joias, para enfeitar o cabelo. Eram pequenos e sutis, como grampos deviam ser, mas eram os detalhes que faziam toda a diferença nas vestimentas de uma dama.

Mal sabia ela que aquelas pedrinhas tinham uma longa história e sua origem era a Rússia. Afinal, diamantes não estavam tão fáceis de se encontrar naquele momento, com exceção das joias da coroa. Cada grampo tinha seis pedrinhas: dois rubis irmãos no meio e dois pequenos diamantes. Tristan tinha essas pedras guardadas havia anos. Não é preciso dizer que elas não foram parar em suas mãos de forma adequada, mas foi um processo legal. E ninguém se machucou. Elas haviam vivido confortavelmente em seu cofre, até receberem o destino que ele achava o mais digno: o cabelo da dama de sua estima.

O estranho é que eles não vieram acompanhados de um bilhete. Era apenas o embrulho em seu nome e o cartão, que dizia: *Para Dorothy Miller*. E era assinado por *TT*.

Como se ela tivesse alguma dúvida sobre quem lhe mandaria um presente como aquele. Pelo jeito, Tristan nunca lhe devolveria aqueles grampos que ela havia perdido em sua cama na casa de Lady Russ.

Querida Henrietta Cavendish,

Obrigada pelos grampos. É fácil inventar uma história para eles.
Não nos vimos na semana passada. Já é uma nova semana.
Irei a um concerto familiar, de certo grupo de pessoas com apreço por música e nenhum ouvido musical. Termina no meio da tarde.
Se estiver disponível, descubra para onde irei.

Saudosamente,
Dorothy Miller.

Depois do que acontecera na casa do duque de Trouville, ela não sabia em que termos estavam. Não puderam terminar aquela conversa, mesmo que ela não quisesse fazê-lo. Ficava se revirando, tentando achar um motivo para ele ter lhe proposto algo tão absurdo. Tristan não queria se casar, nunca quis. Ela não podia imaginar o que seria de seu futuro se deixasse seu coração aceitar o que lhe foi oferecido. O mesmo coração que estava pronto para dizer sim doía só de pensar no futuro deles.

Morreria ao perceber que ele estava arrependido e se culparia pela infelicidade de ambos. E a dor que seria quando o interesse dele acabasse. Ou quando descobrisse, porque ela era esperta demais para não perceber que ele estava interessado em outra.

Quando saiu do terrível concerto na sala de música dos Pratt, Dorothy caminhou pela rua. Não era demasiadamente longe, seria uma reta, mas ainda era uma longa caminhada até a casa. Ela parou e apertou o xale em torno dos ombros; seria melhor conseguir uma carruagem. Foi pouco depois que resolveu poupar seus pés da caminhada que uma carruagem parou à sua frente e a portinha foi aberta.

— Não nos vemos há tempo demais — disse Tristan.

Ela sorriu, deu uma olhada para os lados, apressou-se e entrou no veículo, que saiu assim que o cocheiro ouviu a batida. Ele a observou e sorriu quando ela virou a cabeça e mostrou o grampo que estava usando.

— Isso é uma carona para casa? — perguntou ele, sentado no banco em frente a ela.

— Não tenho outros compromissos hoje.

— Henrietta tem uma garrafa do melhor clarete esperando para ser aberta.

— Então leve-me até lá; um vinho tão bom não deve ser deixado sozinho.

Ele abriu um sorriso, pulou para o banco dela e a puxou para ele, decidido a beijá-la por todo o trajeto até a Henrietta Cavendish.

Eles não voltaram a falar da mudança em seu acordo, porém com a luz do dia a seu favor, passaram mais tempo do que o habitual na cama do quarto que dividiam em seus encontros. Ela descansou o rosto contra seu ombro, seu corpo ainda quente contra o seu, mas sua mente estava ocupada. Tristan não lia pensamentos, mas sabia no que ela estava absorta, pois era exatamente o que também tomava sua mente.

***

De acordo com os planos do grupo, o dia de teatros começava com a estreia de *Os Contos de Lady Cunt*, uma comédia que não tinha absolutamente nada a ver com algo que alguém esperaria de uma lady e que só podia ser apresentado no Silver Horse, um minúsculo teatro perto de Cheapside. Depois, Wintry acompanhou Lorde Morton, Lorde Hughes e mais dois cavalheiros ao Teatro Real de Drury Lane para assistir a Edmund Kean, que eles já tinham visto algumas vezes, mas que naquele dia estrearia uma nova comédia musical como peça de encerramento da noite.

Eles iam em duas carruagens, porque, com a companhia das cortesãs, não cabiam todos em um só veículo. A ideia da peça e da ópera foi de Wintry, mas foi Morton quem executou tudo. Como o planejado.

— Isso é um absurdo! Aqueles desavergonhados, eles deviam ser proibidos de chegar perto de lugares como esse. Demônios! Estão tomados pela ira do demônio — dizia Lady Holmwood, inflamada e vermelha enquanto passava pelos outros.

— Ela está descontrolada após ter visto Lorde Hughes e Lorde Rowe descerem de uma carruagem cheia de cortesãs — disse a dama que vinha atrás, já espalhando a fofoca para uma conhecida.

Cecilia se aproximou rapidamente, animada, mal conseguindo conter a necessidade de se inteirar do último escândalo.

— O que eu perdi?

— Você não deve nos deixar para ficar sozinha com o Sr. Rice — ralhou a Sra. Clarke. — Não concorda, Dorothy?

A acompanhante se virou e encarou o vazio, pois Dorothy havia desaparecido. A senhora rodou em seu eixo e a viu indo para fora.

Assim que passou para o lado de fora do teatro, Dorothy procurou e chegou a errar de carruagem, mas atravessou a rua e avançou na direção do veículo que achava ser o de Lorde Morton pelo símbolo que havia gravado. Decidida, agarrou a porta e a abriu, sem se importar com quem a visse. E lá dentro Lorde Morton estava de calças arriadas com uma cortesã o chupando e outra o beijando enquanto ele tentava tocar uma terceira que estava com os seios expostos por cima do corpete frouxo.

— Ei! Feche isso, ainda faltam dez minutos para o primeiro ato da peça principal! — disse ele, pensando que fosse um dos seus companheiros.

— Está errado, todos já foram chamados aos seus lugares — avisou Dorothy, batendo a porta.

Assim que escutou a voz feminina, ele se sobressaltou, mas quando olhou, a porta já havia sido batida. Outra carruagem parara atrás e ainda não havia aberto a porta. Dorothy escutou vozes e correu, se escondendo na lateral de outro veículo. Ao mesmo tempo, a Sra. Clarke deixou o teatro e olhou em volta procurando-a. Quando não viu nada, voltou apressadamente.

Outros dois homens desceram da segunda carruagem e Dorothy se escondeu mais, sem conseguir vê-los. Porém, pelo outro lado, desceu uma mulher, ainda decomposta, com o corpete fora do lugar. E então desceu Tristan, conferindo se sua roupa estava impecável e dando a volta na carruagem.

— Espere aqui, querida. Lorde Hughes vai querer vê-la — avisou a ela.

A mulher tornou a entrar na carruagem. Assim que eles passaram, Dorothy correu e se escondeu na lateral do segundo veículo enquanto os homens seguiam para o teatro. Eles pararam na primeira carruagem e arrancaram Lorde Morton lá de dentro, com as calças frouxas e tudo. Um verdadeiro escândalo. Eles o arrumaram rapidamente, tentando evitar que alguém visse seu estado, e o levaram para dentro. Ele ia sorrindo, consertando o lenço em seu pescoço.

— Maldito traidor — disse Dorothy, ainda escondida.

Cerrando os punhos, ela abriu a portinha da segunda carruagem e lá dentro havia duas prostitutas. Aquela que descera já havia bebido um pouco mais de vinho, e a outra, parecendo deslocada, trajada como uma dama que ia à ópera, estava ajeitando-a.

— Está lotado, querida — disse a loira que estava sóbria, mas franziu as sobrancelhas ao olhá-la direito — Acho que a senhora errou de carruagem.

A outra riu, e Dorothy bateu a portinha e rumou para dentro do teatro.

— Dorothy — sussurrava a Sra. Clarke ao agarrar o seu braço. — Por onde esteve?

— Eu estava bem aqui, a senhora que se perdeu.

— Mas eu a vi saindo!

— Eu entrei novamente. — Ela quem a puxou agora. — Vamos.

Elas estavam no quarto camarote do lado direito, no terceiro andar, bem na curva. Estavam acompanhadas de duas conhecidas de Cecilia, mas Dorothy mandou uma das garotas sair e sentou-se no canto esquerdo do camarote. Depois tomou os óculos de teatro de Cecilia para conseguir enxergar melhor o camarote do outro lado.

Durante o primeiro ato, Dorothy mal prestou atenção no que acontecia no palco. Além disso, as meninas perto dela ficavam dando risadinhas e cochichando. Porque também não estavam lá pela ópera; seus alvos estavam à vista e elas ficavam dividindo os óculos de ópera para vê-los. E depois coravam e viravam o rosto quando pegavam algum rapaz olhando para elas também. Então começavam a mandar mensagens com seus leques, como se fosse fácil enxergar os movimentos de tão longe.

No segundo ato, Dorothy tinha se distraído, porque era muito chato ficar olhando para um camarote de homens que não faziam nada. Então Lorde Morton voltou acompanhado com moças "respeitáveis". Ao menos elas estavam perfeitamente trajadas como se fossem. Qualquer um acreditaria, mas Dorothy tinha visto as mulheres quando abriu a porta da carruagem. Ela viu Tristan se levantar e ir para a parte de trás, onde a moça loira, que ela viu na segunda carruagem, havia se sentado. Eles chegaram a sair do camarote por um momento, provavelmente para "tratar de assuntos pessoais".

— Eu vou matá-lo — murmurou ela como uma promessa.

No terceiro ato, Lorde Morton tinha desistido de esperar para voltar para os braços das suas acompanhantes. Tristan estava no fundo, junto a sua acompanhante. Lorde Hughes estava bêbado. Dorothy fazia de tudo para não ser vista, mas eles estavam abaixo, no segundo andar, e mais perto do palco. Eles teriam de olhar para cima e para trás para reparar onde ela estava. E estava claro que eles não se importavam com o que os outros pensavam.

— O que você tanto olha para lá, Dorothy? — perguntou Cecilia, num raro momento em que parou de olhar o palco ou para o Sr. Rice num camarote do outro lado.

— Virei uma fofoqueira, estou tomando conta da vida alheia. — Ela voltou a olhar o palco.

— Mentira, o que há de interessante?

— Lorde Wintry está traindo a pobre Henrietta Cavendish.

— O quê? — exclamou Cecilia, da forma mais deselegante possível.

— Lorde Hughes está traindo sua esposa de novo. Lorde Morton fugiu com duas mulheres. E veja só, acho que Lady Holmwood está passando mal.

— Onde você está vendo tudo isso? Eu não estou vendo nada!

Pelo jeito as emoções da noite foram fortes para Lady Holmwood, escândalos demais para uma noite só. Na opinião da senhora, era pouca-vergonha no palco, indecência na plateia geral e uma total falta de decoro e completa imoralidade nos camarotes ocupados pelos membros da alta sociedade. Emoção demais para o pobre coraçãozinho casto e moralista de Lady Holmwood.

— Meu Deus, ela está saindo carregada? — perguntava Cecilia.

— Deve haver um médico aqui em algum lugar. — A Sra. Clarke tentava enxergar.

Dorothy se levantou e deixou o camarote, disse que precisava ir até lá, pois Lady Holmwood era sua amiga e agora isso não era só uma mentira como também um absurdo. Depois de ter dito que ela era mal-educada e venenosa, a senhora já a colocara em sua lista negra. Ainda mais por tê-la visto na companhia de um demônio como Lorde Wintry.

No outro camarote, Lorde Morton estava fora de si, com vinho e ópio em seu organismo. Seria mais fácil do que o esperado. Não era para ele terminar assim, aliás, deixá-lo sóbrio seria um gasto de tempo. Ele vivia fora de controle. E ninguém comentava o fato de que vez ou outra uma das moças que ia à sua casa servi-lo não era mais vista. Era de se admirar como ainda estava vivo. Ao menos uma delas deveria ter tentado matá-lo em algum momento.

E Dorothy, que ignorava tudo isso, nunca havia gostado de Lorde Morton. Achava que ele tinha uma perpétua expressão de embriaguez e, não importava quão limpas estivessem suas roupas, seu aspecto era sujo. Ela pegou um enfeite de bronze, desceu as escadas, foi direto até o camarote onde eles estavam, se esgueirou pelo espaço na cortina e entrou.

Ninguém pareceu notar, mas Tristan ficou de pé imediatamente e se aproximou da cortina, pois ela não iria avançar para não ser vista. Não deu tempo de ele reagir. Assim que deu o passo que os separava, ela o golpeou com o enfeite na lateral de sua cabeça e o derrubou. A cortesã loira que estava lá abafou um gritinho e, além de Tristan, foi a única que teve tempo de ver o seu rosto.

— Mas o que foi isso? — indagou um dos homens.

Dorothy não queria saber quem tinha perguntado. Virou-se e saiu correndo, como uma fugitiva de um crime. Ela viu Tristan cair, porém não percebeu se foi de joelhos ou se ele chegou a se escorar numa cadeira, mas esperava que estivesse estatelado no chão com um ferimento bem feio. Péssima criminosa que era, largou a arma do crime, que foi caindo pela escada enquanto ela descia apressadamente, segurando seu vestido de gala. Dorothy mal havia chegado ao hall quando foi capturada pelo braço.

Não pretendia ser detida por agressão, mas assim que foi obrigada a se virar, descobriu logo quem não estava morto.

— E eu ainda temi tê-lo matado — disse ela entre os dentes.

— O que aconteceu com você? — perguntou.

— Deixe-me ir!

— Dorothy...

— Srta. Miller — cortou ela. — Não estamos sozinhos e nunca mais ficaremos.

Isso lhe chamou mais atenção do que o golpe na cabeça. Tristan não a soltou, mas a levou para fora. No lugar onde estavam, bem no hall do teatro, não haveria privacidade. E só tinham tempo até o terceiro ato terminar e o lugar ser inundado de gente que não assistiria ao curto espetáculo de encerramento. Eles continuaram na calçada do teatro, mas foram até a esquina, onde várias carruagens aguardavam.

— Não dou mais um passo na sua companhia. — Ela soltou o braço e parou ao lado da carruagem.

— Eu não sabia que você viria ao Drury Lane esta noite.

— Eu sempre achei que você não conseguiria ser fiel nem a uma amante. Mas qual o princípio de trair uma amante? Afinal, ela já é a amante! — acusou.

— Não foi isso que aconteceu.

— Suas calças ao menos estão fechadas ou já chegou tão baixo quanto Lorde Morton que precisa de vocês para abotoá-lo?

Agora Tristan sabia que ela tinha visto quando eles o arrancaram da carruagem, só não imaginava como, pois ela teria de estar escondida. Não era surpresa. Dorothy era o tipo que faria uma coisa dessas se precisasse, não era medrosa.

— Eu não durmo com essas mulheres.

— Eu o vi tocando nelas! Naquela mulher que vocês provavelmente estão fingindo que é parente de alguém do grupo! E todos vão acreditar! Mas ela é uma das suas prostitutas! Você acabou de sair de uma carruagem cheia de mulheres! Eu vi o que Lorde Morton recebia delas! Você mentiu para mim! Não sei onde estava com a cabeça quando acreditei nesse seu trato! Grande acordo de cavalheiros, em que só um dos lados tem honra!

Ele não podia lhe dizer a verdade naquele momento. Não ali. Estava calculando o tempo que tinha antes que tudo fosse arruinado. Se o vissem com ela ou se ele lhe dissesse o que estava planejando, seria o fim do jogo. Quando a tirou do teatro e procurou um lugar para conversarem, ele só estava pensando nela. Agora não estavam numa boa posição, podiam ser vistos das portas principais, especialmente por pessoas que fossem procurar seus veículos.

— Eu não traí nosso acordo. E não a enganei. Acredite em mim — pediu, sabendo que não havia nada a seu favor.

Eu fingi, seria a resposta certa. Fingia muito bem que estava com aquela loira.

Ela não tinha motivo algum para acreditar na palavra dele. As provas não o favoreciam, afinal ela o vira com aqueles homens e com as prostitutas, algumas com seus corpos parcialmente à mostra. E agora o vira com Penélope.

E Tristan não tinha como lhe dizer que ele pagava a mulher para fingir que ela era sua amante fixa. Diferentemente das outras, Penélope era uma cortesã de luxo que servia apenas a ele. Morton, Hughes e os outros acreditavam nisso. Era parte essencial do seu plano, não podia dizer a ela sem ter que lhe explicar todo o resto.

Ao notar sua expressão magoada e seus olhos brilhando pela umidade de lágrimas contidas, ele quis lhe dizer. E teria um minuto para resumir toda a história sobre seu trabalho, sua missão pessoal, a vingança que ele havia deixado que o dominasse, os planos com participação das prostitutas a quem pagava, as encenações, até sua fama bem planejada. E ele não faria isso. Nem que um minuto durasse meia hora.

Tristan entendia o problema, pois se ele já queria socar alguém quando a via sendo cortejada por outros num salão cheio de gente, teria cometido assassinato se ela saísse de uma carruagem com outro homem. Ainda mais se a visse numa carruagem com vários homens em poucas roupas e comportamento suspeito e indecente.

Dorothy não podia mais olhar para ele, pois sua dor ia aumentando a cada segundo. Ela arrancou os grampos do cabelo e os jogou aos pés dele. Tristan fechou os olhos por um instante e engoliu a saliva, procurando uma saída. Quando viu aqueles quatro pequenos acessórios brilhantes que havia dado a ela baterem contra seus sapatos e ficarem ali jogados, sentiu como se algo estivesse se partindo dentro dele. Os grampos eram um dos pequenos pedaços que representavam o relacionamento deles, desde a primeira noite.

— Chega deste acordo. Você é um trapaceiro, eu devia ter acreditado no que dizem sobre você. — Ela começou a se afastar, mas parou e o olhou; seus olhos brilhavam e sua respiração estava entrecortada, pois a dor que sentia a atrapalhava. — Como você teve a coragem de me pedir para mudar de ideia? Era isso que pretendia fazer comigo depois que eu aceitasse e prendesse minha vida à sua para sempre?

Mesmo sabendo que ela estava enganada, ouvir aquilo foi como uma levar facada no coração. Ainda não sabia como lidar com aquele momento em que ele se deixou tomar por um impulso e pelos seus sentimentos confusos, lhe pedindo para mudar o acordo que tinham. E poucos dias depois, o acordo estava acabado. Ele não podia aceitar. O que faria sem ela?

A constatação o assustava, mas se aquilo era uma escolha — e ele ainda não sabia se era, mas estava sem opções —, então transformaria Dorothy em sua única escolha. Mesmo que tivesse de contar a ela o assassino que era e como a vingança se tornara seu objetivo de vida. Como saber o que ela acharia menos abominável? A verdade sobre ele ou sobre o personagem que vivia?

Antes que fossem vistos, Dorothy partiu. Voltou pela calçada, procurando sua própria carruagem, mas Tristan a seguiu.

— Não, Dorothy. Nós não acabamos assim. Você precisa sair daqui e me encontrar em outro local.

— Eu nunca mais vou encontrá-lo, nem sequer quero voltar a vê-lo.

Já havia pessoas aparecendo na saída do teatro, o público geral chegava às portas mais rápido, enquanto as pessoas nos camarotes demoravam um pouco mais em seus cumprimentos e na escadaria.

— Solte-me agora. Não ouse me arruinar por nada. Você não vale o sofrimento — exigiu.

— Mesmo antes eu não valia, mas você vale. Não há nada mais valioso do que tê-la comigo. Eu não vou deixá-la encerrar o nosso capítulo com um engano.

— Meu único engano foi acreditar em você, mas eu não me arrependo do que fiz. Eu só queria ter batido em sua cabeça com algo maior.

Ela olhou as pessoas saindo do teatro. Agora que estavam tão iluminados, ela podia ver o sangue descendo pelo lado do rosto dele e a frente de sua orelha direita manchando a gola de sua camisa e logo o lenço que a prendia. Para estar sangrando assim, devia precisar de alguns pontos. E ela não conseguia se arrepender de ter batido nele com aquele enfeite; se estava ali de pé, então estava ótimo. Com certeza não morreria por perder um pouco de sangue.

Eles não tinham mais tempo, então Dorothy voltou a encará-lo.

— Foi você quem me disse que uma mulher deve ser dona de suas escolhas. E que ela manda em seu corpo e em suas vontades. E ninguém deve ter o poder de lhe tirar isso. Pois eu não o quero mais. Está acabado. Solte-me agora.

Tristan abriu a mão e a soltou. Sentiu-a escapar por entre seus dedos e fugir. Havia dito tudo aquilo, acreditava no que dissera a ela. Só não aguentaria perdê-la dessa forma. Queria ser a escolha dela, sua vida estava boa enquanto ela estava escolhendo voltar e encontrá-lo. Naquele momento ele não queria saber de sua missão, esperava que aqueles homens sumissem. Ele só a queria de volta. Ia lhe dizer a verdade, ia confessar. Pela primeira vez em sua vida, ele ia confessar sua missão.

Nem tortura, surra e terror psicológico foram capazes de fazê-lo confessar, mas nunca havia perdido nada por isso. Sempre ameaçavam sua vida, e essa era a regra mais básica. Dava vontade até de rir quando diziam que iam matá-lo se não falasse. Sua vida não importava naquele trabalho.

Então alguém inventou um golpe baixo. Ele nunca havia sentido aquilo. Só podia se lembrar do dia que descobriu o corpo de sua tia, a única perda irreparável de sua vida adulta. Mais forte do que a lembrança infantil da época em que seus pais se foram. Porém, a dor que experimentou ao ver o corpo de Joan Thorne foi tão forte que o transtornou. Era diferente, mas era a única comparação que tinha para a dor que sentia agora.

Será que Dorothy também seria outra perda irreparável para ele?

A frente do teatro foi tomada por pessoas e ele só via um borrão, estava mais confuso do que em qualquer dia de sua vida. Mesmo quando tudo em um dia de trabalho dava errado e ele quase era morto, ainda retomava o controle da situação. Até quando aquele brutamontes o surrava, ele ainda tinha um plano em sua cabeça dolorida, pois foi assim que saiu vivo. E agora ele não tinha um. Não tinha nada, mas se virou e voltou pela calçada, para fazer a única coisa que lhe importava no momento. Abaixou e recuperou do chão os quatro grampos que ela havia jogado. Ele ainda estava olhando para eles quando ouviu os outros chegarem.

Precisava de mais um momento antes de recompor o seu personagem atual, pois o Tristan verdadeiro estava arrasado, estava sozinho ali, segurando aqueles grampos, e não conseguia mais encontrar motivos ou desculpas para negar o que havia lhe acontecido.

O acordo não dera certo.

Dessa vez havia saído dos trilhos, pois ele havia se apaixonado por ela. Não foi impulso, podia mentir e inventar desculpas para os outros, mas devia a verdade a si mesmo. Havia pedido que ela mudasse de ideia e lhe desse uma chance, porque estava apaixonado por ela e não conseguia aceitar que, a cada dia que passava, o fim da temporada ficava mais próximo, assim como o fim deles.

— Minha nossa, Wintry! Isso é sangue? — perguntou um dos seus companheiros.

— Você está bem? Quando o vi cair achei que estivesse morto — disse Lorde Hughes. — Afinal, quem era aquela? Alguma amante desprezada? Seja quem for, conseguiu deixá-lo bem ferido. — Ele deu uma risada e chamou os outros para verem que Wintry estava sangrando pelo golpe na cabeça.

Naquele momento, ele queria que aquele homem desaparecesse. O homem que era sua principal pista e a quem ele estava cercando lentamente e poderia pôr tudo a perder. Não queria pensar nele naquela hora. Porém, enfiou os grampos no bolso e se virou; eles nem sequer repararam em seu olhar machucado.

— Vou voltar com o Morton — avisou.

E Lorde Morton nunca mais seria visto com vida depois dessa noite.

***

— Mas o que foi que lhe aconteceu? — insistia a Sra. Clarke enquanto a carruagem tentava entrar na fila para deixar a rua do teatro.

Dorothy estava segurando na lateral do veículo e sua mão enluvada estava fechada, segurando o tecido do seu vestido, sobre o peito. Ela chorava, só que seu coração estava tão apertado que era um choro seco, desses que os sons saem, dolorosos, mas nada mais acontece. Seus olhos ardiam, úmidos, mas ela trincava os dentes, lutando contra as lágrimas, pois se elas caíssem ia doer muito mais.

— Pelo amor de Deus, diga alguma coisa. Não pode estar assim porque aquela velha má teve um desmaio. Ela é maldosa. Vaso ruim não quebra assim, ela vai sobreviver — dizia Cecilia, preocupada.

— Eu disse adeus a Henrietta Cavendish, nunca mais vou vê-la — murmurou Dorothy, com a voz chorosa.

— Mas por quê?

— Estou muito sentida, nunca mais a encontrarei...

Ela não conseguia acreditar que, mesmo naquela situação, fosse capaz de proferir mentiras que no fundo eram verdades que ninguém além dela e seu ex-amante entenderiam.

— Eu nem sequer sabia que você tinha se aproximado tanto dessa moça — disse a Sra. Clarke, estranhando e reparando em seu penteado, que estava parcialmente desfeito.

— Lorde Wintry terminou tudo com ela? — perguntou Cecilia, chocada.

Só ouvir o nome dele fazia as pontadas de dor perfurarem as paredes do seu coração, como se tentassem rasgá-lo de dentro para fora. Não parava de se odiar por ter se apaixonado por ele. Fora uma tola, era óbvio que não tinha experiência para jogar aquele jogo.

Resolveu começar logo no nível mais difícil; seu primeiro amante tinha que ser aquele maldito homem demoníaco, porém terno. E machucado como ela, com quem ainda podia se identificar. Com quem dividia uma história de vida e que, mesmo quando ela não conseguia formar uma frase com as palavras certas, entendia seu sentimento. Assim como suas mágoas de infância. E entendia até mesmo a situação em que ela se encontrava.

Era um perverso traidor.

— Eles romperam, Henrietta vai partir e disse que nunca mais voltará. Eu sei que é tolice, mas eu acreditei neles. Eu os acompanhei e cheguei a pensar... — Ela se segurou com mais força agora que a carruagem finalmente havia conseguido sair dali.

— Pensar o quê? — insistiu a prima.

— Nada, acabou. E nunca mais verei Henrietta. — Ela soltou a mão e cobriu o rosto, escondendo-se das outras.

Dorothy só chorou de verdade quando ficou sozinha em seu quarto. As lágrimas rolavam sem parar, molhando o tecido da almofada que ela abraçava. Seu cabelo estava desfeito, mas ainda havia dois grampos atrás, prendendo a parte alta do penteado. Ela os retirou e deixou-os cair no chão, ao lado da cama.

***

Na semana seguinte, o inspetor Mortimer estava com um caso novo. Nobres desaparecidos, possivelmente mortos. Ao começar a investigar, ele descobriu três nomes, mas só recebeu um alerta sobre o suposto sumiço de Lorde Nott. No entanto, seus amigos acreditavam que estes lordes estavam em suas propriedades. Ou haviam aproveitado a crescente segurança pós-guerra para viajar para outros países. Eram figuras que gostavam de fazer o que bem entendiam.

Por outro lado, seus familiares não sabiam de plano algum para viagens. O inspetor achou muito estranho que Lady Nott parecesse em um contido estado de alegria por seu marido ter sumido. Ele resolveu que até a investigaria, ela podia ter contratado alguém para sumir com o marido. Não era incomum.

Indo mais fundo, Mortimer chegou aos amigos mais próximos de Lorde Nott. Aparentemente, eram todos membros de um daqueles clubes de cavalheiros em que o inspetor não seria aceito nem se nascesse novamente. Ele os achava um antro de imoralidade; já havia tentado descobrir contravenções em alguns desses clubes. Porém, em geral só encontrava nobres bêbados, homens endinheirados acumulando dívidas de jogo e a ocasional oferta de cortesãs de luxo.

Apesar do começo desanimador, Mortimer era como um cachorro em relação a um osso, não largava fácil. Se farejava algo errado, mesmo que ninguém quisesse lhe dar atenção, ele continuava caçando. Era normal que fosse esnobado por aquelas pessoas da alta sociedade, elas já o olhavam como se ele tivesse algum problema por ir importuná-las. Nunca o levavam a sério, mesmo quando ele apresentava o sumiço de seus conhecidos.

Era provável que a fama do inspetor já o precedesse, por isso quando pegava mais um caso que envolvesse a alta sociedade, já começava sendo desacreditado.

— Não, eles não estão em suas propriedades campestres, nem escondidos com alguma cortesã ou caídos nos fundos de um dos clubes. Nem mesmo refugiados nos quartos de hóspedes de algum amigo — Mortimer estava cansado de repetir isso e já não estava mais tão educado. — Mandei homens irem a todos esses locais. Esses senhores simplesmente desapareceram.

Havia ainda outra pessoa que gostava de brincar com fogo e queria que o caso de Nott fosse investigado. Se ninguém notasse nada, seria suspeito demais. Tristan precisava de uma investigação, pois aqueles homens eram considerados importantes. Ao contrário das garotas que eles usavam e matavam e talvez apenas suas famílias percebessem seu sumiço. E assim saíam impunes de tudo que faziam.

Porém, todos reparavam quando algo de errado acontecia com um membro da nobreza, sempre saía no jornal. Um dia alguém teria que começar a notar o desaparecimento sistemático de garotas como aquelas. Tristan sabia que a polícia não veria isso.

Outra coisa que ele sabia era da fama de certo inspetor. A denúncia assinada por uma Lady fictícia, que supostamente era amante de Nott, foi feita a outro policial. Pelo que parecia, ela costumava entretê-lo e aos seus amigos. Só que ao saber de um caso em que nobres estavam envolvidos e poderiam até ser presos, Mortimer ficou enlouquecido e usou sua posição para tomar o caso. Como esperado.

E essa era a última preocupação na mente de Tristan, pois o inspetor jamais poderia provar. E agora, semanas após o sumiço de Lorde Nott, algumas provas deixadas em locais estranhamente convenientes diziam que ele poderia não voltar... Eram dívidas demais. Ele nunca pagaria. Alguém precisava fazer de um desses nobres um exemplo E ainda teve aquele terrível incidente na antiga sede do clube. E todos os integrantes que sobraram estavam fugindo ou desaparecendo.

Ou morrendo...

Lorde Hughes estava ficando aterrorizado. E pessoas nesse estado cometem erros.

Enquanto isso, Tristan não tinha mais nada para pensar além de sua missão e sua vingança. Quando não estava ocupado com ambas, estava sofrendo pela sua perda mais recente: a dama de sua estima.

***

— Milady, seu tio tem visita novamente — avisou o mordomo.

— Se for um daqueles seus amigos, leve-o à sua sala de estar pessoal. É lá que ele os recebe.

Ela não deu muita atenção, não queria ter de fazer sala para os amigos do seu tio. Eles eram chatos e o humor dela estava ruim havia dias.

— Ele está em condições?

— Ele disse que receberia se fossem os seus amigos.

***

O mordomo saiu e ficou fora por uns quinze minutos, então retornou com um pequeno envelope.

Dorothy,

Eu não devolverei seus grampos.

Tristan Thorne.

O maldito nem se dava mais ao trabalho de fingir que era Lady Holmwood. Seus bilhetes vinham apenas com o nome de Dorothy do lado de fora. E ele também não tinha mais a discrição de assinar com um simples "TT", ao menos para deixar dúvidas. Ela não respondeu.

Dorothy,

É temerário que uma mulher como você, que não se deixa dominar pelas vontades alheias, não fique sequer curiosa em escutar os absurdos que posso ter a dizer.

Tristan Thorne.

Ela nunca mais queria vê-lo. Estava até recusando convites e alegando mal-estar para não ir aos bailes. Tudo isso porque sabia que, se o encontrasse, nada o impediria de falar, e dessa vez ele não seria detido como fora na porta do teatro. Ele era bom, deve ter sido bem treinado em retórica, pois foi falando que ele a convenceu a aceitar aquele acordo dos infernos.

Dorothy podia jurar que ele daria um jeito de explicar por que estava numa carruagem cheia de prostitutas, algumas em trajes desfeitos. E por que sua bela amante e cortesã se passava por uma dama e o acompanhava quando ele estava com seus amigos.

Ela havia ouvido falar que Tristan tinha essa amante, mas achou que fosse só mais um dos absurdos que atribuíam a ele. Afinal, diriam que ele tinha até um caso com a rainha se isso não fosse tão ridículo a ponto de ninguém acreditar, mas sobravam princesas para acusá-lo de desencaminhá-las. Isso e as quinze amantes que ele tinha só naquela temporada. Ele brincou tanto com o boato das dez amantes do velho Lorde Harris e acabara com seu nome nas apostas, dizendo que ele tinha quinze.

E não podiam se esquecer da tal Henrietta Cavendish, que diziam que iria domá-lo. Assim que descobrissem onde ela estava.

Dorothy,

Vai odiar saber que o ferimento que deixou em minha cabeça finalmente se curou e não dói mais. Decidi que a pancada me deixou fora do meu juízo. Estou obcecado por você; só tamanha insanidade pode explicar o fato de eu continuar lhe escrevendo.

Tristan Thorne.

Ele tinha certeza de que Dorothy não lia, pois ela era uma mulher sem coração, e ele estava pagando todos os seus pecados por ter se envolvido com uma dama. Elas eram más. Ele deveria ter continuado passando a quilômetros delas, mas acabou na cama com uma e agora estava naquela situação deplorável. Estava perturbado, com toda certeza. Se ao menos ele escrevesse as cartas e as queimasse. No entanto, continuava enchendo o bolso de Dave de moedinhas para que levasse suas cartas até aquela mulher desalmada.

Maldita mulher! Eu a quero de volta!

TT.

Essa última foi escrita num momento de particular descontrole e abuso de vinho. Quando viu o quanto o conde estava fora de si, Dave pensou até em não levá-la, mas estava cumprindo ordens e entregou o curto bilhete.

Após a carta anterior, na qual contava sobre ter se curado do ferimento, Dave voltou mais uma vez sem nada. Porém, pouco depois o cocheiro dos Miller trouxe uma caixa e entregou. A capa púrpura tinha sido devolvida. Assim que ficou completamente sóbrio, Tristan teve vontade de rasgá-la em mil pedaços e atear fogo. Ele estava a ponto de acendê-la como uma pira quando o Sr. Giles o deteve.

— O senhor está fora de si. Completamente fora de seu juízo normal — disse o mordomo, resgatando a capa da bacia onde ela seria incendiada.

Maldita Srta. Desalmada,

Você é uma enganadora, não fez nada do que me disse que faria. Você se arrependeu de cada momento. E tudo que me disse é mentira. Assim como tudo que acredita também é. E foge, porque sabe que será vencida pelo que tenho a lhe dizer. Não seja covarde, Dorothy. Você não é assim. Não ouse me desapontar depois de quase partir a minha cabeça ao meio. É preciso coragem para invadir um camarote cheio bem no meio de uma peça, com a casa lotada e atentar contra a vida de alguém. Algo que você fez.

Tristan Thorne.

Ao contrário do que ele pensava, Dorothy estava lendo cada linha que recebia. Quando o Sr. Terell batia à porta e vinha com aquela sua bandejinha de prata, ela já sabia que era um novo bilhete.

— De quem você está recebendo tantos bilhetes? — perguntou Cecilia.
— Não é daquela velha bruxa. Ela não gosta mais de você.

— Fiz uma assinatura de entrega de fofoca a domicílio — respondeu Dorothy.

— E tal coisa existe? — O pior era que Cecilia acreditava, pois a prima falava seriamente.

— É um serviço sério.

— E quem envia isso?

— É um mistério, ninguém sabe.

— Você não é uma fofoqueira!

— Estou ganhando dinheiro nas apostas sobre os famosos de nossa sociedade.

Cecilia parecia ter acabado de ouvir um segredo digno de traição à coroa.

— O quê? — sussurrou ela, olhando para os lados. — Você está apostando? Mas Dorothy! Se descobrirem, será um escândalo!

— E quem vai contar, você?

— Não, eu nunca a delataria. Você sabe.

— Ótimo. Continue assim e quando ficar mais velha posso até ensiná-la a apostar.

Prezado Lordezinho Sujo,

Eu nunca mais quero vê-lo. Olhar para você só me machucaria e me faria mal. Você mentiu para mim, me enganou, me traiu e estraçalhou meu coração como se fosse mais uma de suas diversões. Eu devia ter realmente rachado a sua cabeça ao meio, mas ela é dura demais para tal feito. Não me escreva mais.

Dorothy Miller.

Tristan não podia acreditar que ela havia respondido, havia enfim encontrado uma forma de irritá-la, pois só isso a faria dar sinal de vida.

— Milorde, devo lembrá-lo de seu compromisso com...

— Mande preparar a carruagem, já estou indo. — Ele molhou a pena e puxou uma folha.

Querida Srta. Desalmada,

Eu lhe pedi para mudar de ideia. Pode dizer que eu estava fora de mim, que estava insano, levado pelo ciúme ou até mesmo dominado por um impulso. Eu sei que foi o momento errado, mas nada disso muda o fato de que eu lhe pedi. Eu achei que estava certa, porém agora vejo que estava completamente errada. Eu não a destruiria.

Já lhe disse que eu poderia ser a maior aventura de sua vida, mas que não seria um erro. Tenho certeza de que nos desentenderíamos e eu a magoaria e a deixaria lívida. É provável que tentasse me agredir novamente. E você causaria o mesmo efeito em mim, porque eu já quis esganá-la milhares de vezes desde que me largou. Porém, eu não a destruiria.

Como o seu coração pode estar envolvido se me deixou sem uma única chance de retratação de minha parte?

Tristan Thorne.

Ela não podia encontrá-lo, não podia, de forma alguma. Se escutasse sua voz, seu coração se rasgaria ao meio. Ele poderia convencê-la mesmo se mandasse recados por fumaça. Então ela resolveu ceder. Agora que o ódio não a cegava mais, as memórias voltaram e, apesar da dor, ela ainda ia guardar seus momentos com ele. Todos aqueles que foram preciosos. Porém não poderia voltar a vivê-los; teria de se contentar com o passado. Eles estavam terminando de qualquer forma e agora doía muito saber que, apesar do quanto ele havia feito os seus olhos brilharem, seu corpo exultar e seu coração amar, ainda quebrara o acordo.

Querido Wintry,

Você não foi um erro, tivemos os dias mais preciosos. E sim, aquele momento foi errado. E nosso acordo durou mais do que deveria. Admita que não estava pronto quando me fez aquele pedido.

Nossa curiosidade devia ter sido alimentada em um único encontro. Nunca teríamos nos machucado.

Dorothy Miller.

Ele voltou de seu compromisso e encontrou a resposta, embora achasse que ela não diria mais nada. No entanto, não queria ter lido aquelas palavras. Se houvessem continuado brigando, se acusando e mantendo aquele diálogo irracional, a ligação permaneceria viva. Agora ela a terminara. Tristan se sentou na cadeira de seu escritório e deixou seu corpo se recostar, descansou a cabeça contra o encosto e olhou para o teto decorado. Essa seria a última vez para ele, e saber disso era uma nova dor que nunca havia sentido antes.

Querida Dot,

Não se arrependa de nada.

Tristan Thorne.

Capítulo 14

Lorde Hughes queria partir. Ele já havia notado que algo estava errado e não acreditava mais em coincidência. Ele e seus amigos tinham pecados demais em seu passado e continuavam cometendo-os. Então, se algo assim acontecia, não podia ser levado de forma leviana. E ele queria que Wintry fosse com ele.

— Temos que deixar Londres! O mais rápido possível — disse ele naquela manhã. — Estou com tudo pronto. Tenho dinheiro e peguei todos os documentos necessários. Você precisa voltar ao clube e pegar o conteúdo do cofre. Eu é que não volto lá! Não depois do que aconteceu com Brutus.

— Eu irei até lá — disse Tristan, de posse da combinação e da localização do cofre.

— Tome cuidado! Pegue todo o dinheiro que tiver em casa, podemos nos encontrar daqui a dois dias. Acho que devemos ficar fora da Inglaterra por um tempo.

— Concordo. — Tristan partiu, dizendo que tinha pouco tempo.

Dois dias depois, Hughes estava escondido no porão de um chalé nas redondezas de Londres e tinha certeza de que estava sendo perseguido, mas não sabia por quem. A porta que dava na dispensa do chalé foi aberta e seu capanga desceu.

— É melhor partirmos ao amanhecer, milorde — disse ele, ainda dos degraus.

— Wintry ainda não chegou! Ele tem contatos para sairmos do país sem que ninguém saiba. Não posso usar os meus. E, mais importante, ele tem dinheiro.

— Pode subir; já olhei tudo e não há ninguém aqui. Esse lugar fede. Vou deixar a comida aqui em cima.

O homem voltou pelos degraus e Lorde Hughes se apressou em segui-lo, não queria ficar mais tempo sozinho ali embaixo naquele buraco bolorento. O medo era irracional; não fora assim que os outros sumiram. Além disso, dois deles estavam bem vivos e disseram que haviam apenas preferido se retirar da cidade. Ele tinha tempo.

Assim que passou pela porta que levava ao primeiro andar, ela bateu atrás dele. Lorde Hughes mal teve tempo de reagir antes de ser empurrado para o chão. Seu capanga estava se levantando, e Hughes não conseguia nem imaginar como alguém poderia tê-lo golpeado sem que ele escutasse.

— Levante, Nielson! Levante! Mate-o! — urgiu Lorde Hughes.

Quando ele se virou e viu Wintry ali com uma pistola na mão, ainda ficou em dúvida por alguns segundos. Porém, sua figura relaxada e de olhar frio lhe dizia que aquilo não era um engano: o conde sabia perfeitamente o que estava fazendo.

— Seu traidor! Você fez o juramento! — disse, citando o ridículo juramento de lealdade e amizade do clube. — Mate-o, Nielson!

Leal mesmo devia ser o capanga dele. Tristan sempre imaginava como homens como Hughes incitavam tamanha lealdade, afinal eram péssimos exemplos. Com ou sem pistola, Nielson se pôs de pé e com um urro avançou para cima de Tristan. Ele foi como um touro, pronto para derrubá-lo, e não era lento e pesado como Brutus.

Com dois homens com os quais lidar, Tristan percebeu que Hughes estava se levantando e ao mesmo tempo Nielson o acertou. Ele o teria derrubado exatamente como um touro faria, se Tristan também não fosse grande. Ele bateu contra a parede, e Hughes aproveitou a deixa para se levantar. Tristan, porém, atirou, e o lorde gritou, jogando-se no chão outra vez.

O capanga o acertou e conseguiu se livrar da arma, forçando seu corpo contra ele e prendendo-o na parede. Mesmo após o baque, Tristan se livrou do oponente, empurrou-o contra a única mesa do recinto, foi atrás de Hughes, agarrou-o pela casaca e o arremessou para o outro lado do cômodo, para longe da porta. Não queria ter que perseguir ninguém pelo mato, bem no meio da noite.

Nielson também não caía fácil: se havia algo que aquele lorde sabia fazer era escolher seus capangas. Depois de ter sobrevivido ao grande Brutus — e aquele sim fora um adversário de respeito —, o mínimo que Tristan podia fazer era honrar o falecido grandalhão. Então também não ia ceder àquele capanga e, para quebrá-lo do jeito que acontecera no clube, o homem precisaria ser maior do que aquele brutamontes.

— Fuja, milorde! — disse o capanga.

— Por onde? — perguntou Hughes.

Nielson tentou pegar a pistola que havia caído, mas Tristan o chutou. Os dois se atracaram, trocando golpes e se jogando pelo cômodo com o objetivo de incapacitar e derrubar de vez o oponente. Os móveis se quebraram com a luta de arremessos. Quando Lorde Hughes conseguiu abrir a porta, Tristan a chutou e o empurrou para longe. Foi quando Nielson pegou uma faca e avançou para cima dele.

— Mate-o! — disse Hughes, caído no chão, depois de ser jogado ali.

Assim que viu a lâmina tentando cortar um pedaço seu, Tristan arrancou o paletó e o enrolou numa das mãos, segurando o tecido com a outra e lutando contra a faca. Ele prendeu o punho de Nielson e o bateu contra a parede, fazendo a arma cair no chão. O capanga o golpeou, mas Tristan passou o paletó por cima de seu rosto e o jogou no chão. Já era o segundo paletó caro que ele perdia com esses malditos capangas de Hughes; estava cansado daquilo.

Para um homem que já havia cometido e aprovado tantas barbaridades, Lorde Hughes gritava como uma criança histérica — ele estava descontrolado. Em seguida, viu seu capanga ser jogado no chão, sangrando e ainda lutando. Tristan apoiou o joelho em seu peito, escorando-o contra a parede e o deslizando para baixo lentamente. O homem emitia aqueles grunhidos de quem estava fazendo muita força, e Hughes soltava guinchos finos. O lorde ficou de quatro, aterrorizado, ao testemunhar seu capanga indo ao chão sem emitir mais nenhum som. Ele ficou paralisado quando viu Wintry abaixar e passar os dedos sobre os olhos do capanga, fechando-os.

Esse era o problema das testemunhas em seu trabalho, especialmente aquelas que lutavam para impedir uma missão: elas iam junto.

Era por isso que Tristan precisava da informação; não podia desconfiar de alguém, precisava da certeza. Havia todos os membros daquele clube, ativos ou não, e os antigos amigos deles. Eram muitos homens, muitos nomes similares, muitas possibilidades, e não podia matar todos eles. Não podia errar o alvo.

Quando Tristan ficou de pé e o olhou, Hughes saiu engatinhando como o covarde que era. Andou até ele e o chutou com a sola de sua bota.

— Joan Thorne — gritou Tristan para ele. — Lembra-se dela?

— Não! Eu não...

— Pense de novo. Era Lady Hose quando a mataram. Você e três de seus amigos a pegaram. E ela nunca mais voltou.

Até o momento, Hughes estava pensando que Tristan era um simples traidor e que estava fazendo tudo aquilo só para roubá-lo e assumir seu negócio. Só que, após escutar o nome de Lady Hose, o reconhecimento ficou claro na face dele.

— Eu não fiquei — respondeu ele.

— Bert e Beasley. Um está morto. Nott abriu o bico antes de sair em viagem. Os outros nem sabiam.

Hughes arregalou os olhos e soube que Nott não estava em viagem nenhuma.

— Eu posso pagar! Posso lhe pagar o que quiser!

— Não, não pode. Você está endividado. Suas promissórias estão comigo. E eu já sou rico. Fica difícil subornar alguém que tem mais dinheiro que você. Sua primeira vez tentando, não é? Desagradável.

— O que você quiser... Eu posso...

Tristan o agarrou e o levou até a beira do porão, abriu a porta e o deixou ver o buraco escuro e sentir o cheiro de bolor.

— Está com medo de um porão? É ruim quando é você que tem de viver em um. Em qual porão vocês a estupraram e mataram? No seu?

— Não! — gritou ele, olhando o breu que estava lá embaixo.

Tristan decidiu que não era estímulo suficiente. Ele ainda não tinha começado a chorar, e tremer era muito pouco. Então ele o jogou escada abaixo, no buraco negro que era o porão. Esperou o barulho da queda terminar, pegou o lampião e desceu.

— Beasley está morto. Nott não vai voltar. Morton também não. Aqueles outros dois palermas acham que nunca mais podem pôr os pés na Inglaterra e não sabem de nada. Você não os incluía nas melhores festas. E como era mesmo o nome daquele outro... Tanto faz. Brutus também não vai levantar da enorme cova que mandou cavar para ele. O homem lá em cima com o nome estranho está na sua conta também.

— Você não pode...

— Você não faz ideia do quanto eu posso. Eu quero o nome. Beasley a levou e a estuprou. Depois que você a trouxe. Nott gosta de garotinhas amarradas em porões, como você, mas ele prefere as estrangeiras. Você gosta de garotas do campo, das saudáveis e rosadas. Imagino que os pais delas não saibam onde os corpos foram parar. Se eu cavar no seu quintal, vou achar algumas?

Hughes só gemia. Havia quebrado alguma coisa na queda; pela dor, deveriam ser costelas e talvez a perna.

— Eu quero as coisas dela. Não estavam com o corpo. E eu quero saber para onde ela foi depois que Beasley terminou de usá-la. Você sabe. Nott era um pau-mandado, não sabia quem terminou e tem tanto medo do líder de vocês que preferiu morrer. Mas você sabe de tudo. — Tristan iluminou seu rosto. — Eu lhe prometo que, se me disser, vai ser tão silencioso quanto seu capanga. Você não vai sentir — disse ele mais baixo, pouco iluminado pelo raio do lampião. Então tornou a ficar ereto e continuou mais alto: — Se não me disser, eu vou arrancar de você e não vou deixá-lo ir como seu amigo Nott. Tenho tempo e paciência. Estou consumido pela vingança. Até você estaria, se tivesse sido a sua mãe. É o que Joan Thorne era para mim.

— Beasley não tinha tanta força para isso. Ele já estava ficando doente.

— Continue.

— Por favor... Eu não vou contar. Eu entendo, eu juro que entendo. Eu não sabia que ela era sua parente, ela tinha outro nome. Eu nem sabia sobre você até herdar o título!

— Faz diferença? Se você tivesse mandado levar uma moça porque viu seu belo rostinho rosado no campo e a desejou e, depois de tê-la usado por dias e sumido com o corpo, descobrisse que era minha irmã, então pedisse desculpas por tê-la confundido, seu delito ficaria menor? É isso que diz aos irmãos das garotas que leva? Esse chalé é seu? Tem alguns corpos embaixo dos meus pés?

— Não é meu.

Tristan o virou e colocou seu rosto contra o chão.

— Eu não me importo com barulho, Hughes. Imagino que elas sempre gritem. Sei que minha tia jamais sucumbiria sem gritar e lutar. Deve ter sido um tormento, vocês devem ter precisado bater nela e depois prenderam um pano em sua boca. — Ele soltou e tirou o lenço do pescoço de Hughes, cujo nó era tão bem-dado que depois de tudo ainda estava lá. — Vou pôr isso na sua boca, vou queimar e arrancar a sua pele. E vou lhe perguntar a cada pedaço, quem ficou com ela depois que Beasley terminou. Ou... pode ser indolor. Eu lhe prometo.

— Bert — disse Hughes. — Ele está vivo. Em todos os documentos ele é só Bert, ele era o líder do clube. Ele sempre a desejou, e ela nunca o favoreceu, não o achava importante o suficiente para tomá-lo como amante. — Ele pausou e fechou os olhos antes de dizer o que os outros evitaram ou não souberam. — Felton... Herbert Miller.

***

O inspetor Mortimer era melhor do que parecia, porque conseguira traçar um círculo de convivência entre os membros da sociedade, desde as semanas que percebera que mais de um daqueles lordes do clube havia sumido. Eles continuavam ignorando-o e lhe dizendo que havia outras partes em Londres precisando de seus serviços. Claro que sim, mas havia um certo prazer macabro em encontrar e expor problemas em Mayfair e em qualquer área nobre da cidade onde aquelas pessoas esnobes fixavam moradia.

Ele visitara gente demais. Já estava malvisto e recebendo reclamações quando chegou à casa de Dorothy e foi informado de que seu tio estava de cama e não iria recebê-lo. Ele podia falar com ela se quisesse saber de alguma coisa. Mortimer não gostou da ideia, ele não queria tratar desse assunto com uma mulher, como de costume; era um desses homens que achava que seus nervos sensíveis e femininos precisavam ser poupados.

— A menos que o senhor tenha vindo acusar meu tio de ter cometido algum crime a partir de seu leito de enfermo, tudo que verá será a mim. E seja breve, pois tenho um compromisso.

Garotinha impertinente, pensou ele. Estava vendo que ela não era uma garota, mas uma bela mulher, do tipo que ele não poderia tocar nem com um graveto enluvado. E continuava petulante.

Aquelas pessoas tinham mania de resolver seus próprios assuntos, ou seja, abafavam tudo. Porém, sempre que necessário, era Mortimer que tratava diretamente com eles. Pois, se em seu cargo ele já era ignorado, imagine se mandasse um simples oficial.

— Ninguém está sendo acusado de nada, senhorita. Na verdade, isso é uma checagem de segurança. Há pessoas desaparecidas, e acredito firmemente que ao menos uma dessas pessoas não sumiu por conta própria.

— Foi sequestrada?

Ele não sabia se ela estava sendo sarcástica ou se era curiosidade.

— Assassinada.

— Não me diga. Acharam o corpo?

Agora ela estava sendo condescendente, ou Mortimer só estava cismado depois de ter enfrentado tantas reações céticas de outros membros da sociedade.

— Não há corpo algum. São indícios, coisas que nós, policiais, usamos para investigar crimes.

— Mas o senhor disse que não há crime.

— Não, eu disse que ninguém está sendo acusado de nada.

— Se ninguém é acusado, então ninguém cometeu um crime.

Ele pausou e juntou as mãos, cogitando ir embora. Aquela moça era muito impertinente e merecia uma reprimenda. Para começar, nem deveria ter sido recebido por ela. No entanto, ele sabia que ela não receberia reprimenda alguma, pois a acompanhante, que estava sentada na poltrona mais ao fundo, não tinha como dever repreender isso. Ela só não podia deixá-los sozinhos e nunca constrangeria a moça na frente dele. Sua posição social não era elevada o suficiente para participar do lindo momento em que moças como ela eram repreendidas.

Nada disso o impedia de desejar que ela fosse severamente corrigida.

— A senhorita é muito nova para lembrar, mas acabei aqui porque soube que um dos lordes que estou procurando tem relação com o seu tio. E estou checando todos os cavalheiros que já tiveram qualquer relação com ele.

— Qual deles?

— Lorde Nott.

— Ele não havia deixado uma nota avisando que faria uma excursão pelo continente? Eu soube disso porque a esposa dele chegou à cidade agora que ele partiu e está contando a todos que o marido não voltará tão cedo. Ela está muito feliz; creio que ele desejava muito fazer tal viagem.

— Sim, eu soube.

— Meu tio está com a saúde debilitada já faz uns dois anos e não se encontra com esse lorde há muito tempo. E eu não me lembro de já tê-lo visto por aqui. Não sou tão jovem quanto pareço, senhor. Recebo pessoas nesta casa há anos e sei quem esteve aqui.

Mortimer percebeu que a moça não ia ajudá-lo. Não porque não quisesse, mas porque não sabia de nada. E como não podia subir para falar com o velho visconde, era uma viagem perdida. Como foram todas as outras visitas. Por outro lado, de que ia lhe adiantar conversar com um homem que mal saía de seus aposentos já havia dois anos?

Assim que o inspetor foi embora, Dorothy subiu até o quarto do tio, que já estava acordado e tomando seu lanche da tarde. Tinham que aproveitar os dias que ele tinha apetite para tanto, por isso o Sr. Terell sempre ia lá lhe oferecer.

— O inspetor acha que o senhor poderia saber alguma coisa sobre os planos do Lorde Nott — comentou ela, depois de lhe contar sobre a visita do homem.

— Tive pouco contato com Nott desde que me casei. Éramos companheiros de saídas. E depois do meu casamento, parei com isso.

Dorothy fora morar com o tio quando ficara órfã, aos 10 anos. Ele era saudável naquela época, e ela, já grande o suficiente para manter lembranças. Lembrava que, apesar do que ele estava dizendo, passava muito tempo fora. Ela nunca o via chegar quando ia para seus eventos noturnos. E não estava falando dos dias em que levava a esposa.

Sua tia passava muito tempo sozinha durante as noites da temporada. E até durante o dia, porque o visconde ficava horas na cafeteria onde encontrava conhecidos e parceiros de negócios. E à noite ele frequentava um clube de cavalheiros. Lorde Felton passou a diminuir suas saídas quando Dorothy já tinha em torno de 20 anos, quando sua saúde começou a demonstrar problemas, e, na época, Lady Felton já havia falecido. Foi em meados de 1814 que ele contraiu uma gripe, e desde então sua saúde vinha piorando gradativamente até o estado atual em que mal saía da cama. Atualmente estava passando por períodos cada vez mais difíceis.

— O inspetor Mortimer está cismado com isso e já visitou metade de Londres. Ele acha que tem algo de errado acontecendo e está tentando estabelecer uma ligação entre o sumiço desses homens.

— Estão todos sumidos?

— Pelo que ouvi, são apenas cinco homens. E dos cinco, três deles tinham péssimos hábitos. Lorde Nott estava completamente endividado. Todo mundo sabe que ele não foi viajar coisa nenhuma. Ele fugiu, exatamente como Lorde Byron. Deve ter acontecido o mesmo com seus amigos.

— Por isso que nunca me deixei dominar pelo jogo. Nott sempre gostou de jogar, desde novo. Duvido que tenha mudado. Esqueça isso, meu bem. Traga-me minha mesinha, quero escrever uma carta.

Dorothy o atendeu. Em seus dias de fraqueza, o visconde usava uma bandeja de madeira e recebia sua correspondência na própria cama.

— A Sra. Clarke me disse que sua irmã voltou aqui e que você a mandou para o inferno. — Ele lhe lançou um olhar avaliador. — O que tem acontecido com você, querida? Sua acompanhante disse que sua rebeldia alcançou níveis nunca vistos antes. E olha que você é acusada desse mal desde que a conheço. Lembra quando era uma garota e quebrou todos aqueles potes de tinta e depois fugiu, gritando que jamais voltaria a pintar natureza-morta?

— A preceptora que me arranjaram era insuportável e se achava uma grande artista; nada estava bom.

— É, eu me lembro. Ela teve de partir antes do esperado, e você sabe que causou isso.

— Livrei Cecilia de um grande sofrimento.

— Sim, mas não desconverse. Há algo a incomodando?

— Não, tio. Estou bem. Eu apenas me cansei da minha irmã e dos seus julgamentos. Antes de partir ela veio tentar me convencer a passar um tempo com ela ao final da temporada.

— Mas preciso de você aqui. Quem tomará conta dos meus assuntos?

— Cecilia já está em idade para fazer isso, tio. Tenho lhe dado muitas tarefas.

Ele franziu a testa e ficou a observando.

— Você deseja ir ficar com sua irmã?

— Não — respondeu ela, resumindo tudo que sentia e todos os motivos para suas brigas com a irmã em uma única palavra.

— Então ninguém vai obrigá-la a ir para lá.

Ela o deixou. Sabia muito bem que o principal motivo para que a defendesse era porque precisava dela, mesmo que acreditasse que ele tinha afeição por ela. Dorothy também tinha por ele. Lorde Felton nunca fora como um pai, sequer tentara ocupar essa posição. Foi distante até para a própria filha, mesmo que tivesse momentos para lhe reservar carinho e algum tempo. Porém, fora um bom tio, que a havia acolhido em sua casa e lhe proporcionava o que precisava.

Infelizmente, ele não duraria muito mais.

***

Para azar de Tristan, o principal motivo para Nancy ter decidido fazer um evento na cidade foi a reunião da família Thorne. Com todas aquelas pessoas que desejavam se livrar dele e que ele desprezava. E ela quis que o evento fosse seu, pois imaginava que do contrário ele não compareceria. E logo no jantar na noite anterior, ele não se preocupara em estar presente.

— Foi uma desfeita terrível — disse Lady Ruth, uma das tias de Tristan.

— Eu perdi as esperanças. Não há nada que possamos fazer: ele já afundou o nome dessa família na lama — disse a mãe de Nancy, que sempre teve pavor do atual conde.

— Maldito o dia que meu irmão conheceu aquela mulher — reclamou Lorde Phillis. — Com a morte de David, agora o título passaria para o herdeiro seguinte.

— E o dinheiro também. Assim como as propriedades — comentou Lady Russ, sarcástica.

— Nancy! O que é isso? — ralhou sua mãe. — Você tem de parar com essa sua associação com aquele garoto.

Apesar de Tristan estar prestes a completar 30 anos, eles não gostavam de chamá-lo pelo título, pois não conseguiam aceitar que ele era o conde. Mesmo que já o fosse havia três anos. E jamais cometeriam o ato tão íntimo e familiar de chamá-lo por seu nome de batismo. Então era rapaz, garoto, desalmado, maldito, indecente, tirano, bárbaro, demoníaco... mas não seu nome.

— Tarde demais, mãe. Não moro mais com você, não pode me pôr de castigo por ter uma amizade com o meu primo. Meu marido o adora, os dois se dão muito bem — contou Nancy, amando fazer essa desfeita.

— Seu marido nunca foi bom da mente. Não sei como permitimos esse casamento.

Lady Laurence era como uma avó para os mais novos, mas era só a tia mais velha.

— Vocês não permitiram. Eu fugi, lembram? Então o único jeito foi me deixar casar com quem eu queria. — Nancy sorriu.

Ela fugira exatamente com o auxílio de seu primo tão odiado, e isso não ajudaria na questão, de modo que ela mantinha o envolvimento dele em segredo. E eles não tinham provas de que ele sequer estava nas redondezas na época. A fuga fora abafada com um rápido casamento: afinal, ela fugira exatamente para salvar Lorde Russ. Não era à toa que ele gostava tanto de Tristan, já que ele participara ativamente da questão.

Não deu tempo de Nancy receber outra descompostura, pois o conde de Wintry entrou no recinto, fez uma mesura e se sentou para o lanche. Seus primos torceram o nariz, suas tias prensaram o lábio, seu tio ficou desgostoso, e Lady Laurence preparou seu discurso de reprimenda, pois, desde que ele se tornara o conde, ela costumava ser a representante da família que falava com ele em nome dos outros. E Nancy sorriu e foi se sentar ao seu lado, para comentar o quanto sua festa seria divertida e que o salão de jogos estaria liberado.

O chá servido parecia mais amargo do que o habitual, e o festival de alfinetadas deixou todos ali furados como uma peneira. Tristan sentia-se como se fosse o exército de um único homem contra uma infantaria bem-armada, mas os outros na sala achavam que ele só parecia frio e insolente.

— Nós chegamos ao fundo do poço da história dessa família; temos quatro séculos de história e nunca fomos tão achincalhados — disse o tio.

— Não temos um bando de traição, filho bastardo com esposa do irmão, assassinato dos pais, noivas fugindo para as colônias e até incesto na história dos Thorne? E estou sendo modesto. Sabem, apesar de tudo, deu tempo de me ensinarem sobre a família — disse Tristan, sentando-se com sua taça.

Ele havia trocado de chá para vinho imediatamente após o término do lanche. Porque uma pessoa precisava pelo menos de algo levemente alcoólico para aguentar aquela reunião.

Isso fez Lady Laurence cravar os olhos nele, como se tentasse ameaçá-lo para ficar quieto. Seu tio pigarreou e seu primo se levantou.

— Eu acho um desrespeito ter você como chefe desta família — disse ele, afastando-se, como se até o cheiro do atual conde o enojasse.

— Claro que acha; o covarde que era meu meio-irmão se matou e você ia herdar tudo. Mas tenho certeza de que, quando estavam a caminho da casa do meu pai, tiveram que parar os cavalos porque, bem... eu ainda estou vivo. — Ele olhou fixamente para o primo. — Você era amigo do meu meio-irmão. Por acaso ele lhe contou que ia matar a noiva e você achou uma ótima ideia ou foi de surpresa mesmo?

— Seu canalha descarado! Não tem nem a sensibilidade de mostrar respeito pela memória dele! — exaltou-se o primo, indo para cima dele.

O tio, Lorde Bertram, se levantou e evitou que seu filho tentasse atacar o primo. Tristan continuou com as pernas cruzadas e bebeu um gole do vinho. Dava vontade de rir por seu primo tentar atacá-lo. Dava para ver que ele não fazia ideia de com quem estava lidando.

— Isso quer dizer que vocês não querem mais a ajuda de custo anual que eu dou à família? Afinal, como iriam aceitar suporte de uma criatura tão vil? Eu não ia querer. — Ele os observou sobre a borda da taça de vinho.

Nancy estava assistindo a tudo, mais entretida do que na abertura de uma peça. Lady Laurence não tinha opção: achava melhor aceitarem. Afinal, era seu sobrinho. Não adiantava continuar antipatizando, pois foram eles que preferiram dá-lo para Joan criar, pensando que ele nunca seria o conde.

Então o assunto do casamento veio à tona. Com uma família daquelas, Tristan conseguia sentir mais empatia pelo drama de moças como Dorothy. Se ele que era um homem podia ser intimidado e perseguido para correr direto para o altar e arranjar logo um herdeiro, imagine só a situação em que as mulheres ficavam. E estava quebrando sua promessa novamente; havia pensado em Dorothy mais uma vez. Era difícil parar.

Seu tio, por outro lado, desejava que ele morresse cedo e seco. Sem nem um bastardo para chamar de seu. Assim o título viria para o seu lado da família.

— Bem, então vamos continuar na mesma posição. Vocês aí me acusando, e eu aqui, lembrando que não sou obrigado a nada. Sou rico, jovem e inteligente. Por que iria me casar com uma criatura com quem na verdade não quero copular? Porém seria obrigado a fazê-lo porque assim geraríamos herdeiros bonitinhos. Não, eu passo — declarou Tristan, e bebeu seu último gole.

Lady Laurence só fechava os olhos; não podia controlá-lo e se recusava a ficar espumando de raiva como seu irmão e seu sobrinho. Além das suas irmãs, sobrinhas, filhas e netas que ficavam coradas e escandalizadas só de estar na mesma sala que o conde. Ela odiava admitir isso, mas ele estava certo. Lorde Phillis e Bertram só o odiavam com tanta intensidade porque a existência dele impedira que ficassem com o título.

Tristan se levantou e ajeitou seu paletó.

— Eu já me mantinha muito bem antes de herdar seu precioso título de quatro séculos. Então saibam que, antes de deixar todo o meu dinheiro e agora o meu título para vocês, vou gastar tudo bebendo, jogando, comprando inutilidades e enchendo as melhores cortesãs do reino de joias. E nem pensem em me matar, porque volto para puxar o pé de todo mundo.

Ele sorriu antes de desejar um ótimo baile a todos. E ainda olhou para sua outra prima, uma mocinha envergonhada e calada; disse que dançaria com ela se desejasse. A garota sorriu e levou um cutucão da mãe. Em seguida, ele os deixou. E Nancy não podia entender como eles não gostavam dele. Seu senso de humor era ótimo. Se ela fosse tratada da maneira como ele era tratado por toda a sua família, provavelmente seria uma criatura deprimida e chorosa.

***

— Muito obrigada por vir comigo, Dorothy. Eu não sei como agradecê-la — dizia Cecilia, apertando suas mãos. — Se você não viesse, eu não poderia. Sabe como seria estranho. Eu ficaria sozinha, e Lady Russ fez o convite a você, mesmo que depois o tenha enviado e o estendido a família.

Dorothy não aguentava mais os agradecimentos de Cecilia. Se não fosse, seria condenada a conviver com ela triste e magoada. Seria um tormento, e ela não precisava de mais nada agoniando os seus dias.

— Eu teria que vir só com a Sra. Clarke, e você sabe como ela é. Eu não poderia fazer nada e teria de manter minha boca fechada. — Ela olhou por cima do ombro para a acompanhante.

— Deixe de ser exagerada, a Sra. Clarke é uma das acompanhantes mais afáveis que conheço, mas ela tem de fazer o seu trabalho. Além disso, eu só vim para você me deixar em paz.

— Eu juro que serei boazinha nos próximos dias. Só você entende minha situação e só você me apoia.

— Tudo bem, mas eu quero vê-la. Não suma do salão, é uma casa muito grande. Pode passear, mas fique por perto. Se não der certo, não quero que seja um impedimento para novos candidatos.

— Finalmente o Sr. Rice foi convidado para um evento decente. Fica difícil encontrá-lo se ele não está nos mesmos bailes em que vou — reclamou Cecilia.

A Sra. Clarke não achava bom que ela passasse muito tempo com aquele rapaz, então Cecilia não estava mais saindo em muitos passeios com ele. Porém, jurava que estava apaixonada e que achava que ele seria sua escolha. Para Dorothy, fora uma paixonite repentina, e ele não era exatamente o que procurava para a prima. Tinha de confessar, preferia um pretendente em melhor posição. O Sr. Rice não impressionava, e aquilo não tinha nada a ver com ele ter origem na nobreza rural. Ela apenas não achava seus sentimentos tão sinceros.

O que mais perturbava Dorothy era que ela queria deixar a prima em boa situação. Só que não iria forçá-la. Ela queria que Cecilia escolhesse seu próprio caminho, tendo direito de decidir com quem queria se casar. Porém, para isso precisava conhecer melhor o rapaz. Não queria a prima presa a algo que não escolhera, pois já havia visto isso todos os dias. Se podia fazer alguma coisa por ela, seria dar-lhe a chance de escolha.

Um enlace entre Cecilia e o Sr. Rice não era um acontecimento. Ninguém estava fazendo apostas sobre isso e não era motivo para grandes fofocas. Havia muito mais novidades e casais mais importantes para serem tema de discussão. Um dos assuntos do momento era o afastamento de Lorde Wintry da Srta. Henrietta Cavendish, que continuava uma incógnita. Agora ela já era uma senhorita, mas de onde haviam tirado essa informação ninguém sabia.

Só por isso, Dorothy havia dito a Cecilia que na verdade Henrietta era uma mulher madura, uma viúva. Agora queriam saber se o fim do possível enlace se deu pelo fato de ela não poder ter filhos, já que ele precisaria de um herdeiro num futuro próximo. As pessoas eram mesmo ordinárias.

Apesar de estar tensa, Dorothy estava contente com a forma como seus planos para os outros haviam se desenrolado até ali. O Sr. Brooks não passava mais a noite inteira perseguindo-a, porque agora a maior parte de sua atenção ia para a Srta. Sparks, que por sua vez não estava mais interessada no Sr. Rice. E isso deixava o caminho livre para Cecilia.

Ela só não conseguia se livrar do Lorde Rutley. E não entendia por que alguns achavam que esse seria o ano em que ela finalmente se casaria. Talvez porque Rutley havia deixado escapar que propusera. Dorothy não queria se tornar um desafio para aqueles tolos entediados.

***

— Eu sei quem é — disse Nancy, falando perto do ouvido de Tristan.

Ele estava recostado no fundo do salão, seu olhar estava cravado na pista de dança. Pela sua expressão, estava planejando um assassinato, mas esse seria de uma categoria nova para ele, puramente passional. Ele queria arrancar a cabeça de Lorde Rutley e mastigar sua espinha, depois jogar seus ossos em um chiqueiro. Essa era a intensidade do que Tristan sentia. Seus olhos castanho-esverdeados estavam escuros e estreitos. Suas sobrancelhas estavam baixas. De longe, seu olhar pareceria até um buraco escuro, no qual não daria para ver nada.

E Tristan não respondeu, apenas travou seu maxilar e trincou os dentes.

— Tenho o observado, você está espionando uma mulher. Um comportamento muito feio, primo. Porém agora eu sei quem é a tal dama de boa índole com quem você estava se encontrando. E não posso acreditar! — continuou Nancy, divertindo-se.

Ele fechou os punhos e se forçou a piscar.

— Como foi que você a convenceu?

Desde que descobrira, Nancy ainda não conseguia imaginar, mas era a segunda vez que o pegava espionando a mesma dama. E tinha percebido que ambos haviam diminuído sua participação em eventos sociais. E havia os indícios anteriores, além do fato de ambos terem estado na sua casa no evento pré-temporada.

— Você está louca, Nancy. Pare de falar.

— Quer que eu pare de falar para você terminar de planejar? Nem sonhe em sujar o salão dos Russ de sangue, Tristan. Eles custaram a gostar de mim.

— Eu não vou fazer nada, só estou planejando tirar dinheiro alheio na mesa de jogos.

— Claro que está, mas com os olhos cravados na Srta. Miller, a mais velha. Vocês começaram isso lá na minha casa, não foi?

Ele ficou mudo e continuou olhando para Dorothy, que dançava com aquele pescoçudo maldito que havia tido a audácia de lhe propor casamento. E ele não sabia a resposta dela. Se ela havia dito não, se lhe dissera para esperar ou se dissera para anunciarem apenas no final da temporada.

Dot não mudaria de ideia assim. Não para outro.

As palavras apareciam na mente dele, mas era como se o lado lógico do seu cérebro não conseguisse arquivá-las.

— Tristan! — Nancy colocou a mão na sua barriga e o empurrou de volta para o lugar, depois olhou para os lados, disfarçando. — Não! Vá embora para a sala de jogos.

— Mulher dos infernos! — Ele não estava falando da prima.

— Arranje outra amante. Existem várias.

Ele não queria nenhuma outra. A prima o empurrou para longe dali, e Tristan entrou na sala de jogos. Depois Nancy tornou a olhar em volta e ficou por ali, vigiando se ele não ia mudar de ideia. Seria o maior desastre do ano se algo acontecesse justamente naquele dia, com toda a sua família ali.

***

Havia passado a hora do jantar, e Dorothy não conseguia encontrar a prima. Ela procurou por todo lado, saiu para o jardim e nada. Quando voltou, não conseguiu esconder sua perturbação da Sra. Clarke. A acompanhante deixava-as em paz para a hora do bufê, mas agora estava de olho e muito nervosa depois de perder suas duas protegidas.

— Dorothy, onde está a sua prima? Já andei por todo o salão.

— Não crie alarde, mas acho que Cecilia sumiu.

— O quê? — exclamou.

— Shiii... — sussurrou, segurando o braço da Sra. Clarke. — Não se assuste. Eu não consigo encontrá-la. Vou procurar ajuda.

A acompanhante já estava pálida, o terror estampado em seus olhos.

— Não pode contar isso a ninguém. Mesmo que esteja desaparecida aqui dentro. Vão dizer que estava com aquele rapaz! — instruiu a acompanhante.

Dorothy tinha certeza de que Cecilia estava com *aquele rapaz* e estava rezando para ela estar apenas escondida em alguma sala, trocando beijos e descobrindo se era mesmo com ele que ficaria. E nada mais do que isso.

— Continue procurando por aqui, eu já volto — instruiu a acompanhante, saindo rapidamente.

Desesperada e temendo que fosse algo pior, Dorothy foi atrás de Lady Russ, que afinal era a anfitriã.

— Milady, eu preciso muito de sua ajuda.

Era irônico que justamente ela procurasse seu auxílio, mas ao ver a preocupação da moça, Nancy resolveu que iria ajudá-la.

— Eu posso contar com a sua discrição? — perguntou Dorothy, antes de lhe explicar o problema.

— Absoluta — assegurou Nancy.

Uma vez Tristan havia lhe dito que sua prima jamais contaria sobre o caso deles e que até os ajudaria. Bem, agora o pedido que precisava fazer não era em seu nome.

— Fique calma, vamos encontrá-la. — Nancy a pegou pela mão e levou para o corredor. — Eles só poderiam ter subido por uma escada de serviço. Do contrário, muitas pessoas teriam visto. Vou pedir ao meu marido para nos ajudar a procurar, e você pode contar com a total discrição dele. Não vamos envolver mais ninguém nisso.

As duas saíram à procura pelos cômodos do primeiro andar e encontraram Lorde Russ, que se juntou à busca e foi ao segundo andar. A Sra. Clarke se perdeu nos jardins, mas passou por muitos cantos escuros onde teria encontrado sua protegida se ela lá estivesse. Quarenta minutos depois, eles chegaram à conclusão de que Cecilia não estava na casa.

Foi quando o pior terror de Dorothy se concretizou. Duvidava de que ela tivesse sido levada, com certeza aquela tola apaixonada fora junto com o Sr. Rice. Ela fechou os olhos por alguns segundos, rezando para que sua prima entrasse correndo com aquele sorriso tolo e dissesse que estava apaixonada.

— Ah, Deus. O que eu faço? — Ela não perguntou a ninguém em especial, estava tentando pensar. — A Sra. Clarke vai desmaiar.

— O jeito é ir atrás deles e pegá-los o mais rápido possível — disse Nancy.

— Sim. — Dorothy olhou para os lados, ainda pensando. — Como vou saber para onde eles foram? Londres é enorme.

— Acho difícil que estejam na cidade. Acha que fugiram para se casar?

— É horrível admitir, mas minha prima é uma tola influenciável. E uma assanhada. E o Sr. Rice tenta parecer perigoso e másculo, o suficiente para ludibriar alguém como minha tola prima. Ela não resiste bem a esse tipo de cavalheiro.

Nancy foi obrigada a engolir a risada.

— Bem, por coincidência, conheço alguém realmente perigoso e másculo e que sabe guardar segredos como ninguém. E acho que ele tem uma boa ideia de como lidar com tipos como esse tal Sr. Rice. Você chegou a conhecer o meu primo, Lorde Wintry, não é? — Ela levantou a sobrancelha, notando a reação que a sugestão causou nela.

Só de ouvi-la, Dorothy sabia o que estava por vir. Pedir ajuda havia passado por sua mente assim que se vira naquela situação, mas descartara a possibilidade. Depois de tudo, ele não ia querer ajudá-la por nada no mundo. Provavelmente ia ignorá-la. Não tinha motivo algum para se importar com uma loucura cometida por Cecilia. E eles nunca mais se falaram ou mesmo se cumprimentaram. Desde aquele dia no teatro, ela só o avistara uma vez, e os dois se mantiveram afastados.

— A senhora poderia encontrá-lo e...

— Ele está na sala de jogos, ou ao menos estava — informou Nancy.

A Sra. Clarke chegou até elas, com a face vermelha e o olhar amedrontado. Dava para ver que estava a ponto de passar mal.

— Dorothy! Diga que a encontrou, por favor, diga que sabe onde ela está — pediu a Sra. Clarke.

— Não sei. Sinto muito — lamentou ela, balançando a cabeça.

— Estamos arruinadas. E se ele lhe fizer mal? Ela saiu com aquele maldito rapaz, não foi? Não me esconda nada.

— Eu tenho certeza de que, se a senhorita apelar para o seu bom coração, ele ajudará — sugeriu Lady Russ, que achou melhor não entrar em detalhes diante da senhora, mas ela sabia como o primo era bom em encontrar pessoas, porque já fizera aquilo para ela. Só que acima de tudo, era claro que Nancy queria aproveitar aquela oportunidade de ver a mulher por quem Tristan estava obcecado ir atrás dele. E ela achava que o primo também estava sofrendo, mas não a deixava ver esse lado. Um dia ela queria vê-lo confessar que estava apaixonado e pretendia ajudar nisso.

— Fique aqui e contenha-se. Eu volto logo — instruiu Dorothy à acompanhante.

Ela atravessou o salão e foi até a sala de jogos. Assim que passou pela porta, não demorou a localizar a mesa dele; os homens estavam bem no meio da rodada. Ela acenou a um lacaio, que se aproximou rapidamente. Se o objetivo era manter segredo, precisava ser cautelosa. Não sabia qual seria o desenrolar daquela história.

— Milorde, tem um recado urgente para o senhor — disse o lacaio, inclinando-se apenas o suficiente para que Tristan o escutasse. — Uma dama lhe está esperando do lado de fora.

— Estou com uma mão boa, diga-lhe para aguardar — respondeu Tristan, pouco se importando com quem queria vê-lo logo naquele momento.

— Ela disse que o senhor responderia isso. E mandou dizer que quer os seus grampos de volta, imediatamente.

Tristan não tirou os olhos das cartas e só demonstrou um leve franzir de sobrancelhas como se estivesse calculando sua próxima jogada. Então moveu a cabeça dispensando o lacaio e pouco depois virou suas cartas sobre a mesa.

— Senhores — ele recolheu sua parte —, foi bom enquanto durou. Vou deixá-los ganhar um pouco.

Ele saiu da sala de jogos, onde Dorothy estava à sua espera. Tristan parou em frente a ela e ficou apenas observando-a, esperando que se explicasse. Sua expressão era nula, porém ele sentia vontade de sorrir ao vê-la tão de perto outra vez.

— É um assunto muito delicado — explicou ela.

— Deve ser a iminência de uma nova guerra, para você ter se dignado a vir atrás de mim.

Dorothy apenas assentiu e indicou que era para se afastarem dali, caminhando até a janela na virada do corredor. Tristan parou em frente à janela e cruzou os braços, aguardando. Ele era o tipo que desconfiava de graças repentinas.

— Cecilia fugiu com o Sr. Rice. Eles saíram daqui em algum momento desta noite. Eu não vi, mas não foi muito antes de os aperitivos serem servidos.

— Isso seria em torno das oito da noite.

— Sim. Ela não está aqui. Eles fugiram e não sei para onde, não sei onde procurar. O problema é que não sei por onde começar, e as possibilidades são muitas. — Quando parou para tomar fôlego, ela apertou as mãos e tomou coragem para manter o olhar nele e pedir. — Eu preciso de ajuda.

O coração dela batia em sua boca e, ao escutar o pedido, ele ficou pelo menos dez segundos apenas olhando para ela, com aquele olhar direto e sério. Tristan estava pensando na situação, mas ele era humano. Também estava apreciando a beleza do momento. A vida era tão irônica. Ele não conseguia tirá-la da mente, e, quando precisava de ajuda, era para ele que ela acabava correndo.

— Você vai me ajudar? Eu preciso encontrá-la. Vou sair pela cidade e procurar, mas não sei por onde começar. Juro que, se soubesse, montaria num cavalo e iria atrás deles. Preciso de auxílio, pois não creio que poderei encontrá-la sozinha. E definitivamente não o farei a tempo de salvar sua reputação também. Mas juro que tudo que me importa agora é recuperá-la em perfeito estado.

— Vou encontrá-los para você. E a trarei de volta.

O tom dele nem sequer era de promessa; era como se ele estivesse lhe dando uma informação, mas era impossível que ele soubesse de alguma coisa.

— Mesmo?

— Certamente. Só há uma condição.

Ela prendeu a respiração e esperou.

— Você vai voltar para mim.

O ar que Dorothy prendeu saiu ofegante, e ela piscou várias vezes, surpreendida. Tristan ainda a queria? Depois de semanas? Ela tinha certeza de que o último bilhete que ele enviara havia terminado tudo e ele resolvera parar de gastar seu tempo com ela. E seu esforço. E com certeza estava ocupado com aquela amante.

— Você quer me humilhar? — indagou, confusa.

— Eu jamais faria algo assim. Só a quero de volta.

— Isso não é hora para brincar comigo.

— Sinto sua falta o tempo todo. Eu a quero de volta.

— Você é... — Ela nem sequer conseguia dar conta dos próprios sentimentos. Ao mesmo tempo em que estava surpresa, agora seu coração batia loucamente por outro motivo. — Isso é chantagem!

E estava claro em sua face que ele pouco se importava com isso.

— Eu não tenho escrúpulos no que diz respeito a você, Dot. Para falar a verdade, pouco me importo com o que a sua prima desmiolada fez agora. Só faz diferença para mim porque você é afetada por tudo que ela faz. Vou trazê-la de volta e você vai me encontrar. Temos assuntos para acertar — determinou ele.

Também estava claro para Dorothy que aquilo não era uma negociação: ele tinha exposto os termos e ela precisava aceitá-los para, em troca, ter os seus serviços.

— Eu não quero ser uma de suas garotas para diversão, Wintry. Não quero.

— Isso é um dos assuntos que nós vamos acertar. Quer que sua prima esteja de volta a tempo de abafar tudo ou não? Eu tenho a noite inteira e estou com sorte nas cartas.

Para ela, era incrível como ele não tinha vergonha; não estava nem sequer alterado, e não havia uma gota de suor em sua fronte. Para Tristan, era questão de sobrevivência. Ele precisava tê-la de volta, e o mundo era de quem sabia aproveitar suas oportunidades. Não tinha vergonha; era um desalmado que perseguia seus intentos. Ela jamais poderia acusá-lo de mentir. Ele havia dito o quanto a queria desde o dia que firmaram o acordo, mas, naquele tempo — que agora parecia ter sido em outro ano —, o real significado dessa palavra era outro.

— Sim, eu quero.

— Ótimo. Como eu sei que você é muito esperta e vai arrumar um jeito de me ludibriar, você vai voltar comigo assim que eu entregá-la. E não diga que não pode. Invente uma história, tranque-se no quarto e saia. Estarei esperando.

— Você é sujo, muito sujo — acusou-o.

— Na verdade, gosto muito de banhos quentes, bem mais do que a maioria da população, e sei que aprecia essa minha qualidade. — Ele tirou o relógio do bolso e o olhou. — Vamos, talvez eu consiga alcançá-los antes que o estrago seja maior.

Ela o seguiu pelo corredor e, para sua surpresa, Tristan foi para o salão onde estavam os convidados. Assim que chegou lá, ele procurou por alguns segundos e encontrou seu alvo, indo direto ao Lorde Drew, com quem falou por um momento. O homem o seguiu, enganado em relação ao assunto. Assim que estavam de volta ao corredor, ele o agarrou e o jogou dentro da biblioteca.

Como nada mais a surpreenderia nessa noite, Dorothy entrou e fechou a porta. Tristan o agarrou pela gravata e o arrastou até perto da janela.

— Você é o melhor amigo do Sr. Rice. Se eu fosse tão próximo dele, saberia de todos os seus planos. Comece a falar, para onde ele levou a Srta. Miller?

Como o rapaz hesitou, ele o colocou de barriga para cima na mesa, agarrou seu pescoço e o dobrou sobre a beirada do móvel, com seus ombros pendendo dali. Com o pescoço preso daquela forma, Drew tentava mover as pernas, mas não tinha controle; parecia que cairia de cabeça no chão a qualquer momento. O sangue começou a fluir para a cabeça, e ele ficou vermelho e sem ar.

— Eu não sei...

— Resposta errada, rapaz. — Tristan o dobrou ainda mais. — Se não disser, não vai estar em condições de ver seu amigo retornar. Para onde ele levou a garota?

— Eles vão para Kingston! — disse Drew, com a voz estrangulada.

Em vez de ficar contente por ter conseguido um avanço, Tristan agarrou uma das penas viradas na mesa e Drew achou que perderia o olho, mas ele parou e passou a ponta afiada por cima da pálpebra fechada, apertando o suficiente para ele saber que, com mais um pouco de pressão, ficaria cego de um olho.

— Admiro sua lealdade, mas a lareira está acesa. Se estiver mentindo, vou assá-lo como um frango. Agora diga logo para onde eles foram. Se me mandar para o lugar errado, já aproveito e me livro do seu corpo no caminho. — Ele pressionou a pena contra o olho fechado de um aterrorizado Drew. — O lugar certo. Estou com pressa.

— Hertford. Não é longe, mas ele vai parar numa hospedaria. Precisa convencê-la a se casar com ele. — Assim que terminou, ele cobriu o olho.

— Depois de seduzi-la, imagino.

— Ele gosta dela — tentou Drew, olhando-o apenas com o olho esquerdo e ainda cobrindo outro. — Nunca a machucaria! Eu juro!

— É o que todos dizem. — Tristan o soltou, e o rapaz caiu de costas no chão. — Ele deve estar falido também, não é?

Drew não disse nada. Tristan pegou o peso de papel que caiu no chão e o golpeou na cabeça. Drew desmaiou no tapete. Ele o deixou ali caído, passou por cima e foi em direção à porta, onde Dorothy estava. Ela apenas alternava o olhar entre ele e o corpo estirado ao lado da mesa.

— Ele vai viver, só passará uns dez a vinte minutos desacordado e zonzo. E depois terá uma horrível dor de cabeça — informou quando parou ao lado dela e abriu a porta.

Dorothy passou, ele pegou a chave e trancou, depois a deu na mão dela.

— Entregue isso a Lorde Russ. Diga-lhe quem está aí dentro. Não quero o rapaz atrás de mim tentando bancar o grande amigo. Vou buscar sua prima.

Dito isso, ele a deixou e partiu.

Capítulo 15

Era muito cedo, mas Cecilia já chorava de arrependimento. Ela não estava apaixonada e havia cometido um grande erro. A carruagem seguia na direção norte, e o Sr. Rice tentava convencê-la. Agora, depois de tamanha intimidade e de uma noite inteira ao seu lado, ela já podia chamá-lo de James.

— Você planejou tudo! — Ela balançava a cabeça. — Sabia até que eu ia concordar. Sou uma completa tola.

— Meu amor, eu só a queria para mim, juro.

— Você quer o meu dote! Minha prima tentou me alertar contra tipos como você, e não dei ouvidos a ela.

— Você gosta de mim. Eu também gosto de você! Juro!

— Eu nunca tinha sido tratada assim. Fiquei iludida pelos seus beijos. — Ela choramingou.

— Vou ser bom, eu juro. Serei um ótimo marido. Serei tudo que lhe prometi.

— Você vai gastar todo o meu dinheiro! Saiba que o título não vem comigo e não é dinheiro suficiente para deixá-lo rico!

— Não tem problema, não quero título algum.

— Eu já lhe disse que quero voltar.

— Não podemos.

— Vire a carruagem! — exigiu ela.

— Não dá mais, Cecilia. Fomos muito longe e agora estamos presos um ao outro. Vamos nos casar. Se não quiser casar na pequena capela da propriedade do meu pai, vamos chegar lá e enviar uma carta ao seu pai. Então sua prima providenciará um casamento à altura.

— Ela vai lhe dar um tiro! Você não a conhece! É uma dessas damas rebeldes que até insultam os outros! — Cecilia chorou mais e cobriu o rosto. — Meu Deus, o que será de mim?

— Seremos felizes juntos. Eu prometo.

— Eu não gostei de ficar com você. Descobri que não estou apaixonada. Não quero repetir a experiência.

— Com o tempo, ficará melhor.

— Eu não quero que fique melhor com o tempo, quero me apaixonar antes de casar. Dorothy disse que eu poderia escolher, ela me prometeu. E eu não quero você.

— Bem, agora já é tarde! — disse ele, irritado pela rejeição. — Foi comigo que ficou. E sua querida prima não pode fazer nada agora.

— Não! — Ela continuou choramingando.

Depois da noite horrível e de se arrepender amargamente, Cecilia daria tudo para voltar correndo para os braços da prima. E para as reprimendas da Sra. Clarke. Apaixonar-se não era assim; não devia vir com a frustração e a sensação de puro arrependimento logo depois. Isso não era estar apaixonado, pessoas que amavam não tinham vontade de desistir dessa forma. Elas perseveravam. Cecilia não queria uma vida em que tentaria se apaixonar pelo marido e com sorte teriam um casamento compatível. Não era para ser assim.

E agora estava arruinada, porque uma jovem dama como ela não podia simplesmente passar uma noite com um homem e não se casar com ele. Não importava os sentimentos dela, agora estava presa eternamente. Isso lhe dava vontade de chorar pelo resto de seus dias.

Quando eles pararam para trocar os cavalos, o Sr. Rice saiu para esticar as pernas. A carruagem não era confortável, e ele estava cansado de ouvi-la choramingar. Cecilia chegou ao ponto de cogitar fugir, mas ela podia ser uma moça tola nos assuntos do coração e na falta de maturidade, só que não era burra. Uma garota sozinha e sem recursos na estrada nunca dava certo fora dos romances.

— Srta. Miller — disse Tristan ao abrir a portinha da carruagem.

Ela gritou e se encolheu no canto. Ele nem se moveu, apenas aguardou o minuto que levou para ela se acalmar.

— Vamos. — Ele estendeu a mão.

— Como o senhor chegou aqui?

— Sua prima me enviou. Ela está preocupada, tenho que levá-la de volta.

— Dorothy não vai sequer me dirigir a palavra. — Ela balançou a cabeça, chorosa.

— Acredite, ela a ama muito mais do que isso. Venha comigo.

— Onde está o Sr. Rice?

— Amarrado em cima da minha carruagem.

Ela arregalou os olhos.

— Ele fugiu quando o viu?

— Ele não teve tempo. — Tristan moveu a mão, chamando-a.

Cecilia finalmente aceitou e pegou a mão dele, que a ajudou a descer.

— Eu não posso acreditar que... Como foi que ela lhe pediu? Ah, estou tão envergonhada que o senhor me veja nessa situação. — Ela não conseguia se decidir com o que se preocuparia primeiro.

— Eu seria a última pessoa a julgá-la.

Ele a colocou em sua carruagem e entrou com ela. O Sr. Rice estava desacordado, enrolado em uma colcha e amarrado em cima do veículo. Parecia uma bagagem. Sorte dele que era um dia bonito, pois estaria ali mesmo se estivesse chovendo.

Na viagem de volta, Cecilia acabou no ombro de Tristan, chorando e abrindo seu coraçãozinho. E ele a consolou, dizendo-lhe que não fizera nada errado e que poderiam consertar sua indiscrição. Quando chegaram à Praça Berkeley, ela já estava melhor e havia parado de chorar.

— Ah, Dorothy! O que eu faço agora? — Cecilia entrou em casa, procurando pela prima.

Por algum estranho motivo, Lorde Wintry não quis entrar, ele parou em frente ao portão e inclinou a cabeça, olhando para o segundo andar da casa.

A Sra. Clarke, que estava à base de sais, abraçou Cecilia e começou a chorar de alívio. Dorothy havia se esgueirado pela porta dos fundos assim que vira a carruagem parar diante da casa. Ela contornou o pequeno jardim e apareceu no portão.

— Eu não sei como agradecê-lo — disse ela, chamando atenção dele.

Tristan desviou o olhar do segundo andar e se aproximou do portão.

— Venha comigo.

— Eu preciso lhe pedir outra coisa. — Ela estava até sem jeito. Ele havia passado a noite na estrada e parte da manhã também, tudo para trazer sua prima de volta.

— Eu farei, agora venha. — Ele a olhava daquela forma atenta que mantinha seus olhos sérios demais e veria qualquer piscada que ela desse. Queria descobrir se ela estava tentando fugir.

— Dê-me um momento.

Ela se virou e correu para a casa, subiu os degraus como se flutuasse por baixo daquele vestido claro e leve e desapareceu lá dentro. Tristan bufou e voltou a observar a casa.

— Dorothy! — Cecilia se levantou e se jogou nos braços dela. — Perdoe-me! Por favor! Eu preciso que você me perdoe. Eu fiz tudo que você me pediu para não fazer. Eu nem sequer merecia ser salva.

Ignorando a histeria da prima, Dorothy segurou seu rosto e a olhou, passou as mãos por seus braços e desceu o olhar como se conferisse se cada pedaço estava lá.

— Eu estou muito irritada no momento, não quero conversar agora — avisou. — Você não tem ideia do que nos fez passar. Eu achei que a Sra. Clarke teria um ataque do coração.

— Perdoe-me... — murmurou a prima.

— E titio não tem saúde para algo assim.

— Ele sabe? — Ela arregalou os olhos, voltando ao desespero.

— Se soubesse, estaríamos preparando um funeral. Fique longe dos aposentos dele até voltar ao normal. Você está deplorável — disse Dorothy, vendo a roupa toda amarrotada e malvestida.

Cecilia fungou, tentando não chorar ante a reprimenda da prima.

— Eu não tenho palavras para descrever o quanto estou irritada com você. Mas diga-me, ele a machucou? Como está? Devo chamar um médico?

— Não, ele não me machucou, mas odiei do mesmo jeito.

A Sra. Clarke apertava as mãos, olhando para elas e tentando se conter, mas não conseguiu mais.

— Ele lhe fez mal?

A pergunta era no mínimo tola, porém a acompanhante queria se agarrar à possibilidade de eles terem apenas fugido.

— Não, eu não... Acho que... — Cecilia colocou a mão sobre os olhos, mortificada.

— Pelo seu estado, devo entender que, depois que os ânimos se acalmarem, não devo preparar o meu tio para receber um pedido de casamento, não é?

— Não! — Ela agarrou suas mãos. — Salve-me, Dorothy! Por favor, só você pode fazer isso. Se foi capaz de superar sua aversão e recorreu à ajuda de Lorde Wintry, é a única que pode me ajudar. Eu lhe imploro, se me salvar, serei a prima mais obediente de que já ouviu falar. Eu me recolherei em meus aposentos, se quiser, até irei embora para o campo. Farei o que pedir.

As lágrimas voltaram a descer pelo seu rosto, e, apesar de estar danada da vida, Dorothy ficou com pena. Foi por isso que dissera a Tristan que precisaria de mais ajuda. Ela já imaginava que Cecilia faria esse pedido e a colocaria em uma situação ainda pior. Agora seria capaz até de implorar para salvar a prima, só esperava não precisar chegar a tanto.

— Aliás, onde está Lorde Wintry? — Cecilia olhou em volta. — Ele não entrou? Meu Deus, ele me salvou e mesmo assim não pode entrar aqui? Dorothy, por favor. Como vamos lhe agradecer pelo que fez?

— Ele preferiu não entrar — respondeu ela.

Não sabia por que ele ficara lá do lado de fora do portão apenas olhando a casa.

— Eu ainda não entendi como o conde se envolveu nessa história. — A Sra. Clarke fora mantida na ignorância sobre vários detalhes da noite anterior.

— Ao contrário do que vocês pensam, ele é gentil. Não sabe o quanto ele me fez sentir menos arrasada — contou Cecilia. — Juro que não esperaria isso dele.

Dorothy sabia bem como ele podia ser surpreendente, mas também achava que Tristan havia sido uma boa companhia para sua prima, especialmente no estado em que se encontrava. Gostaria de tê-lo conhecido quando tinha a idade dela, mas à época não tivera ninguém para lhe dizer que sua vida não estava arruinada.

— Ninguém pode saber que você também esteve sozinha com ele! — avisou a acompanhante.

— Leve-a para o quarto — instruiu Dorothy. — E, por favor, Sra. Clarke, coloque-a na cama. Estou com meus nervos sobrecarregados depois de tantas horas de aflição e não quero conversar agora — mentiu, apenas para ganhar tempo.

— E quanto ao Sr. Rice... — murmurou Cecilia.

— Resolverei a questão. No entanto, você fugiu, Cecilia. Por vontade própria. Não havia motivo algum para isso. Estou imensamente feliz de tê-la de volta e quero que saiba que farei tudo por você, porém, como titio não pode saber, eu vou colocá-la de castigo. Vai ficar em casa pelos próximos dias, pensando no que fez as pessoas que lhe amam passarem sem saber o que lhe havia acontecido.

As duas subiram enquanto a Sra. Clarke consolava Cecilia, que chorava novamente, envergonhada pela reprimenda e mais ainda porque antes não havia pensado que seria castigada pelo que fizera os outros passarem. Ela tinha visto a questão de outro ângulo e achado que o castigo viria por outro motivo. Entretanto, ainda temia a hora que teria de escolher entre se casar com o Sr. Rice ou enfrentar um escândalo e acabar sem qualquer chance de recuperar sua reputação. De qualquer forma, depois do acontecido, as perspectivas dela estavam arrasadas.

Dorothy não estava disposta a deixar sua prima passar por esse sofrimento. Ela sabia o que era ficar anos se achando "defeituosa". Demorara muito para superar esse sentimento e ela não o desejava para nenhuma mulher, muito menos para Cecilia, a quem amava. Por isso, teria de implorar ajuda exatamente à pessoa que a fizera entender que não havia problema em decidir sobre seu próprio corpo.

— E quanto ao Sr. Rice. Onde ele está? A essa hora já deve ter dito a todos os seus amigos o que aconteceu — disse, assim que chegou ao portão novamente.

— Ele está ali. — Tristan desencostou do muro e indicou a carruagem.

— Lá dentro?

Ele lhe deu um olhar irônico.

— Acha que eu o colocaria dentro da carruagem junto com sua prima chorosa? — Ele apontou para o teto. — Ali em cima.

Ela passou pelo portão e olhou para a carruagem. Havia algo ali, embrulhado e amarrado.

— Mas... ele está vivo?

— Claro que sim, só dopado.

— Como sabe que ainda está?

— Eu chequei.

— Eu não tenho como lhe agradecer por isso.

— Tem, sim.

— Porém preciso de outro favor. Ele vai falar. Há alguma forma de negociar para que ele não diga o que se passou?

— Nem todo o dinheiro do mundo valeria o silêncio dele. Não é o tipo que fica de boca fechada. Ele contaria a Lorde Drew, seu melhor amigo.

— Lorde Drew já sabe...

— Não sabe que ele nem sequer conseguiu sair da cidade, só que pretendia ir. Além disso, eu o deixei com Russ. Deve estar amordaçado. Posso convencer ambos.

Ela ficou muda por um momento, e Tristan resolveu deixá-la pensando sobre uma solução para aquele impasse. Ele sabia pelo menos uns três jeitos, mas estava esperando para ver até onde ela iria.

— E não há um outro jeito de negociar o silêncio desse homem?

— Cortar sua língua não adiantaria, pois ele poderia escrever.

Ele só moveu a cabeça, dando a entender que era uma piada, pois sua expressão séria não denunciava.

— O senhor tem alguma sugestão? — Pelo tom que ela usou para fazer a pergunta, estava claro que até temia a resposta.

— Se a senhorita está esperando que eu me ofereça para matá-lo, vai ter de pedir primeiro — respondeu ele, devolvendo sua tentativa inoportuna de ser adequada.

— Não! Pelo amor de Deus, não!

Tristan nem reagiu à negativa dela, só permaneceu observando-a; era exatamente o que ele vinha fazendo desde que saíra da sala de jogos e a vira ali parada, com aquele olhar preocupado. Não conseguia parar; seu olhar estava ligado a ela como um ímã. Dorothy respirou fundo, e ele a viu ultrapassar sua barreira moral para salvar a prima. Foi fácil como uma respiração profunda.

— Convença-o — disse ela.

— É um pedido?

— Sim... Por favor.

Tristan permaneceu olhando para ela por alguns segundos, esperando que mudasse de ideia, mas Dorothy não recuou. Ela prensou os lábios, aceitou a ideia, soltou o ar e se recompôs, mas não voltou atrás.

— Pois bem — assentiu ele. — Ficarei ocupado e preciso descansar. — Ele retirou o relógio do bolso e o olhou. — Você está exausta. Durma por algumas horas e encontre-me à noite. Após o jantar, na Henrietta.

Isso a surpreendeu, e ela não objetou a ideia de sair à noite — teria de dar o seu jeito. No momento, diria até a verdade, pois nem a Sra. Clarke conseguiria dar um argumento para impedi-la. Mesmo que ela dissesse que ia se encontrar com Wintry.

— Depois de tantas semanas, Henrietta ainda está lá?

A resposta dele foi o olhar mais sério que ela já o vira dar, chegava a ser enervante. O que denunciou sua perturbação foi o franzir de seus lábios e a forma como sua mandíbula se pronunciou quando ele trincou os dentes. O dia estava claro e ela o olhava atentamente. Tristan não se deu ao trabalho de responder à pergunta.

— Devo perguntar o que vai fazer? — resolveu prosseguir ela; talvez não quisesse que ele lhe respondesse.

— Não.

— Vou voltar a ver o Sr. Rice?

— Infelizmente.

— Obrigada.

***

O Sr. Rice acordou ainda naquela tarde, e foi a sensação mais estranha e inigualável de sua vida. O mundo rodava, tudo parecia fora do lugar. Na verdade, o mundo estava de cabeça para baixo. Ele tentou se mover e tocar alguma coisa, para ver se a vida voltava ao normal. Porém, não podia tirar os braços do lugar. E levou mais um minuto até Rice perceber que não era o mundo que estava errado: ele que estava de ponta-cabeça.

E tudo se movia, porque ele estava indo para um lado e para outro. E estava amarrado. Com muito esforço, ele olhou para cima e viu que seus pés estavam atados com uma corda a uma viga no teto.

— Eu quero sair daqui! — gritou o Sr. Rice.

Pouco depois ele escutou os passos, mas só viu quando as botas entraram no seu campo de visão e alguém o girou levemente. Preso só por uma corda grossa, ele era como um pião.

— O senhor magoou uma dama de minha estima e, por causa desse incômodo, ainda não consegui dormir. Então não faça perguntas desnecessárias — avisou Tristan.

— Quem está aí? Onde estou?

Tristan segurou seu braço e o rodou, depois o deixou lá girando e balançando e foi se sentar na cadeira em frente.

— Sem perguntas desnecessárias — repetiu ele, desembainhando a adaga para cortar a maçã que era sua sobremesa.

Assim que parou de girar, tanto no lugar quando em sua visão, Rice se moveu, tentando parar e olhar para a outra pessoa. Agora que ele havia sentado, ficou claro.

— Wintry! É você! Seu maldito! Foi você que me derrubou ao lado da carruagem, não foi?

— Se não tivesse sido, essa situação seria uma coincidência e tanto. Algo como eu por acaso passar pelo local onde largaram seu corpo e resolver pegá-lo para decorar o meu porão. Sinceramente, Rice. Para alguém que conseguiu tirar uma moça de um baile sem ser visto por ninguém, eu esperava mais. — Ele cortou mais pedaços de maçã e se ocupou comendo.

— Você mal conhece a Srta. Miller!

— Graças a você, agora sei mais sobre ela do que gostaria.

— O que você quer?

— Finalmente uma pergunta útil.

— Tire-me daqui!

— Isso não será possível. Eu quero que você finja que não é um maldito aproveitador e que não passou uma noite com Cecilia Miller.

— Está brincando?

— Não. O único que sabe sobre seu plano é Lorde Drew. E vai descobrir que ele não está muito animado com a história. Se perguntarem, dirá que nem o viu naquela noite e resolveu até encerrar mais cedo sua participação na temporada. E você, caso precise entrar no assunto, admitirá sua profunda admiração pela Srta. Miller. E também suas tentativas de conquistar seu jovem coração. — A expressão entediada que ele fazia enquanto narrava a história era tão cômica que, se o Sr. Rice não estivesse de cabeça para baixo, ao menos se divertiria. — No entanto, ela, como a moça ajuizada que é, não deseja se comprometer nesta temporada e resolveu não lhe dar mais esperanças.

— Wintry, não seja ridículo. Desça-me daqui.

— Você memorizou o que vai dizer?

— Estou de cabeça para baixo!

Tristan ficou calado, ocupado com sua maçã, e o Sr. Rice se desesperou com aquele silêncio e ficou se movendo no lugar, para conseguir ver o seu captor.

— Pelo amor de Deus, Wintry!

— Estou esperando que memorize sua condição para continuar vivo, Rice. Eu quero ir dormir, tenho um compromisso esta noite e se demorar muito, vou deixá-lo aqui memorizando.

— Não! Afinal, o que precisa que eu diga? Não vou contar.

Como a maçã terminou, Tristan se levantou e se aproximou do homem pendurado de ponta-cabeça. Ele começou a cortar sua camisa e expor a área da barriga.

— Vou gravar as palavras na sua pele, vai memorizar mais rápido. Isso sempre funciona.

— Wintry!

— Sr. Rice, não gosto de homens gritando o meu nome. Contenha-se. — Ele encostou a ponta da adaga contra a pele do outro e começou a cortar as letras.

Assim que sentiu o primeiro corte, o Sr. Rice se desesperou e começou a gritar. Para o seu mérito, ao menos não eram gritos histéricos e finos, mas continham tanto terror quanto.

— Eu prometo! Eu fiquei encantado por ela, completamente fora de mim. Pelo amor de Deus, tire essa faca daí!

— Fora de si você ficará quando eu terminar de sangrá-lo. Por que acha que está de cabeça para baixo? É assim que penduramos os porcos na fazenda da minha propriedade. Depois do abate, abrimos o bicho e deixamos lá, antes de começar os cortes pelas carnes nobres. Como você não tem um pedaço sequer de nobreza e é magro demais para o meu gosto — ele lhe deu um tapinha do lado de sua coxa sem recheio —, vamos começar pelas partes ruins. — Tristan cortou o tecido de sua braguilha.

— Não! — continuou gritando, em desespero. — Não!

Tristan deu um passo para trás enquanto Rice se debatia no ar e aguardou até ele parar de se debater como um inseto preso numa teia.

— Eu lhe prometo que ninguém vai saber. Eu nunca mais vou chegar perto dela! Vou negar até a minha morte.

— Muito bom, Rice. É bom que tenha falado em morte. Pois, caso tenha ideias sobre se livrar de mim para então poder contar o seu feito, ou tentar ludibriar mais alguma jovem a fugir, espero que saiba que não deixarei dinheiro e lembranças em meu testamento. Deixarei os nomes dos corpos que ficarão sem cabeça caso eu não morra de morte natural.

Se for um acidente ou se ficarem em dúvida, os corpos ficarão sem cabeça do mesmo jeito. Acabei de colocar seu nome lá.

— Não vou tentar matá-lo, Wintry! Embora você mereça!

— Eu sei, e você também merece. Então estamos combinados. — Ele foi se afastando.

— Tire-me daqui, seu maldito!

— Vou deixá-lo memorizando melhor o nosso acordo. Daqui a pouco meu assistente virá liberá-lo. Tenha um bom dia.

O Sr. Rice escutou o som dos passos ficando cada vez mais distantes e depois uma porta se abriu e fechou. Ao menos ele deixou a chama acesa. Levou um tempo até o Sr. Giles entrar e dar com um pau em sua cabeça. Quando acordou novamente, o Sr. Rice estava deitado no minúsculo jardim da casa dos seus pais. Podiam tê-lo deixado lá no pequeno andar que alugava, mas ali ele receberia cuidados. O Sr. Giles era um ótimo mordomo, pensava em tudo. E o conde já estava dormindo quando seu "convidado" foi retirado.

***

A carruagem parou em frente à Henrietta Cavendish e Dorothy respirou fundo. Havia pensado que nunca mais voltaria ali. Nas semanas que passaram, quando fora para aquele lado da cidade, pedia para alterar a rota só para passar em frente. Não sabia o que estava pensando, mas morria de medo de passar por ali e ver outra mulher entrando.

Mesmo que tivessem terminado seu caso, ainda gostava de pensar na Henrietta como um local apenas deles. E Dorothy estava enganada sobre o que esperar de Tristan. Pelo jeito como se comportara, ele ainda estava irritado e tenso.

Dessa vez, quando ela bateu, a porta não foi aberta imediatamente. Sentia falta de sua capa; o capuz era grande, cobriria até o seu chapéu, apesar de ela ter saído sem um. Como fora escondida, estava usando apenas um grande xale, que cobria seus ombros, suas costas e sua cabeça.

— Pensei que teria de buscá-la. — Ele deu espaço para que ela passasse.

— Eu dei minha palavra e não podia não vir depois de tudo que fez pela minha prima. — Dorothy não avançou, ficando parada no hall enquanto ele fechava a porta.

Tristan se virou e parou em frente a ela. Ele já devia estar ali havia algum tempo, pois estava à vontade. Tinha retirado o lenço do pescoço e a casaca. Estava usando apenas o colete por cima da camisa branca, exibindo o formato forte e atlético do seu corpo. Aquelas proporções eram impossíveis de serem esquecidas; dava para imaginar a pele quente por baixo do tecido. Ele levava a sério sua missão de se vestir bem para contrapor a reputação suja — seu colete coberto em seda era todo trabalhado. Dorothy estava olhando para os botões da peça quando a voz dele chamou sua atenção.

— Então agora você foi de paixão raivosa e agressiva para pura gratidão. É tudo que sobrou para mim?

Ele estava olhando-a tão de perto que Dorothy só entreabriu os lábios e engoliu as palavras, limitando-se a devolver o olhar. Tristan retirou o xale de cima de seus ombros e o colocou sobre o aparador.

— Venha. — Ele lhe indicou o caminho para a sala de visitas e seguiu atrás dela.

Assim que entraram no cômodo, a mulher que estava sentada na poltrona mais perto da lareira se levantou. Dorothy se aproximou, olhando para ela. Seu coração havia parado em seu peito ao reconhecê-la, mas só observou. Ela não estava parecendo haver se fantasiado para o papel de dama numa ópera. Era uma moça loira e bonita, mais jovem do que tinha calculado anteriormente e seu vestido era simples, mas de boa qualidade. E ela também estudava a nova convidada.

Tristan passou à frente e parou, alternando o olhar entre elas.

— Esta é a Srta. Penelope Curtis. — Ele indicou a moça loira e se dirigiu a ela. — Como lhe disse, esta é a Srta. Miller. Se ela não se virar e sair por aquela porta nos próximos segundos, vai escutá-la.

Dorothy levantou as sobrancelhas e voltou a olhar para Penélope. Tristan fez um movimento de cabeça, e a mulher deu um passo, pegando a deixa.

— Eu sou uma cortesã, como deve imaginar. Agora que aprendi a ler, estou começando a me apresentar em alguns teatros também. No momento eu aceito apenas “protetores”, não clientes — informava ela, como se fosse parte da conversa.

Quando ela fez uma pausa, Dorothy até fechou os olhos por um momento e olhou para Tristan. Ele podia ver suas mãos enluvadas se fechando, como se estivesse se preparando para o que viria. Ao contrário dela que não sairia do lugar agora, Tristan se sentou e manteve o olhar nelas.

— No momento, Lorde Wintry está me pagando para ser companhia fixa dele. Como se fosse meu protetor. Sou sua amante fixa.

Em resposta, Dorothy moveu a cabeça como se estivesse assimilando e umedeceu os lábios. Seu olhar se voltou até ele, e Penélope fez o mesmo, buscando orientação. Ele moveu a mão, dizendo-lhe para continuar.

— Só que estamos mentindo — continuou Penélope. — Não somos amantes. Ele não me mantém em uma casa ou algo assim. Ele só me paga pelo meu tempo. Eu não sei todos os seus planos, mas em certas noites ele paga duas amigas minhas para o ajudar a conseguir pertences e informações de certos homens que lhe têm feito companhia nesta temporada. Era o que eu e minhas amigas fazíamos naquele dia em que a senhorita nos viu. Bem, elas também estavam trabalhando e... — Penélope a olhou, sem saber se devia dizer isso na sua frente. — Recebendo pelo serviço prestado àqueles homens. Eu estava com Lorde Wintry, no meu papel de sua cortesã preferida.

Até agora, Dorothy não estava entendendo os pormenores da história, porque talvez nem aquela mulher soubesse. Ela estava lhe contando apenas sua participação.

— Sei que fingimos bem e que parecia real, mas eu sou boa nisso. — Penélope voltou a olhar para Tristan, mas como ele não fez nada, ela resolveu falar por conta própria. — No tempo em que fingimos, eu leio. Ele me ajudou nisso: depois, foi fácil.

Antes que ela continuasse, Tristan ficou de pé e interrompeu.

— Chega. A Srta. Miller não precisa que a convença dos meus bons feitos. — Ele foi até a mesa, pegou algumas libras e entregou a Penélope, depois virou a cabeça na direção de Dorothy. — Obrigado, Penélope.

Os dois deviam se comunicar bem só com movimentos, pois Penélope fez uma breve mesura e deixou a sala. Pouco depois, a porta da rua foi aberta e fechada.

— Por quê? — Ela balançou a cabeça, perdida. — Por que precisa lhe pagar para ser sua cortesã preferida?

— Eu lhe disse que minha tia havia sido assassinada. Eu quero os homens que a sequestraram, estupraram e mataram. Quero acabar com tudo que eles montaram juntos.

Ela se surpreendeu. O tom dele ao citar o que aqueles sujeitos fizeram com sua tia foi diferente de qualquer outro tom que já usara com ela. E ele nunca havia dito isso, só comentado levemente sobre sua desconfiança.

— Vingança?

— Sim. Justiça, vingança, chame do que quiser. Eu estou atrás deles há muito tempo.

— Antes mesmo de me conhecer?

— Você foi uma distração. Não era para acontecer.

— Uma distração da sua vingança? Você a conseguiu, já faz muito tempo. Duvido que não. Você não é exatamente o que o resto de Londres pensa. Parte da sociedade o abomina, outra parte espera que continue assim para diverti-los, e ainda há aqueles que o adoram. Sem contar todo o povo da cidade que só o conhece pelos jornais. E no entanto ninguém o conhece. Eu só sei que você pegou os homens que queria.

Enquanto a escutava, Tristan deu alguns passos e se virou de costas, mas quando ela terminou, ele tornou a olhá-la.

— Você me conheceu, Dorothy. Desde o começo, sentada naquela escada, você me conheceu. Eu sou Tristan Thorne para você desde aquele dia. Eles podem ficar com o Lorde Wintry em que preferirem acreditar. E sim, eu tive o que queria, mas não terminei. E ainda preciso de Penélope para fingir que tenho uma amante.

— Vocês fingem com dedicação demais. Imagino que venham fingindo por várias noites, nas festas que varam a madrugada e todos comentam no dia seguinte.

— De fato. — Ele deu um passo para perto dela e a estudou. — Você acredita?

— Eu sinceramente não acho que você iria tão longe. Trazer aquela mulher aqui para mentir. A troco de quê?

— Eu faria isso. E ainda faria pior. A troco de quê? — Ele balançou a cabeça. — Por sua causa. Porém não se engane. Como acha que conheci Penélope?

— Eu posso não saber os detalhes do seu passado, no entanto não o ignoro. É claro que sei como a conheceu. Mas isso não importa. Foi antes.

Tristan enfiou a mão no bolso e tirou de lá os quatro grampos que ela jogara na calçada naquele dia no teatro.

— Acho que perdeu isso. — Ele abriu as mãos com os belos grampos enfeitados brilhando em sua palma.

Assim que os viu, Dorothy os quis de volta. Ainda tinha dois deles, mas nunca mais os usara. Eles eram parte do que ela vivera com Tristan. Agora que seu romance terminara e ela só conseguia pensar nele com as mãos em outra, usá-los só a machucava. Mesmo assim, quis os outros, apenas para guardar e olhá-los às vezes, quando pudesse pensar nos momentos preciosos. Por isso, ela os pegou assim que ele os ofereceu e sorriu para eles, quando já estavam na mão enluvada.

— Eu tentei incendiar sua capa, mas o Sr. Giles, meu mordomo, a recuperou.

Como ele saiu do cômodo e voltou pelo curto corredor que levava ao hall, ela o seguiu e viu quando ele tirou sua linda capa púrpura da chapelaria. Tristan a abriu, e assim que Dorothy se aproximou ele a colocou sob seus ombros e prendeu-a em seu pescoço.

— Não valia a pena incendiá-la. Mesmo que não a quisesse, poderia doá-la.

— Eu não queria mais ninguém usando esta capa, pois ela foi feita para você. — Ele olhou o relógio e soltou o ar. — Você precisa ir embora.

— Perdão?

— Está tarde, volte para casa. Tenho certeza de que não saiu de lá dizendo que faria uma visita social após o jantar.

Ela apertou os grampos e negou com a cabeça, mas estava concordando com a suposição dele. Era óbvio que não saíra de casa dizendo isso. Porém, para o caso de uma emergência, deixara um bilhete sobre sua cama.

— Eu fugi.

— Ótimo. — Ele andou até a porta e a abriu, olhou primeiro e depois parou, segurando a maçaneta. — Ninguém vai vê-la.

Dorothy assentiu e não poderia explicar, mas sentiu aquela dor no coração, como uma pontada que custa a passar e então se torna um aperto até todo o lado esquerdo de seu peito estar doendo. E respirar dava a impressão de tornar a dor mais forte.

Ela puxou o capuz e cobriu a cabeça, então foi para a porta.

— Agradeço por me contar sobre aquela moça e sobre a sua vingança. Não precisava fazer isso para melhorar a impressão que tenho sobre você.

Nunca esquecerei o que fez por Cecilia. Eu sei que parece errado, mas eu espero que consiga vingar sua tia.

— Conseguirei — limitou-se ele a dizer, como se fosse tudo que pudesse pôr para fora naquele momento. Tristan tentava não olhá-la.

Ela deixou a Henrietta e, quando estava do lado de fora, olhou para suas sapatilhas claras e para a rua. Tristan não bateu simplesmente a porta: ele continuou ali, segurando a maçaneta. Dorothy se virou rapidamente e o olhou.

— Por que disse que a condição para me ajudar era que eu voltasse para você?

— Eu não costumo trabalhar de graça.

Apesar de ter parado, ela continuava apertando os grampos e, em vez de se virar e partir, manteve o olhar nele.

— Está me mandando embora para sempre, não é?

Ele havia virado o rosto e não encarava ponto algum do hall, mas segurava o lábio inferior com os dentes, e ela o viu fechar os olhos pelo tempo de uma respiração; deu para ver as marcas em seu lábio quando o soltou para responder.

— A temporada não vai demorar muito mais. Chegaríamos ao fim outra vez e eu não quero sentir a dor da perda novamente. — Ele estava apertando a maçaneta com tanta força que, se fosse de louça, já estaria estilhaçada. — Vá para casa. Vai estar sozinha na carruagem, e já é tarde.

Dessa vez ela assentiu e desceu os degraus, passou pelo curto jardim em três passos e alcançou a rua. O cocheiro abriu a portinha da carruagem, e só então a porta da casa se fechou. Ela parou e não entrou no veículo; havia apertado os grampos com tanta força que machucavam sua mão. Não trouxera sua bolsa e aquele vestido não tinha bolsos. Dorothy desabotoou a luva direita e a puxou, deixando-a sair ao contrário e cobrindo os grampos, guardando-os ali.

Demorou mais um pouco, mas ela se virou e marchou novamente pelo curto jardim, subiu os degraus, agarrou a aldrava da porta e a bateu com toda força. Ao não escutar sons de passos se aproximando, ela deu duas batidas com a lateral do punho.

— Ótimo, deixe-me aqui do lado de fora congelando. Quem sabe assim eu desisto.

A porta se abriu, sobressaltando-a e provando que ele não tinha ido a lugar algum. Ficara bem ali atrás, esperando o som da carruagem se afastar.

— Sabe quantas vezes eu quis ir até lá e esmurrar a porta da sua casa, depois entrar e lhe dizer tudo que eu tinha vontade? — perguntou ele, segurando a porta escancarada. — E causar um infarto naquela sua acompanhante e um ataque de pânico na sua prima desmiolada? Você acabou comigo, não bastou só me deixar.

— Eu estava carregada de ódio! — declarou ela, alto demais para alguém que sempre entrava ali correndo para não ser vista. — Eu borbulhava de raiva e dor. Achava que você havia me traído. E que me enganara com essa história de o nosso acordo ser apenas entre nós. E mais ninguém! Eu sempre ouvia sobre sua amante. Todos falavam sobre vocês e até a descreviam. E eu nunca acreditei, porque sabia que metade das histórias que contam sobre você são mentiras. Eu nunca lhe perguntei nada. Até que eu a vi naquela noite. E eu quis morrer, mas queria machucá-lo antes. Eu não tinha como saber que ela era parte dos seus planos para vingar sua tia!

Tristan a puxou para dentro e bateu a porta.

— Eu lhe disse para partir enquanto podia — avisou ele. — Não vou devolvê-la a tempo de ser apropriado.

— Eu nunca mais queria vê-lo depois daquela noite, mas era tudo mentira. Pare de me mandar embora. Eu não me importo mais.

Ele agarrou a capa dela e a soltou; todo o volume do tecido foi ao chão quando ele a pegou pelo rosto, encostou-a contra a parede do hall e a beijou. Dorothy soltou a luva que guardava seus grampos e se abraçou a ele, segurando-se em seus ombros, depois em sua nuca e em seu cabelo. Tristan também enfiou as mãos por dentro de seu penteado e foi soltando-o bruscamente, jogando os grampos no chão e lançando seu cabelo castanho sobre eles.

— Eu não a quero mais usando esses grampos horrendos, quero que use os meus. Porque todos os seus grampos serão meus agora.

Ela assentiu e segurou o rosto dele com as duas mãos, uma ainda com a luva, insinuando-se contra seu corpo e o beijando com paixão e saudade. Tristan a envolveu pela cintura e a levantou, levando-a para dentro da casa. Eles pararam à beira da escada. Ele brigava com os botões e cordões de suas roupas, soltando o vestido no degrau e o corset a seus pés. O colete dele caiu em algum lugar ali, botas foram chutadas, a camisa foi arrancada por cima da cabeça e pendurada no poste da escada. A bagunça estava digna de rivalizar com a da primeira noite, mas a daquele momento parecia mais caótica; as vítimas ao chão eram mais numerosas.

— Eu senti sua falta. — Dorothy tocava seus ombros nus, apertava os músculos, prendia-se a ele, incapaz de conter sua vontade de tocá-lo com seu corpo inteiro.

— Vai ter de repetir isso, Dot. Bem alto e mais explicado. — Ele a pressionou contra a parede, enfiando as mãos por baixo da chemise fina e tocando seus seios.

Tristan manteve-a contra a parede, acariciando seu corpo atrevidamente, tocando todos os locais que queria sem pudor. Dorothy gemeu em resposta e espalmou as mãos em seu peito, movendo-se como se pudesse ajudá-lo a tocar mais, muito mais.

— Mais perto — pediu ela, pressionando os dedos na pele de Tristan, mas suas unhas eram curtas e quase não o machucavam.

— O quanto me quer perto? — Ele encostou o corpo contra o dela, pressionando até ela precisar passar os braços em volta de sua cintura.

— Eu pensei em você... — Ela fechou os olhos e ficou na ponta dos pés, levantando o rosto para ficar mais próxima.

— Antes ou depois de parar de me odiar? — Tristan a segurou por baixo das coxas e a levantou. Agora sim estava na altura perfeita: podia beijá-la novamente.

— Depende... — Dorothy teve a mesma ideia, porque pressionou as pernas em volta do quadril dele e o beijou.

— Porque enquanto me odiava, você queria rachar minha cabeça. — Ele apertou suas coxas e começou a mover o quadril.

— Não era ódio... — Sua voz saiu num sussurro e ela procurou mais contato, sentindo o membro dele rijo contra seu ventre. Não havia nada entre seus corpos.

— Lembra quando fiz isso com você contra aquela porta? A vontade de me enterrar no seu corpo era tão forte que eu beirava a insanidade. Era como se ainda pudesse sentir seu gosto na boca. Eu a quis no segundo em que tocou meus lábios com os seus naquela escada. Como uma inconsequente que não fazia ideia de com o que estava brincando.

— Eu não sabia.

— Se soubesse, teria corrido?

— Sim. — Ela apertou a nuca dele, acompanhando os movimentos do seu quadril. Ele estava novamente possuindo-a figurativamente, só que dessa vez sem as roupas. — Volte à parte em que teria me tomado contra aquela porta.

— É o que quer agora, Dot?

— Sim — repetiu ela num suspiro, fechando os olhos, porque sabia que não veria nada de qualquer forma.

Tristan afastou as coxas dela, tirando-lhe a segurança de se prender na cintura dele e deixando-a aberta e desejosa entre o seu corpo e a parede. Ele a excitava, e ela havia ficado muito úmida rapidamente, assim como ele estava duro e pronto para ela. Dorothy encostou a cabeça na parede quando ele a penetrou, indo até o limite do seu sexo de uma vez, devagar o suficiente para ela se sentir sendo preenchida.

— Eu não teria corrido.

— Teria, sim.

Ele tinha certeza disso, assim como sabia que não havia nada que os separasse agora — alguém teria que pôr a casa em chamas, se eles não o fizessem antes.

— Eu devia ter corrido. — Ela ofegou, agarrando-se a ele e procurando encontrar suas estocadas com o mesmo fervor.

Não que tivesse opção. Quando se alcançava aquele ponto de descontrole, seu corpo parecia não responder mais ao cérebro. Não havia a menor racionalidade nos gemidos de prazer que emitiam; só podiam continuar numa busca cega até o alívio daquela agonia prazerosa. E ela devia ter corrido, porque não poderia conhecer nada disso se não houvesse acabado na cama com Tristan Thorne.

E assim não teria perdido o juízo.

— Tarde demais. — Ele se enterrou nela, deixando suas pernas o agarrarem novamente. Dorothy tremia contra o seu corpo e pulsava em volta do seu membro, prendendo-o dentro dela com as contrações poderosas do orgasmo.

Ela sorriu, sem conseguir se conter, apertando-se em volta dele com as pernas e os braços e não o liberou. Até o escutou rosnando seu nome e depois estremecendo em seus braços. Tristan se moveu, tentando retomar seu controle, e Dorothy deslizou contra a parede, incapaz de abrir os olhos.

Os suspiros de prazer deixavam os seus lábios, agora baixos e lentos e as mãos dela deslizaram, apoiando-se nos braços dele.

Dorothy só abriu os olhos quando ele se moveu e a tirou da parede, carregando-a para o outro lado, mantendo-a na mesma posição.

— Não deixe o meu corpo — suplicou, passando os braços sobre os ombros dele novamente.

— Você não sabe o que está pedindo.

— Nunca mais — murmurou ela, e mordeu o lábio, adorando a fricção que o andar dele gerava.

A ideia era ir mais longe, mas ela estava tão tentadora que ele a descansou sobre a mesa, mesmo sem se afastar.

— Sobre a parte em que você também sofreu longe de mim — ele soltou as coxas dela e empurrou a chemise leve e curta para cima —, enquanto eu lhe mandava cartas, implorando por atenção.

— E eu devia ter queimado todas elas antes de abrir.

— Mas você não tem juízo, Dot. — Ele se inclinou e a beijou levemente. — E me odiava porque pensava em mim o tempo todo.

Ela tocou o rosto dele e acariciou seu queixo.

— Doeu muito ser devidamente esnobado?

Em resposta, ele deu um leve sorriso e apoiou as mãos na mesa, movendo-se entre as pernas dela. Dorothy soltou o ar e relaxou, sua mão escorregou sobre o tampo da mesa e ela se deixou ir para trás, apoiando-se nos cotovelos e elevando as pernas. Da outra vez que esteve sobre uma mesa, ainda vestida, achou a sensação muito estranha. Agora, não lhe sobrava pudor suficiente para isso, não importava que cor estivessem as suas bochechas.

— Eu sei o que eu fazia para suportar a falta que eu sentia de tê-la comigo. Além do vinho e dos xingamentos e maldições... Uma pena que uma dama tão bem-nascida quanto a senhorita não pode fazer nada disso. — Tristan colocou os pés de Dorothy sobre a beira da mesa e acariciou a seda das meias.

— Sempre há a solidão dos meus aposentos para sofrer em paz...

— Apertando as coxas à noite, tentando lembrar como é o meu toque sobre o seu corpo e fechando os olhos para imaginar?

Ele deixou o corpo dela, e Dorothy só emitiu um som de protesto.

— Sim — confirmou, só para voltar a ser tocada, e ele sabia muito bem disso.

Quando ele tocou novamente naquele botão excitado, ela o desculpou por deixar seu corpo. E suas pernas penderam para os lados quando ela relaxou de prazer, deixando-o ver que não estava com vergonha do que sentia.

— Durante todo o tempo que me manteve longe, você foi ousada por mim?

— Não, não fui... Se fosse, pensaria em você, e eu estava tentando esquecê-lo.

— É uma pena. — Ele acariciou o corpo dela, pensando no quanto quis tocá-la, no jeito como sofreu de abstenção de uma forma que nunca imaginara. — Eu fui ousado pelo equivalente a uma vida.

— E como é?

O olhar dele se estreitou e ele ajeitou as costas, tirando as mãos de seu corpo. Dorothy franziu a testa para ele e pareceu profundamente magoada por isso. Se ele não soubesse quem ela era, diria que estava a ponto de verter lágrimas. Isso enquanto continuava ali, tentando-o com seu corpo parcialmente exposto.

— Mantenha os olhos em mim — disse ele, deixando-a animada.

Tristan pegou sua mão e a beijou. Seu olhar tornou-se divertido, pois isso era casto demais para estarem seminus. E Dorothy deu-lhe a mão como se estivessem num baile, só que com um olhar muito mais malicioso.

— O que eu ganho por manter os olhos em você? — perguntou, curiosa.

— Por acaso é um esforço?

— Sabe que não...

Ele beijou seus dedos dobrados, do mindinho ao indicador, até as pontas, esticando-os e colocando dois deles na boca, chupando-os e deixando-os úmidos. Dorothy manteve o olhar nele, mesmo quando ele levou os dedos úmidos ao seu sexo, devolvendo o toque que ela desejava. Tristan manteve os dedos sobre os dela, mostrando-a como se tocar, exatamente como ele fazia com ela. E deixou-a seguir por conta própria quando começaram a arrancar gemidos juntos.

— Coloque os dedos dentro de você. Quero que sinta como é quente, úmida e deliciosa.

Levada pela excitação, ela penetrou os dedos sem a ajuda dele e sentiu o interior do seu sexo. Descobriu o prazer do próprio toque e como seus dedos saíram completamente úmidos e escorregadios, dando-lhe mais prazer ao voltar a tocar seu clitóris inchado.

— Continue sendo ousada para mim; quero ouvi-la gemer de prazer. — Ele umedeceu os lábios, com vontade de chupar seus dedos enquanto ela se tocava.

Os dedos dela esfregaram o clitóris, encontrando seus pontos sensíveis, e ela gemeu em resposta, pendendo a cabeça para olhá-lo.

— Mais... — suplicou ela.

— Eu não consigo mais resistir a você. — Tristan passou as mãos pelas coxas dela, descendo sobre a seda das meias até suas pernas, ajeitando-a na beira da mesa.

Ele se inclinou e beijou seu ventre, depois subiu pelo vale entre seus seios, beijou-a sobre o tecido fino e afastou o decote, sugando o mamilo intumescido, murmurando que não conseguiria ficar sem tocá-la novamente.

— Continue se tocando. — Tristan percorreu seu corpo entre carícias e beijos até seu sexo.

Dorothy sentiu o prazer se espalhar pelo corpo e mal sentiu quando seu braço não pôde mais aguentá-la. Estava refestelada sobre uma bela mesa de madeira, aberta como uma flor, sentindo novamente aquela sensação do gozo se aproximando. Mal tinha coragem de mover o quadril. Tristan chupava seu clitóris entre os dedos dela, acariciando-a com a língua, mas impedindo-a de tirar seus dedos dali. Ele sentia prazer em chupá-la, em escutar seus gemidos, em senti-la libertar-se com ele; isso explicava tanta dedicação ao seu corpo. Dorothy exultava em resposta, sussurrando palavras repetidas, implorando-lhe que não parasse até que a voz dela falhou, interrompida pelos gemidos do orgasmo.

— Todos têm vícios, Dot — murmurou, levantando-a da mesa. — Eu estou viciado no sabor do seu prazer. Obcecado pela sensação de senti-la gozar contra meus lábios.

Ele a colocou no chão perto da lareira, deixando-a de pé sobre o tapete, e ela o beijou com paixão e intimidade, inflamando-o com o beijo. Tristan puxou a chemise e a tirou pela cabeça dela, depois ajoelhou à sua frente e soltou os laços que prendiam as meias às suas coxas.

— Eu devia ter tirado isso antes. — Ele desceu a seda por suas pernas, retirando as meias, e beijou as marcas que ficaram no início das coxas.

Ela apoiou uma mão no ombro dele, sentindo seus lábios úmidos tocarem as marcas avermelhadas, e sorriu quando ele tocou com a ponta da língua.

— Não dói. — Dorothy se ajoelhou diante dele e tornou a beijá-lo.

Empurrando-o para sentar-se no tapete, ela se grudou a ele e perdeu-se em outro beijo; ele era simplesmente bom demais de beijar, e sentir seu gosto nele era excitante.

— Eu nunca pensei que beijaria tanto alguém em minha vida — confessou ela contra seus lábios. — Nem que desejaria tanto. Ou que sentiria tanta saudade. Estou com minhas mãos em você e não parece suficiente.

Tristan apoiou as mãos no tapete dos lados de seu corpo, inclinando-se levemente para trás e observando seu semblante.

— Eu a chamei de desalmada, maldita, amaldiçoada — havia um sorriso travesso em seu rosto enquanto lhe falava —, porém só a queria de volta. — Tristan segurou seu rosto e trouxe-a para bem perto. — Como vou possuí-la a noite inteira, não teremos problemas de saciedade, teremos?

O olhar que ela lhe deu era convite suficiente.

— Eu também estou viciada em você, completamente arrebatada pelo seu toque.

Dessa vez os olhos dele pegaram fogo, eram calor e desejo puro por ela. Dorothy se inclinou e o beijou no peito, encostando o rosto em sua pele quente e depois o beijando novamente.

— Eu gosto de carinho, principalmente quando é você me tocando — admitiu ele.

Dorothy levantou o olhar e continuou, subindo as mãos por suas coxas fortes, apertando com as pontas dos dedos até sua virilha. Tristan se inclinou um pouco para trás, oferecendo-se para exploração. Ela contemplou o seu membro, novamente em seu estado rijo, descansando contra seu ventre, e o segurou, deslizando a mão por ele como já o vira fazer quando era obrigado a deixar seu corpo e estava a ponto de gozar.

— Se eu fizesse qualquer pedido agora, acho que me daria — comentou ela, dando ritmo ao movimento, sentindo que sim, aquele membro ainda ia ficar mais duro.

— Eu lhe daria qualquer coisa... — Ele trincou os dentes.

Não era só o toque; vê-la fazendo aquilo era demais para sua mente masculina e apaixonada. Ela o masturbava bem ali, no tapete, com uma ótima iluminação dos candelabros e da lareira. Era muito melhor que um sonho erótico.

— Desculpe, não escutei. — Ela diminuiu a intensidade do toque.

— Mesmo se estivéssemos vestidos.

— Você é um mentiroso, Tristan Thorne.

— Coloque-o na boca e vai descobrir que eu lhe daria o mundo.

Isso o maldito conseguia falar sem ter de parar para conter gemidos.

— Ah! — exclamou. — Posso?

Ele olhou para cima e soltou um som grave de prazer.

— Eu não mereço uma mulher tão cínica e provocadora ao mesmo tempo.

Dorothy se apoiou nele e se inclinou, tomando-o na boca. Na verdade, abocanhando-o com bastante apetite. Não precisava de muita experiência no jogo para saber que ele estava além do ponto. Afinal, ela já havia dormido com ele o suficiente para saber seus limites.

— E gulosa... — disse baixinho, como um cumprimento.

Ritmo e profundidade ainda eram um mistério para ela, mas chupar até que se sentisse excitada pelo que fazia foi uma descoberta rápida e arrasadora. Para ele.

E voraz, Tristan teria acrescentado se pudesse proferir palavras no momento. Eles podiam treinar em outros dias. No momento ele estava ocupado admirando a beleza do sexo oral e curioso que sua dama lhe proporcionava, levando-o a segundos de gozar. Porque aquela visão, *minha nossa*, aquela visão era digna de um quadro. E ela estava bem ali, na ponta, com aquela linda boca voraz. Estava até se divertindo com a tortura que proporcionava. Um novo poder adquirido, porque ele estava mais do que entregue.

— Dot, Dot... — repetiu ele em meio ao calor da excitação. — Isso, tire-o um pouco. — Ele segurou seu membro e apertou. O som de sucção que ela fez quando o tirou da boca foi como um estopim. E ele gozou intensamente, jogando a cabeça e tentando se escorar com a outra mão, falhando e usando o cotovelo.

Seu corpo se retesava e estremecia, e Dorothy mordeu o lábio admirando-o. Ele gostava de olhar os efeitos que causava nela, e ela gostava de vê-lo chegando ao êxtase junto com ela, mas agora também adorou fazê-lo chegar lá apenas explorando-o.

É como ter cada parte do seu corpo gravada em mim, ele havia lhe dito uma vez. Devia estar mesmo apaixonada, porque independentemente de como provocasse tamanho prazer e entrega, só o sentimento que tinha por ele, a felicidade de estar junto a ele, podia fazê-la sentir esse júbilo em seu coração.

Tristan a puxou para inclinar-se sobre o corpo dele até ela apoiar o peso e a beijou tão devagar que parecia o último beijo que dariam em anos. Mas ele continuou abraçado a ela por um longo tempo, seduzindo-a outra vez, sentindo seu corpo se excitar e procurar o seu toque. Dorothy acabou sussurrando o nome dele e deu-lhe espaço para tocá-la intimamente mais uma vez.

— Você me deixa em um completo descontrole. Não obedeço nem aos limites do meu corpo. — Invertendo as posições, ele segurou por trás de sua cabeça, deitando-a sobre o tapete e beijando-a novamente, cobrindo-a com corpo.

Abraçando-o e mesclando o seu calor ao dele, Dorothy estava muito interessada em sua falta de controle. Deixava o jogo menos injusto para ela.

— Faça-me acreditar que é tão terrível para você quanto é para mim. — Ela beijou seu queixo e o deixou encaixar seu corpo ao dela.

Não era *terrível*; Tristan não acreditava que essa fosse a palavra adequada. Porém ele ainda não podia alcançar a profundidade dos sentimentos dela ou mesmo ter certeza de que havia aprisionado seu coração. Ele não queria tragá-la para o mar profundo sem lhe dizer a verdade antes.

— Eu não posso me perder ainda mais em você, Dorothy. Não ainda. — Ele apoiou os cotovelos dos lados dela e parou. — Não me peça nada sem seus olhos em mim, eu não sou confiável o bastante.

Ela abriu os olhos e o encarou; permaneceu olhando-o mesmo ao elevar os joelhos e deixá-lo penetrar novamente. Sua vontade era fechar os olhos e deixá-lo perder-se como ele parecia temer, mas manteve seu olhar nele.

— Eu também não, mas o adoro. — Ela fechou os olhos e sussurrou: — Ao ponto do arrebatamento.

E esperava que ele não entendesse que ela o amava, por isso deixou seus olhos cerrados e engoliu gemidos de prazer, para impedirem que confessasse o quanto estava além da breve paixão que poderia haver entre eles. Pouco depois ele arrancou os gemidos dela, substituindo seu raciocínio por deleite e entrega. Porém jamais arrancaria as palavras se Dorothy não quisesse. Ela também não era "confiável o bastante" à sua forma e o enganaria, mas jamais confessaria.

Tristan tirou o rosto da curva do seu pescoço, olhando-a novamente, acompanhando o prazer que ela expressava, preenchendo-a repetidas vezes, rodando o quadril entre suas coxas até arrancar sons mais urgentes.

Se ambos não fossem tão inexperientes em amar, notariam o fato de que *eu te amo* era e sempre seria um conjunto de palavras subestimado e o mesmo significado era alcançado de formas mais belas e profundas. Eles estavam declamando tais palavras havia mais tempo do que deviam; era óbvio que não acabaria bem.

— Tristan, não... — Ela sabia que ele estava mantendo-a à beira do orgasmo de propósito. Prendeu as pernas em volta dele como se pudesse parar a tortura.

— Por que não? — Ele deixou que ela o prendesse e mudou para estocadas mais curtas. — Você queria saber como é para mim. Não é terrível como pensa.

— Não, não... — Ela gemeu e seus dedos repuxaram o cabelo na nuca dele, onde tentava buscar apoio. — Ainda é atroz.

— Eu quero sobrecarregar os seus sentidos de prazer. E deixá-la tão sensível que o mais leve toque nesse botão úmido leve-a à perdição em que me encontro. É terrível assim para mim.

Ele a segurou pelo queixo e fugiu do aperto, elevando mais a sua coxa direita, retomando o controle sobre os movimentos. Dessa vez, quando ela gozou, Tristan conseguiu deixá-la e correu a mão pelo membro rijo. Dorothy não abriu os olhos, mas manteve o braço em volta dele, sentindo sua respiração ofegante contra seu pescoço e o sêmen quente em seu ventre.

Poucos depois, ele se virou de lado e a trouxe com ele para esfregar suas costas delicadamente, limpando-a e suavizando marcas que o tapete havia deixado em sua pele. Só depois de satisfeito, ele a libertou e foi avivar o fogo. Tristan voltou para junto dela e lhe entregou uma taça de vinho, envolvendo-lhe os ombros em sua casaca e a abraçando.

Dorothy segurou a taça cheia com as duas mãos e bebeu um longo gole, depois virou o rosto para ele e disse:

— O que mais você esconde, Tristan? Por que não é confiável? Sabe, acho que, se algum dia ficar muito próximo de alguém, terá de rever suas ações.

— Eu já revi. Cheguei tão perto de você que me queimei. — Ele tocou seus braços, mas não brincou fingindo se queimar, continuou a segurando. Imaginou se ela deixaria que a segurasse depois do que lhe diria.

— E eu de você.

— Eu nunca quis ou precisei explicar meu modo de vida a outras pessoas. Porém creio que esse modo está perto de mudar. E eu não quero perdê-la de novo.

— Não precisa disso para me manter aqui. Nós não começamos assim, se tudo houvesse acontecido de outra forma...

— Se você não houvesse terminado aquela noite na minha cama, fingiria que nunca esteve numa escada, fazendo confissões e bebendo vinho comigo. E diria que só fomos apresentados formalmente.

— E você me esqueceria no minuto que ficasse sóbrio.

— Eu nunca estive bêbado. O vinho é relaxante. Sou treinado para não me embebedar facilmente; estava lá com você porque queria. Eu a levei para o quarto porque estava atraído e interessado por ter me contado a verdade sobre sua vida. E escutou algumas verdades sobre mim, como um companheiro de martírio. E então, tomada de coragem pelo álcool, beijou-me com esses lábios macios e castos, com sabor de vinho, como se eu fosse um jovem tolo e inexperiente que poderia ser seduzido pelo beijo da dama mais encantadora do baile. O problema, Dorothy, é que funcionou. E foi fascinante.

Ela bebeu mais um gole do vinho e deu a taça para ele.

— Eu não me arrependo de nada. Eu o beijaria de novo. E de novo.

Tristan bebeu o que sobrou na taça, colocou-a para o lado e a beijou levemente, depois se afastou e a olhou.

— Não quero enganá-la sobre o que eu faço. É um momento estranho, pois eu nunca disse a alguém, nem ao Sr. Giles, meu mordomo, que na verdade não é só mordomo, mas sim meu mais fiel guardião. Porém, ele não sabe tudo o que fiz ou o que vou fazer quando deixo a cidade.

— Eu imagino que você não deixe a cidade apenas para ir a festas campestres.

— Em geral, recebo uma missão de extermínio.

Dorothy se engasgou e levantou o olhar para ele quando o momento passou.

— Às vezes levo um tempo espionando ou fingindo que sou outra pessoa, mas meu melhor trabalho é chegar, passar pouco tempo e desaparecer com os alvos.

— Eu acho que não...

— Eu lamento muito por ter lhe enganado, Dot. É o meu trabalho.

— Você não é só um conde com atividades escusas, uma péssima reputação, habilidades perigosas, um problema com libertinagem, bebida e... uma vingança para completar?

— Isso faz parte do meu personagem.

Dessa vez ela se afastou um pouco e enfiou os braços pela casaca dele, olhando-o atentamente para entender bem.

— Mas você é o Lorde Wintry.

— Você sabe que só passei a ser Lorde Wintry após a morte do meu meio-irmão. Eu sempre fui apenas Tristan Thorne. Quando era bem mais novo, estive envolvido em algumas atividades não muito corretas, para dizer o mínimo. Coisas relacionadas a jogo e dívidas. Fui detido com 14 anos e, mais tarde, acabei trabalhando em espionagem. Era um pouco mais digno, a renda era mais alta, e eu ainda podia aprender atividades surpreendentes, principalmente para o rapaz tão novo e cheio de energia e ideias esquisitas. E no final o dinheiro das missões era só meu. Achei que seria eternamente o Sr. Thorne, filho esquecido do falecido conde. Eu tinha de cuidar dos meus interesses.

— Qual parte é mentira, se você é o conde e...

— Não fique esperançosa, Dot. Lorde Wintry existe, está olhando para ele. Eu faço tudo isso, apenas exagerei para ficar famoso por atividades que faço desde novo. Jogar, apreciar uma boa bebida, conhecer todas as cortesãs caras do reino, ter amantes em teatros, criar amizade com prostitutas, conhecer capangas de má fama e outros tipos que vivem à margem da sociedade... Faz parte. É bem pior do que diz o jornal. O bom é que lá no começo, logo após a morte do meu meio-irmão, algumas pessoas achavam que ele havia enlouquecido, até descobrirem quem era o novo conde.

— Sua narrativa soa natural demais para alguém que nunca disse nada disso a qualquer pessoa. — Ela franzia as sobrancelhas, porque ele estava contando tudo aquilo com certa dose de diversão, como sempre fazia.

— Ensaiei umas dez vezes para lhe dizer isso. Ensaiei umas mentiras também. De acordo com a sua reação, eu trocaria para "verdades mais amenas". Se ainda assim você saísse correndo, eu tinha uma mentira ou outra na manga. Só que foi mentindo que eu a perdi. E ia perdê-la novamente, pois, depois que contasse mais mentiras, estaria enterrado nelas. E mesmo que fosse verdade o que você diz sobre sermos amigos no futuro, nem isso seria mais possível.

— Acho que vou precisar de mais vinho.

— Somos dois.

Tristan serviu duas taças e, enquanto ela bebeu um gole, ele virou a sua quase inteira, pois dessa vez era ele que procurava coragem líquida. Por mais que fingisse desenvoltura e Dot fosse a primeira para quem quis contar, não era fácil resumir e começar a revelar o seu passado, os segredos tão bem-guardados.

— Eu trabalho para o duque — contou ele, mas não especificou qual duque ou se isso era só um apelido ou seu título real. — E ambos trabalhamos no serviço de espionagem da Coroa. Você pode imaginar onde tudo termina. Ele é meu receptor. Todo agente tem um. E ele precisa ser melhor do que todos os seus agentes, pois ele precisa ficar vivo, ele é o ponto final. Se ele cair, todos que ele enviou em missão ficarão por conta própria até poderem voltar e estabelecer um contato confiável. Não importa se sua missão foi cumprida, sem o receptor; não há outro em quem confiar. Ninguém irá salvá-lo se estiver em perigo, a menos que tenha uma carga valiosa para entregar. Eu cumpri minhas últimas missões. Então, estou temporariamente retirado.

— Temporariamente? Por causa da sua... vingança?

— No meu trabalho, você nunca se aposenta. Você se retira e espera, porque uma hora pode ser chamado.

Dessa vez ela bebeu um longo gole.

— Você não precisa matar pessoas o tempo todo? — O tom dela era de pedido.

— Não sou nenhum sádico com prazer por morte. E até onde sei, você está bem viva.

— Você entendeu.

— É para isso que me chamam, porque sou bom em não deixar rastros. Nem corpos. É apenas trabalho: se você não fizer, eles farão com você. Eu lutei a guerra por trás da guerra, fui muito útil até Napoleão cair e estou retirado desde então. Foi quando voltei para casa e coincidentemente meu irmão havia morrido; descobri o destino da minha tia logo depois.

— Meu Deus, como foi que acabei me envolvendo com você?

— Uma festa particularmente chata, muito vinho e o melhor sexo oral da sua vida. Aconteceu nessa ordem exata.

Dorothy pôs a taça no chão e cobriu os olhos com as duas mãos, tentando entender melhor; ela estava confusa. Então seu amante, Lorde Wintry, realmente era um devasso, libertino e perigoso. Porém ele fingia ser muito mais do que a realidade, chegando a níveis escandalosos, porque esse era seu novo "disfarce": passar-se por um lorde entediado e dado a comportamentos condenáveis e por vezes até execráveis.

— Falta uma coisa: você não está mantendo essa fama por causa do seu trabalho. São aqueles homens, você os quer para sua vingança.

— Começou assim. Até que um lado se misturou ao outro porque eu esqueci de lhe dizer que o duque é um desgraçado esperto e viu nisso uma oportunidade de me dar uma nova missão, mesmo enquanto estou oficialmente fora de ação.

Ela massageou a têmpora com as pontas dos dedos.

— Era para não fazer sentido?

— Era. Nunca faz sentido na primeira vez. Talvez com mais uma taça, sua mente comece a se abrir.

— Da última vez que bebi vinho demais na sua companhia, acabei com a mente e muitos outros itens mais abertos do que deviam.

— Dê-me um pouco de crédito. Desde então nunca mais precisamos de vinho para abrir seus botões e... — ele deu um leve sorriso e desceu o olhar para suas coxas — ... outros itens.

— O que me deixa sem uma desculpa.

— Eu nunca estarei livre do trabalho, não há limite de idade. O único jeito de sair é morto, não importa o motivo. Traição também causa dispensa do trabalho, exatamente porque mandarão alguém como eu para matar o traidor.

— Você já teve sua cota de traidores para dispensar?

— Uma guerra sempre aumenta as trocas de lado, e não faz muito tempo que terminamos a última.

Dorothy dobrou os joelhos e apoiou as mãos sobre eles, ainda perdida naquela história. Não conseguia decidir sua opinião sobre o trabalho dele.

— Você quer que eu a ajude com suas camadas de roupas? — perguntou ele baixinho, notando como ela estava lutando com as novas informações. — Está tarde, mas posso acompanhá-la.

Ao ouvi-lo, ela saiu de seus pensamentos e se virou para olhá-lo.

Tristan estava sentado ao seu lado, apenas aguardando que ela lhe dissesse que foram belos momentos, mas não queria se envolver mais em sua vida. E, na verdade, preferia que ele não houvesse contado, pois era pessoal demais, era o maior segredo de sua vida. Agora Dorothy seria obrigada a guardá-lo. Tristan a obrigara a torná-lo mais presente e importante do que ele pensava que era; porque quando alguém lhe contava seu maior segredo, querendo ou não, guardando-o ou não, essa pessoa se tornava parte da sua vida. Era sua decisão manter o segredo, mas aquilo não podia ser desfeito.

Ao menos era isso que ele pensava que aconteceria nos próximos momentos. E nos próximos anos, quando estivessem afastados, ela continuaria em sua mente como a pessoa para quem ele contara. E ela seria obrigada a pensar nele sempre que se lembrasse do que sabia. Tristan conhecia outros em seu trabalho que eram casados com cônjuges que desconheciam seu trabalho: algumas morriam sem saber com quem realmente haviam se casado. Ele não sabia como acontecia, mas ele contaria tudo a ela outra vez.

— Não, não precisa, sua casaca está confortável. — Ela tocou o rosto dele e o encarou. — Nada disso muda o que nos tornamos. O que eu lhe disse é verdade. Aconteça o que acontecer, ainda estarei aqui. Pode ir onde eu estiver, sentar-se e me dizer o que quiser. Seremos amigos assim e levarei para o meu túmulo absolutamente tudo que me disser.

O coração dele perdeu parte do peso que o afundava enquanto ele olhava em seus olhos e via apenas sinceridade. Tristan tocou seu antebraço e deslizou até segurar sua mão e tirá-la de sua face. Ele a apertou na sua e disse:

— Eu agradeço muito por saber que sempre a terei. — Ele apertou mais forte sua mão. — Contudo, não é isso que eu quero. Ao menos não quero pensar nisso. E não quero ser apenas aquele amigo que levará na lembrança e aparecerá em determinados momentos de sua história. Não só isso. Não agora.

Aproximando-se rapidamente, antes que aquele momento se quebrasse, ele a beijou e trouxe para perto, derrubando a taça que esteve entre eles. Tristan abraçou-a apertado e levantou. Dessa vez carregou-a para cima, para o quarto que ocupavam ali na Henrietta Cavendish. Mesmo sem vinho, ele revelou um pouco mais de sua vida e algumas pistas que havia seguido durante aquela vingança na qual estava mergulhado. Porque não confessaria isso a mais ninguém no mundo.

Capítulo 16

Tristan acordou subitamente com um som vindo da casa. Ele se levantou da cama, não colocou nada sobre o corpo e pegou a pistola que deixava carregada e escondida. Como estava nu, não tinha onde prender uma adaga, mas chegou perto da porta sem fazer nenhum som e escutou os passos muito leves, de quem não queria causar distúrbio. Ele se concentrou, reconhecendo que era só uma pessoa. Então aguardou ao lado da porta.

— Sou eu, milorde. É um assunto urgente — disse o Sr. Giles, do outro lado da porta, mas também ao lado dela, para não ser atingido por nada.

Tristan olhou para a cama e viu que Dorothy nem havia se movido, então voltou e abriu a porta silenciosamente.

— Minha casa pegou fogo ou sequestraram a minha prima? — sussurrou, ao sair do quarto e fechar a porta sem fazer barulho.

— Nada tão espalhafatoso — assegurou o mordomo. — Porém algo saiu dos planos. O Sr. Gregory retornou à cidade e acredito que tenha entrado em contato com o amigo que lhe sobrou. E com aquele inspetor intrometido.

— Mas será possível que eu não posso deixar alguém vivo? Aquele idiota não tinha nada com a história.

— Eu duvido de que ele tenha tomado a decisão sozinho — opinou o Sr. Giles.

Tristan bufou e amaldiçoou o idiota do Gregory. Agora ele ia ter que "sumir" também. O pior é que não seria tão fácil se ele havia falado com mais duas pessoas, sendo que uma dessas pessoas era a responsável pelo seu retorno. Tristan queria saber como aquele maldito homem conseguira, de sua cama de enfermo, convencer Gregory a retornar. Ele devia saber o que aconteceria e feito com que o suposto amigo voltasse, sabendo que isso o tornaria a isca.

— Pode ir, eu preciso me vestir.

— Acredito que precisará de meu auxílio para devolver a dama, milorde — lembrou o Sr. Giles. — A carruagem dela não está mais aqui.

Ele não queria devolvê-la, muito menos agora. Aquele homem só estava vivo por causa dela. Sabia que era impossível, mas temia que ele sequer desconfiasse quem realmente era a sua moeda de troca. Tristan não confiava nele, não acreditava que deixaria de usá-la para se salvar.

— Eu vou levar meu cavalo, acompanhe-a então.

Dorothy acordou pouco depois com Tristan em pé ao lado da cama, abotoando o colete. A primeira reação dela foi se sentar na cama num pulo.

— Ah, Deus! — exclamou.

— Eu espero muito que dessa vez você se lembre de onde está e não me pergunte como foi que terminou em um quarto comigo. — Ele fechou o colete e sorriu.

Ela se divertiu com o comentário dele, mas olhou para a janela e viu o dia claro demais.

— Acredito que Henrietta Cavendish resolveu oferecer um café da manhã para suas amigas mais próximas, para se despedir antes de partir da cidade. — Ele já estava inventando a mentira que ela contaria para explicar ter saído tão cedo de casa.

— Ah, mas que notícia dolorosa. Henrietta vai partir? Estou tão sentida. — Ela colocou a mão sobre o coração e fingiu pesar.

— Eu também, meu coração está destroçado. Imagine quando todos souberem que ela recusou minhas atenções. Acredito que Henrietta me acha um tanto inapropriado para os seus objetivos.

— E quem não acharia?

Ele abriu um grande sorriso para ela e ajeitou a gola da camisa antes de dizer:

— Eu parecia bastante apropriado para a senhorita nessa madrugada.

— Pois esta senhorita aqui precisa chegar em casa antes que achem o bilhete em minha cama. — Ela se levantou e olhou em volta.

Ele havia trazido sua roupa para cima e colocado sobre a namoradeira em frente à cama. Dorothy vestiu a chemise para cobrir sua nudez e foi lavar o rosto.

— Venha tomar café da manhã comigo — convidou ele, assim que vestiu o paletó.

Ela olhou por cima do ombro e franziu a testa.

— Café da manhã? Desde quando? Esteve preparando pão enquanto eu dormia?

— Eu já lhe disse que não estamos sozinhos nesta casa. — Ele ajeitou a gravata diante do espelho. — Nunca tomamos o desjejum juntos. Você precisa voltar para casa bem alimentada depois de um café da manhã com Henrietta.

— E quem vai fechar o meu vestido? — Ela levantou a peça.

Ele voltou e esperou ela se limpar atrás do biombo e voltar para se vestir, depois fechou os botõezinhos em suas costas e descansou as mãos em seus ombros.

— Se quiser permanecer uma fugitiva, duvido que Henrietta se importe.

Dorothy inclinou a cabeça e riu enquanto ele se afastava. Mal sabia ela que Tristan gostaria que ela ficasse longe por um tempo. De preferência num local onde ele tivesse acesso e do conhecimento de mais ninguém.

***

— Dorothy, onde você estava? Ninguém a viu saindo! O Sr. Terell disse que a carruagem estava aí fora. — A Sra. Clarke a seguia pelo corredor que levava a sala dos fundos onde ela atendia a suas demandas.

— Eu fui ver a Sra. Cavendish. Ela está desolada e me convidou para um café da manhã de despedida. Ela tem o hábito de acordar e se alimentar muito cedo.

A acompanhante se sentou no sofá de dois lugares que ficava do lado direito da pequena sala. Dali podia ver o perfil de Dorothy, que havia se sentado à sua mesa.

— Lorde Wintry estava nesse café da manhã?

— Eu não creio que ele tenha o hábito de levantar tão cedo, ainda mais com as noites tão animadas que tem. — Ela se ocupou em olhar as cartas sobre a mesa.

A Sra. Clarke se aproximou e segurou a mão dela. Dorothy levantou o rosto e encontrou o olhar preocupado da mulher.

— Diga-me a verdade. A Sra. Cavendish não está mais envolvida, não é? O que foi que aquele homem indecente lhe pediu em troca de ter todo aquele trabalho para resgatar sua prima? Ele nem sequer é amigo dessa família, não há relação. E ontem você saiu para ter com ele, sei que foi lhe pedir para convencer o Sr. Rice a não falar. Tem que ter-lhe dado algo em troca, Dorothy. E dinheiro não foi.

Ela puxou a mão e a descansou sobre sua saia. Era horrível ter que mentir assim, tão descaradamente, com a Sra. Clarke bem à sua frente, prestando atenção em seu rosto. No entanto, isso não faria com que revelasse a verdadeira natureza de sua relação com Wintry. Não só porque não queria a dor de cabeça e a perturbação em sua vida que tal revelação criaria. Também queria poder ficar em paz, com seu coração machucado e suas feridas para lamber quando o caso deles terminasse, sem que a Sra. Clarke ficasse lhe lançando olhares e tentando descobrir por que o seu caso havia terminado ou se ia continuar sendo amante dele.

— Na verdade, ele é um amigo. Eu o conheci antes da Sra. Cavendish. Só não quis que Cecilia soubesse que havíamos nos aproximado, pois seria um grande incômodo. E só nos encontrávamos por causa de Henrietta, então não vi motivo para falar que eu descobri que o ídolo másculo e perigoso de minha prima e com a pior reputação da sociedade também é um homem bom.

— Bom? Você só pode estar enganada.

— Não, ele é bom ao seu jeito. Ele resgatou Cecilia, não foi? O que faríamos se ele não a tivesse trazido tão rápido? E se não houvesse cuidado do problema que o Sr. Rice se tornou?

— O que ele fez com aquele homem?

— Não sei. Sei apenas que o Sr. Rice não nos incomodará mais. — Ela se virou para a mesa, dando o assunto por encerrado.

— Bem, fico mais calma. Só que temos outro problema: seu tio piorou. Não está nada bem. O médico está lá em cima, mas parece que ele vai recomendar que seus assuntos sejam vistos.

Dorothy se virou imediatamente e ficou de pé num pulo.

— Ele está muito pior?

— Acordou em péssimo estado. Talvez seja preciso encerrar a temporada mais cedo. Pelo que me disse, Lorde Felton deseja morrer em sua cama, em sua propriedade, e não aqui em Londres.

Enquanto a ouvia, Dorothy fechou os olhos e sentiu a temperatura do seu corpo baixar. Seu tio estava com seus assuntos bem-cuidados. Era ela que não estava pronta para o que viria. Seus assuntos estavam uma bagunça, porque nem sabia por onde começar. Ela pensou em suas economias, no problema que tinha com Cecilia após aquele escândalo. No filho de Lady Jean, que herdaria o título e tudo que Lorde Felton tinha, com exceção da renda e do dote de Cecilia. Tinha certeza de que agora não haveria um casamento para sua prima nem tão cedo.

E na próxima temporada, caso seu tio não resistisse, não teriam os recursos para ficar em Londres, comprar tudo que necessitavam e ir a todos aqueles locais. E pior: Cecilia seria tirada da sua guarda, pois sua tia e seu primo ficariam com ela. E Dorothy teria de partir, aceitar as regras deles ou ir pedir abrigo a sua irmã. E daria no mesmo: no fim estariam sob o julgo de Lady Jean, que mandava em todos à sua volta.

Claro que ela podia dar um jeito e viver por conta própria. Seria um choque e teria sim de conseguir um trabalho, pois sua renda não era suficiente. Podia costurar, fazer chapéus, vender em uma loja de itens femininos. Ou ir para o campo educar garotas, mas seria mandada embora quando se recusasse a pôr na cabeça delas que não eram donas de si e de suas mentes, suas opções e seus corpos. Não lhes ensinaria que suas vidas dependiam do que os outros achassem que era adequado para elas. Então seria despedida mais rápido do que desfizera suas malas.

— Dorothy, meu bem, você está pálida. — A Sra. Clarke tornou a pegar sua mão e a sentiu gelada.

— Ele vai morrer agora?

— Não creio, ele já oscilou outras vezes. Teremos tempo de ajeitar tudo, quem sabe limpar um pouco da impressão que sua prima pode ter deixado aqui. E depois partiremos para Meads.

O silêncio reinou por um momento e a acompanhante resolveu falar o que era preciso:

— Lorde Rutley já propôs três vezes, querida. Ele pode ser um tanto pomposo, mas tem lhe feito a corte há um tempo considerável. Ele não cansa de dizer que seria a esposa perfeita. E pensa que será ótima para criar seus filhos.

— Duvido muito disso.

— É a verdade. — Ela estava um tanto incerta sobre a aceitação dela para o assunto. — Ele tem uma boa renda, creio que cinco ou seis mil por ano. E não é um rapaz tolo; dizem que está investindo bem. Você teria sua própria casa, sua própria renda e teria locomoção. E estando casada, teria autonomia para ficar com sua prima. Lady Jean não poderia dizer nada. Afinal, você seria Lady Rutley. E pelo que sei, ele sempre está em Londres, e você viria junto. E ainda poderia seguir em sua missão de encontrar um bom par para Cecilia.

Tudo que Dorothy fez foi respirar fundo.

— E o que eu faria quando Cecilia estivesse encaminhada e fosse embora viver sua vida?

— Ora, cuidaria da sua vida. Talvez a essa altura até já estivesse esperando seu primeiro bebê — sugeriu a Sra. Clarke. — Talvez até fosse o herdeiro de Rutley.

As lágrimas começaram a descer e Dorothy colocou a mão sobre os lábios, sufocando o som do choro e tentando pará-lo. Ela odiava ceder às lágrimas, mas a perspectiva a tomou com tanta força que foi instantâneo.

— Desgosta tanto assim de Lorde Rutley? Ele é um rapaz tão apresentável e gosta de você.

— Eu não o quero — sussurrou ela, com a voz falha pelo choro.

— Ah, meu bem... Vamos encontrar um jeito. — Ela a abraçou e acariciou suas costas. — Talvez, se o conhecer melhor, mude de ideia.

Balançando a cabeça, Dorothy se recompôs e se afastou, olhando bem para a acompanhante.

— Não sou uma donzela, Sra. Clarke. Não chego nem perto disso. Não posso nem sequer mentir para Lorde Rutley sobre isso.

A Sra. Clarke deu um passo para trás e arregalou os olhos, tentando não demonstrar tanto choque, mas falhou miseravelmente.

— Quando...

— Não importa — respondeu Dorothy.

— Ele não precisa saber, não precisa nem notar. Quantas donzelas acha que ele já teve? Continua solteiro.

Dorothy levantou o rosto e manteve o olhar nela.

— Eu não me importo com o que ele possa pensar. Eu sei a verdade. E mais importante, eu não o quero.

— Às vezes a vida é mais do que queremos, querida. Temos certos deveres.

— Eu só tenho visto os deveres. Às vezes, as pessoas também precisam conseguir o que querem.

— E para ter o que querem, precisam sacrificar algo.

— E por que tenho que sacrificar a minha vida?

— Não é a sua vida, minha querida. Você estará viva. Não fale uma coisa dessas, mas o seu tio vai morrer. Isso nós não podemos mudar. Porém, você ainda pode escolher uma opção melhor para o futuro. Talvez o seu tio ainda esteja vivo no seu casamento. Não podemos mais contar com Cecilia, que arruinou todas as possibilidades de um casamento nesta temporada. E se ela ficar sob a guarda de Lady Jean, imagine só como acabará. Dessa vez, ela fugirá sozinha e desgraçará a família inteira. E eu sinto que se você tiver de escolher ficar conosco, também acabará fugindo antes que enlouqueça.

Dorothy sentiu vontade de chorar outra vez, odiando aquilo. Não queria passar como uma chorona emotiva, mas ela não queria sacrificar mais nada. Já havia dedicado todo o seu tempo àquela casa e as pessoas dentro dela. Queria ter a vida que escolhesse, não a que tivesse de engolir para no futuro conseguir uma posição aceitável e confortável.

— Por que quer ficar sozinha? E se por acaso se apaixonasse? Desprezaria tal sentimento e permaneceria só? — indagou a acompanhante, preocupada.

— Eu não estou apaixonada por Lorde Rutley e temo que jamais estarei. Eu não quero ficar sozinha, eu só quero a minha vida para mim. E se para isso preciso ficar sozinha, não é um problema.

— Eu nunca entendi por que desencantou do Sr. Brooks. Ele está solteiro. E proporia se você lhe desse um sinal.

— Eu o fiz se apaixonar pela Srta. Sparks. E ela está encantada por ele. Faço votos para que sejam felizes juntos.

A acompanhante soltou o ar e voltou a olhá-la, encarando a situação de outra forma.

— Quem é ele? Quem é este rapaz por quem está apaixonada?

— Por que preciso estar apaixonada por alguém para não querer me casar com um homem que eu não desejo, por quem não sinto atração ou qualquer sentimento terno? Não quero passar o resto de minha vida ao seu lado e não quero viver para parir os seus filhos. Eu não sou uma esposa perfeita e tampouco serei uma mãe perfeita. Serei apenas eu em todas as situações. E isso basta.

Ela deixou a sala rapidamente e foi se refugiar em seu quarto. Só voltou a chorar quando estava em sua cama, ainda tentando ser egoísta o suficiente para não pensar em nada do que a Sra. Clarke sugerira. Talvez não fosse egoísmo: talvez estivesse finalmente pensando apenas no seu bem. Esse tempo todo seu intuito foi mais pelo que precisava fazer e de quem precisava cuidar. Afinal, quais perspectivas tinha? Nada que lhe agradasse e que pudesse ter sem ser excluída e execrada pela sociedade em que vivia.

***

— Milorde, o inspetor Mortimer está aqui para vê-lo — avisou o Sr. Giles.

Quando chegou lá, Mortimer foi avisado de que o conde estava ocupado, mas disse que era de extrema importância que se falassem. Já havia tentado vê-lo em outras oportunidades e não tinha sido possível. Porém, ele não pensou que ocupado seria o mesmo que cuidando de sua higiene pessoal. Ele entrou no cômodo que mais parecia uma sala de receber, mas que na verdade era uma sala de banho. E mesmo assim tinha um sofá duplo e dois biombos, além de quadros, como se alguém fosse ficar ali se banhando e apreciando a arte.

— Milorde — disse ele, surpreso.

O mordomo fechou a porta, deixando o inspetor parado logo após a entrada e sem saber se devia se aproximar. E o conde estava logo à frente, ocupado em uma banheira cheia de água morna, esfregando-se com um sabão claro, com uma fragrância distinta.

— Estou um tanto ocupado, preciso me lavar e sair, mas o senhor pode falar — disse Tristan, antes de pegar uma jarra e molhar o cabelo.

— Eu acho que o senhor está saindo demais para quem está na mira de um criminoso — alertou o inspetor.

Ele pensava que aqueles nobres eram uns malditos tolos. Lorde Wintry só tinha duas opções: ou estava envolvido com a pessoa que estava cometendo aqueles crimes que ninguém podia provar ou era a próxima vítima. E no entanto passava as noites na rua e seus dias tomando banhos. Aquela devia ser a maior banheira que o inspetor já vira na vida. E o conde, grande como era, cabia ali dentro inteiro. Estava com água até perto do peito. O inspetor ficou imaginando como é que ele enchia aquele monstro e o esvaziava; era capaz de ter uma fonte de água bem ali perto, e havia uma lareira no cômodo, era só esquentar ali.

Por isso que ele odiava tratar com essa gente, eles o enervavam. Onde já se viu estar enfiado na água no começo da tarde? O máximo que o inspetor fazia uma hora dessas era uma adulação rápida na bacia. Será que era dia de banho na casa do conde ou aquele homem insuportável era chegado a banhos quentes em horários e dias inapropriados?

— Eu não sei por que o senhor cismou que minha vida corre perigo. — Tristan passou a mão pelo cabelo ensopado e começou a fazer espuma nele.

Mortimer torceu a boca quando viu a espuma na cabeça do outro. Ele achava que nunca havia feito tanta espuma numa vida inteira. E sequer via necessidade para tal, até porque as taxas do sabão eram um absurdo e sabão barato não fazia espuma. Então nem podia imaginar do que era feito o sabão grã-fino que o conde estava usando para se lavar.

— Porque tenho dois homens desaparecidos. E possivelmente mortos — explicou Mortimer.

— Até onde sei, eles estão viajando ou fugindo dos credores.

— Um dos seus amigos retornou. O Sr. Gregory disse que um dos senhores saberia dizer o que estava acontecendo. Ele me procurou especificamente. Então, se o senhor não estiver em perigo, vai saber me dizer o que está acontecendo.

Tristan jogou mais água na cabeça, tirando a espuma do sabão e lavando o rosto. Depois ficou de pé em toda a sua glória nua, atlética e masculina. O inspetor, escandalizadíssimo, fechou os olhos como uma garotinha. E mentalmente amaldiçoou aqueles detestáveis nobres indecentes. Bem que os jornais diziam que Wintry era um desavergonhado. Quando tornou a olhá-lo, o conde já estava se secando atrás do biombo.

— Eu creio então que devo ter informações — disse de lá. — Eu sei que Lorde Nott devia até as ceroulas. Dizem que tinha um gosto duvidoso, mas eu não sei nada sobre isso. Lorde Hughes era envolvido com tráfico de artes e prostitutas. E creio que isso não acabou bem e ele precisou se ausentar. Se eu fosse o senhor, olharia na sede do clube. Sou novato, não me deixam ver tudo. E o Sr. Gregory, como o senhor bem sabe, é quem proporciona o transporte. Ele possui navios e contatos nas companhias marítimas.

— E quanto aos outros que também desapareceram? — Ele tirou um papel do bolso e continuou: — Desconfio de mais dois.

— O senhor não espera que eu faça todo o seu trabalho. — Ele saiu de trás do biombo já com suas calças e se sentou para calçar meias e botas de montaria.

— O Sr. Gregory acredita que o senhor está de posse de algumas das dívidas dos seus amigos.

Tristan terminou de calçar a primeira bota e parou para olhá-lo. O inspetor tentava evitar olhar demais para ele, pois estava descamisado.

— Claro que estou. Ao menos se ficassem devendo a mim, eu não mandaria quebrar seus ossos ou sumir com suas cabeças. — Ele deu um sorriso zombeteiro, como se achasse graça da própria piada, mas sabendo que o inspetor não teria humor para isso. — Porém meu dinheiro não é infinito. Fiz um favor ou dois e só.

— E onde eles estão?

Depois de calçar a segunda bota, Tristan se levantou e parou:

— O senhor devia tentar o fundo do rio.

Quando o conde se virou e foi pegar a camisa branca que estava perfeitamente pendurada, sem um amassado sequer, o inspetor tornou a pensar que odiava todos eles. Não sabia por que estava se preocupando com a vida deles. Então lembrou que era o seu trabalho e sua chance de acabar com a pose daquelas pessoas. Ele provaria que a nobreza era tão suja quanto os guetos londrinos, ia arrastá-los pela lama.

— Isso não é uma brincadeira, milorde. Talvez daqui a dois dias seja o senhor que esteja sumido. E vai querer alguém lhe procurando.

Ainda com a camisa solta da calça, Tristan tornou a se virar para ele.

— Se eu estiver morto, não fará a menor diferença. A menos que o senhor acredite em espíritos. Eu lhe garanto que se fosse para voltar e puxar algum pé, eu preferiria algo mais feminino.

— Recomendo que o senhor não deixe Londres. E que fique sempre acompanhado. — O inspetor se aproximou da porta, mas seu olhar era desconfiado.

Ele não acreditava nas histórias de fuga, viagem e evasão de dívidas que estavam sendo contadas. Também não acreditava no que o Sr. Gregory havia dito. Ele viera com meias verdades e seu intuito fora mandá-lo atrás de Wintry, para obter informações ou para amedrontá-lo. Mortimer ainda não conseguira desvendar o principal intuito de Gregory, por isso, antes de sair, ele se virou:

— O Sr. Gregory estava aterrorizado. Ele estava dividido entre o medo de dois lados. E não conseguia esconder que não podia dizer toda a verdade. Eu nunca vi um de vocês tão descontrolado, tirando quando os vejo bêbados.

Mortimer estava observando as costas do conde e viu quando ele se virou, agora abotoando o colete que ia por cima de sua camisa. E foi quando ele pendeu a cabeça e o encarou que o inspetor soube que havia muito mais naquela história do que o medo e a confusão de Gregory. Foi a frieza no olhar de Wintry; não havia nenhuma empatia em relação ao sofrimento de alguém que era supostamente um dos seus amigos de clube. Aquele olhar durou apenas uma piscada, mas Mortimer o viu e abriu logo a porta.

— O Sr. Gregory nunca foi famoso pela sua grande coragem. Imagino que ele também pense que é o próximo, ainda mais se o senhor andou lhe contando essa teoria absurda sobre estarmos sendo caçados. Eu acho que ele vai fugir outra vez. Afinal, ele disse o motivo para ter retornado?

— Disse apenas que tinha assuntos para tratar.

Wintry voltou a se virar e se ocupar com sua vestimenta. Seu valete não devia estar contente por ter sido dispensado, mas ele preferira ficar sozinho com o inspetor.

***

— Meu pai não vai melhorar dessa vez, não é? — perguntou Cecilia, desolada.

— Nunca se sabe. — Dorothy se levantou e pediu licença para se retirar.

Nos últimos dias ela estava passando mais tempo em seu quarto, até porque as atividades sociais haviam diminuído. Depois do incidente com o Sr. Rice, Cecilia havia perdido a empolgação em relação aos bailes. E foi com muito custo que foi persuadida a comparecer a dois eventos, para tirar da cabeça a ideia de que seria apontada e escorraçada.

O caso havia sido abafado, mas ainda assim ela já havia decidido que só retomaria suas atividades normais na próxima temporada. Agora, essa decisão estava ameaçada, pois não sabia como estaria sua vida no próximo ano.

— Dorothy, posso entrar? — perguntou a prima, colada à porta.

— Sim, entre.

Ela entrou rapidamente e trancou a porta, foi até a cama e se sentou ao seu lado.

— É verdade que você vai aceitar a proposta de Lorde Rutley?

Agora que os ânimos já haviam se acalmado, Dorothy colocara o lado lógico de sua mente para funcionar. E havia parado de reagir à questão com tanta paixão. Ela descansou as mãos sobre suas saias e disse, baixo:

— Não... Não agora. Vamos partir da cidade primeiro e levar o seu pai para casa.

— E depois você vai se casar com ele?

— Não no momento.

Cecilia soltou o ar e agarrou a prima, abraçando-a.

— Eu estou tão triste! Eu sei que estraguei tudo. Usei a sua confiança e a liberdade que me deu e estraguei tudo.

— Vai ficar tudo bem.

— Não, não vai. — Ela levantou o rosto e a olhou. — Eu estou perdida. Completamente estragada. Eu passei a noite com ele, Dorothy. Eu queria uma aventura, queria... Eu me enganei. Eu sentia algo por ele, mas não queria me casar e ter de passar o resto da vida ao seu lado, eu não estava pronta para isso. Você me entende? — Ela olhou para baixo, lamentando. — Claro que não, pois você jamais faria algo assim.

— Faria, sim. — Ela acariciou seu rosto e secou a lágrima antes que descesse pela bochecha. — Você não está estragada. Está perfeita como sempre esteve. Eu já me apaixonei, Cecilia. Eu sei o que é uma aventura. Eu apenas não fui pega. E também não fugi numa carruagem com a minha primeira paixão. Porém, sei o que é me arrepender depois de achar que gosto de alguém. Só não penso mais que cometi um erro. Não pense em nada disso. Se é o que deseja, encontrará alguém que a mereça.

— Ah, Dorothy. — Cecilia a abraçou. — Estou morta de vergonha. Sinto vergonha até de sair do meu quarto. A Sra. Clarke sabe. Ela não pode ser tão ingênua para achar que voltei intacta.

— Sim, ela sabe. E está tentando se recuperar. Dê-lhe tempo.

— Como você pode ter se apaixonado? Você nem sequer tem tempo para isso. Passou o último ano inteiro criando contatos para mim e eu a decepcionei. Está dizendo isso só para me consolar. Você não sabe o que é estragar tudo. Você apenas conserta.

— Acontece nos momentos mais inesperados. Na verdade, estou apaixonada por alguém agora. E eu cometi algumas loucuras. Alguns erros. Mas é a minha vida. Vai passar. Demorou para mim e não quero que você passe pela mesma situação. Na próxima temporada, voltará mais madura e vamos nos divertir.

— E se papai morrer?

— Não adianta se preocupar com isso agora, não podemos controlar a morte.

— Eu não quero que você se case com Lorde Rutley apenas para nos salvar. Serei forte e aguentarei o fardo de viver com tia Jean — decidiu ela, tentando mostrar que podia ser forte, mas era tudo que menos queria na vida.

— Esqueça isso.

— É por ele que está apaixonada? Se é, tem disfarçado muito bem.

— Não é.

Cecilia aguardou um momento, mas soube que a prima não iria lhe dizer quem era e nem lhe dar detalhes. Já havia sido muito para uma noite que ela tivesse lhe dito, mesmo em palavras sutis, que também havia cometido o mesmo erro, mas que surpreendentemente ela não considerava um erro.

— Tudo bem, eu vou dormir — decidiu Cecilia, antes de deixá-la em paz.

Querida Srta. Miller,

Por que nunca mais a encontrei em lugar algum? Diga que não está se escondendo.

Saudosamente,

TT.

Dave estava de volta ao seu papel de entregador de bilhetes. E nesse sistema, ele estava com tanto dinheiro que nem sequer sabia o que fazer com as cinco libras que havia juntado. Agora que tinha uma moradia servindo na casa do conde, todos os centavos que ganhava eram seus. Ele nem parecia mais o mesmo menino. Tinha roupas novas que o Sr. Giles providenciara e havia comprado um novo chapéu com seu próprio dinheiro. Estava com um novo sentido de importância, pois fora a primeira vez que comprara um item pessoal. E estava melhorando na leitura, mas jamais espionaria dentro dos bilhetes do conde. Porém nada o impedia de ler do lado de fora e ver para quem era endereçado.

Querido Wintry,

Minha prima não quer mais ir a tantos bailes nesta temporada. Tenho permanecido em casa. Passaram-se alguns dias em que não nos falamos. Eu não sei se terminamos nosso acordo, mas não estou me escondendo.

Saudosamente,

Dorothy Miller.

Quando Dave chegou à casa do conde com o bilhete, ele não estava. Até que retornasse teve tempo de praticar um pouco de leitura com as duas garotas que moravam lá. Ele não sabia o que elas faziam; pelo visto, estavam aprendendo a servir na casa. Porém era difícil conversar com elas, pois uma estava aprendendo inglês e falava francês, e a outra falava uma língua que ele não conhecia, mas que o Sr. Giles disse que se chamava português.

Dorothy,

Eu quero vê-la. Não temos muito tempo agora. Não se afaste de mim. Não antes do tempo.

TT.

E finalmente Dave viu a misteriosa Srta. Miller. Dessa vez sem a capa para escondê-la ou aquele chapéu perfeitamente enterrado em sua cabeça. Em vez daquele mordomo narigudo, foi ela quem apareceu no jardim frontal e olhou para ele, sorrindo quando viu o bilhete. E Dave teve sua primeira paixonite. Seus olhos eram lindos, era a dama mais amável que já vira. Claro que não era uma paixão real, era como uma projeção.

Se o conde mandava tantos bilhetes para aquela dama, devia lhe querer bem, não é? Talvez ela se mudasse e fosse morar lá na casa dele. Mas para isso eles teriam que se casar? Pelo seu entendimento, pessoas como eles precisavam fazer aqueles casamentos pomposos para ir morar junto. E a notícia sairia inclusive no jornal. Até lá, talvez ele já estivesse lendo bem o suficiente para guardá-la.

— Agora eu sei como ele entrega e responde tão rápido aos bilhetes — disse-lhe Dorothy, pelo espaço do portão negro, e recebeu o bilhete que o menino lhe estendeu. Entrou rapidamente, escondendo-o no bolso do vestido.

Dave nem conseguiu responder, só encostou no muro e algum tempo depois o mordomo narigudo apareceu com um bilhete. E dessa vez lhe deu cinco centavos a mais do que o habitual. Com certeza ela havia mandado.

Tristan,

Eu pensei que preferia terminar nosso acordo antes que o fim da temporada o terminasse por nós. Sairei para passear no meio da tarde. Se estiver livre, irei visitar a Henrietta.

Dorothy Miller.

Quando chegou a Henrietta Cavendish, ele já estava esperando, pronto para lhe dizer o quanto aquela ideia de terminar antes era inadequada.

— Eu não a perderei nem um minuto antes — avisou-lhe, assim que arrancou seu chapéu e o jogou na mesinha.

Ela não soube o que responder a isso, ainda dividida sobre como seria melhor que seu caso terminasse. Talvez se apenas o deixassem morrer com o afastamento, ele partiria em paz.

— Você disse que não queria sentir a dor da perda duas vezes — lembrou ela.

— Aos infernos com o que eu disse antes. Não consigo mais ter resoluções fixas.

Dorothy apenas se soltou nos braços dele, porém não lhe disse nada sobre a possível morte do seu tio. Ou sobre a possibilidade de se casar com Lorde Rutley. Não falou sobre nenhum dos seus problemas, não queria.

E por seu lado, Tristan também não lhe contou que sua missão atual havia subjugado sua missão pessoal. E ele teve que limpar o caminho. Pensou que por ter um assunto pessoal envolvido, podia ter a liberdade de escolher dar uma chance à pessoa e deixá-la partir viva, mas não foi possível. E ele sabia exatamente de quem era a culpa daquela vez.

Capítulo 17

Na tarde de sexta-feira, Cecilia, Dorothy e a Sra. Clarke foram a um sarau, seguido de um lanche tardio na casa de Lady Pyke, que estava recebendo pela primeira vez desde o seu casamento. Até Cecilia estava melhor, pois já estava novamente se inteirando sobre as fofocas e lamentando o casamento de Lorde Pyke, um dos mais inveterados lordes másculos e perigosos da sociedade. E agora ele estava comportado, inegavelmente apaixonado.

Sozinho em casa e ainda tentando se recuperar da fraqueza que o havia acometido, Lorde Felton só acordou no final da tarde. Assim que abriu os olhos e se moveu na cama, ainda com o rosto colado ao travesseiro, uma das primeiras coisas que viu foi um par de botas caras e bem-lustradas. Se tivesse forças para isso, ele teria dado um pulo na cama. Porém apenas se virou o mais rápido que conseguia e se apoiou nas mãos para subir o corpo, recostando-se contra os travesseiros.

Com a visão completa, ele olhou para Lorde Wintry sentado numa cadeira perto da cama, com suas longas pernas esticadas e apoiadas na beira do colchão. Ele pisou com as botas no chão e se virou para olhá-lo.

— Não se importe comigo, estou confortável — avisou, como se essa fosse uma das preocupações do homem.

— Como entrou aqui? — Apesar do corpo fraco, sua voz não estava falha. Conversar era um dos privilégios que podia ter, desde que não abusasse.

— Sério? — Tristan levantou a sobrancelha para ele. — Com todos os contatos que tem e com essa mente trabalhando bem, já deve saber que não tenho problema em entrar em certos locais.

— Está claro demais até para você.

Tristan pendeu a cabeça com um sorriso.

— Por isso que usei a porta lateral.

— Eu ainda posso chamar o mordomo; eles ficam atentos a qualquer chamado meu.

— Tanto faz, mas como tem passado tanto tempo na cama, imagino que esteja desesperado por uma conversa interessante.

— Você, seu maldito assassino e traidor, jurou lealdade ao clube e desapareceu com os amigos que me restavam.

Ao ouvir a acusação, Tristan ficou olhando-o seriamente por longos segundos.

— Joan Thorne. Lembra-se dela?

Ao contrário dos outros, Lorde Felton não fingiu que não reconhecia ou que havia ficado confuso por ele ter usado seu nome de solteira. Ele sabia exatamente de quem Tristan estava falando.

— Claro... Tristan Thorne, conde de Wintry. Sobrinho de Joan Thorne, que foi Lady Hose por um curto tempo. Filho de Benjamin Thorne. Eu conheci o seu pai, brevemente. Ele era um pouco mais velho do que eu. Não me lembro de sua mãe, acho que eles não vinham para a cidade naquela época. Deve ter sido uma mulher muito bonita, pois seu pai era mais inteligente do que bonito. E creio que você tenha herdado algo dos dois.

— Foi um longo caminho até encontrá-lo, Bert. Foi uma boa ideia sempre usar apenas o seu apelido e jamais deixar que seu nome de batismo fosse citado ou registrado. E comandá-los pelo medo, para nunca o delatarem. Porém, Lorde Hughes não é muito resistente a dor.

Lorde Felton mudou sua expressão e o encarou com raiva.

— Você matou todos eles.

— Você e seus amigos sequestraram a minha tia. Lorde Nott, aquele tolo viciado em jogos, só conseguia trepar com garotinhas indefesas. E deixou o caminho livre para vocês. Hughes preferia moças do campo, jovens e rechonchudas. Seus corpos estão espalhados pelos terrenos da propriedade dele. Beasley sempre quis a minha tia, mas era você que tinha fixação por ela. Deve ter sido um tormento quando ela se apaixonou por Lorde Curtis e se tornou amante dele. Você esperou por um longo tempo. Quando foi que se cansou? Foi quando ela rejeitou sua última proposta?

Felton não disse nada, só dava para notar sua perturbação pela sua respiração, que se tornou mais ruidosa.

— Seu orgulho devia estar destruído, pois deixou Beasley tê-la primeiro. Afinal, foi ele que a pegou e levou até o clube. Merecia sua recompensa. Depois você a levou. Quanto tempo ficou com ela, duas noites? Depois da última vez que a estuprou, ela estava morta, não estava? Com a intensidade do que sentia, você teria ficado com ela por mais tempo. Por que não desapareceu com o corpo? Devolvê-lo foi o seu pior erro. Eu jamais acreditaria que ela tinha morrido sozinha em casa. E naquelas circunstâncias.

— Eu me esqueci da sua existência. Você não era o herdeiro, então não liguei o nome à pessoa. Não divulgavam pela sociedade que ela o criava sozinha. Não pensei que você poderia voltar e se infiltrar no meu clube, até pagar nossas dívidas. Quando vieram me contar, achei que você seria nossa salvação, que perpetuaria o clube para novas gerações. Só percebi a verdade agora.

Tristan apoiou os cotovelos nas coxas e ficou inclinado, apenas conversando com ele.

— Seu clube está acabado. Assim como o tráfico de escravos, o sequestro de garotas de outros países para serem usadas e vendidas por vocês. O roubo e leilão de obras de arte e espólios de guerra no mercado negro. E o contrabando de bens e especiarias e seu contato suspeito com convidados estrangeiros. Não esquecendo as moças roubadas de casa aqui neste país para diversão por alguns dias. As dívidas, os capangas, todo o dinheiro... acabou.

— Você não pode acabar com todos nós.

— Já fiz isso. Fui muito além do que você pôde ver deitado aqui. O Sr. Gregory está morto. Você o chamou de volta e o ameaçou. Deve saber muita coisa sobre ele, pois ele não sabia se sentia mais medo de você ou de mim. Porém, foi você quem o trouxe de volta e o usou como isca para o inspetor Mortimer e para mim. Você sabia que, se ele voltasse, não poderia ficar vivo. E achou que, se ele me denunciasse, você seria poupado.

— Tudo isso pela sua tia? Ela era uma vadia. Teve mais amantes do que uma puta cara.

Tristan quis sorrir, mas não via graça no fim ácido daquela história. Felton não conseguia ver que tudo aquilo ficara muito maior do que uma vingança. No final, Tristan acabara notando que muito do que tinha acontecido não estava sob o seu controle. Havia se tornado uma missão interna desde o momento que o duque entrara na história, e Tristan nunca deixava pontas soltas no seu trabalho. Quando viu o que aqueles homens faziam, ficou mais pessoal do que era antes.

— Isso não é um insulto, Felton. Eu fui criado por aquela mulher. Eu conheci suas paixões, e alguns deles a amaram tanto que foram pais temporários para mim. E ela quem escolheu cada amante que teve. Todos eles souberam seus limites e aceitaram quando o fim chegou, mas ela nunca quis você. Não importou o quanto você ofereceu ou se declarou, ela não o quis. Você foi tão insignificante que eu nem sequer o conheci ou ouvi seu nome enquanto ainda morava com ela. E foi você quem usou o corpo dela contra sua vontade e a matou. Eu planejei a pior morte que já executei para você. — Ele tornou a se recostar, e seu olhar o tomou como um todo. — Mas você já vai tê-la.

— Você não vai me matar como fez com eles.

— Você está morrendo. E vai ser feio e doloroso. Além disso, eu sei que o médico está mentindo para sua família sobre sua verdadeira condição. É por isso que está tomando essa quantidade de láudano. E se drogando, cada vez mais. Seu próximo passo será o ópio, até que não sobre nada de sua mente. Vai doer cada dia mais. E você vai continuar assim, definhando. Está aí deitado e nem ao menos tem forças para levantar o braço e apontar para mim. Eu vi sua mão se mover, vi que tentou, mas não conseguiu.

Tudo que Felton podia fazer era fechar os punhos, isso ele conseguia. E só para desafiá-lo, ele levantou a mão, mesmo que tenha durado pouco.

— Sua filha e sua sobrinha não vão ficar numa boa situação se você morrer agora. Arrume sua bagunça. Deixe um dote melhor para sua filha. Ela precisa de um lugar para morar que não pertença ao seu herdeiro. Não seja egoísta em sua morte. Eu sei que tem dinheiro escondido, pois não o teria deixado no clube junto com aqueles palermas e perto de Nott, que devia tudo que tinha.

— Você pode me matar, mas deixe minha filha de fora.

— Eu não sou como você. — Tristan balançou a cabeça; era óbvio que Lorde Felton não fazia ideia que ele havia passado horas numa carruagem com sua filha quando fora resgatá-la. — Porém minha honra não me impede de matar criaturas como você, mesmo quando não podem se mover. Seu estado neste momento não o redime de tudo que já fez. Infelizmente, algo importante da minha vida me impede de furar sua garganta e assisti-lo sangrar. No entanto, essa sua política de não defecar onde come é interessante. Sua família não faz a menor ideia de quem você é.

— Não conte. Mate-me e deixe o meu corpo — pediu Felton, levantando a mão trêmula.

Tristan se levantou e ajeitou o paletó.

— Se tomar a quantidade certa, sua droga para dor vai envenená-lo. É terrível, mas a morte é breve. Vai ser mais digna, mesmo que dignidade seja a última coisa que você merece. Só espere até não aguentar mais. Antes disso, arrume sua bagunça. Eu não vou contar se você deixar sua filha e sua sobrinha em uma situação melhor do que o esperado. Deixe seu dinheiro escondido e sujo para elas.

— Eu já ajeitei tudo. Eu deixei o que tenho para elas. Odeio minha irmã e seu filho. Eles que se virem com o título. Quer justiça pela vadia da sua tia? Aquela puta esnobe que achava que o que tinha entre as pernas era ouro. Pois eu fui o último a provar e não era bom.

— Não quero justiça, quero que você sofra. Muito mais do que já está sofrendo. — Tristan pausou e assentiu, como se entendesse algo. — Bem, se elas já terão o seu dinheiro, para que deixá-lo respirando, não é? — Ele se virou e soltou os botões de suas mangas. Não precisava de arma alguma para matar alguém, muito menos Felton. E não queria se sujar de sangue: estavam no meio do dia.

***

Assim que saiu da carruagem, Dorothy viu a confusão que estava na porta da sua casa. O inspetor Mortimer forçava a entrada e dois de seus oficiais o ajudavam. A Sra. Clarke ainda estava descendo com Cecilia, mas viu quando ela correu e atravessou o jardim.

— O que está se passando aqui?

— Milady! Esses homens alegam que há um assassino na casa! — disse o Sr. Terell, tentando manter a porta fechada.

— O quê? — exclamou ela.

— Senhorita, mande-o soltar esta porta imediatamente — disse o inspetor Mortimer. — Caso queira encontrar o seu tio vivo.

— Abra — disse ela ao mordomo.

Assim que a porta foi escancarada, ela viu que os dois lacaios estavam atrás, pois era óbvio que o Sr. Terell não teria conseguido impor toda aquela resistência sem ajuda. Os homens entraram, e Dorothy os seguiu. Cecilia correu logo atrás, tentando se inteirar do que estava acontecendo. A Sra. Clarke ainda vinha da entrada, auxiliada pelo mordomo.

— Vasculhem tudo! — disse Mortimer.

— Eu não dei autorização para tanto! Deixei apenas que entrassem! — disse Dorothy, seguindo-os de perto.

Ao entrarem na sala, os homens estacaram, e ela levou mais uns segundos para se virar e ver o motivo para o choque deles. Lorde Wintry estava descendo a escada calmamente, ajeitando a manga de seu paletó, quando parou no último degrau e observou todos que agora se amontoavam na entrada da sala.

— Lorde Wintry! — exclamou Cecilia, dando alguns passos à frente.

— Pegue-o! — ordenou Mortimer.

— O quê? Não! — Cecilia se virou para Dorothy, em busca de auxílio.

Dorothy estava apenas olhando para Tristan com suas sobrancelhas levantadas e sua mente trabalhando naquela situação. E ele olhava diretamente para ela. Não impôs qualquer resistência quando os dois oficiais o pegaram e levaram para perto dos outros.

Agora ela estava percebendo o fim da missão dele. E o motivo para estar ali. Ele havia lhe dito que Lorde Hughes, que estava desaparecido, era um dos responsáveis pela morte de sua tia. E que havia mais três homens. E outros que não sabiam desse caso em especial. Lorde Nott fora um antigo conhecido dele e com quem Lorde Felton negava ter intimidade. O que lhe chamara atenção foram suas visitas. Seu tio havia recebido Lorde Hughes algumas vezes e uma delas foi pouco antes de ele sumir.

Um deles está morto.

E Dorothy não sabia quem era. Porém se algo naquela história contasse, ela estava vivendo com a resposta. E isso a fez lembrar-se de Cecilia perguntando por que Lorde Wintry não quisera entrar na casa e de como ele havia ficado do lado de fora do portão, observando o segundo andar e a casa de um modo geral.

— O Sr. Gregory sumiu. Sabe me dizer onde posso encontrá-lo? — Mortimer chegou bem perto de Tristan para perguntar.

— E por que eu lhe diria? Até onde sei, você pode ter sido comprado — respondeu ele, com pura petulância, sem se alterar o suficiente para levantar as sobrancelhas.

— Ele deixou um bilhete, milorde. Disse que, se desaparecesse, você saberia onde e como encontrá-lo.

— Tem certeza de que era a letra dele?

— Não se faça de tolo! Gregory era a ponta solta! E agora sumiu também!

— O Sr. Gregory está num navio. Eu lhe dei dinheiro para recomeçar. Ele não tinha nada que o prendesse aqui. — Ele pausou e encarou o inspetor. — Ainda mais agora que os seus amigos desapareceram.

O inspetor Mortimer arregalou os olhos e deu um passo para trás. Era a total falta de empatia e o olhar gélido que o conde tinha quando o encarava e dizia essas coisas que o faziam se arrepiar. Ele sabia que havia algo a respeito dele.

— O que você é, Wintry?

Um profissional.

— No momento, um tormento para a sua mente imaginativa — respondeu ele. — Se o senhor escrever livros, vai ganhar mais dinheiro do que tentando prender pessoas.

— Diga-me, vou encontrar um corpo lá em cima ou não? — indagou o inspetor.

Mortimer fechou os punhos quando tudo que recebeu como resposta foi aquele olhar direto e sem qualquer reação, como se o Lorde fosse treinado para aquilo. Ele só não imaginava que era exatamente isso que Wintry era.

— Não o deixem sair! — disse Mortimer, se afastando. — Só sobrou você e o Lorde Felton! E você veio terminar o trabalho!

Dito isso, o inspetor subiu as escadas e o Sr. Terell o acompanhou. Os outros só puderam observá-lo, mas, quando Dorothy voltou seus olhos para Tristan, viu que o olhar dele já havia voltado para ela também.

— Do que ele está falando? — perguntou Cecilia, olhando para todos, enquanto esperava uma resposta. — Do que ele está falando? Como assim há um corpo lá em cima? Dorothy!

Ela tentou ir para as escadas, mas a Sra. Clarke, que parecia ter prestado mais atenção nas palavras do inspetor, segurou-a e disse-lhe para esperar. Dorothy se aproximou de Tristan e o observou por um momento. Eles podiam ouvir os passos apressados lá em cima. Ele abaixou a cabeça para observá-la, e não havia nada de frio ou treinado em seu olhar enquanto aguardava o que ela faria.

— Você sabia? Sabia desde o início? — perguntou ela, ignorando os oficiais.

— Não. Se soubesse, não haveria um acordo.

— Mentira. Você é treinado para mentir sob qualquer circunstância — sussurrou ela.

— Eu fui consumido pela vingança. Não haveria acordo se eu soubesse.

Lá em cima estava um estranho silêncio, até que os passos voltaram, dessa vez mais lentos, e o Sr. Terell apareceu na escada primeiro, mas aguardou o inspetor, como se fosse garantir que ele desceria. Assim que chegaram ao térreo, o mordomo anunciou, antes mesmo que Mortimer tivesse chance.

— Lorde Felton deseja vê-la, senhorita — disse ele a Cecilia. — Eu lhe expliquei que estava em um grande estado de agitação e seria bom que conversassem.

Sem entender exatamente o que havia se passado, Cecilia correu escada acima, ignorando qualquer necessidade de manter seus modos em frente às visitas. Deu para ouvi-la indo rapidamente pelo corredor e exclamando "papai" quando chegou à porta.

— Lorde Wintry, onde estão os outros? Eu vou levá-lo sob custódia até que me diga. Não pense que seu título vai salvá-lo. Lorde Hughes foi visto pela última vez em sua companhia.

— Não foi, não. Ele tinha sua própria agenda, é só checar. E eu não sou obrigado a dizer ao senhor onde nenhum dos meus amigos está — devolveu Tristan, desafiando-o como se ele fosse precisar arrancar a informação.

— O senhor é responsável por tudo isso! E se Lorde Felton ainda está vivo, é porque o senhor não terminou seu plano ou ele é o seu mandante!

— Eu acho que, em seu atual estado de saúde, o único em que Lorde Felton manda é o mordomo, a quem pede mais uma dose de láudano — respondeu, naquela mistura de sarcasmo e condescendência que deixava o inspetor louco.

— Levem-no! — disse Mortimer.

— Não! — Dorothy entrou na frente do inspetor. — O senhor nem sequer tem motivo para isso. É exatamente por causa desses arroubos que todos nesta sociedade acham que é obsessivo e perturbado e que seu sonho é prender algum nobre por um crime que o leve à forca!

— Senhorita Miller, esse homem sabe onde os outros estão. Ele esteve com eles todas as noites. Estou de olho neles há semanas. Ele deixou a cidade mais de uma vez. Junto com esses homens.

— Prove — disse Dorothy.

— Perdão? — O inspetor a olhou, confuso.

— Prove que ele estava em todos esses lugares, em todas essas noites que citou. Isso quando não estava bêbado ou participando de festas onde terá várias testemunhas.

— Não se intrometa nesses assuntos. Não são para a sua cabeça. Ocupe-se com o seu tio — instruiu o inspetor.

— Meu tio está vivo! — disse Dorothy. — O senhor invadiu a minha casa, causou um escândalo bem aqui na frente, alegando que estavam tentando assassinar meu tio. E imagino eu que Lorde Wintry seja o assassino. Então quem está lá em cima com a minha prima se o meu tio supostamente está morto? O senhor é insano. E eu vou agora mesmo falar com o seu superior ou com quem mais eu precisar. Continue com isso e o senhor verá até onde eu posso chegar com minha mente feminina que não deve ser perturbada.

Em toda a sua vida, Mortimer nunca tinha sentido tanta vontade de agarrar uma mulher e jogá-la para o lado. Mas ele sabia que, se fizesse isso, seria o fim do seu caso e possivelmente de sua carreira.

— Este homem desapareceu com pelo menos cinco outros cavalheiros. Com todo respeito, milady, pessoas de sua classe conseguem escapar de inúmeros delitos. Porém, não conseguem fugir de matar uns aos outros. Se este homem não sabe onde os outros estão e o seu tio está vivo, então é ele quem não estará vivo ao final desta semana! Alguém tem de dar conta do que aconteceu. Até onde eu sei, posso estar com um criminoso ou posso estar salvando a vida de Lorde Wintry.

Os oficiais levaram Tristan em direção à porta, e Dorothy fechou os punhos, sabendo que Mortimer ia fazer de tudo para realizar aquela obsessão. Talvez fosse seu sonho, mas ele ia conseguir condenar alguém. Ou melhor, "um deles", como chamava.

— Ele não podia estar matando alguém em noite alguma ou em tarde alguma em que não foi visto em bailes ou festas indecentes. Todo o tempo que não estava cometendo sandices para ser noticiado no jornal ele esteve comigo.

— Dorothy! — gritou a Sra. Clarke.

— Nós somos amantes. E Lorde Wintry tem passado suas tardes comigo. Algumas noites também. Quando digo que vou a um café da manhã, é mentira. Na verdade estou chegando em casa depois de passar a noite fora.

— Ah, meu Deus! — A Sra. Clarke quase foi ao chão.

Mortimer estava tão chocado que não conseguia nem se mexer. Ele só piscava. E Tristan, que havia estreitado os olhos para ela, agora pela primeira vez tentou se soltar das mãos dos oficiais.

— Não faça isso, Dorothy — avisou ele. — Não precisa. Eu posso lidar com qualquer escândalo.

Mas não com a forca, ela pensou.

— Meu tio não nos quer juntos. Ele não pode saber, proibiria Lorde Wintry até olhar para mim porque sabe que ele não vale nada. É um mentiroso, um libertino, com gosto por cortesãs de custo exorbitante, vinho caro e festas que viram a noite. No entanto, nessa temporada, o gosto dele era apenas por mim.

E lá estava a Sra. Clarke estatelada no chão. Dessa vez ela não aguentou o choque e o lacaio se apressou a segurá-la, mas não aguentou com o peso e acabou ajoelhado, amparando sua cabeça.

— Se o senhor levá-lo — ela olhou para Mortimer e manteve seu olhar sério sobre ele —, vou acusá-lo de arruinar a minha reputação, fazendo tudo isso para expor o nosso caso. Inclusive, negarei que tenho qualquer relação além de cortesia com Lorde Wintry e que o senhor inventou tudo isso para me arruinar e para desonrar o conde por eu ter atrapalhado sua investigação imaginária. O senhor não faz ideia de como posso iniciar um ataque de choro e desespero em segundos. Tenho certeza de que jamais poderá chegar perto de nenhum "de nós" novamente. E como meu tio está vivo, eu lhe garanto que sua história de traição e assassinato não se sustentará por um dia. — Agora ela olhou para Tristan e perguntou: — O Sr. Gregory está morto?

Tristan até havia parado de tentar se soltar sem ter que nocautear aqueles dois oficiais e, como todos no recinto, olhava para ela com surpresa. Os outros estavam pasmos.

— Ele está num navio, e eu posso provar — respondeu, odiando que ela estivesse quebrando sua política de silêncio em situações como aquela.

Claro que ele podia provar: mesmo que fosse o corpo de Gregory num navio, ele poderia provar que o homem estava indo na melhor cabine. Podia provar a viagem de Lorde Morton, depois provaria o assassinato de Lorde Hughes pelos credores e o suicídio de Lorde Nott em sua propriedade. Ele podia provar tudo. Era o que ele fazia de melhor. Mortimer que era um contratempo, porque tinha aquela fixação em condenar "um deles". Queria construir sua carreira em cima daquilo.

Respirando fundo, Mortimer fez um gesto com a mão, e os oficiais o soltaram, mas ele não desistiria rápido assim.

— Eu quero mesmo que me prove que o Sr. Gregory saiu daqui num navio.

— Eu não lhe direi para onde ele foi, não sou obrigado. Não lhe devo lealdade alguma, porém posso provar que ele embarcou e partiu. E com um bocado do meu dinheiro — informou Tristan, obrigado a entregar o plano antes do necessário, pois o destino falso de Gregory seria o último a ser revelado.

— Vocês são mentirosos. Todos vocês — acusou Mortimer. — Há mais de vocês envolvidos nessa história do que eu imaginava, a senhorita inclusive. E seu tio deve ser o mandante, por isso está vivo. — Ele estava revoltado por ter ido ali salvar a vida de quem agora ele pensava ser o grande responsável por tudo.

— Não a desrespeite. Depois do que se passou aqui, o senhor não vai nem olhar para ela — avisou Tristan. — Imagino que esse incidente ficará entre nós. Afinal, eu é que vou agora falar com o seu superior, seu homenzinho enlouquecido. Vou até lá ter certeza de que você não será mandado embora, porque todos estão comentando sobre sua falta de juízo. Farei isso, desde que pare de importunar os outros, especialmente a Srta. Miller. Nunca mais quero vê-lo perto dela. O senhor não repetirá nada do que ela disse.

Mortimer estava novamente surpreendido. Lorde Wintry ia até o distrito salvar o seu emprego porque todos estavam dizendo que ele era um inspetor louco? Aquela história ficava cada vez mais sem pé nem cabeça. E aqueles homens continuavam desaparecidos e ele ainda parecia ser o único preocupado com suas partidas repentinas. Todos agiam como se fosse absolutamente normal que homens como aqueles resolvessem viajar pela Europa, fugissem de credores e até embarcassem em navios sem mais nem menos. Era por essas e outras que Mortimer odiava aquela gente da nobreza com suas excentricidades.

— Pois bem, vou esperá-lo lá fora para ter certeza de que não desaparecerá — avisou a Tristan, só para não sair por baixo no desfecho.

Lorde Wintry lhe fez uma mesura, como se confirmasse sua presença. Assim que saíram, o Sr. Terell fechou a porta, mandou os lacaios levarem a Sra. Clarke para descansar e esperou que Dorothy o dispensasse. Quando ficaram sozinhos, ela ajeitou a postura e disse a Tristan:

— É melhor que vá agora, milorde.

— Por que fez uma coisa dessas? Por que confessou e ainda inventou muito mais?

Ela respirou fundo e manteve o olhar longe dele.

— Não consigo pensar na possibilidade de que seja condenado à forca. Ele o levaria daqui e você ficaria preso naquelas celas imundas, esperando a execução.

— Eu já fiquei preso mais de uma vez, Dorothy. E não foi pela polícia.

— Vá embora.

— Eu vou fazer de tudo para que ninguém saiba.

— Não. Não faça nada. Eu não me importo.

— Claro que se importa. Você não vai querer o seu nome junto ao meu em um escândalo.

Ela andou até a porta e a abriu.

— Quando foi que descobriu? Quando soube que eu era sobrinha do homem que você mais queria matar? O homem que fez tudo aquilo com a sua tia. E não minta para mim.

Tristan se aproximou e parou em frente a ela.

— Eu soube antes que você voltasse para mim.

— Quando vai voltar para matá-lo?

— Ele está vivo por sua causa.

— Por quanto tempo? Até a vingança arder novamente no seu âmago e a dor o corroer e você precisar vingar sua tia por tudo que ela passou nas mãos dele. E eu estarei bem no meio.

— Eu não sei.

Ele resolveu lhe dizer a verdade, não podia enganá-la. Não sabia o que seria do futuro; ele queria Lorde Felton morto. Ainda sentia o ódio borbulhando dentro dele, aquela mágoa dolorosa toda vez que se lembrava da mulher que o criou. Não conseguia aceitar a forma como ela se fora. E o fato de estar tão perto do responsável.

— Eu entendo. — Apesar de não poder concordar, ela entendia como ele devia se sentir, mas não havia um jeito de aquilo ser resolvido entre eles. — Vá embora; você ainda tem algumas pontas para amarrar com Mortimer. Ele não esquecerá facilmente.

— Dorothy, saber quem é o seu tio não mudou o que sinto. Eu não podia lhe dizer.

— A temporada está em seus últimos suspiros — lembrou-lhe. — Nós vamos partir, exatamente para prolongar um pouco mais o tempo que resta ao meu tio. Partiremos esta semana, depois de comparecer a um evento de encerramento.

Ao ouvir essa notícia, Tristan não soube o que fazer ou dizer. Ela ia partir e deixá-lo, simples assim.

— Não vá — pediu.

Dorothy balançou a cabeça, essa possibilidade nem sequer existia para eles.

— Para nos manter juntos, você teria que me amar com muito mais força. Teria de ser mais forte do que o seu ódio. Forte o suficiente para ser maior do que a sua vingança. Tão forte que o tiraria do poço de mágoa e dor em que se deixou afundar. E nós dois sabemos que o que há entre nós não tem essa força. — Ela levantou o queixo, buscando o pouco da dignidade que ainda lhe sobrava, e fez uma breve reverência. — Lorde Wintry. — Ela se despediu e estendeu a mão.

Se ele apertasse a mão dela, o acordo deles estaria oficialmente terminado.

— Srta. Miller. — Ele devolveu o cumprimento, mas não apertou sua mão. Em vez disso, segurou seus dedos, virou sua mão e beijou sobre sua luva. E depois partiu.

Assim que chegou à calçada, Tristan soltou o ar e apoiou a mão no muro. Não havia sido ele a matar alguém naquela tarde. Ela podia não saber, mas acabara de sentenciar um homem a uma morte lenta e dolorosa. Ele havia passado por isso quando terminaram da outra vez. Agora que o acordo parecia oficialmente encerrado, ele terminaria lentamente, em profunda dor.

Capítulo 18

Era difícil escolher um dos convites de baile de encerramento. Até porque em geral eram em dias diferentes. Não fazia o menor sentido alguém comparecer ao que era supostamente a mesma festa em locais distintos, oferecidas pelo mesmo propósito, mas por diversos anfitriões.

E era justamente isso que as pessoas faziam. Afinal, cada um encerrava a temporada quando bem entendia. Dentro do período considerado adequado.

Foi assim que Dorothy e Cecilia terminaram na casa da Lady Powell, pela segunda vez na temporada. Dentre todos os convites que receberam, acabaram ali não apenas pelo status, mas porque Cecilia disse que uma conhecida sua pediu muito para que comparecesse a esse evento em particular — aparentemente todas as moças de seu grupo iriam se despedir lá.

***

— Tristan! — Nancy havia começado a gritar pelo seu nome ainda do corredor, e ele sequer teve tempo de levantar, pois ela adentrou seu gabinete como um furacão.

O Sr. Giles vinha logo atrás, preocupado por toda aquela alteração.

— Nancy, o que lhe aconteceu? — Ele levantou e contornou a mesa.

Ainda estava no meio do caminho quando a prima, que estava em trajes completos para um grande baile, chegou mais perto e anunciou nervosamente:

— Eles vão arruiná-la! — Ela chegou a gritar isso.

Ele estacou e suas sobrancelhas se ergueram.

— Eu estava com Lady Burke, que tem uma língua solta demais. Ela disse que sua filha soube através da Srta. Brannon, que ouviu a mãe comentar que estão desconfiando que certa dama tem...

— Nancy! — chamou Tristan.

— Lorde Berg sabe! — disse ela, citando um dos maiores fofoqueiros da sociedade. — Assim como a esposa! E eles vão contar tudo para os outros.

Era incrível como ninguém houvesse ainda cortado a língua de um dos dois. Não era possível; eles já haviam causado mais danos do que deveria ser permitido sem consequências.

— Como pode...

— Eu sinto muito, quando soube já era tarde demais. Eu deixei Russ lá, mas tudo que podia pensar em fazer era vir atrás de você.

— Vou preparar o seu cavalo — anunciou o Sr. Giles antes de sair às pressas.

***

Apesar de ter feito aquele drama sobre anunciar a verdade sobre o romance mais polêmico do ano, o que Lady Berg realmente precisava era de uma confirmação. Ela gostava de espalhar suas fofocas com toques de realismo e fontes diversas. E precisou chegar ao fim da temporada para ficar sabendo de algo de arrepiar todos os pelos da peliça de qualquer lady. Era o maior escândalo em que colocava suas mãos desde que soube que o duque de Hayward estava tendo um caso com a Srta. Bradford, que agora era a duquesa. Um mero detalhe: não importava muito o que aconteceria depois, mas sim o momento.

Até sair ou não um casamento, ela sempre se mantinha como a fonte mais confiável para descobertas. Lady Hill morreria de inveja quando ficasse sabendo que ela e o marido que tinham descoberto a verdade e acabaram com todas as apostas da temporada sobre aquele tema.

Porém, para isso, eles teriam de ser um pouco mais ousados. Talvez um tanto agressivos, mas nada irreparável, claro. Nunca havia sido.

— A senhorita não deveria negar ainda, pense bem. É a primeira vez que estendo o convite à sua família. Porém você e sua prima foram tão presentes nessa temporada que seria impossível não notar como foram citadas. — Lady Berg segurava uma taça pelo meio de ratafia e sorria amigavelmente enquanto seu marido confirmava.

Dorothy preferia ir conversar com a duquesa de Hayward. Queria se despedir dela e quem sabe poderiam se corresponder. Seria agradável trocar cartas com alguém sem que o intuito fosse conseguir simpatia e abertura para ser convidada e assim poder levar Cecilia aos bons eventos. No momento, sua prima não era mais uma prioridade, ao menos até a próxima temporada, se houvesse mais uma para elas.

Mesmo assim, não sabia se podia recusar aquele convite. O problema era o estado de saúde de seu tio. Seria terrível se ele falecesse enquanto elas estivessem hospedadas em outro local, supostamente se divertindo.

— Lorde Felton está em um momento delicado e creio que ficaremos ao seu lado até que esteja estável novamente — informou.

— Tem um mês para aceitar, ainda enviaremos os convites formais. Será uma semana de diversão campestre — explicou Lady Berg.

— Eu agradeço muito pelo convite.

— E Lorde Rutley também irá, assim como outros cavalheiros de seu conhecimento. — Ela sorriu. — Gosto de promover um bom ambiente para futuros casais. Não sabe quantos convites de casamento e agradecimentos já recebi.

— É mesmo?

Dorothy forçou um sorriso amarelo, pois pelo que sabia era justamente o contrário. Os Berg já haviam estragado relações recentes com suas fofocas.

Se Lorde Rutley ia, era melhor ela pensar logo em que rumo sua vida devia tomar; se seguiria sua vontade ou se seria racional e pensaria em todos. Pois assim que a visse lá, ele iria pressioná-la. E com seu estado de espírito, ela provavelmente o destrataria de forma irreversível. Porém a outra opção era um prelúdio para o desastre, pois ela não o queria. Não importava o quanto pensasse no bem de Cecilia, da Sra. Clarke e em um futuro mais confortável para si, nada disso o tornava sua escolha.

Escolhê-lo era apenas se tornar mais uma naquela roda, seguindo a opção mais fácil e confortável. Deixando que a pressão da sociedade e do que era esperado dela tomassem a sua escolha. Dorothy não queria entregar sua vida para a conveniência da posição que teria. Pensar em escutar Lady Rutley como seu título para o resto de seus dias não a atraía, pelo contrário.

Era doloroso admitir que só um homem, aquele que menos serviria para o papel, tinha feito com que ela considerasse comprometer-se tão seriamente e aceitar um casamento. Infelizmente, não era para eles. E talvez fosse melhor assim. Ele também seria o único capaz de destruí-la, por já ser o dono do seu coração e da sua escolha.

— E eu jamais diria a ele se você aceitasse comparecer — continuou Lady Berg, tirando-a de seus pensamentos.

Agora ela franziu o cenho para a mulher e percebeu que Lorde Berg não estava mais prestando atenção na conversa paralela que mantinha com outro casal.

— Sabe, eu não sou uma boa jogadora: acho melhor ir procurar minha prima — disse Dorothy, resolvendo que devia voltar para o salão principal.

— A senhorita é a melhor jogadora que vejo em anos. Ouso dizer que é tão boa quanto a duquesa de Hayward, a última que conseguiu me enganar sobre o que realmente estava aprontando por esses bailes.

O mais preocupante era que Lady Berg dizia isso com um lindo sorriso grudado em sua face.

— Acho que descobri porque Lady Holmwood tomou verdadeiro pavor da senhorita. Afinal, ela acha que Lorde Wintry é o próprio demônio encarnado.

Foi impossível conter sua reação. Ao contrário do que Lady Berg insinuava, Dorothy não era uma cínica profissional. Ela ficou sem palavras por alguns segundos, com seu coração acelerando cada vez mais e ainda na esperança de ter ouvido errado. Havia acabado de pensar nele, e lá estava seu nome na conversa.

— Eu me indispus com Lady Holmwood — explicou ela.

— Sua associação com Lorde Wintry seria motivo para se indispor com muitas pessoas. Porém ter um caso com ele bem debaixo do nariz de todos, enquanto ainda mantém outros cavalheiros esperando por uma resposta, traria sérias consequências. A senhorita não acha?

— Eu não sei o que a senhora está insinuando, mas soa como algo grave demais para ser dito aqui. — Dorothy se levantou e ajeitou a saia do vestido. Esperava não estar pálida.

— Geralmente, esperamos nos casar para ter casos dessa espécie. Agora será um tanto difícil, até para uma moça com uma reputação tão boa quanto a sua, apesar de já estar um tanto passada.

— Eu ouvi direito? — intrometeu-se o marido dela. — Vou agora mesmo colocar dinheiro na aposta certa. Porém acho que não criaram uma aposta como essa.

— Não, porque ninguém esperava que alguém como a impecável Srta. Miller teria a capacidade de roubar Lorde Wintry da pobre Srta. Cavendish.

— É Lady Cavendish para você, sua víbora maldita — disse Dorothy, surpreendendo-os.

Lady Berg arregalou os olhos e olhou para o marido.

— Não adianta eu dizer que terá de provar, você acabou de dizer isso alto o suficiente para seus amigos escutarem. E sei que não parará aqui. Até amanhã, nunca acreditarão que inventou tudo isso. — O tom de Dorothy era uma mistura de acusação e lamento.

— Eu nunca invento nada — disse Lady Berg. — E só estávamos conversando, meu bem. Quem dará importância à conversa de comadres num canto da sala de jogos? A menos que exista algum fundo de verdade.

O pior de tudo é que não era pessoal para Lady e Lorde Berg. Eles não odiavam ninguém, simplesmente sentiam necessidade de desvendar e contar os segredos da temporada. E faziam isso havia anos. Era seu passatempo e rendia inúmeras consequências, das mais diversas. Nem sempre eram demais. E não eram eles a sofrerem no final.

— Isso não importa mais. Eu duvido que já não tenha dito isso para algumas pessoas, para chegar a ter a coragem de me confrontar. — Dorothy olhou ambos com desprezo.

Ela queria saber como os Berg haviam colocado as mãos naquela história, porém nunca poderia perguntar. Tinha de se ocupar com a contenção de danos. Se ainda houvesse tempo para isso. E o começo incluía negar, simplesmente negar tudo e sair dali antes que perdesse a calma.

— Eu não disse nada — defendeu-se Lady Berg. — O convite ainda está de pé, estou sendo sincera. Convidarei Wintry também, mesmo que seja altamente duvidável que ele compareça. Lamento que não receberei um convite seu para um possível enlace com... Bem, o cavalheiro de sua estima. Porém pode haver outra possibilidade.

Dorothy não podia acreditar. Como a mulher conseguia ser essa mistura inexplicável? Será que ela não percebia que não adiantaria manter convite algum assim que aquele rumor viajasse por apenas alguns metros? E o marido dela estava com uma expressão assustadoramente satisfeita e realmente ia sair dali e apostar naquela história ou criaria uma nova aposta, pelo menos para lhe render algum dinheiro antes que todos ficassem sabendo.

— Espero que se engasgue com a sua bebida. — Dorothy tomou a taça dela e jogou o líquido vermelho no seu rosto, arruinando seu vestido claro. — Terá volta, Lady Berg. Acredite em mim, terá volta. Eu sei que não serei a última vítima de sua fome pela vida alheia, mas, depois que me livrar desse boato, você se verá comigo.

***

O baile já não tinha a mesma graça. Cecilia havia resolvido que, em termos de romance, aquela temporada havia terminado para ela no dia em que voltara para casa depois de sua primeira decepção amorosa. Então sobrava a companhia de seu grupo de jovens damas, algumas debutando como ela. E estavam quase todas ocupadas em seus próprios interesses. Menos a Srta. Raven, que estava numa mistura de preocupação e excitação.

— Eu escutei da Srta. Brannon, mas não pode ser verdade. Nem ela conseguia acreditar. Porém como você poderia não saber de uma associação escandalosa de sua prima com Lorde Wintry?

Cecilia chegou a girar no lugar para olhá-la, virando-se tão abruptamente que até passou do ponto.

— O que acabou de dizer?

— E onde está a Srta. Cavendish? — indagou a moça.

— Quem?

— A dama por quem ele estava enamorado.

— Ela é uma viúva!

— Sua prima roubou o afeto dele daquela pobre viúva? Eles têm um caso... íntimo?

A palavra "íntimo" foi proferida com tamanho terror que as orelhas de Cecilia ficaram até vermelhas. E seus olhos estavam arregalados daquela forma que era típica dela.

— Minha, minha... — Ela estava até gaguejando.

— Por isso a pobre viúva desapareceu?

— Não há pobre viúva alguma! — exclamou Cecilia.

— Sua prima... Como ela pode ter...

A Srta. Raven não chegou a completar essa frase. Cecilia agarrou-a pelo penteado e trouxe seu rosto para bem perto dela.

— Repita essa história absurda mais uma vez e eu vou arrancar cada fio do seu cabelo e você vai ter de vir ao baile com a peruca branca e empoada da sua bisavó. — Ela a soltou e olhou em volta. — Vou arrancar a língua da Srta. Brannon.

Cecilia partiu pelo salão, decidida a cometer violência pela primeira vez em sua vida. Não importava o que Dorothy houvesse aprontado: se sua prima precisava ser salva, dessa vez ela sairia ao seu resgate, como a prima sempre fizera por ela.

Porém, depois de um breve encontro com a Srta. Brannon e de começar a ameaçá-la, descobriu que para sua sorte a moça também não estava acreditando numa história tão absurda. Cecilia partiu à procura de Dorothy, mas foi ela quem a encontrou. Agarrou suas mãos, e dava para ver que estava pálida como um fantasma.

— O que lhe fizeram? — Cecilia exigiu saber.

— Desculpe-me — disse Dorothy, virando-se para ela. Dava para ver que seus olhos estavam úmidos. — Eu estraguei tudo para você.

— O quê?

— Precisa se desvincular de minha imagem. More com Lady Jean por um ano e retorne, diga que não sabe notícias minhas.

— Nem em mil anos! — Cecilia avançou. — Eu vou até lá e vou cometer atos inconsequentes para salvá-la, como você faria por mim. Vou até dizer aquelas coisas agressivas que você disse a Deborah!

A Sra. Clarke chegou até elas e segurou os braços de ambas.

— Eu já lhes pedi para não desaparecerem ao mesmo tempo — disse a acompanhante, e então olhou bem para Dorothy. — O que lhe aconteceu?

— Temos de ir, agora — decidiu ela. — Preciso fingir que não soube da extensão dessa história. Tenho de retornar fingindo ultraje. Eu... — Ela cobriu os olhos com a mão enluvada. — Meu Deus, eu não sei o que fazer para impedir que eles deixem a sala de jogos e façam apostas, piadas e... Chega. Vamos. Ou vou cometer algum ato violento. Tenho de parecer a vítima injustiçada, mas se eu os atacar, ninguém acreditará em mim.

Ela levou ambas para a saída, mas, como estavam longe de lá, demoraram a chegar aonde precisavam. No caminho, perto das janelas, Dorothy passou pela duquesa de Hayward, a quem esteve procurando antes, mas agora não adiantava mais. Ela a olhou por um momento, porque lembrou que Lady Berg a citara. Parecia guardar uma espécie de rancor por ter sido enganada por ela. Só que fora uma situação completamente diferente. Por incrível que pareça, o escândalo dela com o duque fora de outra magnitude.

A duquesa fez uma expressão séria e as acompanhou com o olhar, estranhando que estivessem partindo tão cedo de um baile de encerramento. E isso porque não chegou nem a ver como desceram as escadas e entraram na carruagem. Pouco depois, porém, ela viu quando Lorde Wintry passou na direção contrária. Ele estava furioso, qualquer um poderia ver que ele iria matar alguém. Sequer usava seus trajes de baile, e ele jamais apareceria ali sem sua melhor vestimenta, a menos que fosse uma urgência.

Então a duquesa se virou e encarou seu marido. Ele estava conversando com outro homem, mas seu olhar nunca ficava muito tempo longe dela, e ele notou sua expressão. Então pediu licença e foi em sua direção.

***

A porta da sala de jogos foi fechada, mas, sem a chave, não podia ser trancada. Tristan ficou de costas para as portas duplas e passou o olhar pelo cômodo que oferecia sofás, duas mesas para carteado, livros e alguns adornos. Geralmente era reservada para diversão das damas, deixando para os cavalheiros a outra sala de jogos, que era onde eles deveriam estar. No entanto, havia dois casais de conhecidos ali.

— Wintry — disse Lorde Berg, ficando de pé. — Como sempre, chegando no final da festa.

Tristan avançou na direção dele e surpreendeu a todos no cômodo quando o agarrou pelo lenço em seu pescoço.

— Por que você não me esperou para a festa, Berg? — Ele apertou seu pescoço e o puxou para encará-lo. — Você sempre tem de se apressar, não é?

— Milorde, por favor... — pediu Lady Berg.

— Por que vocês não arranjam alguém do seu tamanho para brincar? Podiam dizer o que quisessem sobre mim. — Ele continuava apertando o pescoço do homem, que começou a mudar de cor pela crescente falta de ar. Então encarou Lady Berg. — Por que tem de esperar a oportunidade perfeita de encurralar uma dama no momento em que está vulnerável? O que fez a ela? Ameaçou? Chantageou? Humilhou? Você não sairá impune por atormentar a minha dama dessa forma.

— Milorde! — Os olhos assustados de Lady Berg iam do marido para ele.

— Não é a primeira vez. Lembram-se da Srta. Sands? E agora a Srta. Miller.

O outro casal — coincidentemente, o homem era cunhado de Lorde Berg — ficou de pé, sem saber o que fazer.

— A Srta. Sands não era sua amante — disse Lorde Berg, mesmo ficando pálido. — É claro que podemos esquecer um rumor sobre a Srta. Miller com o devido incentivo, afinal somos todos...

Tristan deu-lhe um soco de esquerda, porque estava com a mão direita em seu pescoço. E o soltou, deixando-o cair para cima da mesa de carteado.

— O incentivo já está suficiente ou vamos aumentar a aposta? — indagou Tristan.

A outra dama correu para bem longe, e Lorde Berg ficou danado da vida. Nunca o haviam atacado fisicamente por causa de suas futricas. Ele colocou a mão no rosto, pronto para ralhar com Wintry e ameaçar contar aos quatro ventos todas as fofocas que sabia sobre ele, para piorar ainda mais sua fama.

— Seria uma pena... — Depois do soco, Lorde Berg estava com dificuldade para falar e olhou para a esposa, para ela fazer as honras.

— Eu não sou um dos seus amigos da corte, Berg. Eu pago para que falem de mim. — Tristan agarrou-o pelo cabelo e o afastou da mesa.

O estrago estava feito: Tristan chegara tarde demais. Quando Nancy chegara à sua casa, já era tarde. Não havia mais volta, mesmo que eles não chegassem ao lado de fora e espalhassem os detalhes sórdidos e a confirmação que faltava ao rumor.

Lorde Berg, incluindo aquela sua língua venenosa, recebeu a surra de sua vida. E ele levou em dobro, porque era pela sua esposa também, aquela víbora linguaruda.

— Não! Vai matá-lo! — Ela se virou para o irmão que estava lá assistindo, um tanto perdido e receoso de chegar perto e acabar apanhando também. — Owen!

Owen agarrou a única coisa que podia usar como arma, um bule morno onde havia chá, e correu para o meio da sala, para deter Wintry, que não pretendia matar ninguém, mas Berg não se levantaria dali em breve. O homem avançou e, quando estava a um passo deles, Tristan ficou de pé, sacou a pistola e apontou. Owen parou apenas a um centímetro de colidir com o cano da arma, que estava exatamente na altura dos seus olhos, e tudo que ele conseguia ver era o buraco negro por onde a bala passaria.

— Afaste-se — disse Tristan.

O homem deu um passo para trás.

— Mais. — Ele instruiu e o esperou dar pelo menos uns cinco passos.

Lorde Berg estava caído no chão, bem aos seus pés. Naquele momento, desejava nunca ter saído da cama e jamais ter armado aquela situação. Para alguém que nunca tinha apanhado, aquela era a maior dor que já sentira na vida.

— Isso não ficará assim! — gritou Lady Berg, correndo em direção à porta como se fosse buscar ajuda para detê-lo.

Tristan desviou o olhar de Owen por um momento, tirou a adaga que sempre carregava consigo e arremessou. A arma entrou com a ponta na porta, obrigando Lady Berg a estacar antes de tocar na maçaneta, com seu olhar na lâmina afiada a centímetros da sua face. E foi assim que ela perdeu a compostura e soltou um grito estridente, acabando com qualquer chance de aquele episódio passar despercebido.

Foi a deixa para o duque de Hayward entrar acompanhado de Lorde Powell, o dono da casa. Eles tornaram a fechar a porta e analisaram o cenário por uns segundos. Hayward arrancou a adaga da porta e ficou com ela.

— Isso vai ficar entre nós — sussurrou o duque a Lorde Powell, que assentiu.

Pelo seu olhar, parecia que via armas, adagas e surras em cômodos da sua casa todos os dias. Ele já começava a temporada esperando o momento em que mais alguma coisa aconteceria ali. Se a pessoa terminasse suas participações na temporada sem entrar em uma encrenca na casa dos Powell, não podia se considerar perigoso o suficiente. Os melhores casos dignos de nota aconteciam ali. Ao menos para aqueles que conseguiam um convite.

Lá dentro estavam todos imóveis, mas o duque avançou na direção de Tristan e disse:

— Guarde essa arma, Thorne. Antes que o homem perca também a dignidade.

Ou melhor, antes que Owen perdesse o controle sobre sua bexiga, o que não esteve longe de acontecer no último minuto.

— Eu tenho a leve impressão de que a minha esposa avisou que um dia isso aconteceria — disse Lorde Powell, dirigindo-se aos Berg, mas sem olhar para alguém em especial. Estava ali para garantir que ninguém mais entraria no cômodo.

Hayward nunca havia visto Tristan fora de si. Mesmo quando ele o encontrou e percebeu que ele estava armando uma vingança, notou uma determinação fria e mortal em seu olhar. No momento, ele era um perigo. Não era possível explicar como ainda estavam todos vivos ali dentro. Provavelmente porque os anos de trabalho e experiência contavam e ainda havia uma parte racional que só o levava a matar quando estava a trabalho ou ocupado em uma vingança corrosiva.

— Eu vou destruí-los — rosnou ele, para os Berg, todos eles. E olhou para a pessoa que ele sabia que era quem realmente decidiria, Lady Berg. Seu marido faria o que ela dissesse. — Depois que esse monte de esterco se levantar daí, peguem seus pertences e desapareçam com boca selada. Vocês não têm direito de arruinar ninguém. Estou farto de saírem impunes pelos rumores que começam. Esta é a última vez.

— Temos de tirá-los pelo jardim — disse Lorde Powell, mas não seria ele a sujar sua roupa levantando Lorde Berg do chão, até porque achava que era bem-feito.

— Thorne. — O duque o puxou para a única saída alternativa e se virou antes de sair, dirigindo-se a Lorde Powell. — Bloqueie a porta e chame os lacaios para tirarem este corpo daqui.

— Não é um corpo, ele está vivo! — Lady Berg se ajoelhou junto ao marido, que gemia no chão. Aproveitando que estava ferido de verdade, ele emitia sons mais altos pelo bem do drama.

— Eu acho melhor a senhora permanecer muda, pois acabei de ver o duque devolver a adaga ao Lorde Wintry. Desconfio que lá da porta ele pode acertar essa sua língua enorme — instruiu Lorde Powell, com a sobrancelha levantada, porque era o único se divertindo ali.

Lady Berg prensou os lábios e permaneceu abaixada, esperando que os lacaios viessem levantar seu marido. Enquanto isso Lorde Powell tocava a campainha dos empregados e revirava os olhos com pouco caso.

— Madame! — chamou Lorde Powell, apontando para a dama lá no fundo, a esposa de Owen. — Não pense que não podemos vê-la escondida atrás desse vaso. Sua discrição também é esperada.

Ela saiu de trás do enorme vaso e se aproximou hesitantemente:

— Eu fico nervosa com desentendimentos físicos... — murmurou.

— Todos ficamos, especialmente quando estamos apanhando. — Lorde Powell tornou a revirar os olhos e tocou a sineta de novo, com a demora dos lacaios.

Enquanto Lorde Powell comandava mais uma limpeza de escândalo em um dos cômodos de sua casa, o duque acompanhava Tristan pelo belo jardim decorado da casa.

— Não precisa me escoltar, não vou voltar lá para matá-lo. Foi só uma surra, não quebrou nada. Só uns dentes, talvez. Ele viverá — resmungou Tristan.

— Minha esposa está me esperando na carruagem; este também é o caminho da rua para mim — respondeu o duque.

Tristan seguiu em silêncio, acompanhando-o para dar a volta e fingir que estavam deixando a casa adequadamente.

— Você precisa ser enviado para longe, Thorne? Eu o queria aqui, mas parece que os acontecimentos recentes o deixaram fora de seu juízo — disse o duque, quando teve certeza de que estavam sozinhos.

— Você sabe que o rumor é real. Eles só entenderam tudo errado: não existe Sra. Cavendish alguma.

— É claro que sei, nem os Berg teriam imaginação suficiente para ligá-lo a Srta. Miller se não fosse verdade. É uma das histórias mais absurdas que escutei em um longo tempo.

— Não é não, a sua é pior. Quantas vezes você estragou tudo antes de se casar?

Hayward franziu a testa, mantendo aqueles olhos prateados nele e ruminando a questão. Porque ele havia sido um verdadeiro canalha antes de se acertar com a esposa, desses que seriam amaldiçoados em inúmeros momentos se alguém resolvesse contar a sua história.

— Você precisa ou não ser enviado para longe? Imagino que já tenha terminado sua questão pessoal.

— Não. Na verdade, eu quero uma licença. Dessa vez, de verdade.

O duque o observou por um momento, talvez medindo seu juízo, e olhou em volta, procurando sua carruagem. Antes de ir, ele disse:

— Concedida.

Capítulo 19

Algumas semanas depois...

Querida Srta. Miller,

Espero que não se importe por eu tomar a liberdade de lhe escrever. Lamento que não tenhamos nos despedido de forma mais próxima. Porém também estou retornando para o campo com minha família.

Gostaria que soubesse que Lorde e Lady Berg partiram para um retiro particularmente decadente, considerando que se retiraram para Bath. Imagino que desconfie do envolvimento de Lorde Wintry nessa partida repentina. Se lhe conforta, ele não foi o único envolvido em um evento bastante duvidoso que aconteceu na sala de jogos dos Powell.

E certo rumor caiu em desuso quando notícias menos absurdas foram apresentadas. Creio que a senhorita entende que isso ficará na memória de todos, mas foi a melhor opção. Acredite, escuto os melhores rumores sobre mim até hoje. Alguns chegam ao extremo de insinuar que tive encontros românticos com o duque antes do nosso casamento e que fui sua amante quando estive hospedada em sua casa. Imagine o absurdo de tal história. Deve saber que sou mais esperta do que isso.

Espero que me escreva e que retorne para Londres quando possível. Verá que, em sua maior parte, está tudo como deixou.

Carinhosamente,

Isabelle Hayward.

Apesar de confortar-se com a carta da duquesa de Hayward, o fim ainda machucava o seu coração. E chegar à janela e olhar aquela imensidão verde só piorava. Passear pelo campo, sentindo o vento úmido no rosto, o cheiro da relva e das flores silvestres... Tudo isso deveria acalmá-la e apaziguar suas dores, mas só piorava. Dorothy se sentou na escada que dava para o jardim dos fundos e suspirou.

Ela achou que teria paz ao voltar para o campo. Fazia tempo que não ficavam ali, pois viviam na cidade desde a outra temporada. Agora, porém, sequer podia passar em frente a Henrietta Cavendish.

— Ele dormiu de novo — disse a Sra. Clarke, sobressaltando-a. — Acho que agora vai até amanhã.

— Tudo bem — disse Dorothy baixinho, e continuou sentada ali. Depois de saber tudo que o tio havia feito, algo se partira dentro dela, impedindo que se sentisse da mesma forma sobre ele.

A Sra. Clarke voltou para dentro. Desde aquele dia, ela nunca tocara no assunto do caso que Dorothy tivera com Lorde Wintry. Ela só lhe perguntara se havia mentido para salvá-lo, como gratidão por ele ter resgatado Cecilia. Dorothy confirmou que eles tinham, sim, um caso. A acompanhante só tornou a tocar no assunto quando chegaram à propriedade dos Miller, perguntando se pretendia voltar a vê-lo e Dorothy informou que o caso deles havia chegado ao fim.

No entanto, a Sra. Clarke sabia que esse era o motivo para Dorothy estar triste e introspectiva. Ela ainda estava tentando superar. Cecilia não sabia de nada além daquele boato. Estivera com o pai quando a revelação foi feita e ninguém se preocupara em lhe contar.

Depois dessas semanas, elas não sabiam como as coisas haviam ficado em Londres. Talvez Mortimer não tivesse sido a fonte. Ninguém acreditaria nos oficiais. O Sr. Terell se mataria antes de abrir a boca. Por seu lado, Dorothy sequer tinha certeza se o inspetor estava vivo. Se ele teimasse em revelar toda aquela história e não parasse de infernizar, era capaz de desaparecer sem deixar rastro.

— Milady! Milady! — Era difícil ver o Sr. Terell exaltado, mas ele estava até com os fios de cabelo fora do lugar. — Venha logo!

Dorothy se levantou e seguiu o mordomo, que corria de volta para a frente da casa.

— O que aconteceu, Sr. Terell?

— Ele está aqui! Ele voltou! E o inspetor não está com ele!

— Perdão?

Ela passou à frente dele e entrou na sala de visitas, que ficava na parte da frente da casa, e viu Tristan Thorne parado bem lá no meio. Ele estava com as mãos para trás e nem se movia, apenas olhava naquela direção como se soubesse que era dali que ela viria.

— Por favor, você não pode vir aqui e fazer isso à luz do dia! — pediu ela, ao se aproximar, imaginando que havia acontecido exatamente o que previra.

Era dor demais, uma vingança muito profunda. Ela também iria querer arrancar o coração de quem matara sua mãe e já havia entendido que Joan Thorne fora isso para Tristan.

— Claro que posso. Não dá para executar um plano como esse à noite. — Tristan avançou na direção dela.

Dorothy ficou desesperada, pois, se ele quisesse passar por ela, não teria como detê-lo.

— Tristan... — pediu.

Ele sorriu ao escutá-la dizer seu nome. Era bom ver que ela ainda o usava. Dá última vez que se falaram, havia escolhido voltar à decência do Lorde Wintry.

— Dorothy.

Surpreendendo-a, ele a pegou no colo e, em vez de avançar, virou-se novamente. Nervosa, Dorothy começou a se debater sem parar, tentando descer. Como tinha pouco tempo e não podia ficar para conversar, Tristan colocou-a por cima do ombro e partiu em direção à porta.

— Milady! — chamou o Sr. Terell, apoplético.

— Coloque-me no chão! — ordenou ela, agarrando-se a casaca dele.

— Num instante — respondeu Tristan.

Ele desceu as escadas e sua robusta carruagem de viagem estava parada bem em frente. O Sr. Giles abriu a portinha, e Tristan a colocou para dentro, entrando logo depois.

— O que você está fazendo? — perguntou Dorothy assim que seu traseiro descansou no banco e ela botou as mãos no cabelo, pois todo o penteado caíra para frente ao ser virada.

— Raptando-a, claro.

— Mas... mas... você não pode fazer isso!

— Quem disse? — Ele se ajeitou no banco, pois a carruagem saiu rapidamente, provando que estavam com pressa.

— Tristan, você não pode simplesmente me raptar no meio do dia. As pessoas viram, sabem que foi você.

— E quem vai me impedir? — Ele levantou a sobrancelha.

Mesmo com a carruagem em movimento, eles ouviram os gritos atrás dela. A Sra. Clarke corria, tentando alcançá-los. Ela nunca havia visto a acompanhante correr.

— Dorothy! O que está acontecendo?

Como ele estava do lado da janelinha que dava para a casa, Dorothy ficou de joelhos, se inclinou sobre ele e colocou a cabeça para fora. Tristan sorriu e colocou as mãos no quadril dela, segurando-a para que não caísse.

— Nada! Está tudo bem — gritou ela para a Sra. Clarke e os outros que os seguiam sem sucesso.

— Está devendo dinheiro a esse homem? — gritou a acompanhante, ofegante e diminuindo o passo, pois não aguentava mais correr.

— Não! Eu já volto, não se preocupe!

Ela ainda estava olhando para trás, mas o escutou dizer:

— Não volta, não.

Ela voltou para dentro, ignorando o fato de que ele lhe ajudava a retornar à sua posição.

— Há um impasse entre nós — avisou ela.

O sorriso zombeteiro que estava no rosto dele era uma das coisas de que ela mais sentira falta, assim como suas mãos a segurando.

— O único impasse que vejo entre nós é o seu vestido.

— Não pode vir até aqui e me levar assim. Não podemos ficar juntos, pois você quer o meu tio morto.

— Sim, eu quero.

— Mas eu não posso permitir. Eu sei que ele é um monstro para você. Sei o que ele lhe fez e nunca o perdoarei. Mas, para nós, ele é tudo o que temos.

Tristan odiou ouvir aquilo; ele não a queria precisando daquele homem.

— Você não depende dele.

— Dependo. E também tem a Cecilia. Não posso deixar que tire dela o seu pai, o único parente que lhe sobrou, pois sua mãe já se foi. E deixá-la como nós, órfãos. Eu sei que ela já é adulta e não uma criança como éramos, mas vamos perder tudo. Ela só herdará uma renda pouco maior que a renda que tenho, mas não é nada perto do que está acostumada. Sei que eu sobreviveria, encontraria uma função, mas ela não precisa passar por isso agora. Nem sequer nos lembramos do rosto do tal primo que ficará com tudo. E ela só terá o seu dote, mas não poderá pagar por outra temporada sem ajuda do primo. Ainda não podemos perdê-lo.

Tristan balançou a cabeça e pegou a mão dela, apertando-a dentro da sua.

— Dot, seu tio já está morrendo. Eu ficarei surpreso se ele chegar ao fim do ano. Precisa preparar sua prima. Porém vou cuidar de você e dela também. Você não tem que depender daquele homem.

— Eu já lhe disse que não vou aceitar isso. Já vivi minha vida toda de favor. Assim que acontecer, tomarei meu rumo.

O aperto na mão dela ficou mais firme: ela não poderia soltar se quisesse.

— Não é uma opção. Vou levá-la comigo.

— Nada disso. Você vai dar meia-volta nesta carruagem e me devolver. Agora.

Em resposta, ele tirou do bolso interno uma folha de papel dobrado e estendeu para ela. Dorothy ainda estava dardejando com o olhar e havia colocado as mãos na cintura, pronta para obrigá-lo a lhe obedecer, mas estranhou quando ele lhe ofereceu um papel em vez de continuar discutindo. Ela o pegou e, conforme lia, seus olhos foram se arregalando ao entender a licença especial.

— Não se faz mais isso! Não pode raptar uma mulher e levá-la para se casar como antigamente.

Um sorriso convencido se abriu naquele rosto atraente, deixando seus olhos mais estreitos.

— Já fiz isso.

Ele a puxou para perto e a encontrou no meio do caminho, beijando-a como quis fazer desde que a viu chegar correndo naquela sala, mais bela do que sua memória podia conjurar, com aquela expressão de surpresa e o rubor saudável na face.

Dorothy também quisera se jogar nos braços dele ao vê-lo bem ali no meio da sua sala, alto e atraente. Com aquela expressão compenetrada de quem fingia não estar com mil coisas na mente.

— Você não quer se casar — lembrou Dorothy.

— Eu quero. Com você. Até aceito os termos que inventar para esse casamento.

— Mas e quanto aos seus planos?

— Eu sou louco por você. Confesso que, depois do que me disse antes de me mandar embora de sua casa, eu passei dias pensando e sofrendo. Não vou destruí-la, Dot. E eu a amo com a força necessária para desistir da vingança e para me erguer do poço fundo onde caí. Eu a amo com tudo que tenho. Não sou capaz de ficar longe de você por nem mais um dia. Nada importa mais do que você. Nenhuma vingança. Absolutamente nada na minha vida é mais importante do que você. Quero que seja só minha. — Ele a olhou bem de perto. — Mude de ideia por mim.

Ela estava chocada. Podia cair um raio em sua cabeça naquele momento. Não sabia nem o que dizer. Sua língua se moveu, e ela franziu as sobrancelhas para ele. Tentou não mostrar que estava ficando ofegante.

— Eu sei que você gosta ao menos um pouco de mim. Talvez seja mais do que isso. Do contrário, nunca faria o que fez por mim. Case-se comigo. Preciso tê-la ao meu lado todos os dias. Não quero mais saber de nenhum tolo pescoçudo a cortejando e pensando em você como uma perfeita esposa e mãe para os seus herdeiros. Os únicos filhos que terá serão os nossos e ambos sabemos que nada sairá perfeito e estaremos bem e felizes com isso. Daremos o nosso jeito.

— Desde quando tem interesse em ter filhos? Seu plano anterior era queimar tudo que tem com cortesãs e jogos e não deixar nada para sua família.

— Desde que me apaixonei por você. — Ele pausou e tornou a pedir: — Mude de ideia por mim, Dot. Serei digno da sua escolha. Eu lhe prometo aqui e agora que honrarei a sua escolha.

Ela apoiou as mãos no peito dele e ficou assim por um momento. Tristan podia ver que toda aquela nova informação estava girando em sua mente. E agora ela tinha que reavaliar suas próprias opções e convicções, pois ele havia destruído todas elas. Para ambos.

— Eu não poderia matá-lo, Dot. Não porque subitamente me arrependi de meus pecados. Foi só por você. Não podia magoá-la assim. Não aguentaria vê-la machucada e saber que eu causei isso. Não importa o quanto ele mereça, só você importa para mim. Não quero que ele seja meu presente, quero que seja você. E só posso tê-la em meu futuro se abrir mão de todo o resto.

Dorothy abriu um enorme sorriso para ele e depois não conseguiu se conter e soltou uma risada. Daquelas que o som era delicioso e faziam seus lábios e suas bochechas se esticarem ao máximo. Era contagiante, e seus olhos brilhavam, mas ela ria com eles fechados, pois a felicidade era forte assim.

— Esse é o sim que eu estava esperando. — Ele sorriu de volta.

Ela ainda estava rindo, mas ele a virou e a puxou para o seu colo, abraçando-a e finalmente beijando como desejava havia dias.

— Pensei que só teria de aceitar na frente do padre — comentou ela, ainda sem saber a extensão do plano dele.

— É para lá que estamos indo.

— Tristan! Não podemos nos casar assim. Eu posso não ter feito planos para esse dia, mas também não fiz pouco-caso.

— Eu sei, por isso que Nancy está vindo também. Já deve ter saído de lá com sua prima e a Sra. Clarke.

— Nancy, sua prima? Lady Russ? — Ela arqueou a sobrancelha direita.

— Sim, Lady Russ e o marido. São muito apresentáveis, elas aceitarão vir.

— Eu estou trajando meu vestido matinal, jamais me casarei assim. — Ela levou uma das mãos ao cabelo, que continuava desfeito.

— Nancy também resolverá essa questão. Espero que goste do vestido que pedi a ela que providenciasse. Eu lhe asseguro que ela tem um ótimo gosto.

— E vai caber em mim?

— Roubei um dos seus vestidos. Duvido que tenha mudado algo nessas semanas.

Tudo que ela podia fazer era balançar a cabeça. Tristan Thorne era inacreditável, de um modo que não dava nem sequer para começar a descrever.

— Você é um maldito fora da lei, Wintry! — Ela riu. — E deve ser por isso que me apaixonei completamente por você.

Agora foi ele que precisou umedecer os lábios e sentiu a saliva descer com dificuldade por sua garganta. Ela até fazia seu coração errar uma batida, e algo assim não acontecia nem quando ele estava em missão.

— Está certa do que me diz? — perguntou.

— Eu ia esconder. Jamais pretendia lhe contar e ia levar o segredo comigo para o túmulo. Não poderia lhe dizer que havia me apaixonado, não estava no acordo. Não queria ser eu a estragá-lo, a ser justamente a tola que caía de amores no primeiro caso que tinha na vida. E aconteceu há mais tempo do que eu gostaria, pois já o amava quando você fez aquela proposta impulsiva. E por isso não pude aceitar. Eu simplesmente fui me apaixonando mais a cada dia. Até estar perdida.

Ela acariciou seu rosto e tocou seus lábios com as pontas dos dedos, admirando sua face bem de perto. Ainda era inacreditável que estivessem fugindo em uma carruagem quando menos de meia hora antes ela estava sentada nos degraus de casa, sofrendo pela falta dele.

— Quando nosso fim chegou, foi como arrancar meu coração — continuou. — Mas eu ia esconder todo o amor que sinto por você com todas as minhas forças. Assim, quando tornasse a vê-lo, meus sentimentos não brilhariam por todo o meu rosto, denunciando-me no instante que colocasse seus olhos sobre mim outra vez. — Dorothy sorriu e cobriu um lado do rosto com a mão. — Porém de nada adiantou. Devo estar brilhando agora, acho que acontece toda vez que o vejo. Eu fico com medo que meus olhos estejam mais acesos que uma labareda quando olho para você. — Ela riu.

Tristan sorriu e tirou a mão dela de cima do rosto, depois deixou um beijo leve sobre seus lábios.

— Nunca mais faça isso. Não se esconda de mim. E não se arrependa de nada, nem por um momento. Não posso conter o que sinto por você, eu enlouqueceria. E não sabe quanto me alivia saber que não estou sozinho nessa sensação incontrolável. Eu a amo com ardor e loucura e não temo o descontrole. Desde que esteja comigo.

Dorothy segurou o rosto dele e o encarou seriamente.

— Eu não me arrependo. Mesmo que você tivesse perdido a batalha contra a dor e a vingança e o tivesse matado e assim acabado com qualquer chance de ficarmos juntos, eu ainda mentiria por você. Porque eu não suportaria perdê-lo também. E sabendo que eu poderia ter salvado a sua vida, mesmo para não ficarmos juntos. Eu faria tudo de novo.

Fechando os olhos, ele a abraçou com força, deixando o ritmo da carruagem embalá-los, e disse contra os seus lábios:

— Eu senti tanto a sua falta, Dot. — Tristan desceu a mão até o seu pescoço e a manteve junto a ele. — Fui até lá vê-la partir. Eu queria roubá-la para mim naquele dia, mas ainda não havia vestido, proclamas ou licença.

— Como você fez isso? Já devem saber que... Eu devia deixá-lo no altar! — Ela apertou o ombro dele, para mostrar um pouco de irritação.

— Claro que devia. — Tristan a levantou e a colocou ao seu lado no banco da carruagem antes de se virar para ela. — Sentiu minha falta?

— Sim.

— Loucamente?

— Sim.

— Desesperadamente?

— Claro que sim.

— Descontroladamente?

— Mal dormia.

— E dormirá ainda menos esta noite.

— Seu sem-vergonha. — Ela segurou o rosto dele e o beijou.

— E faminto.

— Aprecio tal estado. — Ela sorria, apoiando-se nos ombros dele.

— E também aprecio muito quando fica provocadora.

Dorothy sentiu as mãos dele soltando o seu vestido, era um modelo simples e com botões maiores do que as peças mais delicadas que ela costumava usar em seus passeios pela cidade. Bom para Tristan, que os desabotoou rapidamente.

— Está mesmo fazendo isso?

— Eu só preciso sentir o toque da sua pele.

— Você sempre parece estar mais vestido do que eu. — Ela deslizou as mãos pelo peito dele, coberto por camisa, colete e casaca de viagem.

— Deve ser um dos motivos para eu ter me apaixonado. Uma dama com roupas que caem facilmente... Qual lorde respeitável resistiria a isso?

Ela riu dele, feliz em ter de novo aquele crápula assumido e suas tiradas espertas e com toques de indecência. Por isso cerrou os olhos e deu-lhe um beijo alegre e íntimo que o deixou feliz, porém com ainda mais saudade.

— Nós teremos de entrar em um acordo, pois vou levá-la comigo. Preciso ficar perto de você, mas não voltará para debaixo do teto do seu tio.

— Não vou abandonar Cecilia.

— Depois da lua de mel, vamos pegá-la e terminar de criá-la como uma moça esperta que destrói corações em vez do contrário. Antes que ela cometa outra sandice — informou Tristan.

— Você planejou isso também?

Ele abriu um sorriso que deixava bem óbvio que ele fez muito mais do que planos, porém a carruagem parou à frente da igreja. Tristan colocou-a sobre sua coxa esquerda e se inclinou para a janelinha.

— Algum sinal da outra carruagem?

— Nenhum, milorde. Acredito que ainda levarão uns quarenta minutos para nos alcançar.

— Ótimo. — Ele tornou a empurrar a cortina.

— Ótimo? Vamos mofar nessa carruagem.

— Claro que vamos. — Ele deslizou o vestido dos ombros dela e ficou todo feliz ao vislumbrar sua pele nua.

— Quarenta minutos não é tanto assim.

— Vinte minutos, preciso me preparar também.

— Vai ser rápido assim?

— Juro que passarei vinte minutos apenas beijando-a.

***

Quando os outros chegaram, Tristan já estava vestido para o seu papel de noivo e Dorothy estava dentro da igreja, na sacristia. A Sra. Clarke ainda parecia perdida, mas Cecilia estava uma mistura de terror e desconfiança. Ela subiu os degraus da escada, e o noivo estava no topo, aguardando.

— Ela é boa demais para o senhor! — acusou Cecilia, assim que se viu frente a ele.

— Concordo — respondeu Tristan.

Ela balançou a cabeça para ele e entrou correndo pela igreja. Quando passou por ele, a Sra. Clarke também executou um curto cumprimento e se apressou para encontrar suas protegidas.

— Ele lhe fez algum mal? — Cecilia, desesperada, entrou como um furacão e foi até a prima.

— Não. — Dorothy sorriu, divertindo-se com a perturbação da prima.

— Meu Deus, Dorothy! Lady Russ nos contou, não pode fazer isso.

— Por quê? Ele não era o seu tipo preferido?

— Exatamente. Porém você não é esse tipo de moça. Você merece o melhor que há, alguém que vai amá-la como é e não vai magoá-la. Ele é o Lorde Wintry! Um endemoniado, sem-limites, sem-vergonha. Másculo demais para ser confiável!

Dorothy não conseguia parar de rir, mas se controlou e tentou assegurar a prima.

— Apesar de todos esses pequenos contratempos, ele é o melhor para mim. Porque nós nos amamos.

A prima estava pasma: algo assim vindo de Dorothy? E sobre Lorde Wintry? Mas ela sempre o esnobara. Houvera aquele rumor absurdo, porém nada se confirmara e até aquele momento Cecilia pensava que tudo tinha sido um completo mal-entendido.

— Então é verdade? Homens como ele são capazes de amar? — Cecilia continuava incrédula.

— Creio que sim.

— Você sabe que ele é um devasso, não é? Ele é...

— Perigoso e másculo? — Ela riu. — Sim, eu notei.

Cecilia começou a rir também, finalmente conseguindo se acalmar. Havia ficado muito preocupada com essa história de sua prima subitamente se casar logo com Lorde Wintry. Depois alguém ainda teria de lhe explicar melhor como aquele rumor absurdo chegara àquele ponto, mas por ora era melhor deixar o casamento correr. Dorothy parecia certa do que ia fazer, assim como feliz. E tinha de confessar que seria muito mais divertido ter Wintry na família do que Lorde Rutley.

— Ele não teria um amigo de alta periculosidade para me apresentar?

— Você está muito crua para indivíduos tão perigosos e irresistíveis. Não tenha pressa, aproveite um pouco mais. — Dorothy apertou sua mão.

Essa notícia realmente deixou Cecilia com esperança para o futuro.

— Então não preciso mais casar às pressas?

— Não, meu bem.

Ela se agarrou a Dorothy, abraçando-a bem forte.

— Eu adoro você. Não sei o que seria de mim sem você.

Mais calma, a Sra. Clarke observava as duas com um sorriso.

— Acho melhor se acostumar, pois agora nossa querida Dorothy irá morar com seu marido perigoso. — Até ela estava conseguindo soltar uma piadinha.

— Eu já estou adulta, posso aguentar. — Cecilia levantou bem o queixo.

Apesar disso, Dorothy e a Sra. Clarke trocaram um olhar de entendimento, pois ambas sabiam que em breve estariam juntas novamente. Lorde Felton não duraria muito mais e, assim que acontecesse, Cecilia correria para a prima em busca de ajuda para não acabar com o herdeiro do visconde e sua abominável tia Jean.

Lady Russ entrou com um enorme sorriso e com uma caixa contendo o vestido da noiva. Também pediu a Sra. Clarke para buscar na carruagem a maleta de itens pessoais que trouxera para Dorothy, com os complementos para o traje.

— Vai ficar tão bela, escolhi algo para realçar seus lindos atributos. Seda da melhor qualidade. Quando vi o resultado, quase quis me casar novamente — disse Nancy.

Lady Russ achava o maior acontecimento da década que o seu primo tivesse se apaixonado tão perdidamente por alguém a ponto de se casar. Só um sentimento incontrolável faria aquele danado armar um casamento, um rapto e uma fuga para ainda convencer a dama a se casar com ele.

Dorothy teve ajuda das três mulheres para se trocar e refazer o penteado. No final, terminou com um vestido com a cintura império bem alta, tornando o corpete curto e justo. A seda era branca como as luvas longas, porém os detalhes eram prateados na saia e na renda da borda. O corpete encantava pelos pequenos arranjos de três flores em cetim rosado e dourado. Nancy tinha um bom gosto, pois soube exigir quanto detalhe queria, para a noiva não torcer o nariz para o vestido. Pelo contrário, para uma noiva "raptada", ela usaria o mesmo vestido se estivesse em um casamento pomposo em uma igreja grande demais.

Apesar do modo como o noivo levara a noiva, o casamento não precisou ser feito como se estivessem sendo perseguidos. No entanto, na parte da aceitação, o noivo estava um tanto ansioso:

— Confirme logo que mudará de ideia por mim, Dot. Ou vou colocá-la no ombro agora e raptá-la de verdade.

— Não seja inconveniente, Wintry. Estou conjecturando.

— Não me provoque exatamente nessa parte.

O sacerdote alternava o olhar entre eles, mas achou melhor não dizer nada.

— Eu aceito — disse Dorothy, e só faltou chegar ao cúmulo de mostrar a língua para ele, mas sua expressão travessa dava a entender.

— Ótimo. — Tristan olhou para o sacerdote. — Diga logo que seremos felizes para sempre, para o melhor ou para o pior.

— Eu não os declarei como casados ainda — lembrou o homem, sem noção alguma do perigo.

Tristan estreitou os olhos para ele, que até gaguejou ao declará-los casados e seguir em seu curto rito de encerramento.

— Pare com isso, Tristan. Ela não vai montar num cavalo e fugir de você — ralhou Nancy, quase subindo no altar para lhe dar um beliscão.

Porém agora ele estava apenas sorrindo e apertando as mãos de Dorothy.

— Claro que não vai: ela acabou de mudar de ideia por mim. — Ele se inclinou e disse só para a noiva: — Eu lhe prometo que valerei a pena.

— Eu acredito, mas saiba que também valerei a mudança nos seus planos de vida.

Ele levou suas mãos para perto e beijou os nós dos seus dedos enluvados, mas voltou a falar apenas para ela:

— Eu jamais a destruirei, Dot. Aconteça o que for, tenha fé em mim. Eu sempre retornarei para você.

— Você ainda teve dúvidas de que eu mudaria por você? — Ela o abraçou e o beijou.

Os poucos convidados aplaudiram quando ele a envolveu pela cintura e levantou enquanto ainda a beijava. Tristan só a colocou no chão após descer os degraus para deixarem a igreja.

— E o que faremos agora? — perguntou Dorothy, quando ele soltou sua mão próximo à carruagem.

— Eu queria que houvesse uma maneira de capturar esse momento. Uma pintura talvez, para eu me lembrar do dia em que nos casamos. — Ele ficou olhando para ela, vestida de noiva, bela e elegante, num vestido simples e sem muitos detalhes além da barra e do corpete, mas feito especialmente para aquele dia.

— Eu vou guardar o vestido — informou ela, girando no lugar e segurando a saia com as pontas dos dedos, como se mostrasse a ele.

— Claro que vai. — Ele se aproximou e se virou para acenar. — Vamos mandar pintá-la com ele. Assim que formos para casa. Quero esse quadro em um lugar onde eu o veja todos os dias.

Dorothy acenou para os poucos convidados, apertou a mão da prima e disse-lhe que voltava logo. Porém, assim que entraram no veículo, ela olhou para Tristan e perguntou:

— Onde exatamente é a sua casa fora da cidade? É algo com o qual nunca havia me preocupado antes. Eu só sei que é algum lugar grande, onde, segundo dizem, acontecem as recepções e as festas campestres mais indecorosas da Inglaterra.

Tristan inclinou a cabeça e gargalhou.

— Eu lhe garanto que o lugar é decente, mesmo que os convidados que estiveram lá não chegassem ao padrão de decoro exigido. Para falar a verdade, não moro muito longe daqui. Vamos para o norte, para a enorme casa dos Thorne em Chesterfield. Você terá de atualizar aquele mausoléu.

— É mesmo? Tão ruim assim?

— Também fico contente em saber que não se importou em descobrir onde eu moro. Levando em conta o que falam do lugar, poderia ser um casebre esquecido no meio do campo. Se eu fosse a senhora, não sujaria minhas finas sapatilhas colocando os pés lá.

— Você pode me carregar até uma parte mais decente da casa.

— Eu quero levá-la direto para o meu quarto; isso seria impossível.

— E eu terei um quarto nessa sua casa sórdida?

Ele levantou a sobrancelha para ela, identificando suas intenções escusas.

— Não se for para me trancar do lado de fora.

— E como irei expressar meu profundo descontentamento todas as vezes que você me irritar?

— Dê-me um soco. Ou agarre algo e bata na minha cabeça; sabemos que é boa nisso. Depois faremos as pazes e você não me deixará de castigo fora do nosso quarto.

— Não vejo propósito.

— Desde que não rache a minha cabeça.

— Já pensou? Que incômodo. Eu teria de costurá-lo. — Os olhos dela brilharam com diversão.

Com um olhar malicioso, Tristan pulou para o banco dela e trouxe-a para perto, passando o braço em volta de seus ombros e a encostando ao seu corpo.

— Meu vestido — avisou, sabendo muito bem quem era ele.

— Lady Wintry... Isso soa estranho. E agora, como vamos nos cumprimentar adequadamente e irritar um ao outro ao mesmo tempo?

— Lorde Wintry. — Dorothy virou o rosto e lhe deu aquele mesmo olhar sério e provocador que dava sempre que o cumprimentava em público.

— Srta. Miller — devolveu ele. — Não pense que vai tirar o meu prazer de chamá-la de Lady Wintry em alto e bom som em todas as oportunidades que eu tiver. — Ele segurou o queixo dela e lhe deu um beijo nos lábios. — E olhando bem para seu rosto, para ver seus olhos se estreitarem.

Dorothy deu aquele leve sorriso de que Tristan gostava, de quem estava a ponto de alfinetá-lo.

— É Dorothy Thorne para você. Deixe-o rolar em sua língua, vai aprender a gostar dele. Porém, no meu caso, Lady Wintry também me excita.

— Eu te amo, sua espertinha. — Tristan apertou-a contra ele e a beijou.

Capítulo 20

Apesar de não morar tão longe dali, não era próximo o suficiente para chegarem lá ainda naquele dia. Pensando nisso, parte do plano de Tristan foi reservar o melhor quarto na Wilt's para passarem a noite. Partiriam para casa de manhã para chegarem a tempo de descansar para o jantar de comemoração que os dois teriam em sua primeira noite juntos em casa.

Para alívio de Tristan, sua esposa achou a hospedaria muito acolhedora, e ele tirou da mente aquela ideia de que estava fazendo sua condessa passar por uma péssima experiência de pós-casamento.

No entanto, a história de que ele raptara a noiva, arranjara um casamento bem rápido e depois fugira com a nova esposa pelas estradas de Derbyshire, para passar a noite de núpcias numa hospedaria ficaria restrita aos amigos. Uma hospedaria muito boa, um dos melhores quartos daquela região. E era uma aventura digna de um romance.

A história pública se desenrolaria assim: Lorde Wintry e a Srta. Miller se conheceram na casa de Lady Russ. E desenvolveram uma admiração mútua ao longo da temporada. Tristan não conseguia nem segurar a risada quando pensava no quão profunda tinha sido essa "admiração mútua".

Então, com a aproximação do final da temporada, ele se descobrira irremediavelmente enamorado — ao menos isso não era invenção — e a pedira em casamento. Não seria citado nada sobre o rumor de terem sido amantes; isso seria tratado como um mal-entendido pelo fato de Lorde Wintry, com sua péssima reputação, ter estado atrás dela para cortejá-la.

Por isso, após Lorde Wintry ter feito a proposta, a Srta. Miller, uma moça corajosa e que acreditava em dar uma nova chance a criaturas corrompidas como ele — Lady Holmwood gostaria dessa descrição —, aceitara a proposta de casamento.

Pobre moça iludida, era o que alguns diriam. Não é possível consertar uma criatura como Wintry. Ainda bem que sua Dot não queria consertá-lo: ela o amava exatamente como era.

A história pública se encerraria contando que o casamento fora um evento restrito a familiares. E, no momento, sua prima Nancy estava providenciando um anúncio enorme no jornal. Algo digno do endemoniado Lorde Wintry, feito com o intuito de chocar toda a sociedade assim que abrissem o jornal dali a dois dias e vissem aquela notícia gigantesca de que Lorde Wintry estava casado com a encantadora Dorothy Miller.

Seria um escândalo!

Tristan esperava que o anúncio causasse até desmaios. Ele mesmo ia ganhar um bom dinheiro nas apostas, afinal ninguém apostara que ele se casaria naquela temporada ou mesmo algum dia. Por isso ele deu uma boa soma para o Sr. Giles fazer a aposta e deu a dica a Lorde Russ, para faturarem em conjunto.

Sim, senhores, as apostas da sociedade eram sérias.

E assim que Dorothy descobrisse o que ele havia aprontado no jornal, ia bater com algo em sua cabeça. De qualquer forma, já estariam em casa.

Ou seja, tudo parecia bem, e sua nova condessa havia aprovado o quarto em que ficariam aquela noite. Eles até deixaram os donos da Wilt's em profunda perturbação. Desesperado para ficar sozinho com sua esposa, louco de saudade de tê-la em seus braços, mas disposto a fazer suas vontades, Wintry ajudou a carregar água. Porque sua dama queria se lavar — imagine se depois de ser raptada de casa, casar-se e ser levada até ali, ela não teria seu encontro com um bocado de água quente? Acabou que ambos tiveram um encontro com a água, o que atrasou o jantar.

Veja só, o que os outros dirão se souberem que deixo meus hóspedes mais ilustres carregarem água, pensava o Sr. Wilt, preocupado, pois sua estalagem era renomada e uma parada para muitos nobres em viagem.

A única preocupação de Tristan era acordar sua esposa com beijos e matar um pouco mais a saudade antes de partirem para a casa onde ele pretendia passar dias e dias na cama, em lua de mel. Por ora, eles tinham um encontro ali mesmo, naquele horário inadequado.

— Eu odeio você — sussurrava ela.

— Não sentiu minha falta? — Tristan estava na frente da fonte de luz, mas podia ver seu rosto.

— Não, pare com isso...

— Você disse que me amava, Dot.

— Onde eu estava com a mente?

— Provavelmente no meu corpo atlético. — Ele tornou a frase mais gráfica ao deixá-la sentir o seu peso. — E nos meus beijos nos seus lábios, no seu pescoço e nesses seios lindos.

— Duvido... — Ela tentou se mover, mas ele pegou suas mãos e tornou a pô-las onde havia deixado, para cima, segurando nas vigas de madeira que enfeitavam a cabeceira da cama.

— E no quanto adoro me deleitar no frescor dessa pele macia. — Ele deixou as mãos dela lá e voltou a se apoiar na cama.

Dessa vez ela gemeu em resposta ao toque dele e continuou sussurrando para ele, em um momento de prazer e no outro para lembrá-lo de onde estavam. Dorothy tentava ser o lado razoável, mas era mentira. Era ela quem havia se despido de todas as peças de roupa para o banho rápido. Imagine só, nua, úmida e recém-casada com um marido assumidamente saudoso e que por acaso era Tristan Thorne. Ninguém sairia impune de tal situação.

— Isso não é correto, Wintry — murmurou ela, enquanto ele dedicava um longo tempo aos seus seios, sugando os mamilos rijos de pura excitação.

Ele levantou a cabeça e a olhou, afastando suas coxas, deixando-as pender na cama para ter todo o espaço que queria.

— É só Tristan para você... — Ele deslizou sobre o seu sexo úmido e segurou o membro, direcionando-o e penetrando-a devagar. — Eu gosto quando diz meu nome num sussurro, como agora, quando estou bem dentro do seu corpo e você está me apertando como se nunca fosse me deixar ir. Sussurre para mim, meu amor.

Dorothy sussurrou repetidas vezes, apertando as mãos em volta das vigas redondas de madeira e gemendo, dizendo-lhe que era um maldito libertino. Afinal, toda a hospedaria estava acordada, era horário de servir o jantar, os hóspedes passavam pelo corredor, rumo ao salão ou chegando para a noite. E nada importava naquele mundo mal-iluminado onde eles faziam amor sobre uma cama macia.

Tristan estava com os dedos mergulhados entre eles, tocando seu clitóris num ritmo delicioso, enquanto entrava e saía do seu corpo, presenteando-a com gemidos roucos.

— Baixinho, Dot, baixinho... — sussurrava para ela, a ponto de levá-la ao orgasmo.

O prazer que eles compartilharam se recusou a ser tão baixo. Ela estremeceu e soltou as mãos, abraçando-se a ele, abafando os sons do orgasmo contra ele até as contrações passarem, e o apertou ainda mais quando ele gozou em seu interior, encostando os lábios no seu rosto e dizendo o quanto sentira sua falta.

— Gosto de saber que posso dizer-lhe o quanto amo você depois que faz amor comigo e mesmo enquanto faz. — Entregar-se tanto, mas amá-lo calada, era um tormento.

— Nunca mais serei forçado a me afastar de você. Não a verei partir outra vez, não a desejarei em silêncio ou a amarei em segredo. Todos saberão da minha devoção, mas o importante é que você verá em meus olhos todos os dias, ouvirá em minha voz e sentirá no meu toque. — Ele segurou seu rosto e a beijou.

Agora eles estavam em completo silêncio, porque ninguém além deles podia escutar suas palavras. No entanto, o Sr. Wilt estava na beira da escada com uma grande bandeja cheia de comida. E sua esposa, a Sra. Wilt, subia os degraus, levando o cesto de pão e reclamando com ele e com a menina que levava o caldeirão com a sopa.

— Mas, Mafalda... Eles são recém-casados.

— Claro que são, você parece um novato. Já abrigamos vários lordes recém-casados, sempre a caminho de alguma propriedade em Chesterfield e além. Acho que metade deles mora lá. É ótimo para os negócios.

— Volte aqui, podem ter dormido — sussurrou o Sr. Wilt, rubro.

— Eu duvido. — Ela sorriu.

— Ou algo mais íntimo. — Ele deu uma olhada encabulada para a mocinha que os seguia, levando a sopa quente.

— Nesse caso, precisarão do jantar para ter força suficiente.

— Mafalda. — Ele arregalou os olhos, aterrorizado em incomodar. Ainda não se recuperara de ter o próprio conde carregando a água para ir mais rápido.

Eles se aproximaram da porta e a Sra. Wilt deu duas batidas fortes.

— Eu trouxe o jantar, milorde — anunciou.

O Sr. Wilt queria morrer ali, seco como uma árvore velha. Porém, pouco depois — vestido o suficiente para estar decente —, Lorde Wintry abriu a porta e sorriu para a Sra. Wilt como se a estivesse esperando. Lady Wintry, no entanto, não estava à vista, pois continuava lá no espaço de dormir, certamente escondida atrás do biombo, lutando para colocar a camisola. Felizmente o melhor quarto da hospedaria tinha dois ambientes, com apenas um arco largo os separando. Ninguém olhou para o lado do arco.

***

Um dia, Tristan culparia seus pecados por essa noite. E em vez de beijos, ele acordou no final da madrugada com um barulho muito estranho. Pouco depois, sem beijo algum e para descontentamento dele, foi sua esposa que acordou.

— Tristan... — Dorothy passou a mão pelo rosto e tocou a cama, que ainda estava quente, mas vazia.

Piscando, ela achou estar sonhando. Porém esforçou-se para ficar alerta e viu tudo que não esperava em sua primeira noite de casada.

— Mas será possível! — exclamou.

Seu marido estava na janela, com uma perna do lado de dentro e outra do lado de fora, segurando um homem pelo queixo e o mantendo imóvel dessa forma. O homem soltava grunhidos.

— Eu não queria acordá-la — murmurou ele, desviando o olhar para ela.

Ele fez alguma coisa, algo que ela não teve certeza, mas o homem desmaiou e logo depois ele o soltou. O corpo escorregou silenciosamente.

— Acho que temos um problema — anunciou ele, como se houvesse acabado de soltar uma folha de papel, e não um homem, pela janela.

— Mas que tipo de...

Então a porta, apesar de trancada, foi aberta com um chute, e Tristan pensou logo em reclamar da resistência da porta. Onde já se viu, um chute tão simples soltar uma porta dessa maneira?

— Tristan! — gritou Dorothy quando dois homens entraram e ela pulou na cama, puxando o lençol para cobrir sua camisola. Logo hoje que usava algo mais revelador, aqueles homens entravam ali.

Os dois avançaram pelo quarto, só o segundo segurando um lampião. Tristan saiu da janela rapidamente, e o primeiro homem só lhe deu atenção porque percebeu logo que ele atrapalharia seu intento.

— Não! Nada disso! — Ele balançou a cabeça e desviou do primeiro soco, agarrando seu braço e batendo com o homem na parede.

Dorothy gritou de novo, porque o sujeito do lampião foi direto em sua direção. Ela, então, ficou de pé na cama e jogou o lençol nele, cobrindo sua cabeça. Tristan avançou, o embrulhou no lençol com o lampião e tudo e desferiu um soco em seu rosto. Depois deu com sua cabeça na parede para ter certeza de que ficaria desacordado e chutou o lampião, para não atear fogo no lençol. Ele ainda estava envolvido com o homem do lençol quando mais um entrou pela janela. Assim que o homem viu os outros caídos, pulou em cima dele.

Tristan estava se livrando deste último que se agarrara a ele, tentando esganá-lo, quando outro entrou, dessa vez pela porta escancarada, e não perdeu tempo. Foi até a cama e tentou pegar Dorothy. Foi quando ele jogou o outro que tentava esganá-lo em cima da cama. Dorothy se sobressaltou com aquele corpo voando e caindo no colchão. E o homem que tentava pegá-la levou um susto quando aquele vulto escuro no quarto mal-iluminado voou à sua frente.

Tudo ficou mais sério, porque, assim que averiguou a situação, o último capanga levantou uma pistola e apontou direto para o peito de Tristan, que teve de frear abruptamente antes de pegá-lo. Dorothy escolheu esse exato momento para usar o único objeto que pôde pegar, o castiçal apagado que estava sobre o móvel ao lado da cama, e deu com objeto na cabeça do sujeito, que havia caído na cama e agarrado seu tornozelo. Na verdade, ela bateu nele duas vezes. Pelo som que ecoou no quarto, aquele homem precisaria de ajuda médica.

Seu companheiro não era exatamente um profissional imperturbável, pois aquele som estranho tirou sua concentração, e ele desviou o olhar por um momento para saber o que havia acontecido na cama. Porém, um momento era tudo de que Tristan precisava: ele agarrou a arma e a abaixou, o tiro acertou o chão — dessa vez acordaria todos ali. Ele tomou a arma e deu com o coldre da pistola na testa do homem, depois bateu de novo, para ele ficar bem desacordado.

— Justamente na minha noite de núpcias — reclamou Tristan, ao passar o olhar pelo quarto e observar os capangas, todos desacordados.

Foi aí que o Sr. Wilt chegou à porta com sua própria arma em mãos. Logo depois, o Sr. Giles, que dormia do outro lado da hospedaria, também apareceu.

— O senhor tem um sono pesado, não? Fique de olho na porta, atire se precisar. Giles, ajude-me a prendê-los. — Tristan se aproximou da cama e Dorothy pulou de lá. — Foi um golpe e tanto, Dot. — Ele sorriu para ela. — Você está bem?

— Eu acordei e você estava jogando alguém da janela! Sem emitir sons!

— Eu sei, meu amor. Acontece. Aquele homem a machucou?

— Ele só agarrou meu tornozelo, mas...

— Sou o único que pode tocar seu tornozelo. Ainda bem que rachou a cabeça dele. Porém acho melhor não bater em mim com tanta força quando ficar irritada.

Ela tocou nele; no quarto mal-iluminado, não podia vê-lo tão bem quanto queria, mas ao menos não parecia machucado.

— Você está bem? Está ferido?

— Quando estivermos em casa, vou lhe contar sobre o falecido Brutus, a luta mais desigual que encarei na vida. Ele era peso-pesado. Depois dele, nada disso é difícil.

Ela olhou para os dois homens caídos perto da parede e para o Sr. Giles, atando-os com o lençol.

— Aliás, o truque do lençol também foi ótimo. Formamos uma boa dupla. Agora comece a se vestir, pois creio que teremos de partir mais cedo do que o esperado — instruiu Tristan.

— E esses homens?

O Sr. Wilt estava na porta, concordando com a pergunta.

— Vou amarrá-los e o Sr. Wilt vai chamar as autoridades para levá-los.

— Claro, milorde! — O dono da hospedaria achou que estivesse dispensado, como se fosse conseguir chamar alguém nesse segundo. Demoraria pelo menos mais uma hora para o dia nascer.

— Arranje uma corda! — disse Tristan, antes de pegar outro lençol e começar a enrolar apertado.

— Acha que estamos sendo perseguidos? — Ela procurou sua roupa íntima e começou a se vestir. Naquela confusão, tudo que havia deixado separado para usar de manhã havia ido ao chão.

Tristan estava ocupado amarrando os outros dois que chegaram ao quarto mais tarde.

— Na verdade, eles vieram por você. Essa é a primeira vez na vida que durmo com uma dama e acordo com capangas que vieram buscá-la. Geralmente eles vêm para me matar. Eu sempre soube que me envolver com damas da alta sociedade me traria confusão.

— Ah, é? — Ela colocou as mãos na cintura, ainda parcialmente vestida. — Está começando a se arrepender?

Ele sorriu e foi até lá ajudá-la a se abotoar, mas antes a abraçou pela cintura, mesmo que ela ainda quisesse parecer brava.

— Nem em mil anos. Além disso, onde estaria a diversão?

— Pois saiba que antes de eu me envolver com lordezinhos devassos, perigosos e vigaristas como o senhor, eu nunca tive de passar por nada disso.

— Eu sei. — Ele trouxe-a para mais perto, envolvendo-a e beijando seus lábios antes de lhe lançar aquele olhar travesso. — Admita que me ama.

— Eu te amo, seu maldito.

O Sr. Wilt voltou com a corda, e Tristan e o Sr. Giles amarraram todos. O conde, no entanto, disse ao homem que não sabia por que eles resolveram assaltar justamente o seu quarto. Era uma tremenda falta de sorte. Mas, para Dorothy, ele disse a verdade.

— E por que acha que eles queriam a mim? — indagou ela.

— Eu sei quando alguém vem para me pegar. Eu não era o alvo; eles estavam pouco se importando comigo. Todos entraram aqui procurando por você e só me atacaram para me incapacitar ou para se defender. O que é bastante estranho.

— E por quê?

— A única pessoa que pode ter mandado que a levassem e que poderia saber onde estaríamos adoraria me ver morto. A princípio, eles não tentaram me matar. Aquele homem com a pistola não queria atirar em mim. Se minha missão fosse entrar aqui e levá-la e eu chegasse à situação dele, eu teria atirado.

Ela conjecturou por um momento, pensando nas palavras dele e no que se lembrava. Ela só vira os outros homens lutando com ele, porém dois deles fizeram o que Tristan disse. O homem do lençol pouco se importara com ele. E o último também. Mesmo assim, não podia ser. Isso significaria que uma pessoa queria levá-la. E ela não tinha inimigos, sequer desavenças. E não era uma rica herdeira para ser sequestrada e levada por resgate.

Assaltantes não teriam se comportado daquela forma.

— Por que você acha que o meu tio mandou esses homens?

— Ele não sabe sobre nós. Não faz a menor ideia do motivo por ainda estar vivo. E eu não quero que ele saiba, muito menos agora. Não confio nele para não usá-la para me atingir. Porém acho que ele pensa em duas opções: na primeira, eu a tomei dele como um castigo e de alguma forma a obriguei a se casar comigo e, nesse caso, ele pensa que estaria salvando você ao levá-la de mim; e na segunda, ele pensa que você o traiu e espero que ele queira apenas levá-la para confrontá-la.

— Acha que ele vai tentar de novo?

— Eu acho melhor partirmos. — Tristan vestiu seu sobretudo e pegou a pequena maleta dela, com o suficiente apenas para esse pernoite, pois fora parte do plano que envolvera todo o rapto e casamento. Nancy enviara uma mala de roupas para a hospedaria, suficiente até a bagagem dela chegar.

Quando se viram na carruagem, porém, Dorothy já havia pensado melhor no assunto e tomou uma decisão.

— Precisamos voltar — avisou.

Tristan parou ainda segurando a portinha do veículo.

— Era o que eu temia... — resmungou ele.

— Nós precisamos.

— Dorothy...

— Eu preciso falar com ele. De qualquer forma, após alguns dias, eu iria até lá para me despedir. Então antes que ele mande mais capangas e você acabe matando alguém, vamos voltar lá.

Era tudo que ele não queria, pois se aproximar daquele homem lhe fazia mal.

— Não precisa chegar perto dele. Eu sei o quanto o odeia, mas pense logicamente. Além disso, se eu for até lá agora, não precisarei voltar daqui a alguns dias. Seremos só nós dois naquela sua casa indecente.

— Nossa casa não é indecente, é um palácio rural com uma decoração antiquada onde dei festas inapropriadas para uma dama comparecer. Aquele lugar não vê uma renovação desde a época do meu avô.

— Tristan...

— Entre na carruagem. Vamos a esse maldito lugar.

— Está falando de qual maldito lugar?

— Agora é sua casa também, madame. Não diga que é maldita. Viveremos dias felizes por lá. Iremos ver aquele homem.

Ela entrou na carruagem, e Tristan suspirou pelos seus planos arruinados. Nada de noites românticas e repletas de privacidade para eles. Levá-la de volta para aquele estuprador assassino ia contra todos os seus instintos. Ele estava mesmo apaixonado como um tolo. Só um sentimento tão forte podia explicar algo assim. Ele caçara aquele homem por dois anos e agora havia prometido não matá-lo e ainda estava levando sua amada esposa para se encontrar com ele.

Quando chegaram lá, Cecilia e a Sra. Clarke ficaram muito surpresas. E depois daquele bate-volta numa carruagem, Dorothy aceitou se refrescar. Eles iam demorar, porque ela ia fazer as malas. Era uma das vantagens que Tristan via nisso, pois assim não teriam de esperar que a Sra. Clarke fizesse as malas por ela e enviasse.

— Se ele não recolher os cães, nosso acordo estará terminado — avisou a ela, antes que Dorothy entrasse no quarto do tio. — Eu não vou admitir alguém nos caçando.

— Não chegará a isso.

Ela deu apenas uma batida e entrou. Tristan se plantou ao lado da porta; queria ter certeza de que a tiraria dali em perfeito estado. Se alguém se aproximasse, ele conseguiria ver dali.

Lorde Felton se surpreendeu ao ver a sobrinha entrar em seus aposentos. Ele estava na cama, e sua condição não melhorara em nada. Para falar a verdade, havia piorado desde que soubera do casamento de Dorothy com Wintry. E mesmo assim tivera forças para mandar aqueles homens.

— Tio, eu vim me despedir — anunciou ela, parando ao lado da cama.

Ele tinha certeza de que aquele maldito havia lhe contado tudo, pois ficou claro no comportamento dela. A sobrinha nunca disse nada, mas seu olhar o condenava. E ela passou a viver numa mistura de asco e gratidão.

— Você está bem?

— Não. Graças aos homens que mandou para me trazer de volta.

— Não fiz isso.

Ela soltou o ar e continuou olhando para ele.

— Eu vou partir com o meu marido assim que minhas malas estiverem carregadas.

— Não faça isso. Você não sabe do que ele é capaz.

A frase era irônica demais para que ele a endereçasse.

— Não mande mais ninguém atrás de mim. Estou bem.

— Por que está indo com ele?

— Eu me apaixonei por ele.

— Ele quer me castigar. E você resolveu ajudá-lo. Com todos os jovens desse reino, tinha de se envolver justo com ele?

— Apenas prometa que não mandará mais ninguém atrás de mim. E se fizer qualquer coisa contra ele, estará morto para mim. Eu o desprezarei pelo resto dos seus dias. E não lhe sobrará ninguém, pois em minha dor eu destruirei tudo que lhe resta, e sabe do que estou falando. — Ela pausou e apenas o encarou. — Chegou minha hora de deixá-lo, tio. Vou seguir minha vida, deixarei de ser sua eterna hóspede e também não mandarei mais em sua casa. E agradeço por tudo que fez por mim. Não estrague tudo para Cecilia. Quando o senhor partir, ela só terá a mim. Se há algo neste mundo que eu sei que preza, é a sua única filha. Cumpra meu último pedido, e eu prometo que ela jamais saberá sobre o que você fez ou sobre todo o seu passado. Apenas deixe-me ir e viva seus últimos dias com dignidade.

Lorde Felton a escutava com atenção, mas havia desviado o olhar. Ao escutar suas últimas palavras, porém, seu olhar retornou rapidamente e ele foi lembrado de algo que outra pessoa lhe dissera.

— Não deixe Cecilia sob o julgo de minha irmã. Isso a mataria — pediu. — Se esse seu casamento amaldiçoado não pode ser remediado, então que me sirva para alguma coisa.

Dorothy suspirou; aquela despedida lhe doía muito. Por isso ela gostara da opção que o "rapto" representou, pois não precisara se despedir. Teria de voltar, mas então haveria ganhado tempo. Apesar de tudo que sabia agora e de como era horrível que o seu tio fosse um estuprador e muitas outras coisas terríveis, ainda era a pessoa que lhe dera uma casa por todos aqueles anos. Ele havia lhe propiciado uma boa vida, e ela sentira que precisava retribuir de alguma forma, aceitando aquele papel de tomar conta da casa, da prima e de tudo que ele precisasse. Porém, agora ia partir. Ressentia-se por ter que agir como se precisasse negociar sua liberdade.

— Descanse em paz, tio.

Ela sabia que não o veria mais com vida. Mesmo que ele vivesse por muito mais tempo que o esperado, Dorothy não pretendia voltar aos seus aposentos.

***

Tristan ficou aliviado quando a viu deixar o quarto, mas ela só o abraçou e por ora não lhe contaria a última conversa com o tio.

— Podemos ir — informou ao marido.

— Eu acho melhor deixarmos o país. Não confio que teremos uma lua de mel em paz dentro dessas fronteiras.

— Eu nunca deixei o país. Leve-me para algum lugar aonde iremos de barco. Algum lugar com praias de verdade, onde o mar é claro e o ar é quente.

— Não tem medo de piratas?

— Piratas! — exclamou ela, animada como uma criança numa história.

— Eles não são excitantes, meu bem. Nem um pouco.

— Você seria um ótimo pirata. E um perigoso!

— Eu gosto demais da terra firme para isso. E tenho apego a certos confortos que o mar não proporciona.

— Eu seria uma boa pirata!

— Claro que seria. Pode encenar uma para mim quando estivermos viajando. — Ele chegou à escada e a surpreendeu ao pegá-la no colo. — Vou carregá-la para fora outra vez, como um novo rapto. Para dar sorte.

Eles foram primeiro para casa, onde conseguiram passar uns dias reclusos. Enquanto isso, Tristan preparou a viagem, pois Dorothy ficou feliz demais com a chance de deixar a Inglaterra pela primeira vez e ver novos países, conhecer parte do mundo e visitar lugares que ele havia visto e achava que ela apreciaria.

Cerca de cinco meses depois, quando eles finalmente navegaram de volta para a Inglaterra e a notícia de que estavam de volta chegou, Lorde Felton já estava sofrendo demais. E ele seguiu o conselho de um inimigo e tomou uma dose mortal do remédio que deveria aliviar seu sofrimento, porém já não o ajudava. Bem que Tristan havia dito que seria uma morte mais digna do que ele merecia, pois assim seu sofrimento chegou ao fim.

Capítulo 21

Temporada de 1819

Um agente nunca se aposenta; ele fica em espera. Apenas se retira. E no começo de abril Tristan partiu para uma "rápida viagem de negócios". O duque disse que o queria em trabalho interno com ele, mas antes precisaria enviá-lo para longe outra vez. Outros dois agentes estavam desaparecidos. O que ele mandara primeiro com certeza estava morto, e do outro, se ele também não estivesse, precisavam descobrir o paradeiro e o motivo para ter sumido. Pois havia a desconfiança de que ele mudara de lado.

Nesse caso, era uma missão de extermínio com no mínimo três alvos. O agente traidor, as pessoas para quem ele estava vendendo informações da Inglaterra e o alvo da missão que não fora completada.

Cecilia ainda estava de luto pela morte do pai, ao menos em seus trajes. Depois de semanas de choro e lamentação e muito drama por sua situação, ela foi embora morar com a prima, a agora Condessa de Wintry. Na verdade, ela praticamente fugiu, pois teve de ficar na casa após o falecimento do pai, aguardando o primo. E ele chegou junto com a esposa e os filhos, mas também trouxe a mãe. Assim que escutou a voz da tia, ela começou a fazer as malas e, na primeira oportunidade, pegou a carruagem junto com a Sra. Clarke e sumiu na poeira.

Lady Jean não gostou disso e tentou impedi-la de todas as formas. Aliás, quando soube do casamento de Dorothy, disse ao seu filho e à sobrinha que era melhor que cortassem relações com eles. Ou que mantivessem o contato estrito a eventualidades familiares e que não os convidassem para permanecer em sua casa.

Como se Dorothy um dia pudesse querer se hospedar naquele lugar longe e chato e ainda mais com sua tia.

— Com tantos bons rapazes decentes e corretos precisando de uma esposa, ela foi escolher logo aquele libertino sem-vergonha — disse a tia, que não sabia nem de metade das coisas que diziam sobre ele em Londres.

— Ao menos ele é um conde... — comentou Deborah, ainda surpresa por ter recebido uma carta avisando do enlace. Ela não sabia muito sobre Wintry, só alguns rumores e coisas que lia nos jornais que chegavam atrasados ali. E nunca o havia visto pessoalmente.

— Ele é um despudorado! Sua irmã já não é nenhuma debutante boba para ser envolver com um... um...

— A senhora nunca está satisfeita. Antes ela era uma perdida por não se casar. Depois era uma desaforada, por ser malcriada. E agora que ela resolveu se casar, o marido não presta e ela continua errada. Bem que minha irmã disse que nada é capaz de agradá-la — disse Deborah, levantando-se e pegando a filha para irem embora.

— Eu acho que tem trocado cartas demais com sua irmã. Está ficando malcriada como ela! — disse Lady Jean, elevando a voz, uma vez que Deborah continuava em direção à porta e a ignorava.

***

Apesar de ainda precisar trajar roupas de meio-luto, Cecilia estava novamente animada para a temporada. E estava achando muito chato ter de manter uma participação discreta, que era o que esperavam de uma moça ainda em período de luto.

— Eu não sei o que farei se o reencontrar — sussurrava Cecilia, temendo ver o Sr. Rice.

Era a primeira vez que ela acompanhava a prima a um evento após a morte do seu pai. Lady Burke estava oferecendo um lanche diurno, algo adequado para moças ainda em meio-luto começarem a voltar a eventos sociais.

— Ele não estará aqui — assegurou Dorothy.

— Como você sabe? É a primeira vez que volto a Londres.

— Você deveria ficar feliz por termos encoberto tudo.

— E se ele me vir e resolver falar do que se passou?

— Ele não falou até agora.

— Afinal, como foi que conseguiu tal proeza? Wintry é seu marido, não precisa mais esconder que já mantinha uma associação com ele naquela época.

— Eu não mantinha associação...

— Ah, por favor, Dorothy. Você precisa me contar. Sabe, eu completei 19 anos, estou em idade de ficar sabida. Preciso de experiência.

— Você está adquirindo experiência suficiente.

— Eu estava, até Wintry viajar. Você não me conta tudo, ao menos ele tinha dicas para dar. Se eu tivesse iniciado uma amizade com ele antes, nunca teria acreditado naquele outro. Ele não era realmente irresistível, sabe.

Dorothy soltou o ar e apertou as mãos. Cecilia não fazia ideia que ela estava preocupada. E se Tristan não voltasse? E se simplesmente desaparecesse e ela nunca mais recebesse notícias? O que seria de sua vida sem ele? Por tudo que ele havia lhe contado, sempre havia a possibilidade de isso acontecer e ninguém jamais lhe diria o que ocorreu.

Elas chegaram em frente à casa de Lady Burke e a Sra. Clarke desceu, mas, quando Cecilia saiu da carruagem, soltou uma exclamação ao ver quem estava segurando a porta.

— Meu Deus! Eu odeio você, como é que faz essas coisas? — exclamou.

Dorothy colocou parte do corpo para fora e franziu o cenho para a prima, que devia ao menos fingir recato para acharem que estava se recuperando da profunda tristeza da perda do pai.

— Cecilia! — chamou ela, e deu a mão ao lacaio, ou quem achou que fosse até ele apertá-la em vez de servir apenas como apoio; o rapaz jamais faria isso. Então ela viu quem era. — Seu maldito!

— Dorothy... — A Sra. Clarke ralhou baixinho, mais por costume; ela já tinha parado, ou melhor, desistido de corrigir os deslizes de Dorothy.

— Srta. Miller — brincou Tristan, lembrando os velhos tempos e sorrindo para ela.

Dorothy abriu um enorme sorriso e respondeu o usual cumprimento:

— Lorde Wintry.

E então ela o agarrou pelas abas do paletó e o puxou para dentro da carruagem, deixando a portinha bater.

Cecilia bufou do lado de fora e olhou para cima, num pedido:

— Por favor, Senhor. Desde aquele meu deslize, eu tenho sido uma dama de boa índole. Se eu não conseguir também um marido devasso, másculo, perigoso e completamente apaixonado por mim, não poderei ter uma vida digna. Pense em minha felicidade: como viverei sem agitação e indecência? Peço-lhe proteção em minha busca pelo meu próprio libertino perigoso e apaixonado.

— Cecilia! — A Sra. Clarke agarrou o braço dela. — Vamos entrar, e pare de fazer pedidos em voz alta. — Ela a levou para a entrada da casa de Lady Burke. — Isso lá é coisa que se peça ao Senhor?

— Eu só queria proteção em minha árdua busca — reclamou a jovem.

***

Ignorando todos que pudessem estar do lado de fora, Tristan abraçou a cintura de Dorothy e puxou o vestido para cima, liberando as pernas dela. Ele sorriu ao tocar suas meias e subir até os laços que as prendiam. Havia sentido muita falta daquilo.

— Seu lordezinho traiçoeiro — sussurrou para ele, quando ficou sem fôlego após beijá-lo longamente.

Um sorriso satisfeito iluminou o rosto de Tristan, que abriu os olhos e a encarou.

— Lady Wintry. Eu senti sua falta.

— Eu não quero nem saber quando ou como voltou. — Dorothy trouxe seu rosto para perto outra vez e o beijou. — Estou tão feliz que tenha voltado para mim.

— Eu lhe disse que sempre voltaria.

— Só acredito quando o abraço novamente.

Ele manteve o olhar nela e começou a soltar laços por baixo do seu vestido. O olhar dela mudou para algo muito mais malicioso, e suas mãos foram para os botões do colete dele.

— Uma carruagem outra vez, não é, madame? — Tristan perguntou baixo e se inclinou, apertando as coxas dela e puxando-a mais para cima, enterrando o rosto contra seu pescoço e absorvendo seu cheiro.

Dorothy colocou as mãos por dentro do colete dele e soltou a camisa, procurando a quentura da sua pele.

— Bata e diga para dar uma volta — instruiu.

— Você não vai à festa alguma hoje, Dot. — Para ilustrar a ideia, ele achou exatamente o que queria por baixo do vestido.

— Vou sim, em casa. — O leve sorriso dela era exatamente o tipo que ele gostava de ver em seu rosto quando estavam sozinhos.

Assim que escutou as duas batidas, o cocheiro pegou as rédeas, e Dorothy lhe informou para onde iam, pois Tristan estava confortável demais embaixo dela.

E imagine só onde Lorde Wintry fixara residência com sua esposa quando estavam na cidade? Na Henrietta Cavendish, onde mais? Convencido como o danado era, resolveu adquiri-la assim que pedira à Nancy para encomendar o vestido de casamento. E só contara a novidade à esposa quando finalmente chegaram em sua casa de campo e ele já havia mandado renovarem a sua nova residência na cidade.

Dorothy ficou sorrindo como uma tola quando voltou para a Henrietta e lá ainda reencontrou Dave, o menino dos recados. Ele havia guardado o anúncio de casamento como planejara. Ela já ficara sabendo da história das duas meninas que Tristan salvara de Nott, pois elas haviam partido para a casa deles no campo.

— Diga que vai ficar. Ou tiro suas mãos debaixo das minhas saias agora, seu descarado.

— Eu duvido.

Só por isso, ela tirou as mãos do peito dele.

— Não, não... — Ele acabou tirando as mãos por conta própria e segurou seus pulsos, fixando as palmas dela sobre a pele aquecida do seu peito. — Não seja impossível comigo agora. Senti demais a sua falta.

Já era fácil para ela reconhecer quando ele estava pedindo de verdade e ainda adicionava aqueles olhos semicerrados para seduzi-la. Era um caso perdido. Dorothy suspirou e o beijou antes de murmurar:

— Eu senti medo.

— Eu lhe disse que nada me manteria longe de você.

— Ainda tenho que me acostumar a isso.

— Eu não vou a lugar algum por um longo tempo.

— De verdade?

— Minhas próximas altercações serão aqui mesmo.

A felicidade estava estampada na face dela, naquele enorme sorriso, e ficou evidente quando ela empurrou o paletó pelos seus ombros e informou:

— Então pode recolocar as mãos onde estavam.

— Exatamente onde estavam? — Aquele levantar de sobrancelha foi puramente malicioso.

— Ah, sim.

Claro que ele fez exatamente isso, até ela responder com um gemido.

— Eu sou apaixonado por você, Lady Wintry. Passei muitos dias sem lhe dizer isso. Sem nem sequer poder vê-la. Quero tê-la para mim por dias ininterruptos.

— E eternos?

— Sem dúvida.

— Eu amo você, seu libertino.

Dorothy segurou o rosto dele e encheu seus lábios de beijos carinhosos.

— Eu adoro como você escolhe me chamar carinhosamente pelos adjetivos mais malvistos por todas as damas.

— Só para as que não sabem se divertir. — Ela sorriu e desceu as mãos, soltando os botões de sua calça de montaria.

***

Dois dias depois, eles finalmente foram a um evento da temporada como um casal. Quando o pajem anunciou Lorde e Lady Wintry, o escândalo começou. Depois do choque que aquele anúncio enorme sobre o casamento gerara, havia pessoas que acharam até tratar-se de uma brincadeira de mau gosto.

"A Srta. Miller só pode estar fora de seu juízo perfeito."

"Ela jamais cometeria tal desatino, sempre foi um exemplo de dama, a discrição em pessoa."

"Quando foi que eles se conheceram?"

"Então aquele rumor tenebroso era verdade?"

"Meu bom lorde! Eles eram mesmo amantes?"

"Não sejam tolos. Wintry, aquele maldito sem-vergonha, jamais se casaria."

"Eu só acredito que uma Lady Wintry existe no dia que ela parar à minha frente."

Pois bem. O conde de Wintry, dono da pior fama vista nos salões londrinos nos últimos anos, ofereceu o braço à agora infame condessa de Wintry. Porque, para uma moça se associar com uma figura como ele, tinha de ser insana, corajosa ou despudorada. Sem modos. Sem juízo. Tão sem controle quanto ele.

No entanto, como afirmar tal disparate se Dorothy sempre tivera aquela reputação intocável? E que bela dama! A menos que aquele rumor um dia se provasse verdadeiro, seria um mistério eterno o motivo para ela ter aceitado se casar com um completo canalha. Mais misterioso ainda era descobrir quando aquilo havia acontecido. Até onde todos sabiam, ela ignorava a existência de tipos como Wintry.

Em desespero mesmo estava a família de Tristan. Nem eles conseguiam arranjar defeitos para pôr na esposa que ele havia arranjado. No entanto, seu tio achava que ele chantageara a moça e que na verdade ela corria perigo nas mãos de uma criatura vil como o sobrinho. Nem mesmo o desejo de se casar e de se tornar uma condessa explicaria a união, afinal ela podia ter se casado com outro. Lorde Rutley, por exemplo, ficara tão chocado que chegava a gaguejar. Até ver o anúncio no jornal, ele ainda pensava que Wintry estava interessado na outra Srta. Miller.

— Prepare-se para causar tumulto — disse Tristan, dando o braço à esposa.

— Eu só vim para isso. — Dorothy abriu um sorriso cheio de más intenções.

Agora que ela tinha a fama, ia deitar-se na cama. Eles iam ver só quem era a "dama perfeita". Era bom que ninguém esperasse que Lady Wintry fosse uma dama ingênua e afável. Lady Holmwood era passado: agora seria ela a colocar o terror naqueles salões. Porém de uma forma completamente diferente. E Dorothy tinha até uma lista de pessoas que pretendia ajudar e outras que mereciam ser infernizadas para pararem de perturbar a vida alheia.

Só para constar, seu amigo, o Sr. Brooks, carinhosamente conhecido como Sr. Fulano, havia se casado com a Srta. Sparks. Nada disso, no entanto, impedira que ele ficasse chocado ao saber que sua única amiga se casara com Lorde Wintry. Tristan já havia parado de implicar com ele, apesar de manter o apelido, mas era doido para lhe perguntar se ele precisara de iluminação interna e um mapa para completar a noite de núpcias; pena que Dorothy havia o proibido.

— Continue com esse sorriso e a levarei embora mais cedo — avisou ele.

— Há sempre um local escondido que ainda não descobrimos.

— Vamos ser pegos. — Pelo sorriso dele, isso parecia até uma boa notícia.

— Eu já me casei com você. Não tem como ser mais ousada do que isso.

Ele parou antes de se misturarem aos outros e colocou a mão sobre a sua. Mesmo sobre a luva, ela podia sentir o toque de conforto. Dorothy sorriu ao ver o olhar que ele lhe endereçava.

— Se ficar muito chato, vamos embora. Tem uma garrafa de clarete lá na carruagem, e ainda tenho muito para lhe contar sobre a viagem — disse ele, baixo.

— E hoje você vai se dar ao trabalho de tirar as minhas meias? — sussurrou.

— Depende de onde pretende descansar essas pernas lindas.

— Nos seus ombros, depois que eu lhe contar um segredo.

— Você tem um segredo para mim, Dot?

Ela assentiu, lançando aquele olhar provocador, e Tristan chegou mais perto.

— O que você está escondendo?

— Um pequeno segredo.

— Pequeno?

— Com o tempo esse segredo cresce e não pode mais ser escondido, mas eu sei que você gosta de segredos — declarou ela, em um tom cheio de promessas.

Tristan abriu um sorriso; ele era bom em entender insinuações. E agora mal podia esperar para aproveitar seu segredo.

— Você pode me contar esse segredo sem todas essas camadas de roupa?

— Ah, posso. Vai ser melhor para te mostrar onde ele está guardado.

— Nós não vamos esperar pelo jantar — avisou ele.

Dorothy deu uma risada baixa e continuou com um sorriso. Imagine só, a nova esposa do lorde mais másculo, perigoso e devasso do momento podia mesmo ser feliz. E, para desespero geral, ela nem sequer queria que ele se reformasse. Quanto mais indecente, mais apaixonada Lady Wintry ficava, pois logo tornou-se claro que Tristan Thorne reservava não só o seu coração como toda a sua libertinagem apenas para ela.

Ainda havia um outro grande mistério em torno daquela união, um preocupante, algo que chegou a tirar o sono dos fofoqueiros. Afinal, alguém sabia onde fora parar a tal Henrietta Cavendish?

Nota da Autora

Queridos leitores adorados,

Muito obrigada por terem chegado até aqui. Acabamos de passar um tempo juntos, vivendo essa história, viajando até outro século e acompanhando Tristan e Dot em suas aventuras pelos salões da regência.

Espero que tenham se divertido muito na Henrietta Cavendish.

Sabiam que a casa ainda existe e na verdade foi uma loja por muitos anos? E que Henrietta Cavendish existiu e o nome da Rua Henrietta é uma homenagem? Ela foi a filha do Duque de Newcastle e esposa de Edward Harley que também tem uma rua com o nome dele. Mas ela morreu 63 anos antes dessa história. E para nós, Henrietta Cavendish é apenas a junção do nome de duas ruas e uma dama misteriosa, com um nome nobre.

A maioria dos locais citado nos livros, com exceção das casas de personagens fictícios, realmente estiveram lá ou ainda estão.

Foi maravilhoso escrever esse romance de época. O ano de 1818 está dentro do meu período favorito da regência.

Aqui, em *Acordo de Cavalheiros*, fiz algo que queria muito. Casei o meu absoluto amor pelos romances de época com minha paixão pelos romances eróticos. Amo um bom romance apaixonante, daqueles que deixam saudade e corações acelerados e bochechas coradas. E passei dias criando esses personagens para encaixarem nesse casamento. Mas acredite, quando esses dois apareceram na minha mente, eu sabia que só havia um jeito de criar essa história.

Eu comecei a escrever sobre agentes da coroa há um tempo, mas o Tristan foi o primeiro a ficar pronto para publicação. Eu gosto muito de ler sobre a época das guerras napoleônicas, especialmente os livros com trama envolvida em espionagem histórica. E essa profissão combina bastante com o Tristan. E com o que eu queria para ele.

Sabe aquela frase que sempre escutamos os outros falarem sobre as mocinhas do romance de época? "Ah, a mocinha do romance era uma mulher à frente de seu tempo." Eu gosto mais dos romances em que elas têm mesmo um pensamento mais aberto e moderno, mas aqui eu pensei: E se o mocinho for *muito* à frente do seu tempo? Com pensamentos tão progressistas que na verdade, ele seja mais moderno e tolerante que pessoas do nosso tempo que continuam com a mentalidade de séculos passados?

Pouco antes de escrever o *Acordo*, eu estava relendo alguns livros de duas autoras que admiro pelo que criaram e pelas suas histórias, ao menos o que conseguimos saber da vida que tiveram. Quando você lê o trabalho de Charlotte e Anne Brontë e realmente repara em suas personagens femininas, suas histórias e em pontos mais profundos de como a vida delas foi retratada, dá uma vontade enorme de voltar a pesquisar mais. Eu reli *Jane Eyre, Vilette* e *A Senhora de Wildfell Hall* de uma vez só. Desse último eu só queria uma passagem para a epígrafe do capítulo de outro livro e acabei relendo tudo.

Aquelas personagens me fizeram voltar a minha estante e pegar mais autoras da era que queria retratar, inclusive as mais conhecidas atualmente. Charlotte Brontë, autora de *Jane Eyre*, tinha apenas dois anos na época em que esse livro se passa. E cresceu para criar uma personagem em uma profunda luta por sua vida, em todos os aspectos.

Anne Brontë tem poemas lindos e complexos em sua tentativa de retratar seus próprios sentimentos e as dores de sua vida. E eu passei dias relendo e encontrando poemas que nunca tinha lido. Poemas estes que Dorothy certamente apreciaria, junto à luz da janela de sua sala. Estudar o que elas leriam em sua época me ajuda a criar o personagem.

Na época do *Acordo*, Elizabeth Gaskell tinha oito anos. E anos se passariam até sua obra mais conhecida, *Norte e Sul,* ser publicada. Porém, com a Elizabeth eu voltei até o livro *Esposas e Filhas* e sua fantástica crítica ácida e irônica ao papel da mulher aos olhos dos homens na sociedade inglesa da época vitoriana. Foi voltando a livros como esses, que estavam aqui na estante pegando poeira e me lembrando que eu já havia esquecido muito do que lera ali, que eu mergulhei em falar sobre Dorothy Miller.

Nós a conhecemos quando ela conhece o Tristan e quando mergulha na descoberta da sua sexualidade e do primeiro amor. É um romance, eu quero que as pessoas se apaixonem ao ler o livro, mas espero que, ao contar a história dela, eu também consiga abrir uma janela para vocês enxergarem mulheres de outra época, mesmo através das lentes de um romance de época. Espero que cheguem à conclusão de como tantos anos depois, ainda estamos tão conectadas, em grandes e mínimos detalhes.

Antes de entrarmos na vida de Dorothy, ela já havia tomado um caminho diferente do esperado e fizera sua escolha. E ela só mudaria de ideia e apenas se apaixonaria por alguém que fosse o contrário do esperado e que poderia ajudá-la no caminho para uma liberdade que ela não enxergava. Alguém com seu próprio caminho de desafios e criado por outra mulher que havia cometido o pecado de ser dona de sua vida, suas decisões e do corpo em que habitava. Essa foi Joan Thorne e ela foi uma mãe fantástica.

E tudo isso me inspirou a armar o romance em volta da jornada para que Tristan passasse a acreditar em si e na força do que podia sentir e se apaixonasse, e para que Dorothy o amasse e escolhesse, sem nunca precisar abrir mão de como almejava viver sua vida; independentemente de como enxergavam seu papel na sociedade inglesa da regência.

Toda pesquisa sempre traz os detalhes tristes e cruéis de sua época. Ambientar é preciso. Ao situar um romance no pós-guerra, ainda que dentro da nobreza, preferi tocar novamente na história de mulheres. Porém, essas foram esquecidas. Era uma época de aumento no sofrimento de mulheres e crianças, usadas em situações de tráfico e escravidão sexual, como um produto direto da guerra que tomou a Europa. Assim como o tráfico de obras de arte e itens de valor, elas foram levadas de um ponto a outro, desaparecendo na história, como em guerras seguintes e como ainda acontece hoje. Porém, tantos anos depois, fora daquele período obscuro, com toda a tecnologia e informação, a gente espera que mais pessoas prestem atenção.

No entanto, a pesquisa sempre é divertida, independentemente do que trará. Sou suspeita, pois me perco entre os livros velhos, as fontes online e os pesquisadores que infernizo. Estou sempre postando algo interessante ou cômico que encontro em meio às pesquisas e aos livros da época. Notaram que neste livro apareceram outros personagens conhecidos do meu universo da regência? Todos os meus livros de época estão conectados de alguma forma. E geralmente os personagens se conhecem ou já ouviram falar um do outro.

Espero muito que vocês também tenham se apaixonado perdidamente por Tristan Thorne e Srta. Miller. Eles são o tipo de personagem que mais adoro. Acreditem, Dorothy não mudaria de ideia por nenhum outro, pois só mudaria se o amor a tocasse.

E Tristan Thorne jamais teria se apaixonado por alguém com planos diferentes, sem o desejo da liberdade e da vida brilhando por trás dos seus belos olhos.

Torço para que esse livro faça parte de uma lista de boas memórias das leituras que terão neste ano ou em qualquer outro. Que *Um Acordo de Cavalheiros* conquiste as amantes dos romances de época e quem sabe até faça novos leitores se apaixonarem pelo gênero, e também acelere o coração das queridas leitoras que adoram um romance quente e apaixonante.

Venham para o lado adorável da força! Temos chá e biscoitos, só não esqueça suas luvas e o leque para os momentos "oportunos"! ;)

Agradecimentos

Preciso muito agradecer aos leitores que me trouxeram até aqui. Sem vocês, me apoiando e acreditando em mim, mandando mensagens, incentivando e apostando nos meus livros, eu não estaria escrevendo agora.

Talvez vocês ainda não saibam, mas eu dedico todos os meus livros a minha mãe, Leda Vargas, porque ela me ensinou a ler. E ela fez tudo que podia e não podia por mim. Ela não parou de lutar por mim nem um dia. Por causa dela eu não precisei desistir de escrever e pude correr atrás do meu sonho.

Agradeço ao Conde de Havenford e a Elene/Luiza por serem o primeiro grande amor da minha vida de autora e me tirarem do buraco da depressão e trazerem de volta à escrita. Agradeço a Sean e Bea Ward. Eu nunca havia passado tanto tempo criando a vida de personagens que se tornaram tão queridos e me levaram a uma nova fase da carreira.

Obrigada ao Marquês de Bridington e sua adorada Caroline por me abrirem uma nova porta que me levou a novos caminhos como autora.

Aos meus amigos, por ficarem ao meu lado e entenderem que eu não os esqueci, eu só preciso sumir para escrever. Vocês sabem, não é fácil chegar até a parte de ver o seu livro publicado. E eu fui abençoada por algumas pessoas inesquecíveis. Vou citar algumas que têm sido essenciais na minha vida: Fernanda Figueiredo (que também é uma beta fantástica), Louise Facina, Marceli Bastos, Larissa Nasser (falei pra você que *Damas Ardilosas* estava vivo!).

À Titia e ao Ogro e a Alice Violante, por me apoiarem desde sempre.

Às meninas que liam meus cadernos de histórias: vocês sabem quem são.

Ana Paula, editora do livro, que embarcou na história: se ela não houvesse se apaixonado por Tristan e Dot, não estaria aqui.

E eu nem sei como pôr em palavras, tudo que preciso agradecer a Elimar Souza. Não haveria o *Acordo de Cavalheiros* se ela não tivesse lutado pelo livro. Muito obrigada por ser a melhor amiga que alguém pode ter (especialmente uma autora em constante desespero com histórias e personagens!). E por fazer com que a obra chegasse até aqui.

Obrigada ao Guaraviton pelas noites em claro que consegui passar. Um beijo às balas Fini, por adoçar meus momentos de escrita. =D

Vocês são todos sinistros!

Este livro foi impresso no
Sistema Digital Instant Duplex da Divisão Gráfica da
DISTRIBUIDORA RECORD DE SERVIÇOS DE IMPRENSA S.A.
Rua Argentina, 171 - Rio de Janeiro/RJ - Tel.: (21) 2585-2000